U0907716

半坡典故

季栋梁 著

CNS 湖南文艺出版社

图书在版编目 (CIP) 数据

半坡典故 / 季栋梁著 . -- 长沙 : 湖南文艺出版社，2022.3
ISBN 978-7-5726-0497-3

Ⅰ . ①半… Ⅱ . ①季… Ⅲ . ①长篇小说—中国—当代 Ⅳ . ① I247.5

中国版本图书馆 CIP 数据核字 (2021) 第 267917 号

半坡典故

BANPO DIANGU

季栋梁 / 著

出 版 人 曾赛丰
责任编辑 苏日娜
责任校对 艾 宁
书籍设计 肖睿子

出版发行 湖南文艺出版社
（长沙市雨花区东二环一段 508 号 邮编：410014）
网 址 http://www.hnwy.net
印 刷 湖南省众鑫印务有限公司
经 销 新华书店
开 本 710 mm×1000 mm 1/16
印 张 23
字 数 345 千字
版 次 2022 年 3 月第 1 版
印 次 2022 年 3 月第 1 次印刷
书 号 ISBN 978-7-5726-0497-3
定 价 52.00 元

目 录

Contents

[下放]

到了草鞋镇公社，公社李主任问询了我一些情况说："按以往运动，下乡改造还没开始，我这边还没给你安排好，你先住一晚，明天给你安排。"

我在车马店住了一晚，第二天一早就去李主任办公室。他说："你在外面先等等。"

我就站在向阳的墙根下。虽是仲秋，但被山包裹着的草鞋镇已有了初冬的寒意，太阳是招人喜欢的。墙根下还蹲着一排人，他们都披着黑的蓝的棉袄，一人咬着一个烟锅子，眯着眼睛晒太阳抬杠。李主任办公室人进人出，挺忙活的。十点了，李主任送出两个人来，冲我招手。进了李主任办公室，看到还有一个老汉，穿藏蓝中山装，戴一顶有舌头的帽子，也是藏蓝的，和别的老头没啥区别。不同的是，他不是把烟锅别在裤腰带上，而是别在衣领里。

李主任说："这是半坡大队的王支书，你就去半坡大队吧。"

支书抬眼看看我，我忙冲支书笑笑，掏出一根烟递给他。他却把烟插回我的烟盒，拿起李主任桌上的烟，抽了一根递给我说："瓜不瓜（傻不傻），家里的石头往山里背。"

我接了烟又送回桌上，支书说："你不吃烟?"

我说："吃。"

"那你咋不吃? 吃。"他把烟插我嘴里，还打火给我点上，然后往板凳上一蹴。

李主任说："领上快走，你看外面多少人等着。"

"就这么让我领个人回去?"支书说，"我来找你，你倒会抓机会，把你的事解决了。"

“嘿嘿，这叫瞌睡遇上了枕头，谁让你碰上了呢？”

“支书、大队长外面靠墙蹴着一溜子，咋不让他们领走？偏偏盯上我。”

“你改造工作做得好嘛。”

“少给我灌米汤，”王支书说，“留着表扬别人去，我不稀罕。”

“他觉悟很高哩，是自己申请下来改造的。”

“你自己申请下来改造？”支书问我。我忙点头。支书说：“怪屎的，还有找着受罪的。”

“快领上走吧。”

“那我的事呢？”

“再说，没看我忙得焦头烂额的？”

“没看出来焦头烂额的，倒越明了，像五十瓦的电灯泡。”支书说着从凳子上跳下来就走。我跟着出来，支书说：“你现在还是他的人。”

我尴尬地站住。李主任追出来说：“你还跟我讨价还价，这是政治任务，你敢不接？”

“接，哪能不接？你是大爷么，把我裤子脱了都行。”

李主任过去抓了支书的裤带，蹲在墙根的人都笑起来：“自己脱么，哪能让主任亲自脱？”

又进了办公室，支书说：“来人就往半坡塞，来人就往半坡塞。”

主任一把抹了支书的帽子，在支书头上拍着说：“连毛都不长了，明晃晃的像个小肚子。”李主任用指头转着帽子说：“这是对你工作的充分肯定。他不是监督改造，不是劳动改造，是下放劳动，来向贫下中农学习的，脑子好使得很，这运动才起个风，他就自己申请下放劳动。”

听着这话我从内心感谢我的那位学生，他肯定给他的关系交代时强调过“不是监督改造，不是劳动改造，是下放劳动”的话。

支书围着我转圈看。我说：“支书，你别这么看我，看得我心里怪冷的。”

他嘿嘿一笑说：“怯火我？”

“怯火。”我知道怯火就是害怕的意思。

他嘿嘿一笑说：“我就试探看你怯火不怯火我？”

“怯火，我真怯火。”

“这就对了，怯火我就好，怯火就是不怯火，不怯火就是怯火。”

我也笑笑，他又说：“你怯火我我心里才有你，你说你装个怯火我能把你咋样？尊人等于尊自己，你叫我声队长、主席把你辱没了？玉皇下凡还问土地哩。再说你当我稀罕你怯火我？问题是你装个不怯火我，还在人前咋咋呼呼，我在别人那里就失了威信了，这么多人还咋管？”

主任说：“你看懂事不？再看他这个头这身板，劳动没麻达，不会白吃你的。”

我忙说：“我会劳动，改造过两三回了。”

“改造过两三回了？”支书说，“那说明你的问题严重哩。”

李主任把帽子扣在支书头上说：“你先把他领走，那事我考虑考虑。”

支书说：“你给个痛快话，你一直是黄毛山的桃——利核子，咋倒回来了？”

“总得开会研究研究。”

“啧啧啧，谁不知道你手腕硬，一手遮天？你放个屁别人都得拿帽子接着，研究研究，你提出来谁敢放个屁？”

“我在会上提过，可你这么说，他那么说的……”

“我的你不听，听他们的？都说你是黑脸包公，脸黑心明，看来都是传说。”

“这个……他叫个啥名字？”

“你啥记性，刚说过你就忘了，还说在会上提过，”支书用指节敲着桌子说，“柳三变。”

“柳三变？”我禁不住脱口而出。

支书看看我说：“你认识？”

“不不。”我忙说，“重名。”

李主任说：“你和这个柳三变到底啥关系？”

支书说：“尿关系。”

李主任笑着说：“尿关系，这问题就大了。”

“你当我跟他婆娘有一腿？”支书说，“你知道半坡几大姓，柳三变进班子，我也有个帮手。他几代贫农，对革命有感情，解放前就入党咧，重要的是人很正，一正压百邪……”

有人推门进来，支书说：“出去，出去。”

那人说：“日怪，啥时候这里成了你的天下？”

李主任摆摆手，那人退出去。支书说：“我知道你怕莫大智……”

李主任说：“我有啥怕的……”

“别谝大话了，”支书说，“你怕他做啥？莫大智在半坡的事还不是你给捂住的，他不怕事张扬开来？他要找你的麻达，你就给他说，半坡人不是没娘娃，朝里有人，就他那点小权力，半坡人还没看在眼里，半坡人敢捉了他，就不怕他，他还能杀人？要我说这事上你还能卖好哩。”

“没看出来，你是当这主任的料。”

“位子让你占了，你当我不是那块料？”

“这个庙太小，你该往县上、省上、北京想。”李主任说，“我应承你了，不过我提醒你，他要出个啥事……”

“他能出个屎事，他连屎事也出不了，出了事你把我撤了，充军发配。”支书从板凳上跳下来，“快下个红头文件吧。”

“你回去把过程走了，我这边开会过一下，才能下文件，连规矩都不懂？”

支书一把扯住我的手拉着，就像拉个娃娃，临出门时说：“费这么多唾沫，弄得像做买卖，你说你啊，你早痛痛快快应承了多好，非把两趟子事弄成一趟子事，把工作弄成交易了，我都心里不受活，人家心里能受活？好像是我不接受人家，好像人家是个累赘，吃闲饭的，哪次来改造的，我不痛痛快快地接受？本来人家改造心里就不痛快，结果来让咱们这么嫌弃，麻雀儿还有瓜子大的脸哩，还说领导要讲艺术，我看你一点都不艺术。”

李主任笑了说：“是下放劳动，不是劳动改造，也不是监督改造。”

我还没细想过监督改造、劳动改造、下放劳动的区别。

“到哪达都是劳动的。”支书说。

李主任脸一沉说：“你个㞞货，你这张嘴不挨几锤子就把不住门是不？”

支书笑着说：“你就爱咬个字眼。”

出了公社大院，支书说：“你吃了么？”

我说："吃了，吃了。"

支书说："你别作假，说实话，路程不近哩。"

我说："吃了。"

"嘴慢慢儿的，嘴唇子干干儿的，肯定没吃扎实。"

他拉着我又返回主任办公室，说："主任，让你把我气的，我把饭给忘了。"

"管个锤子。"李主任说，"你说咋就选了你这号干部，每次来不吃一顿不走，来我这里改善生活来了？"

"我也思谋咋把一个公社交给你这么不利索的人，知道我开了口就少不下一顿饭，还费那唾沫做啥？我不馋你那一口，就是这位同志，你看看，肚里没存货，瘦得跟蒿秆秆一样，来上股风，我怕吹折咧。"

"这才啥时辰，墙影影子还在半院，灶门还关着哩。"

"饭馆又没关门。"

"你个老㞞，你咋不说请我吃个饭？"

"这是公社，你的地盘，等于我到你家了。你去半坡，我哪回不是宰一只羊也得给你弄三个蛋吃。"

李主任拿出两张票，支书嘿嘿一笑说："你再批上几个字。"

李主任说："还想三道五道的，把自己当个人物。"

进饭馆前，支书趴在墙上在票上写字。他说："你想吃啥？"

我说："啥都行。"

"到了咱这地方，你也不知道该吃㞞个啥。"他在票上写"加肉半斤"。

我说："你这几个字饭馆老板认不出来？"

"主任那几个字，我练扎实着哩。"

吃饭的时候，他说："你别多心，不是拿你做买卖，我专门是来弄这事的，没想到碰上你这事了，正好拿这事逼逼他。"

我忙说："不多心，不多心。"

他说："咱们有缘分哩。"

路上我心里倒惦记这个"柳三变"，想问支书，最后还是忍住了。想或许是小名、外号，或许压根就跟这三个字不贴。

[安顿]

到半坡，我在支书家住了一晚。“明儿安顿。”支书说。

晚上睡得不好。我患有严重的失眠症，借助安眠药，一夜也睡不了几个小时，一度被失眠折磨得几乎抑郁自杀。安眠药本身就不好买，何况我这样身份的，一路到县城、公社，我见药店、卫生院就进，竟然都不卖安眠药。我一个人独睡多年，与人睡已不习惯。睡着不容易，瞌睡又轻，遇上打呼的，一个晚上又完了。而在我的意识中，山中老农民都是与大呼噜紧密相连的。支书的呼噜那果然是高水平，加上窑洞回音重，简直就像老咆牛爬坡，一直在喘一样。鸡叫三遍了我才睡着。醒来，阳光已伸进窑洞，窑里很明亮。看看表九点十分了。

支书笑笑说：“睡好了吧，窑里脸盆里有洗脸水。”

我洗过脸，支书端着大洋瓷缸子和烤馍进来，放在摆在炕上的四方小桌上，又从锅里端出一碟烙饼、一碟韭菜炒猪肉、一碗鸡蛋汤也摆在桌上。我们上了炕，盘腿坐下。

支书说：“九点、十点的阳光是咱半坡最好的阳光，能伸到窑里。”

支书给我倒了一杯茶，我喝了一口，实在太苦。支书笑笑说：“你喝鸡蛋汤。”

他不吃烙饼，吃烤馍：“烙饼太软，没嚼头。”

吃喝过后，支书带着我穿过街巷。已是十点多钟，阳光白得刺眼，但落到街巷是琥珀色的，因为整个街巷是黄土墙砌筑出来的。

支书带着我东家进西家出，就像打招呼，又像参观。每进一家，进了窑洞，支书会带我一直走到窑掌，说：“你参观参观曹们半坡的窑洞。”

窑洞我不陌生，我已不是头一回劳动改造。我住过窑洞，不过与半坡的窑洞比起来，小多了。半坡的窑洞都是二十多三十丈深，五六丈高，窑顶为弧形，就像半截隧道。整个窑洞连一块砖瓦都没有，窑掌里盘着牲口槽，人畜共居。一孔窑洞只一孔窗户，开在窑门的上方，紧贴着窑顶，像一个小门，没有窗框窗扇，削几根木棒栅着，采光性很差，加之前面有山梁遮挡，九点、十点的阳光才能照进窑洞。

走了七家，来到了打麦场。打麦场在坡上，把高处的土垫到低处，就形成了崖。崖下有一孔窑，我明白这就是我的家了。这窑我知道叫场窑。黄土高原上一些地方因为干旱，气候干燥，粮食收后拉上场，摞成大摞，等庄田里的活计彻底忙完，冬闲了才打碾。一摞几个月，当然要防盗、防火、防羊牲口糟蹋。场是要看的，因此打麦场上就都有场窑。不过，半坡的场窑已经失去看场的功能。有一年半坡麦场发生火灾，打麦场粮食摞烧得一根草都没剩。火灾后，半坡粮食就旋收旋拉旋打。场窑也没闲下来，因为一来运动，半坡就来下放改造的，每回运动都没落下，大队小队没多余的窑洞，就到处挤地方安置，场窑正好派上用场，盘了锅台，专门安置下放改造的。

窑门开着，柴火烧出的烟雾还未散尽，夹杂柴草腐败的气息。

一个老汉说："炕洞里点了把火，熏一熏，老久没住人了，里面会有野东西。"

老汉口音一听是河南人。

支书瞪了一眼说："嘴长得很，能有啥野东西？"

老汉一笑，我也笑了，明白支书是怕吓着我。

支书说："半坡生产队的出纳，你叫啥来着？锤子还是斧子？"

老汉说："那样的好名我哪能占上，早让你们队干占了。"

支书一笑说："咱们半坡人都叫河南人侉子，你就随着叫吧。"又拍一下他说："侉子，知道不？"

烟雾散尽，走进窑洞，伸进窑里的光线里，灰尘和飞絮浮浮沉沉。窑洞打扫得干净，地上洒了水，潮乎乎的。窑壁上有一层烟渍，上了油漆一样，墙根有一溜泥皮剥落了，凹进去一道深槽。支书用脚踢踢说："没事，没事，这些窑洞都上百年了。红军经过咱半坡一带，也是住在这样的窑里。”

我说：“在劳改农场我就住窑洞。”

“住过窑洞，那就好。”支书说，“你来得突然，要不用泥再套一遍？”

炕好大，能睡得下六七个人，铺着席子；炕围墙用报纸糊过，撕得有一块无一块的；炕与锅台连着，中间隔了一道二尺高的矮墙；锅台有一大一小两个锅壳郎，无锅，黑乎乎的，还有丝丝缕缕的烟冒出来。

支书说：“我看看你的锅。”

我从行李卷里掏出钢种锅。支书说：“你这锤头大的锅，还这么薄，看上去好看，可是在炉子上用的。”他拃一拃锅壳郎：“二尺六，二尺二。侉子，当时给老走咋弄了这么大的锅壳郎？”

侉子说：“老陈连家带口地来改造，锅口就打得大。老走来没重打锅台，直接买了大锅。”

支书说：“把锅壳郎往小套一套，一个人的锅灶弄这么大做啥？费柴火费油的。”

侉子说：“弄多大的？”

“一尺六和二尺的就行了，你去铁匠铺选两口锅，让老唐记在账上，年底结算时从工分里扣。”

我要去铁匠铺，支书说：“你急个锤子，啥都不知道，让侉子去。”

侉子走时，支书说：“老走走的时候留下的桌子和凳子呢？”

侉子嗫嚅着说：“在我家，怕放在这里让……老鼠咬坏了，我搬到家里去了。”

“百年老榆树，一拃厚的面子，胳膊粗的腿子，老鼠长了个母猪嘴？”

“我这就去搬来。”

我忙说：“不用了，我也用不着……”

桌子抬来后，我才发现那不是一张普通的桌子，足有三张课桌大，还有四把凳子。

“专门给老走做的，一整棵百年老榆树，木匠说能做四张桌子、八条凳子。我说做一张桌四个凳，老走写写画画的费桌面。”支书说，“老走亲自看着木匠做的，走的时候老走念叨，我说送给他，可人家就给他一小间房子，摆张床就满了。老走跟我说给他留着，他住上大房子了，就来搬。”

摆了桌凳，窑洞立时就显得不一样了。支书说：“你看么，一下子就阔气了。”

侉子拿来两口锅，和泥往小里套锅壳郎。我说：“我来吧。”

“你会干？套不好四处冒烟，把你熏了。”

锅坐到锅壳郎上，侉子又用泥抹了锅的四周。我问要不要搭火烧烧。侉子说：“不能烧，一烧就裂口子，得慢慢晾干。”

墙壁上有一片画了许多“正”字，有一个“正”字没写完整，还差两画。有什么急事会让人来不及写完一个字？我觉得奇怪，以为是讲迷信的。“记账的，咱半坡人计数就画‘正’字，一个‘正’字五画，好算。”支书感慨地说，“老陈走了快十年了，记下的账还在，这世上啥都是真的，只有人是假的啊。”

点了根烟，支书说：“刚刚走过几家，你也看到了，都这么住着，就这么个条件，让你明个心。”

我忙说：“谢谢支书，这就够好的了，我是来改造的……”

“记着，是下放劳动，上头交代了，你是下放劳动，和社员一样，就是个劳动。”

我点点头。支书又说：“你能来咱半坡，就是缘分。俗话说，百年修得同船渡，千年修得共枕眠。你说同船渡一下都要前世修百年，这一改造不得几年，不知得修多久？不管你犯了啥错误，有公家给你量刑定罪，我们只是接受你来劳动的。安顿下了，你就安心劳动。”又说：“你们这些人都是人才，国家还是要用你们的，迟早是要走的，说不定过几天，一个红头文件下来，你们就走了。来半坡改造的，最短的一个住了不到一月。不过，对你们来说，下放劳动不定是坏事，前面来的几个刚来时身体都不好，改造到走的时候，身体都比刚来时好。”

“支书，谢谢您。”我心里真的很感动。

支书笑笑说：“以后别这样说话，谢谢，您的，听上去虚头巴脑的，连我听了都肉酥，社员听了不受活，觉得你跟我们隔着一层，就没法跟你处了。”

我说："记住了。"

支书说："下午再谢个土，就妥了。知道谢土吗？"

我说："知道，不过都是建房、修路、开矿等开工竣工才谢土。"

谢土，自古有之，是动土之后必做的一种祭祀仪式，造房建屋筑路架桥，凡大规模动土后都要谢土，以表达对土神的敬畏和感恩。明朝李贽在《移住上院边厦告文》中就写道："今尚未塑佛，未敢入居正室，且亦未敢谢土。"但像半坡这样家家年年谢土我还是第一次见，或许这更接近于谢土的本意。

支书说："那不对，咱半坡这方圆，每家每年都得谢一次土，要是打窑、打窖、造房、抬埋亡人，但凡破土，都得随时谢土。城里人家不谢土？"

我摇摇头。支书说："土得谢啊，人活在这世上，一辈子衣食住行哪样离得开土？连死了都埋进土里烂在土里，再日能也离不开土。你说一年吃土里长的，走路睡觉都在土上，就是擦沟子你还用个土疙瘩，就像你用一个人，用了一年总得给人家道个谢说些感谢的话吧？谢土是天经地义的事。人还不是土做的，女娲娘娘造人不是用土？这不是你们城里人说的？"

我点点头说："谢土就是感恩。"

"这话对头哩，"支书说，"你信不信我们都得给你想到，入乡随俗么，谢个土住下心里就安了。"

我说："谢土要我做啥？"

"你不用做啥，你不懂，都安排好了，你只是磕头就行了，这别人替代不了。你是主家么，侉子会指点你磕头。"支书说。

下午阴阳来了，着道袍，戴道帽，细看竟然是尚老师，他去支书家说学校的事时我见过。

支好一张香案，供着八块画着神佛像的硬纸牌和供品馒头。尚老师跪在香案前开始念经，一手打镲，一手敲鼓。念一阵经摇一摇阴阳铃。在侉子的指点下，我跪下去磕头，烧白纸黄表。

念一阵经，尚老师会停下手中活计，和我吃根烟，就像干一样农活，干累了，烟瘾犯了，到地头吃烟歇缓，一点都不神秘。

尚老师说："像你这也算是住新家，更得谢土。人住进来，一些家神比方灶神、门神等也都归位了，都得安顿安顿。再说老地方，人几年不住，别的东西就住了，也得赍发安顿。”

在香案前念完经，尚老师手提铜铃，边摇边念进了窑洞。侉子跟着端着香盘，挎一小篮，小篮里盛着五谷粮食。尚老师边念边走，边摇铃边抓了篮中的五谷粮食撒打，在门口站下念几句，从香盘里取出三寸宽的“敕令”符往门板上一贴。左右两孔窑洞连门都没有，用向日葵秆子栅着，尚老师依旧认认真真念做一趟。然后把院子四个角落、羊圈、牛舍、鸡埘、狗窝（尽管都已经坍塌）一一念到，五谷粮食撒到，白纸黄表烧到，我头也磕到，然后一路撒着五谷粮食念出大门。邻家的鸡拍着翅膀过来争食，它们试探着进到院子，院里一派热闹。

在大门外尚老师边撒边念吉语：

“此是我造听我断：一要人丁千万口，二要财宝自盈丰，三要子孙螽斯盛，四要头角倍峥嵘，五要登科及第早，六要牛马自成群，七要南北山府库，八要寿命好延长，九要家资石崇富，十要贵显永无疆。一散东方甲乙木，代代子孙食皇禄；二散西方庚辛金，代代子孙斗量金；三散南方丙丁火，代代子孙早登科；四散北方壬癸水，代代子孙大富贵；五散中央戊己土，代代子孙寿比彭祖。”

念毕，他在大门墩上贴了符，进得院来，坐在香桌前，将一把芨芨剪成一尺长的杆儿，在红绿黄蓝白黑的三角纸旗上画符咒，画好一面旗子，抹了浆子裹粘在芨芨杆上。一共做了十八面旗子。侉子用胶泥团成一个圆圆的泥墩，尚老师提笔在胶泥墩子上画了些图案，然后将纸旗一一按方位插好，侉子将胶泥墩子蹾在院墙上。小风吹着，那些纸旗就迎风招展。最后在三道门上贴了“土厚泉甘百里籍社符得障，地灵人杰一方箫鼓迓神庥”等三副对联。

侉子在院子左边的一个角落挖个大坑，一会儿两个人抬来一块青石，埋了下去。尚老师念叨几句，撒几把五谷粮食在里面，然后将石头埋了，踩踏实落。我明白这是镇宅。记得在敦煌写卷中《用石镇宅法》云：“凡人居宅处不利，有疾病、逃亡、耗财，以石九十斤，镇鬼门，大吉利；人家居宅已来，数亡遗失钱不聚，市买不利，以石八十斤，镇辰地大吉。”

“安顿倭也了。”尚老师说。

“倭也”是半坡常用的词，指事办停当、满意。这是个古词，宋代人编有《广韵》中解释道：“倭，顺貌。”即是平顺的样子。

“土给你谢了，你也就安顿下了。”支书把钥匙给我说，“你摆设摆设，晚上来家吃饭。”

“安顿”，我想起了杨万里《闷歌行》里的句子：“客心未便无安顿，试数油窗雨点痕。”

我说：“谢谢支书。”

尚老师收拾家当，我说：“多少钱？”

支书说：“不用你掏钱，是大队安顿你，他回去，队上记工分。”

尚老师说：“老彡，还是你们好，都来改造了，谢土还是大队给你谢哩。这待遇别人谁有？”

支书说：“夹住你那东西，不说话怕生蛆咧？也不是来改造的，是下放劳动。”

“只要来外人，不都是改造么？”尚老师嘿嘿一笑说，“您尊姓大名？”

“彡彧。”

“单雄信的单，宝玉的玉？”

我在地上写出来，几个人围过来看着说：

“这字写得漂亮。”

“哪个来改造的字写得不漂亮？！”

“彡彧，日怪的。”

“是够日怪的。”

“有这两个字？”

“你写对了么，你那姓咋像是半个字？”

“自己的姓能写错？”

尚老师说：“没见过，百家姓里有这姓？”

“百家姓里没有，姓氏里有，小姓。”

“撇多捺少，你这‘彡’还没捺，是西夏党项人吧？”

这话让我惊讶，西夏、党项族是已经消失的词语了，“撇多捺少”正是民间对西夏文字特征最典型的概括。他们都还知道，让我惊讶。

李元昊称帝前命野利仁荣制造西夏文字。西夏文字仿汉字，字体方整，笔画烦冗，撇多捺少——大部分的文字都是很多撇，比如“人”字是三撇一捺，“虫”比人多腿，就是三撇两捺。发现的西夏文字一共是5917个字。

彡（xiǎn）姓，又读作shǎn，我们读“shān”，被列为中国罕见姓氏。《姓源》说相传彡姓为姜姓之裔。《姓氏考略》中说汉时陇西羌人姓，为“彡且氏”所改。“彡且”又作“彡姐”，汉时陇西羌族部落名，以部落名为氏。后多简化为“彡”。《万历野获编》有这样一个记载：“天顺甲科，有进士彡茂登第，时宪宗新即位，怪其姓罕见，问之首揆李贤，对云：‘此字音陕，然而韵书未之见也。’”《公安县志》记载：“陕茂，字一清。少有奇童之目……初姓彡，上问阁臣，以‘陕’对，上命即用‘陕’字，茂家遂有天朝赐姓额。“彡茂，湖北公安人。其后几百年间，彡姓人搬迁或改姓，分散在山东菏泽等地，人口渐渐稀少。我姓陕，读到这则故事，自己改为“彡”姓。

“彡彧，难认难叫，文绉绉的，叫起来拗口，就叫下放吧，来改造的人老右、老反、老走都是这叫法。你这下放比他们名字都好，不是个啥罪名。”支书说。

我忙说：“对对对。”

支书对我说：“晚上让老尢给你做个伴儿，明晚估计你这炕就不缺人了。”

我说：“不用，我不害怕，老一个人住。”

支书说：“城里屋连屋，隔一砖头厚点墙，就跟头对头睡着一样，打呼都互相吵得着。我住旅社，隔壁人敲了几回门，说我打呼吵着人家了。咱们这达夜深，麦场在庄梢子，都到村外了，别让什么吓着你，吓下病了后悔就来不及了，就让老尢陪你。”

我说：“不麻烦老尢了，我真不害怕。”

“让他在你这达睡是解放他哩。”支书说着在老尢的头上拍了一巴掌。

老尢说：“麻烦啥，正好借你的光，捉捉虱子，你点的是罩子灯吧？”

我说：“是罩子灯。”

老尤嘿嘿一笑说："虱子也喜欢亮堂，罩子灯一照乱攘攘的。"

支书说："你摆放收拾，等会我来叫你去吃饭。"

我说："这锅灶都方便着哩，我自己造饭吃。"

支书说："来半坡劳动改造的，头顿饭都在我家吃。噢，说错了，你不是来改造的，是下放劳动的，得扭过来。"又说："曹半坡人有请吃饭的习俗，来了客，不管有无亲戚关系，不管谁家亲戚，家家要请着吃个饭，老先人传下来的规矩。"

有啥摆设的呢，我来的时候一切从简。炕很大，铺好半面炕，就算妥当了。

半坡陷在山窝里，山影倒过来覆盖了半坡，天就黑了。

土豆炒腌肉、韭菜炒鸡蛋、小葱炒豆腐，一个白菜汤。我给支书粮票和钱，支书却说："你当你是下派干部？你现在跟我们一样，咱们半坡人有传统，来了人都要叫到家里吃顿饭的。以后别这样，让人不受活，也拉大了与大家的距离。一顿饭吃不穷人。"

吃过饭，我刚回到场窑，老尤就抱了被子来，我说："我这儿有被子。"

老尤嘿嘿一笑说："你们那盖地（被子）干净得吓人哩。"

上了炕，老尤掏出烟锅，我掏出烟递过去一根，他说："你吃你的，我吃我的。"

我硬递给他，他却夹在耳朵上，自己装了烟锅吃。"由嘴吃倒江山哩，你不能这么散烟，管不起的，过不了几天你这达肯定就热闹了，一个个就跟烟洞一样，旱烟都管不起。"他说。

吃了两锅子烟，他两把就扒光衣裳，竟然没穿裤衩。很快我发现他们都不穿裤衩，而且连秋衣秋裤都不穿。"有了谁不穿？没有么，扯布要钱要票的，外头穿的都没有，哪有费的那布？"那时候人们日子真是可怜，一家几个人出门就几件衣裳，谁出门谁穿。也就明白了他们为啥腰里常系一根绳子，山里风总是多的，半坡依附着的那道山岭就叫过风岭，扎根绳子风就钻不进去了。后来，我也腰里扎一根绳子，发现一根绳子足顶一身秋衣。

老尤开始捉虱子："要瞌睡了你睡你的，我捉阵虱子，这罩子灯亮堂的。"

我说："我不瞌睡。"

他说："走了远路了还不瞌睡？"

我说："不瞌睡。"

他说："你要看书就看你的书，就当没我这个人。"

我笑笑。没书可看，书都烧了，没烧的又不想读，我也下狠心想着把书戒了去，所以啥书没带。

他边捉虱子边和我谝闲，问我犯了啥错误。我"呃"了一声，还没想好咋说。他说："肯定是嘴长。腿长揽露水，嘴长惹是非。书念多了，知道得多，以为把啥事都看透了，看事总有自己的想法，就爱说出来，就爱卖派……"

我说："对对对……"

他笑笑说："一来运动，我们半坡就来改造的人，都是这毛病，跟上面呀、领导呀不合卯，杠上了……你们这些人再就没啥毛病，重情义，心挺善的。"他就跟我说起前面几个改造的，故事不少哩。

捉一阵，吃几锅烟，再捉……

老尤连打三个哈欠："瞌睡了，让你们多活一晚，明晚收拾狗日的你们。"说着把衣服往枕头下一塞说"睡吧"，倒头没一分钟就睡去了，睡得真死呀，睡时啥样，早晨起来还是啥样。老尤竟然不打呼，呼吸极度轻微。也是因为一路没睡好，我这个晚上睡得不错。

早晨起来老尤抱着被子说："走，家里吃饭去。"

我说："我自己做……"

他说："昨夜都安顿了，到了村子上，咋也得到家里吃顿饭。"

我说："不麻烦咧……"

他说："有啥麻烦的，以后到了城里，我还不到你家吃饭咧？"

[扫粪]

支书在广播上喊："唐彦辉，来一下。"唐彦辉是半坡生产队队长。

一根烟没吃完，唐彦辉来了。他酱紫脸膛，个头有一米八，走路腾腾有声，说话底气很足。我忙递给他一支烟，他看我一眼，点了。

支书说："明儿安排下放扫粪。"

唐彦辉说："等几日，这一轮安排满了，不然就乱套了，还要麻烦得重新排。"

"怕麻烦？吃屎不麻烦你吃不？"支书说，"他灶火里没烧的，炕洞里没煨的，生吃冷睡？"

唐彦辉看看我，脸色铁青。

"就等几天吧。"我忙说。

我有些怵他，怕因此得罪下他。我以后得在他手下讨生活。

支书说："开门七件事，柴米油盐酱醋茶，为啥柴是第一位的？一年三百六十五天，一天也缺不了。"

"那就明儿扫吧。"唐彦辉说着掉头就走。

支书说："日急慌忙的，沟子里插上令箭咧？"

"还有啥事？"

"他知道咋扫粪？"

唐彦辉挠挠头说："明早上工喇叭响了，你先去老唐羊圈扫粪，扫完去牲口圈扫粪。"

支书说："就这么简单？走吧走吧，等于放了个屁。"

唐彦辉走了。支书一笑说："你别怵他，那是个没笑的人，抬杠都不笑，没啥坏心眼。明早我带你去扫粪。"

我说："不麻烦了，我自己去。"

他笑笑说："你知道咋扫？有学问哩。"

支书给我一根棍子，十分光堂端直。大拇指头粗，有四尺长，却很沉。

"栒子木的，木头实，打到啥上啥疼，走站拉上，"支书说，"咱半坡的狗还不认得你，下口哩。"

"庄稼一枝花，全靠粪当家""粪是庄稼宝，少了长不好"……许多乡土作品作家都写过拾粪。在半坡，羊牲口的粪却不是肥料，而是烧锅煨炕的主要燃料。生产队几群羊、一群牲口（集体喂养）轮流扫粪。

第二天一早，支书带我去扫粪。支书拿出背篼和扫帚。我说："我需要哪些工具？我好跟集置办。"

"急啥，慢慢来，不过背篼扫帚得先置办，居家过日子随时都要用的，"支书说，"不用去跟集，广财家就有。"

到了羊圈，唐彦辉已在羊圈门口。支书说："你到羊圈里把羊轰起来，撵着让在圈里转上几圈。羊懒得很，一晚上卧着不动，不屙屎，赶出门就把粪屙到路上了。"

唐彦辉说："我撵去。"

"以后你回回帮他撵？那以后你干脆把他扫粪包了？"支书说。

我进了羊圈撵羊。羊并不怕人，它们就那么卧着，扬起头咩咩地叫，任我冲它们喊叫就是不起来。支书说："用脚踢，用扫帚打。"

我就用脚踢，用扫帚打，羊就陆续都起来了。我赶着羊在圈里转圈圈，羊群就像水在打旋涡。赶了几圈后，羊一个个奓起尾巴，拉出一串串葡萄般的羊粪来。羊粪很黏，黏满了我的鞋底鞋帮。我又踢又跺，不掉。羊把式老唐一笑，说："草都坐了籽，正上面（灌浆），羊屎黏得很。"他指指羊圈门的几根铁丝，给我示范，我才明白那道铁丝原来是专门让人刮鞋上的羊粪的。

到了牛圈，支书说："那头绷着眼睛看人的，要小心，那狗日的欺生。"

我进了牛圈，挥舞着扫帚赶牛。把牛赶起来，吆着转几圈，一头牛拉起来，其他牛都开始拉了。一泡牛粪足有两三斤。我一背篼一背篼往回背。

粪扫过后，要垫圈——牲口撒尿拉稀，要垫一层土。谁扫粪谁垫圈。一是羊牲口蹄下不干，会害蹄癀，害口蹄病（口蹄疫）；二是垫圈的土会成为粪，冬日砌起来，春上拉到地里。

背回的羊粪牛粪倒了半院子，支书用棍子划拉说："轻轻划开让晒着，别用锹铲呀翻呀的，把羊粪豆豆、驴骡粪蛋蛋、牛粪巴巴弄烂了，成了末子就不好烧锅。烧锅就得做成粪饼饼。你不用，你一个人，咋也够了。"

我是在秉义家见过做粪饼饼的。把草蒿的梗秸铡成寸段和适量的土掺入牛粪，像和泥一样和成粪泥，反复蹬踹瓷实，用方方正正的模子做成牛粪饼。做牛粪饼主要是要会掺土，掺多了烧不着，不掺土烧得快，费牛粪。秉义是半坡做粪饼饼的把式。解放前他一直在兰州城做粪饼饼，做得就像锅盔，中间留个孔，用草绳串起来挑到街上去卖。秉义做牛粪饼有窍道，同样多的牛粪他能比别人多做出三分之一的牛粪饼，牛粪饼却不忌火不冒烟。粪饼饼里掺着香毛草，就像是芫荽，有股香味，烧着的时候散发出香毛草的香味，一点都闻不到粪的臭味。秉义感叹地说，那时候这是最牢靠的生意、最养家的手艺。

"老婆娃娃热炕头"，半坡人取暖，火炕是重要的。家暖一盘炕，火炕内用胡墼砌成循环烟道，炕与灶火共用一个烟洞，做饭时灶火的热量通过烟道传遍全炕，因此炕总是热的。半坡人家冬天没火炉烧，烧火盆。火盆就像一口锅，比锅厚，转圈有五六寸宽的铁沿，坐在木架上，放在炕上。火盆底子留着一层厚厚的灰，这样就不至于火太旺烧红底子烧着毡。粪饼饼半坡人舍不得烧锅煨炕，专门用来烧火盆。烧锅煨炕用粪末子和柴火。半坡人架火盆，主要是捣罐罐茶，粪饼饼不冒烟，无风不起焰，就像一块炭，又易燃，一把柴火就能点着。比石沟驿的炭还好，石沟驿在两百里以外的太阳山。煤太贵了，半坡人烧不起。

"闲了多拾粪，没事少赶集。"支书嘿嘿一笑，"说顺嘴了，跟你说这做啥，你还能在这里待一辈子？你们烤火都烤暖气片子。"

正说着，唐彦辉背来一背篼干粪，说："先烧着。"

我说："谢谢，谢谢。"

他说："虚头巴脑的。"

支书说："戳着一张皮脸，你笑一下，把你挣死了。"

唐彦辉笑了一下。

[家口]

支书送来一沓报纸和半碗糨糊说："把炕上转圈糊糊，要过年了。"又说："以后你就到大队部看报纸。"支书走后，我开始糊墙，边糊边看报纸。看到《人民日报》上的文章《肖洛霍夫的叛徒真面目》，看看日期，我在城里时就开始批判他的书了。

我忙翻出《静静的顿河》，虽然还没看完，也得处理了。可怎么处理呢？读书人烧书是下不了手的。窑洞墙壁上有个洞，用棍子探探，老深的，三本书都能塞进去，便将书全塞进去，还用一把麦草把洞塞上。第二天起来，发现窑洞有碎纸片，跑到洞跟前一看，麦草散落地上，洞里全是碎纸片。正收拾着，支书进来了，说："书让老鼠咬了，老鼠祸害得很，除了祸害粮食，尤其喜欢祸害书。"

我把纸片扫到灶火里，支书说："看看箱子里。"

我说："这箱子严实，老鼠进不去。"

支书说："老鼠是个软骨子，只要头进去，身子就能进去。"

我带着两个老式皮箱，一个装着衣物，一个装书本。我打开箱子一看，果然咬出了许多纸屑，另一个箱子的衣服也让咬了，而且牛皮也给咬破了几处。

我说："这窑空了几年了，还有老鼠？"

"人走了老鼠也就走了，可老鼠比人、猫、狗更恋家哩，只要这个家有动静，它保证是第一个回来的，灵性得很，要不十二属相里它咋为老大呢？"支书说，"你得养只猫哩，老鼠祸害得很，铁都咬个窟窿。"

老尚从门前经过，支书说："打听一下，谁家有多余的猫，给下放抓一只来。"

不一会儿，老尚就抱来一只猫，黑白花纹，像抱着一团花布。“你先养上几天，闭闭鼠。我妹家有两只猫，过两天捉一只过来，我再换回去，”老尚嘿嘿一笑，“这猫不给你，称心勤顾得很。”

老尚还带来半个碗：“给口剩饭就行，自己能打食，饿不下。”

我开玩笑说：“借的猫儿不捉老鼠。”

“没听说过，借的女人不养娃倒是见过。”老尚把猫递给我，“抱抱它，看跟你投缘不。”

我抱过猫，它“喵呜——”叫一声，还把脸往我手背上贴贴，小舌头火苗一样舔我的手背。老尚说：“欢欢，跟我回家。”猫“喵呜——”叫一声，继续舔我的手背。老尚说：“狗日的，刚夸你称心勤顾，这就让我难堪，也是个势利鬼，闻出他是个城里人，吃粮票的，月月有个麦子黄？”

我们笑笑，老尚说：“我看跟你有缘，你就养着吧。”

文书说：“晚上可别搂着睡，男不搂猫，女不搂狗。”我笑笑，支书说：“不是跟你说笑话，晚上你那东西一动弹，它会当老鼠捉哩，你一个人荒着，老二咋会不动弹呢？”又说：“老尚的东西就剩下个豆角了，婆娘搂狗睡都不搂他。”

我忍不住大笑。

这猫很爱干净，每天早晨起来就用两个爪子洗脸。它真是跟我有缘，闲暇时间，它就陪在我身边。你唤一声，它就偏着头看你，“喵呜——”应答一声。你一伸手，它一跃就到了你怀里。它极善和人玩乐，舔你的鼻尖、手指，用小爪子抓你，锋利的爪子绝对不会伤到你。我想起陆游的《得猫于近村以雪儿名之戏为作诗》：“似虎能缘木，如驹不伏辕。但知空鼠穴，无意为鱼餐。薄荷时时醉，氍毹夜夜温。前生旧童子，伴我老山村。”

半坡多数时候气候干燥，早晨起来，地上会落一层浮尘，霜雪一样。每天早晨，院子里都会有蹄痕，一朵朵像花，五瓣的、三瓣的、两瓣的，有像马蹄莲的，一串一串的，就像一个穿着纳了各种花样鞋底的人走出来的。还有尿痕粪便。这是小兽们的足迹，它们是来浪门子的？还是与我为邻，就存身我的院落？

这天早晨起来，我发现院里的梅花状蹄印很大，印满院落。显然不是猫的。是别人家的狗来浪门子，还是别的东西？老朱背个背篼从门前经过，我叫住说："你来看看，这是不是狗的爪印子？"

老朱看了又看说："是狗的。"我心一下安了许多。"也可能是狼的，狗就是狼转的么。"

我说："狼的？狼……来村子上？"

"来，常来，前两天还进老唐羊圈里咬死三只羊，"老朱笑笑，"狼婆还钻被窝哩，三只眼还生过一个狼娃。"我问三只眼是谁。老朱说："我也不知道，你怕个锤子，啥都没操心（喂养）着，它来了，转一圈就走了，又不像人会抬门。"

我继续看那梅花蹄印，老朱说："走，拾粪走。"

我笑着说："拾粪还约人？"

"怕了你就养只狗么，"老朱说，"雷正远家狗下了一窝。"

我去雷正远家，雷正远家的狗下了一窝狗娃子，六个。

雷正远说："你挑一个。"

我说："不会挑。"

雷正远一拍脑袋说："就是，你哪里会挑狗。挑狗要这样，捏住脑顶的皮往起提，不叫唤的狗歪。"六个狗娃他一只一只地提，有四只一提吱哇乱叫，有两只一黑一白，却一声不吭。他把不叫的两只又提了一遍："你挑一只。"

我说："随便哪只都行。"

他说："白的吧，白狗辟邪哩。"

在半坡，辟邪是一件大事。毛鬼神、狐狸精、黄大仙在半坡不是骂人的话，而是存在于世上的邪物，而且都有传说。比如"毛鬼神"，说是姜子牙的舅舅。传说姜子牙封神，封到最后，姜子牙的舅舅也跑来讨封，他不敢进大殿，就在门背后探头探脑。姜子牙看他舅舅鬼鬼祟祟，就随口说："你要进来就进来，探头探脑的，像个毛鬼神……"应了这句话，他就被封为毛鬼神。还有狐狸精，就是苏妲己在世间的阴魂，黄大仙就是成精的黄鼠狼，等等。

我抱过狗娃时，雷正远又说："捉狗跟人的脾性，你这人就是个歪人，怕也给运动挼得没脾性了，等会儿让我儿子给你送过去。"

我笑了，雷正远的儿子脾气大，惹了他他就拿头撞墙，还往崖边跑跳崖，都叫"惹不起"。

我给他钱，他说："你这是要笑我哩，逮狗逮猫的谁还掏钱？"

不一会儿，雷正远的儿子送狗娃来了，我接过狗娃。支书说："这就对了，过日子咋能没狗？狗看家，也是一个提醒么。你干些见不得人的勾当，狗一叫，你就知道来人了，可以收拾干净了。狗是忠臣哩。"

半坡人说狗是忠臣，猫是奸臣，有两个传说为依据。一个是说人这辈子糟蹋的粮食，死后全变成了蛆虫，猫会用尾巴将蛆虫赶至你面前监督你一条一条吃下去，狗会扑过来赶走猫，替你吃掉蛆虫。一个是说很久很久以前，这个世界米山面岭，油缸醋井，人是不劳而食的。后来人们太糟蹋粮食，一个娃拉屎，妇人正在和面，随手揪了一疙瘩面给娃擦沟子。玉帝大怒，王母娘娘率天兵天将下凡要收走粮食，将人类全部饿死。是狗追撵着讨了粮食，人类才得以生存。当然猫也有好的传说，说人死后到了阴间，是猫给人领路，狗护驾。

"猫狗猫狗，家里一口，这才像个家么。"支书说，"开春，再养上几只鸡，就更像个家了。"

这小家伙虽然还只有猫一样大，却已能看门了，来个人，就叫着扑出去。你不拦，人要进门还真不易。正如陆游诗中所写："贫家也复谨朝昏，小犬今年乞近村。糠秕无多深愧汝，狺狺终夜护篱门。"散工回来，它远远地迎着来了，又叫又跳的。你别看这么个小东西，早晨起来，院子里的小兽蹄痕少多了。

开春，正生十岁的儿子殁了。村子上人陆续去正生家看望安慰，半坡人把这叫收泪。

收泪是半坡最令人感动的词之一。多年后，我曾读到一篇文章用到"收泪"这个词，解释时列举了嵇康《思亲诗》"中夜悲兮当告谁，独收泪兮抱哀戚"、《晋书·孝友·刘殷》"殷收泪视地，便有堇生焉"、冯梦龙《东周列国志》第三十六回“毛偃收泪，同赵衰等来见重耳”等，此君并没有领会这个词，他所列举“收泪”是指自己止住了泪水。在半坡，“收泪”是指通过劝慰让人不再沉溺于不幸之中。在半坡，老人去世，亲朋好友要请亡者家属吃饭，叫收泪饭。

我去小卖部，支书也在。我要了一斤红糖、一瓶罐头、一斤挂面。支书说：“收个泪么，三色礼重了，一斤糖就够了，三句好话也当钱使呢。”

“三色礼”是指三种不同的礼物，通常是罐头、红糖、挂面，沾亲带故的也算是重礼。

“没事，没事。”我三样东西都买了。

支书说：“以前你月月有个麦子黄，现在也是只出不进，钱可不敢像以前乱花。”

正生家窑里人很多，都在说劝慰的话。

“唉，好的命不长，多好的娃，一点都不乍古，不惹人贱眼。”

“乍古”是一个古词，指性情乖僻，行为怪诞，要无赖，匪性重。

“得病两年，睡在炕上，伺候他，心尽到了。”

“哪棵树上没有个谎花？老天爷就给了这么点阳寿么，这么大点娃，干净得就像个冰疙瘩，定然是上了天堂了，哭得越歪，娃路上走得越扯心，耽误娃上天堂哩。”

过了几日，正生捧着四只鸡娃来了：“你养着，吃个蛋，也能添个笔墨纸张钱。”

我说：“我怕养不好。”

“鸡最好养了，草芽芽蒿叶叶虫虫蚁蚁的，自己能吃饱，冬日给一把瘪粮食就成。”正生说，“再养大点给你捉来也行，可再大点就认下家了，在你家养着，下蛋也回我家里下哩。”

他在院子里看看，说：“鸡窝都塌了。”

我说：“我那窑大，就让在我窑里。”

他说：“使不得，你记着，窑里可以养猫养狗养牲口，不能养鸡。鸡这东西招惹那些东西。”我知道他说的那些东西是指妖魔鬼怪一类的邪物。

他回家抱来几块胡墼，靠着崖根砌鸡窝。我说：“给你添麻烦了。”

他说："这有啥麻烦的，几锹泥的活。"

我说："对你来说简单，对我来说可是难事哩。"

"你就不是做这活的，就像我不是写字的么，"他笑着说，"鸡要吃开鸡蛋了，你就把鸡嘴剪了。宰了也行，你一个人，日子消停，秋上再给你抱一窝。"

鸡娃长得很快，到了初夏，四只鸡已经长大了。四只鸡有一只公鸡，会打鸣了，而且好斗，你要拿条棍，它就会扑来跟你斗。我经常拿棍儿和它斗，棍上被啄得坑坑窝窝的。来了外人，它总是偏着脑袋围着人转，颇有些挑衅的意味。你要有举动，它会跳起来啄你，脖子的一圈毛奓起，就像围了条围脖。

支书来了，公鸡扑支书。支书就拿烟锅跟它斗，烟锅短，它啄了支书的手背，立时就出血了。支书捏了一撮土揞在伤口上，笑着说："狗日的还不认识支书么。"我笑了。

"司晨的，闭鼠的，守家的，你这家口齐了。这些东西帮你积阴德哩。"

我说："有啥说法么？"

"你想么，撒了的饭，溅出去的粮食，鸡就替你吃了；每日的恶水、司气（馊）了的饭菜，猫狗就替你吃了。这辈子糟蹋了的东西到了那世就都成了罪，变成蛆虫让你吃的。"支书说，"也能给你避祸，邪恶的东西看到你这屋里鸡猫猪狗的，知道这家人气旺着，你不招惹也不会跟你生事的。"他嘿嘿一笑，"这世上啥东西都是欺软怕硬。"

我说："我也喂个猪吧。"

支书说："猪不好喂，猪要专门喂食哩，吃得又多，而且手气不好，喂成个老疙瘩，就像吃了丁香，咋喂都不长。不像猫狗，你做饭时多下一把米，多和一点面，它们就能过活，它们自己会打食。"

[半坡]

我去给支书送花名册。

到了半坡的第三天，我找支书问活路。支书说："急个锤子，看你这棺材板一样的身体，先缓着再说。"我笑笑，支书也笑笑说："没看出你还是个急性子，闲下来心慌是不？给你找个活干。"他从炕上箱子里拿一个牛皮纸本子递给我说："把花名册重造一下，挼得魂都没了。"我看看花名册说："支书的字写得漂亮。"支书一笑说："别辱没我了，我能写这么好的字就不是现在的我了，这花名册是你前面来劳动改造的老走造下的。"

用了两天，我就造好了花名册。

花名册递给支书。支书看看花名册说："两天就造出来了？就是给你找个活干，你日急慌忙地做啥？十天半月也是个造么。"

点了根烟，支书说："从花名册看出啥情况咧？"

我摇摇头说："没看出啥情况，呃，对了，唐、尚两姓人口多，他们的姓名中间的字有很多是一样的。"

"你是个有心人啊，有典故哩。"支书下了炕，端了旱烟笸篮子说，"我们到院里坐去，天还没热透，窑里阴寒，这两天的日头好，能把骨里的寒气逼出来。"

我们来到院里，靠墙根一个小方凳，支书说："你坐凳，我蹴着。"

我说："你坐……"

他说："我蹴惯咧。"

支书递给我一个烟锅，我们每人装一锅旱烟点了，支书说："得从唐、尚两大姓说起。这两姓原出一家，说是一位遭难的娘带着一双儿子逃难，逃到过风岭逃不动了，已经逃了一个多月，也不想逃了，就在这里扎住下来，在崖下她用锅铲掏了一个小窑。小窑刚掏成的当天，老天就下了一天一夜的雨，直下得干山坡湿漉漉的。雨过天晴，艳阳高照，正是种糜子的时节，她就想种糜子。种子有，她背着一袋糜种，逃难经过了千饥万饿，没有动过一粒。可怎么种到地里呢？一个放羊汉赶着羊过来了，她就对放羊汉说，他伯，这面山坡我想撒种糜子，是不是占了你的草山？放羊汉笑了说，看他婶说的，这宽天宽地，我差这片草山？她说，还得麻烦你赶着羊群给蹬蹬。放羊汉说，那多大的事，你这落足了，我以后赶羊过来还有处讨口水喝哩。我赶着羊来回多走上几趟，把糜种踩扎实，只是这荒地没上粪，种上没有收成。她说，我看了，这地皮黑乌乌的，也壮哩。这年，糜子成了，就这么有了这个庄子。这娘带着两个儿子驮了两口袋糜子给放羊汉送去，让两个儿子把放羊汉拜了干大。”

他停顿一下看看我说：“这放羊汉是我的先人，唉，早得很了，都很少有人提说咧。这娘带着的两个儿子却不是一脉同胞，而是隔山兄弟。”

隔山兄弟就是一母两父。清俞樾《茶香室丛钞·称谓之异》：“甘州人谓姊妹之夫，曰挑担。其异父之昆，曰隔山。”

“大儿姓唐，二儿姓尚。两个儿子大了，一个人娶一个媳妇娶不起，就朋了一个媳妇。说是这媳妇沟子大腿粗腰细，很能生养，生了十六个，活了十三个，男娃九个。后来分了家，唐家分了五个，尚家分了四个，说是分儿子就像捉猫捉狗。老太太定了规矩，五服之内不准通婚。他们请了先生，取了一套字辈，唐、尚两姓都用，表示是兄弟。唐家都到‘义’字辈了，照此算来，半坡该有好几百年的历史了，成了两大宗族，唐、尚两姓早都通婚了。庄子越来越大，人口越来越多，也就有了矛盾。恩人转夫妻，仇人转兄弟，何况隔山兄弟。宗族间的仇恨比别的仇恨都纠缠，闹起事来伤亡人也是常事。说是两家打第一仗是因为一个枣。唐家栽的枣树枝子伸到尚家院哩，尚家揪了一颗枣吃，两家就打了起来，结果引得唐、尚两大家族打了一仗，两姓死了五个人，后来不就有了句话么：枣核核虽小，硬得很。仇越结越深了，动不动就打起来，平日小仇小冤攒着攒着大了，就会出一回大事。出了事都使银钱打官司，银钱花了不少，官司几年打不出个结果，你想都花了银钱哪能有输赢？以后再生了事，死死伤伤的无论多大，都不打官司，唐、尚两家主事的坐下来商量，自己解决。死人最多的，还是清朝的事，唐、尚两姓为塬坡上一块地打了一仗，死了十几个人哩。”

柳三变进院来，蹴在旁边拿起烟笸篮子里撕好的烟票卷了根烟，我给点了。

支书接着说：“也就是这一仗，唐存生把尚存年打晕死过去，贪心么，去撬人家的金牙，唉，说起来不光彩。尚存年疼得醒过来，一刀就把唐存生给捅死了。尚存年却做了件不是人的事，把唐存生的锤子给割了下来，喂了狗了，在唐家祖坟留下一座无根坟。唐存生是宗族里的有功之人，还没结婚，没有后人，咋能让他断了根？唐家就把唐存厚的儿子唐高水过继在唐存生名下。就是怪得很么，唐高水结婚后生不下儿子。这方子那方子想尽了，生了个儿子，到了儿子手里，又为生不下儿子折腾，几世单传。总之为传宗接代费尽周折。人人都明白问题出在哪里，祖坟里埋着无根坟，喇嘛、阴阳也是这样说的。到了唐义全这一辈，五十多了，还没有儿子。唐义全已被留后这事搞得精疲力竭了，决定将无根的先人从祖坟里迁出去。这可是忘祖背宗，多大的事哩。按说他做不成，能做成他爷他大手里早做了，可他做成了。有钱能使鬼推磨，唐义全种大烟发了，好地都种了大烟。唐义全花了银两、烟土，摆平了唐家几大户主和一个个家门主事人。唉，没办法，那些主事人、户主里不少人都上瘾了么。你还别说，无根坟从祖坟里迁出来的第二年，唐义全就有了儿子，接着又生了俩儿子。尽管唐义全花了不少钱厚葬，年年祭奠，还是背负了骂名。不过唐义全这支人人丁兴旺得很。

“唐、尚两姓仇气大，可大不过天，地动了，就是民国九年海原大地震，人死得太多了，说震中就在甘盐池，离这儿近近的。你想想，前两天广播上还说修梯田挖出人骨头，又说起地动的事，咱们县（海原县）震死的人数超过百分之七十，就是十个里面死了七个还多的人，这驴脑子沟就是地动了给撕开的，你看这老天爷生了多大的气。地动了，唐、尚两大姓人死的一样多，你说日怪不？地震一折腾几年，接着又是民国十八年大旱，年荒一折腾又是几年，卖儿卖女的，吃人的事都出了，加上一遇灾荒年土匪就起来了，死了的，逃了的，人口少得厉害。唉，乱世么，没人管么，乱了个不得消停。好好的一个人，就成土匪咧么，彻底把这两大家族的元气给伤了。外省人来得多，像四几年河南大旱，来了不少河南人，后来打起仗了，山东人也往这里跑，山大沟深，能躲藏，大战场也离这里远着哩，外姓人口也涨得厉害。解放后，有些回老家了，有些就落下了，安定咧，不闹土匪，也不打仗了，遇上荒年，还能吃上救济，唐、尚两姓总还是人口底子厚，人口渐渐又升起来咧，大队领导班子就人家两大姓轮流当，事又开始多起来。当然不像解放前两姓人想打架就能打架，斗争主要是捉奸，这也最有效了，捉奸就能把人放翻。尚家人捉唐家人的奸，尚家人上去了，唐家人反过来又捉了尚家人的奸。几次就把雷震子给惹恼了，专门回来整顿，站在祠堂里骂羞先人当喝凉水哩，把唐、尚二家所有队干撤了，换上了杂姓，我才当了支书。雷震子说，你想干多久，就看你怎么干，我给你说在半坡，我没有唐、尚之分。我说，只要你没有，我也就没有了。雷震子倒是说到做到，唐家人都不敢找他……”

我说：“雷震子……”

柳三变说：“唐彦斌，在地区当官哩，老大的。”

支书说：“是个人物哩，他的典故以后你会知道的……呃，咋绕到这里了？远了，扯远了。这唐、尚两大姓，咋就叫了个半坡？还是国民党坐天下不久的事。那年来了一个乡干，进了苋麻河谷，碰上个放羊老汉，问，去唐尚庄咋走？老汉说，唐尚庄？没有唐尚庄呀，你弄错了吧，倒是有个尚唐庄。乡干说，是尚唐庄？不是唐尚庄？老汉说，我不认得你，你不认得我，我哄你做啥？乡干说，咋走？老汉说，就沿着这条路直溜溜往前走，看那老疙瘩峰，下面的村庄就是尚唐庄了。乡干走了一阵，看到老疙瘩峰下有三个村庄，不知道哪一个是尚唐庄。村庄与村庄之间都隔着沟，走错了得来回翻沟。看到一个放羊的，走过去问尚唐庄。放羊汉看看他说，尚唐庄？没有尚唐庄啊。乡干说，没有尚唐庄？前面一个放羊人说有，就在老疙瘩峰下面，可这三个村庄是哪一个呢？放羊人说，这达没有尚唐庄，只有唐尚庄，就是中间最大的那个庄子。乡干进了最大的那个庄子，又问了两个人，结果很巧，一个说是唐尚庄，一个说是尚唐庄。碰上一汉子问，你姓唐？那汉子说，哪个驴才姓唐。乡干往里走，又碰上问另一汉子，你姓尚？那汉子说，哪个驴才姓尚。

“乡干召集乡绅、户主开会，人们才知道来的是乡干，是普查人口与村庄的，要进行编组保甲，联保连坐。尚家人就想着借这机会要么改成尚唐庄，要么分庄，为啥要老随在唐姓沟子后面。唐家人当然不让。争着争着就吵起来，两姓人开始推推搡搡的。乡干说，来来来，摆开再打一仗，我给你们做主了，哪姓死的人多就定哪姓做村名，论功行赏。唐尚庄，尚唐庄，隔些年就血祭一场，打过多少回，死了多少人？呸，你好大的唐家、尚家，再打么，打死上几次，毙掉几个，就消停了。说是那乡干走到几个主事人跟前，指头剟得像绣花，一个个搁头日脑的，把自己当人物呀，在你们手里打上一仗，再死上几个人就能家谱留名，青史留名？不怕遗臭万年，还想青史留名？蹬着门槛要歪使狠，我看了你们打仗的历史，就发现一个问题，你们这些主事人的儿子怎么就没一个打死的？指着别人的娃娃赌咒不心疼啊，有神功护体啊。来来来，把主事人的儿子都叫出来，我看看是不是有神功护体。说着把盒子炮拍到八仙桌上。那时候土匪闹得厉害，重要乡干都配了长枪短炮。”

常八、老冯、老陈、郑瑞风几个人进来，支书说：“都不回家吃奶去……”

“我们来听支书的报告哩。”

他们卷了烟吃起来。

支书说：“乡干说，唐尚庄、尚唐庄，煞气太重，无情无义，做不得村名了，我给你们起个名。起名，那是我们先人起的名，你给我们起名？咋了？我把你们并到周遭几个村里，让你们连个啥名号都没有了，你们信不信？那，那，那你给我们起个啥名？我想想看，也不用想，费那脑子做啥呢，就叫个半坡。半坡哪是个村子的名字，让人听了笑话死咧。有什么笑话的，村子就在半坡上坐着哩。你再想想，咋也起个比半坡好的名字，我们这儿有王母岭，老疙瘩峰下有宋城，叫王母岭村、宋城村都比半坡好嘿。王母岭村、宋城村，就你们背得起这样的名字？别跟我争，我捏住半个嘴你们也争不过，来前我翻了县志，哎呀县志给你们唐尚庄染得血里糊拉的，哪年唐尚庄械斗死多少人，哪年唐尚庄械斗死多少人，县长说了，村庄大姓之间再出现械斗，先把大姓主事人砍了再处理，干部可以先斩后奏。说着拿出像委任状一样的一张纸，大笔一挥，腰里那个皮坨坨往上一按，村子就这么叫了半坡，还给写进了档案里。刚解放那会儿，村庄普查时，唐家尚家又提出改村名，上面一句话顶了回来，以以前档案里的名字为主。后来，雷震子从部队转业到地委，唐家就撺掇着让他把名字改回来，甚至改为唐家庄。雷震子说，改回来就好？能为唐家增光添彩？你们就名垂青史了？再添几个冤死鬼？不改，以后少给我提这事。”

老冯眯着眼睛，支书拿烟锅头挨了老冯的额头，老冯给烫得跳起来。

“半坡，这真不是个名字。王家庄、李上庄，这一听就是大庄户人家，就像水浒中的祝家庄、扈家庄。半坡，是个啥名字？”

“庄子就在半山坡上，叫半坡也对哩。”

“对个锤子，哪个村子不在半坡上？”

“这个屄乡干，你改个别的也行噻。半坡，半截子的半，山坡坡的坡，这是个名字？”

“碌碡拉到半坡上——上不去下不来，越说这半坡越不是个名字哩。”

“就是，就是，这确实不是个啥名字。”

“下放，你说这名字……”

我说：“要说半坡这名字可是个大名字。”

“真还有这样的名字，还是大名字？”

“半坡遗址，世界有名哩。”

“半坡遗址，世界有名？”

我拿出地图册，翻到陕西一页，指着半坡给他们看。

“还真有，上了地图，点这么多一片，曹们半坡占了多少？”

“就两个字。”

“小气毛。”

“跟人家比个锤子。”

“咋不能比，曹们半坡至少有五百年了，它有多少年？”

“六千到七千年了。”

“下放，还说不会抬杠，你看你这一杠跟曹们抬得美不，就是跟曹们半坡抬了一杠，找了这么个地方让曹们比？”

我有点后悔说半坡遗址了，这让他们处到了下风。

支书读起半坡遗址典故，大家屏声静气听着。支书读完，柳三变说：“听听人家的典故。”

“咋没听说过呢，要说这么有名的地方，曹们以前跑脚该知道的。”

“对呀，陕西么，过来过去的。郑瑞风，你知道不？”

“不知道，怪怪儿的，肯定也不是个啥大地方。”

“地图上给了这么大片张哩，你看这皇帝墓那皇帝墓也没它点得多哩。”

“半坡名字是不是后来叫的，就像咱们这半坡的名字一样？”

我忙说：“对对对，是后来叫的，这半坡遗址于1953年被发现，也就是说它是1953年才叫的半坡遗址，咱们是解放前就叫的。”

“就是么，就是么，说不定还是把曹们半坡的名字拿去叫了呢，曹们半坡在路上坐着呢么，要不是驴脑子沟把路给断咧，南来北往的客有多少，热闹着哩。”

他们这么说着，又都卷烟，长出一口气，就像办成了多大的事一样。

“人家名气大，就像皇上，哪能容你重人家的名字。”

[典故]

在半坡，典故不是特指诗文中引用的古代典制、掌故和有来历的词语或妇孺尽知的公众人物、事件等，它就是故事，他们说今儿的事到明儿就成典故咧。半坡人也说成古今，正如孟浩然“人事有代谢，往来成古今”。在半坡，人们口语中保存了很多古语雅言，音、义俱古：

“奘”，粗而大。《说文》：“从大，从壮。会意。壮亦声。”《尔雅》：“犹粗也。”例：“老鼠尾巴，肿了能有多奘。”

“胡然”，《孔子家语》：“孔子作色而对曰：‘君胡然焉！’”孔子的意思是你说错了。《诗·小雅·正月》：“今兹之正，胡然厉矣。”指责当时的政局胡整得厉害。例：“再胡然啥小心我踏开咧。”

“狎”，《说文解字》：“胡甲切。”古汉语读 hā，半坡人保留古音、义：坏、不正派。《尚书·泰誓下》：“今商王受狎侮五常，荒怠弗敬，自绝于天，结怨于民。”例：“你个狎屄，再胡日怪，小心我把你挕个扁扁子。”

“墙”，藏。《说文解字》：“墙，垣蔽也”。“狗日的东西墙到哪达都能翻腾着给你找到。”

“踒”，崴。《集韵》：“踒。折足也。”例：“三天不打，上房揭瓦，看把脚踒没？”

“叵烦”，不耐烦。《正字通》：“叵耐，不可耐也。”叵烦，不可烦。例：“你能做个啥？你把人叵烦死咧。”

“礤”，礤洋芋、萝卜等。《集韵》：“礤，摩也。”例：“礤洋芋来，咱们吃洋芋熔熔。”

“先后”，妯娌。《汉书·郊祀志上》：“神君者，长陵女子以乳死，见神于先后宛若。”颜师古注：“孟康曰：……兄弟妻相谓先后。宛若，字也。”例：“那先后俩，一个鬼背着送下的。”

“胤”，衍生。《说文》：“胤，子孙相承续也”。《国语·周语下》：“胤也者，子孙蕃育之谓也。”例：“李唐宋家十三口地动（地震）了打得就剩下他一个，你看这几十年光景，胤了三十多口人。”

“熇”，用少量的水蒸煮食物。《玉篇》：“熇，尽也，干也。”《广韵》：“熇，火干物也。”例：“把洋芋、黄萝卜熇上一锅咥一顿。”

“倭也”，事办停当，令人满意。《广韵》：“倭，顺貌。”例：“那人心细，活做得倭也，没啥弹嫌的。”

“毕”，结束、完蛋。《广雅·释诂》：“毕，竟也。”《阿房宫赋》：“六王毕，四海一。”例：“出了这事，毕咧，再嫑痴心妄想。”

“嫽”，美好。《方言》：“嫽，好也。”例：“嫽咋咧！”

“趏”，跑。《康熙字典》：“趏，走貌。”例：“狗日的早趏得没影影子了，你还指望他？”

“褦襶”，喻人无能、愚笨、不精干。《吴下方言考》：“褦襶，不能事而笨也。”例：“你看他那个褦襶样，鼻子都吸不起来，指望他成事？”

“晚夕”，晚上。《初刻拍案惊奇》：“少不得朝晨起早，晚夕眠迟。”例：“白天游四方，晚夕借油补裤裆，他能过个光阴？”

“抱”，孵化。鸡孵卵也。例：“他婶子，今年抱鸡娃子给我代着抱几个，你手气好么。”

“掰”，把东西掰开。《集韵》：“掰，裂也。”例：“咥泡馍，你还等着别人给你掰馍，你咋想得那么美噻？”

“傍”，傍边，贴近。《广韵》：“傍，侧也。”《集韵》：“《说文》傍，近也。”例：“日急慌忙做啥去，来来，在我傍个子坐一坐噻。”

“汉”，放在凉水里浸泡。《广韵》：“汉，寒冰。”例：“肠肠肚肚在冰水里汉些时辰就不膻气咧。”

“挨”，等待，拖延。《集韵》：“挨，拒也。”《烛影摇红》：“挨到如今，信知空挂闻怀抱。”例：“挨了多长时间了，再挨几天就挨不住咧？”

悟愫、纨货、癫顿、芫荽、调羹、赍发、骈工、涵养、跤、爨、搁、扚……

至于音串了，义保留了下来的词语就更多了。

[柳三变]

进来一个人，支书给他介绍过我，又给我介绍说："这是柳三变。"

我看看柳三变，五大三粗的一条汉子，眉毛粗而浓。

握过手，柳三变说："改造又开始了？"

"估计快了，"支书说，"不是坏分子，是自己申请下放了，记住是下放劳动，不是监督劳动，也不是劳动改造，就跟社员一样。"

柳三变看看我说："下放劳动、监督劳动、劳动改造，还不都是改造的意思？"

支书说："你的事就是拿他做的交易。"

柳三变却撇撇嘴说："我可不领他的情哩，我就没打算干，他们得给我个说法。"

柳三变走了，支书冲他背影说："就是个王八，一口咬住不打雷不松口。"

我觉得这家伙不好打交道。

参加劳动后，我发现柳三变很好打交道，很快也就知道了柳三变的事。

"四清"时工作队进驻半坡大队，后来组织了捉奸，把前任支书唐忠峰捉在了祝小凤的炕上。祝小凤是地主的小老婆，爹又是地主，捉奸就成了政治斗争，唐忠峰被押上了批斗台。过后，就是揭批。唐姓是半坡第一大姓，揭批第一炮当然要打响。工作队队长莫大智点名柳三变第一个上台揭批，原因有三：一是柳三变能说；二是柳三变是队干——会计；三是柳三变当会计唐忠峰不同意，想让祝志成做会计，但没拗过公社干部。

柳三变说："我没啥揭批的。"

莫大智愣了一下，敲着桌子说："你没啥揭批的？唐忠峰作为大队支书，和地主婆祝小凤搞到一起，都捉奸捉双了，事实就摆在面前，你没啥揭批的？你就这觉悟？”

“这不能说明问题，老早以前，唐忠峰就和祝小凤好上了，又不是当了支书以后才好上的，事有个先后，不能黏在一起。”

“柳三变，你是个老党员，这是个路线问题，这点阶级觉悟都没有？”

“我就这觉悟。”柳三变说完掉头走了。

晚上，工作组和队干开会，没让柳三变参加。

会后，莫大智把柳三变叫去说：“你明天上台揭批唐忠峰还来得及，实话跟你说，你揭批不揭批，唐忠峰都是要批倒批臭的，重要的是通过这件事要看你的态度、你的觉悟。”

柳三变说：“事有个先后，话不能颠倒说，要这么说就不实事求是了，我还是那话，我没啥揭批的。”

莫大智一拍桌子说：“你被开除出党了，会计也撤了。”

“开除我的党籍，老子入党的时候没解放哩，你莫大智啥时才入的党，轮到你开除我？我就是不上台揭批，你这么弄，我还不伺候你咧，想咋弄你们弄屎去。”柳三变掉头走了，出门时骂了句“还实事求是，你们这么弄事就是个屎事”。

要说柳三变还是解放前入的党。1948年，共产党在半坡暗地里发展党员，柳三变想加入，回去跟爹商量。爹说：“世事还看不明白，不过，那年他们从咱这里过，穿得破破烂烂的，也没听说打家劫舍抓兵摊饷的。”柳三变就入了党。

柳三变去找大队长，那时候支书还是大队长。柳三变说：“莫大智跟尚忠喜婆娘搞得热火，猪八戒倒打一耙，倒把唐忠峰捉了奸。眼睛瞎了，看不清这背后的事？”

大队长说：“捉唐忠峰的奸就是莫大智的主意，看不明白？”

“唐忠峰打倒了，支书就是尚忠喜的，这是给尚忠喜腾窝窝，你当是给你做好事？”

“莫大智是省上来的，他爹在省上，老大的官，不好惹，公社都不敢拿他咋样。”

"你是啥大队长？我是看透了，你是狗屎掉进油缸里了——又尖又滑又难拿。我不像你，屎都能吃下去，我咽不下这口气。"

"柳三变啊，眼看着的亏你硬往下吃？你叫柳三变，就不能变变？"

不久，县领导来看望驻队干部。晚上，莫大智被捉了奸，是支书示意柳三变伙上唐家人干的，他们就是选在县领导来队上时捉奸。他们怕莫大智这晚上不去尚忠喜家，可这莫大智太张狂了，喝了点酒，偏就去了。捉奸的时候怕官官相护，反咬一口，宋庄大队出过事，大队长捉支书的奸，结果变成了支书是做思想政治工作，大队长把自己害了进去。他们把声势搞得很大，莫大智和尚忠喜的女人被赤裸裸地捆到了麦场上，那夜整个村庄牛哞驴叫鸡犬不宁的。莫大智就此悄然回去了，柳三变的党员和会计却也没恢复。

柳三变给我讲的时候，我发现他有一个习惯，一闲下来喜欢自己弹自己的脑瓜，"嘣嘣嘣"的。我问他为啥要弹，他笑着说弹弹，看还能不能灵点。我问他的名字，他说小时候他气大，一生气就憋过气去。因此剃头时头上老留着三撮头发，他娘辫成了三个辫儿。只要他一气死过去，就抓那三撮头发提拉。天长日久的，人们就叫他三辫。解放后人口普查，报户口的时候，也就报了柳三辫。登记户口的老黄识的字有限，辫子的辫写了半天没写出来，说："辫子的辫，这哪是个人名，谁取的这名？"他爹说："请不起先生，自己叫的。"老黄说："我给你改改吧，改个好点的名字。"他爹说："已经叫出去了，怕改不过来了。"老黄说："改字不改音，改成变化的变吧。"老黄还解释说："这个变比那个辫好，你看你穿得补丁摞补丁的，连鞋都穿不起，给娃取个名字都请不起人，日子应该变变了。"他爹就千恩万谢的，还给了老黄十个鸡蛋。大了点，他上农民夜校识了几个字，知道了意思，很不喜欢这个名。有人说："三变，三变，你是不是变化无常？"他就想改名字，想了好几个名字，人家问他为啥要改，是不是犯过啥事，历史不清白。几个问题问得他掉头就出来了。

柳三变说："苦（可惜）了十个鸡蛋了，还不如辫子的辫，辫子的辫笔画还多哩。"

我说："笔画多了就好？"

“笔画多了厚重么，柴堆大了还火焰高哩。”他说，“曹家几代没出过一个读书人，曹爹就一个劁猪的，要不能给我取这么个烂杆官名？”

“曹”作为人称代词，是个古词，有吾曹、我曹、尔曹，已经很少用了，半坡一带人还用着。半坡说到我、我们说曹、曹们。还有这样的笑话：“曹寻你吃饭，你已在‘槽’后吃上咧。”不过，现在的半坡人用“曹”也用“我”。半坡人说“人家”时会说“聂”，比如：“聂不言不喘地把事弄大了！”说“那人”时说“喔”，比如：“喔是个哈㞞，照心戳了一扫帚，一心的坏眼眼子。”

我笑了说：“要说柳三变这个名可不是个烂杆名字，历史上有个柳三变，可是个了不起的人物哩。”

“历史上还有叫柳三变的？你给曹说说，曹咋也得知道知道人家，好赖重了人家的名。”

我就给他讲了柳永的一生。“这么厉害的人，咋没听说书的说过呢？”他说，“我从十三岁就跟人跑脚，当骆驼梢子，到哪里住下，就撵说书人，听了几十年书哩。”

我说：“但凡读过书的人，都是知道他的。”

他“呃”了一声说：“从古到今出了多少个皇上，人还记得几个？柳三变像你们这些人都还记得，不简单，是个厉害人哩。”

我笑着说：“这话说对了，那是个相当厉害的人。”

他说：“今年清明得给人家烧张纸，十一得给人家送身寒衣，咋说咱也重了人家的名。”

不久便是清明节，我在十字路口烧纸，他从坟地里出来，在十字路口给那个柳三变烧纸。

“一笔难写两个柳字，再说曹还重了人家的名。”他说。

红头文件下来了，支书说：“宰鸡去，这事你得感谢下放。”

柳三变说：“那我入党的事呢？”

支书说：“入党的事以后再说。”

“咋能以后再说？开口原则，闭口原则的，这就是个原则问题，一句话就把我开除了？莫大智算个锤子，他开除我，我不比他入党的时间长？我的党籍不恢复，会计我也不干。”

“你狗日的还是荞面搓的棒棒，见风就硬，你……”支书没说完，柳三变已走了，支书冲我一笑，“这狗日的就是个犟㞞。”

我说：“开除党籍下文件了吗？”

“开除党籍还下文件？当官的一句话的事。”

“开除党籍要通过支部会议研究讨论，形成决议，下了红头文件，才算真正开除党籍。”

“这，这我得去公社问问黑脸包公，这事马虎不得。”

支书又去了趟公社，回来跟柳三变说：“宰鸡去。”

柳三变说：“我党籍恢复了？”

“日他娘，你说我们这啥政治水平。莫大智说开除你党籍，那就像骂仗骂出的一句话，下了文件了？让黑脸包公把我好一顿耻笑。”

柳三变笑了说：“狗日的，我就说开除党籍哪有这么容易。”

支书说：“你就是个犟㞞。”

“不是我犟，也不是我非要是个党员。人得有始有终，入党的时候说，生是共产党的人，死是共产党的鬼。这是赌下的咒发过的誓，你让下放说么。”柳三变笑着往外走说，“你啥胃口，这事就宰只鸡？咋也得宰只羊。”

[背篼]

小晌午时分，伏里天的太阳酷热。一路在狗的扑咬中，我向着广财家而去。

"那两个小山一样的芨芨摞就是唐广财家。"

我去唐广财家买背篼。

读到好几位作家写农具的作品，犁、耙、耖、磙、锹、锄、镰、叉……一位作家列举一个家最常用的农具达三十七种，却都没有提及背篼。事实上在山大沟深的村庄，背篼是最重要的工具之一，割草、打柴、剜菜、赶集、背灰、拾粪……半坡大部分庄稼地都在坡上，要往地里背粪，往回背洋芋。"背"是一项基本的劳动技能，用途极广。半坡人家几乎人人至少有一个背篼，大人有大背篼，小孩有小背篼。

半坡的背篼不是竹的、柳条的或别的灌木的，是芨芨的。北风卷地白草折，胡天八月即飞雪。白草就是芨芨，又叫席芨，半坡翻过月亮山便是西吉县，县名就是因为遍地席芨而得。芨芨草多生长在河谷、荒坡、沟洼，根系繁盛，耐旱，耐盐碱。芨芨秆叶修长，坚韧，雨水好的年份，能长一人高。秋天，芨芨穗白如雪，秋风掠过，银浪翻滚，十分壮观。至深秋老了，秆是编织筐、背篼、帘、席和拧草绳、扎扫帚的好东西。芨芨背篼比竹的、柳条的都好，轻便光滑。

背篼背过粪就成专用的，叫粪背篼，不再做他用了。粪背篼用得最频繁，且家家不止一个，因为人人都得拾粪。大背篼是用来背衣子的。衣子就是粮食紧贴着籽实那一层包衣，比如麦衣、糜衣、谷衣、荞衣，依附在籽实上的那层外壳。那是喂猪喂羊的好饲草。

一进大门，广财在墙根正坐在银白的芨芨秆上打背篼，像个织网的蜘蛛。我走到跟前了，他才看见我，说："你进来狗咋没咬你？"

我说："没见狗，天热，狗在哪达睡着了吧。"

他嘎嘎嘎地笑了，我莫名其妙地看着他。他说："有一回，一个外甥来舅舅家。大夏天正晌午，见狗睡着了，外甥溜进门，见舅舅也呼呼地睡着，就悄悄坐着。舅舅醒了，看到外甥说：'你进来狗咋没咬你？'外甥说：'我进来狗睡得着着的。'"他嘿嘿笑了半天说："你猜这典故发生在谁身上？支书！"

我也笑了，他说："天再热狗也不会睡死的，有个动静就惊醒了。"

看到我手里的棍子，他说："难怪狗连声都没张，这根棍子村上的狗都怕，歪狗（凶狗）没少挨这根棍子的打。敢咬支书，不想活了。"

看得出他正编织背篼底子，像个八卦。剥皮的芨芨银白银白，散发着一种草的清香。

我递给他一根烟，他说："你吃，我不吃烟。"

我"呃"了一声，到半坡还是第一次见一个大男人不吃烟，我想他是不是作假，就说："真不吃烟，吃一根吧。"

"以前吃，吃得凶哩，后来着了一次火，"他指着两个大芨芨摞说："这么大的三个摞烧光了，就不吃了。"

"对不起，对不起。"我忙把烟在地上搓了。

"别搓了嘛，你吃你的，没事的，来家里的哪个不吃烟，往死里吃哩。"他说，"哎呀，一根烟吃了两口，这糟蹋的。"

我说："也不歇响？"

他说："家口大，没歇晌的命。"

我说："今儿没赶集？"

他说："搞副业的人天天都是集，榷场一、四、七，李家川二、五、八，甘城子三、六、九，逢十榷场还有个大集。今儿是榷场的大集，可家里来客咧，打扰住了。"

两个娃娃打闹进了院子，两个一样大，看上去有点像，就像双胞胎。我说："是双胞胎？"

广财笑了说："一个是我儿子，一个是客，跑来的。"

“跑来的？”

广财说：“昨日山影都压过崖头鸡都上架了，我给牲口上夜草，看到一个碎娃窝在墙旮旯睡着了。看过来看过去不是咱半坡的，一听口音就知道是跑丢的个娃。”

两个碎娃昂着头看我。广财站起来拉过那娃，奓起一个指头说：“这是几？”

那碎娃说：“西。”

广财奓起两个指头说：“这是几？”

“呃。”

广财指指头顶说：“啥？”

“千。”

广财拍拍屁股底下说：“啥？”

“季。”

广财抹了一下碎娃的头说：“你们庄子叫啥？”

“牛开子。”

“牛开子？”

“牛开子。”

“柳台子吧？”

那娃“嗯嗯嗯”的。

广财说：“牛开子牛开子的，把人弄得云里雾里的。柳台子人说话总把舌头捋不直，只有柳台子的人才这么说哩。以后说话把舌头捋直了说，柳台子，牛开子，好了，耍去。”

两个娃又跑到院外去了。“别跑远了，碎㞞不认生，一见面就亲得上辈子认得一样，”广财说，“碎㞞连个话都说不周正，哪个队都说不明白，腿还长得很，柳台子离咱这儿二十三四里地哩，你说这碎㞞腿长不，也就五六岁，摇摇晃晃就跑来了。”

他打了几把后，站起身来，把背篼底挂在院墙上的木橛上。靠墙码着几排摞起的背篼像一座座塔一样。他说：“来买背篼吧，要几个？”

我说：“一个家一般需要几个？”

他说："你就一个人，三个就够了。一个草背篼，一个粪背篼，一个碎（小）背篼。草背篼背衣子柴草，衣子柴草轻，小了来回跑了趟数了；粪背篼背粪、拾粪，粪重；还得一个碎背篼，扒灰扫浮土。"

我说："那就来三个。"

他说："稍等，我再打上两把，把底子固定死，一松开散了，前面的工白下了。"

广财取了大中小号的背篼各一个，让我一个一个背着试试，调整好了背篼系的长短，又给了我一个中号背篼说："你一个人，赶集背柴背篼太大，背个中号的轻巧，套在一起。"又拿了三把扫帚说："扫院子、扫粪用。"

他踢了一脚扫帚摞说："啥时候攒过这么多背篼扫帚。唉，这副业搞不成了，以前三天一个集，周围一、四、七宋庄集，二、五、八榷场集，三、六、九秦堡集，都不远，撵着跟集，天天都是集。现在倒好，都改成逢五的集了，所有的集都成了同一天，你说这副业还能搞？"

我问他价钱，他说："啥钱不钱的，你一人吃饱全家不饿，能用几个？算了。"

我说："那不行，再说以后常用哩。"

"常用哩，还真把这里当家？说不定明儿国家要用你们，你们这些人一抬沟子（屁股）连土都不拍走了，这些东西连多看一眼都不看。"

"钱你得收，你靠这吃饭哩。"

"收啥收，你看攒下多少背篼？卖不掉放下自旧哩，收你几个背篼几把扫帚的钱，富不了我。"

"你要不收钱，我就不买了。"

我把钱往他手里塞。他推开说："不白给你的，我还要用你哩。"

"你能用得上我？"话出口了，我有些后悔，这话让人听了有别的想法。

他说："大有用处哩，你看我四个儿，老大老二都上几年学了，还没个官名，叫着小名。"

"你家没家谱？"

"有家谱，到我这辈老先人取的字用完了，一直说请先生取，也没取。

我大儿是我们唐家他这辈第一个男的，家谱又一直在我家管着，都等着我取名字哩。”

“几个娃名字我给取，钱你得收了。”

“你这话就说得不对了，你是秀才，吃的就是文化那碗饭，就像我吃打背篼这碗饭。”

我还是坚持要给钱，他说：“下回收你的钱，行了吧？你这人。”

我背了背篼要走，广财一把扯住说：“急啥，中午吃饭。”

我说：“不麻烦咧。”

他说：“麻烦啥，我们也得吃，多一双筷子的事。”

我说：“真的不麻烦了。”

他说：“迟早得请你吃个饭，正好这碎㞞冒冒失失跑到家里来了，也是个客么。”

我说：“那咋好意思。”

“有啥不好意思。”他嘿嘿一笑。

广财抱着三把扫帚来到大门外。大门外就是路。他进屋去提了一个小板凳拿了几根绳子，把板凳递给我说：“你坐，扫帚得绊一绊，不然这披头散发的，扫不了几天，芨芨秆一根根就折个差不多了。”又掏出一包纸烟，拆开，抽出一根递给我说：“你吃。”

我点了。他笑笑又说：“得问过路的人，看有没有柳台子的人，把这碎㞞给捎回去。”

我说：“捎回去？不怕捎丢了？”

广财眼睛瞪得老大老大地看了我一会儿说：“咋能捎丢呢，是个娃娃，又不是别的东西，你看你说的。”

他把扫帚头上的芨芨分成指头胖，一股一股扎起来，扫帚就秀气多了。

三个扫帚很快就绊好了，他又抱出一捆子芨芨来开始剥。我帮他剥芨芨，他说：“你别剥，你那手细皮嫩肉的，剥芨芨费手哩。”他伸过手：“你看我这手，你弹弹。”他手上的老茧有铜钱厚，弹一弹，梆梆有声。

大路上过来一个人，广财站起来说：“去柳台子不？”

“不，去章庄。”

“噢，章庄，喝口水再走吧。”

“不了，得赶路哩。”

大路上又过来个人。

“去柳台子？”

“不，去齿沟。”

“噢，齿沟，进来喝口水吧。”

“不了，得赶路哩。”

又过了几个人，都不是去柳台子的。广财说：“日怪，没一个去柳台子的，就像这世上没柳台子这个地方。柳台子是大庄子，往日过三四个人就有个柳台子的人。”

我说：“家里人肯定在找哩，说不定沿路找来哩。”

“要找快也是三四天后的事，还当到亲戚家耍去了，知道谁遇上了就会给送回来的。再说天下岔路千千万，找得过来？再说谁知道这碎屄跑出来几天了。人倒不怕，最怕的是遇上野东西给害了。山大沟深，野东西多，狼、野猪、野狐子都害人哩，豹子有时候也有哩。”

这时广财女人掮着锄从地里回来。“多炒两个菜，下放在家吃哩。”广财说着往脚前唾口痰，几只鸡就扑过来。广财一甩手就捉了一只鸡。女人拿着刀和碗出来，一扬手捉了一只鸡，说：“宰这只吧，夜里不安。”广财就撒手。我说：“鸡别宰了。”广财说：“吃么，再说这碎屄来家里了，大小也是个客嘛。”他嘿嘿一笑又说：“你脸皮还嫩哩，没练到老走的脸皮，谁家动荤腥，老走闻着就来了，还说谁让我有福气长了个狗鼻子，别偷吃动荤腥……那人好要得很，到了饭口上，在谁家就在谁家吃，隔段时间没在你家吃饭，会到门上来要着吃。”半年后，我已经是在谁家碰上饭口就在谁家吃了，这反倒为我捞了个好名声。他们说：“你们这些人不端架子，就像个人，好呢么。”我说：“我老家在另一个村里。”他们说：“那你没忘本，这样的人架子更大哩。”

广财抩住鸡的两只翅膀。广财女人捏着鸡冠子，刀在鸡耳朵边一拉，鸡血就扯着线流入碗中。一只鸡竟然有大半碗的血。

他儿子就趴在窗台上写字，还不够高，踮着脚尖。铅笔很短了，他在铅笔上绑了一根筷子。

我说："儿子上学了？"

广财说："还没，才五岁，是他两个哥哥念过的旧书，我让照着写。眼里过千遍，不如手里过一遍，你说是不？"

我说："对对对。"

他说："书还是要念哩。"

儿子哪有心思写字，惦记着玩。两个娃娃又玩起来了，嘎嘎嘎地笑。

广财说："前世就是冤家，见了嚷（吵架）呢，不见了想呢。"

一股浓郁的烤枣味儿传来，女人端了两缸子茶出来。广财说："端进去，就放在炕桌子上。这日头大的，光像蜂子蜇人哩，进窑，进窑喝茶，走。"

进了窑，上了炕，围着炕桌子坐了，喝口茶，酽得发苦，不过放了红糖。广财说："能喝惯么？喝不惯掺点开水。"

我说："喝得惯。"

广财打开炕旮旯的大红箱子，拿出一个包裹，打开，是一层蜡纸。蜡纸打开，是一本发黄的线装书，递给我。我一看是家谱，创建于明朝。我好不惊喜，我是学历史的，这可是珍贵的资料。我说："这家谱保留下来可不容易。"

"可不是么。"

粗略翻了一遍，有太保、学士、尚书、进士、榜眼，我说："你们唐家，风光得很。"

"一辈子当官，十辈子搬砖。以前老先人厉害，越来越不行了，一辈不如一辈了。别的不说，我们亲房这支五服内没出个啥人。"广财说，"也不是不努力，我老家河南，后来到陕西，又到甘肃，最后落在半坡。三四辈人在乱世中，逃荒逃难的。"

几十辈的取字为：千秋垂统序，万古振纲常；文思光洪远，兴仁忠庆长；经学明章显，华胄本贤良；道通福熙位，爵为德泽广。他说："你看，我这辈是'广'字辈，家谱里取下的最后一个字。儿子没字叫了，几个娃都念书了，还没官名，都叫小名。你得帮我把字续上，至少得取十辈的字吧，再给我们弟兄几个的娃把名字取了。”他给我点了一根烟，“我大儿是我们唐家这辈第一个男的，家谱又一直在我家放着，都等着我取名字哩，我逞能取过几个字……”

“你取了几个啥字？”

“照着唐、尚两家人的名字取的，那都是大秀才起的，意思挺好的，可让他们把我笑话了一顿不说，唐家人尚家人还骂我重了人家先人的名字，不让叫。唉，半坡就是人家的天下，咱户小人弱，能说啥？不说了不说了，”他拍拍脑袋，“不急，你给用个心，琢磨着，不是小事。我们唐家我儿子这辈有二十多个，费你的脑子哩。”

“倒也不费脑子……”

“对你们来说不费脑子，对我们可难着哩。要想跟前面的几十个字配上，得有大学问哩。”广财说，“不急，你给用个心，不是几个娃名字的事，你得帮我把家谱续上，至少得取个十辈的字吧。”

我掏出钱说：“名字我给取，背篼、扫帚钱你得收了。”

他生气了说：“你这啥话，你是秀才，劳动改造只是一时的事，一辈子都是吃文化那碗饭，就像我这辈子吃打背篼这碗饭。”

吃饭时，狗一咬，广财就跑出去，问人去不去柳台子。又过了几个人，广财说：“今儿日怪，没一个去柳台子的，也没有一个过柳台子，就像这世上没柳台子这个地方，想偷个懒还偷不成了。”

吃过饭，我背着背篼，他送我出门，说：“改天到我家好好喝顿酒。”

我说：“还喝啥酒？我保证用心。”

“酒一定要喝，这么大的事压给你了，咋能不喝酒？续家谱是大事，家谱就是根哩。”

从广财家出来，一路狗扑得不再那么凶了，只是有一声没一声地咬着，倒像是跟我打招呼。我想是因为我背着背篼扛着扫帚，像个村里人了。把扫帚、背篼放下，我又去铁木社，在木匠铺登记领了木杈、榔头。在铁匠铺登记领了锄、锹、镰刀、粪杈。粪杈用细铁丝做成。“齿密得羊粪豆儿都能拾上。”铁匠说。

太阳斜过了中天，风刮着就有了凉意。我背着背篼出门拾粪，其实是想去田野走走，看看风景。

“这时候拾粪？拾粪要赶早，婆娘要讨小。”几个蹴在村巷里的人笑话我。

我说：“实习一下。”

出了村，到了野地里，碰上了广财拉着那娃，一大一小，一高一低。那娃蹦蹦跳跳的，像一个不听话的跳跳球，一弹一跳的。不时还能听到广财的呵斥声和那孩子的狡辩声，活脱脱像一对父子。

广财背着背篼。小背篼套着大背篼，就像背着一座塔。

我说：“送去？”

“想偷个懒，看来这懒还偷不下了。这大热天的，哎呀，看来上辈子欠着这趟路哩，”广财在那娃头上弹了个嘣儿，“你就偏偏跑到我家来了，我上辈子欠你这一趟路，这辈子找来了是不？二十多里路，你一个碎屄咋走来的，走了几天？以后再胡跑，让狼把你吃了，野狐子把你拐走。”

我说：“你还背这么多背篼。”

他说：“顺便看柳台子能卖掉不？换个猪娃羊羔、锅缸盆坛也行噻。我这背篼有名哩，半坡的背篼杨堡的糖，柳台的铁锅瓦窑的坛。半坡的背篼就是我广财的背篼。走了。”

隔些天的一个黄昏，大家都在街巷抬杠。广财跟集回来，把一摞背篼扔在街巷。支书说：“咋还背这么多，没卖几个？”

“卖个锤子，集上哪有人么，一集没卖掉一个背篼。”广财说，“支书，我回来劳动，副业搞不成了。五天一个集，现在又改成十天一个集，集上凶险得很，抓投机倒把、坏分子啥的，像抓壮丁一样。人都不赶集了，一集卖不出两个背篼，你就让跟么，把谁的事坏了，唉……”

[捣罐罐]

支书在院里支笸篮，我架火盆捣罐罐。

半坡人早晨睁眼第一件事，就是捣罐罐。半坡人家炕上都放一座胶泥火盆，烧的是树根、刺疙瘩、牛粪、驴粪、羊粪，将茶罐煨在火边。茶罐是一拃高的小砂罐，以兰州阿干镇产者质量最佳（阿干小卖店就有卖的），色如黑釉，胳膊粗细，底大肚粗口小，有小把，粗糙而古朴，叫“曲曲罐”。配着几个能盛一口茶水的茶盅，就像城里人喝“工夫茶”一样。

茶叶是云南产的大叶春尖茶，以茶叶、茶茎、茶末压成砖状，学名蒸压茶，俗称边销茶，半坡人就叫砖茶，要用斧头往下砍。这种茶廉价，耐煮，味道极苦。条件好的会加入红枣、红果子（枸杞）、核桃仁、桂圆、葡萄干、杏仁等辅料一起熬。来客了会加冰糖、红糖、蜂蜜，叫“糖茶”。

半坡人没那么多的辅料，红枣一般都有，别的果树因旱难以成活，枣树耐旱，半坡人家多种枣树，因此多数人家都会存些干枣。干枣直接放入水中熬，一时很难出味儿，需将红枣皮烤焦煳，放入茶中熬煮。烤枣的味道醇香，每天早晨就在村里萦绕，非常诱人。

杏仁都有。半坡王母岭、吴山等高山上野杏树多，不高，像灌木。结杏却繁，不大，杏肉少，酸涩噎人。杏核儿大，杏儿熟落了，人们就会去捡野杏核，敲出杏仁儿，除了熬茶、烧米汤、拌拌汤，里面放上一两把，炒菜也会拍上一两把，当油用。这些杏仁都是苦仁，会产生氢氰酸，不能多吃，吃多了会中毒。周前川的几个孩子饿了煮杏仁吃，结果闹死了两个。

捣罐罐都会撂一把大颗盐，以青海的大颗盐最好，叫青盐。不过半坡人多用的是甘盐池的大颗盐。

因何叫捣罐罐？茶叶用得多，几乎一半水一半茶叶，随着水沸滚茶叶展开来，加之加了其他东西，水沸滚时茶叶常蓬出茶罐罐，得用筷子不时往下捣捣，所以叫捣罐罐，连茶也省掉了。一直熬到茶汁扯成线，黑如墨水，才滗到茶盅里，一罐罐也就熬四五口茶，涩苦如龙胆，没喝过的人喝第一口，以为错喝了中药，会忙不迭地吐出来。

捣罐罐有“衬茶的”。所谓“衬茶的”是喝茶时吃的，火上有一个铁丝拧的撑子，边捣罐罐边烤锅盔、干粮馍、馒头、糜面滚坨子、莜麦熟面、洋芋饼饼。点心、饼干、蛋糕、油饼那都是高档的了，即使有亲戚探望拿来了，也是不会吃的，放在箱子里以备探望别人。常常就这样放坏了，因为提来送去，过了保质期。也会烧洋芋或将洋芋切成片烤着，或炒豆子，就着茶吃。在半坡捣罐罐就是男人的早饭了。

罐罐茶因为太酽，人很快就会上瘾。茶瘾犯了瞌睡流泪，头昏眼花，浑身乏力，捣一罐子，透彻肺腑，舒经活脉，立时就有了精神，因此喝茶也叫“过茶瘾”。捣罐罐茶最浓最苦最好，没茶瘾的人喝一口苦得直摇头，喝下去会醉茶。开始我喝不惯，喝了就醉，后来喝上了，上瘾，一天不喝就没精神。“世上三件受活的，吃烟喝茶蹴着的”，蹴着的就是歇息捣罐罐，农闲、天假（下雨天），吃烟捣罐罐茶片椽抬杠，真是享受。

尤其是凛凛寒冬，在院子用棍子支起筐篮或筛子，下面撒上点秕谷碎米，用一根细长绳拴了棍子，在炕上守着火盆边捣罐罐，边拉着绳子等雀儿（麻雀）钻进筐篮或筛子下，最是惬意的。当然下了雪最好，雪罩四野，鸟儿尤其雀儿无处觅食，都团在庄子里，扫开一块雪，撒上秕谷碎米，鸟儿就会扑来。半坡山野鸟儿多，可团在庄子里的除鸽子等几种鸟，几乎全是雀儿。那时候雀儿真多，一群一群就像云团。一次多了能扣住十几二十只，最少也有几只。将麻袋撑开袋口紧贴筐篮或筛子边，然后把筐篮或筛子开出一个小缝，急寻出路的雀儿就会钻进麻袋。

雀儿不用宰，手伸进麻袋摸住一只，抓住头一拧就死了，连血都不用放。用开水烫后毛轻轻一捋就掉了，开膛去除肠肚，雀儿肉自带调料，就撒一把盐，架在火上烤，那才是真正的烧烤，连骨头都酥透了。最美的吃法是给雀儿做个棺材——用和好的面将雀儿包裹起来，用夹火的铁筷子穿上烤。有时候会扣到鸽子。当然，大雪封山，人们会去雪野套鸟儿，能套到鸽子、野鸡。我没杀过生，但离开半坡的时候我已经敢往死捏麻雀、掰黄鼠了。

支好筛子，我正撒秕谷子。尚生玉的婆娘经过大门，探头进来说："你们扣下雀儿，剪几个舌头给我留着。女子么，眼望周岁了，还不会说话。女子说话要早，男娃说话要迟。"

[那个神]

半坡一带每个村庄都有这样的小庙：一两间简陋的土坯房卑微地伫立在山峁梁顶，没有院墙，孤零零的。庙内无钟无鼓，无塑像壁画；泥壁素墙上挂着一块红布，红布上面挂着些木牌，代表着一个个神位；牌位前的香炉佛龛也多是砖垒泥糊的；地面是土的，脚印杂沓，一派人间烟火的气息。当然也没有和尚道士、俗家弟子，只有庙官。庙官平时过着正常人的日子，只是到了人们上庙时负责引导人们上香、升表、摆供等诸项敬神礼佛事宜。

为方便人们随时许愿还愿祈福禳灾，庙门常年扣着，香案上有香，是那种拇指宽的纸袋装着麦秆般的细香，供品讨吃和饥饿的人可以享用，神不降罪。庙虽小，也是威严神秘的，即使无恶不作的孩子，也从不打开庙门进去胡闹。男娃十二岁就该上庙了，一般上庙家里得去一个男人，大人不在娃娃就去上，再调皮的娃娃进了庙门就鸦雀无声了，跪得端直。小庙是没有庙会的，不过，隔三五十里就会有一座远近有名的大寺庙，都有庙会，人们赶会很方便。

因为贫穷，人们很实际，但在上庙的事上从来都不像人说的临时抱佛脚。农历初一、十五上庙是半坡人生活中必做的功课。每逢初一、十五，人们早早起来，没人吆喝，没人催促。洗漱，整顿香盘、供品，从一条条小路归到山梁上，汇集成一支庄严肃穆的队伍，虔诚而卑微地走向小庙，就像许多单位部门的例会一样。

小庙虽小，作用却大。天旱了，得祈雨；雨顺了，要感恩。家里日子顺了，得谢神灵眷顾；不顺了，死鸡死羊多事，要祈祷禳解。女人不生育或不生儿子，得许愿还愿。娃娃小毛病多，庙官将从墙上的红绸子扯下一绺，回家后做成项圈往脖子上一挂，娃娃从此就受神灵护佑了。人死了，孝子贤孙要打着引魂幡去庙上磕头烧香，这叫朝庙。总之，在半坡，小庙是万能的，主宰着人们的生老病死吉凶祸福。

神戏当然要唱。求雨、看病、祈福、禳灾、生育，一年了给神添了太多的麻烦，哪能不唱神戏颂福呢？神戏都在一些神佛的节日唱，戏子以神面出场，打台、祭祀、迎神等仪式样样走一遍，神也就请到了戏台前和人们一起看戏。所谓神戏也就是在前面唱一出神戏，如《天官赐福》《三出头》《刘海撒钱》《八仙庆寿》《五福堂》《拦路封官》《大登殿》《大升官》等，大戏中能演一场全本的神戏不多，多为折子戏。整场戏还是《辕门斩子》《铡美案》《三滴血》一类的戏。平时唱大戏也会在前面加演这些神戏。前面唱折子神戏时，还愿、驱邪、祝福等仪式也就同时举行了。神戏除了以生产队的名义唱外，大户族也请唱神戏。小户人家唱还愿戏，一家请不了一场，就点一折戏，还愿的人家多，就朋起来请一场。

戏班子也都是业余班子，半坡方圆有陈家、郑家、葛家、刘家、周家等戏班子，平时劳动，农闲时就走村串户地唱戏。一是挣个小钱补贴家用；一是图个热闹，过过唱戏的瘾。别看戏班子小，业余，什么戏都能唱。演员少，一个人顶几个角。牛一样粗壮的男人能唱旦角，还风情万种的。也会请灯影子唱神戏。

半坡一带的庙多为老爷庙、土地庙、龙王庙、山神庙。半坡的庙要“豪华”一些。半坡的庙叫羊驮寺，又叫百寺。羊驮寺在官印山。官印山真像一方官印，寺像印把。官印山不是半坡最高的山，却是半坡最峻峭的山，因为官印山是石头山，而半坡一带全是黄土山。这就有些独特了，半坡人说：“那是老天爷专门造下建寺修庙的。”

说羊驮寺“豪华”是因为它有三个殿，一正两偏。说是殿有些夸张，正殿也就三间房大，偏殿有二间房大。不过都是青砖青瓦，松梁松椽，飞角翘檐。殿内供奉的神佛也不是木牌替代的神位，都是塑像，墙壁上有壁画，梁柱上雕龙，地上铺砖石。香炉佛龛都是石头凿刻。因受香火，所有物件都熏得暗黄。房顶砖瓦上生了暗绿色苔藓，瓦楞间长着陈年蒿草。门楼高大气派，砖石砌筑，顶上覆了瓦，对扇大门有一拃厚，漆了红漆，漆皮脱落，树节露出来，像一只只眼睛。门外有两个威猛的大石狮子，一只爪下踩一个绣球，一只爪下踩一只小狮子。土筑的围墙高而厚，像是城堡。而且有几间偏屋，想来曾有过修行的人。院子铺了片石，砌了围墙。院心有一钟亭，挂着一口大钟，音域极广，敲起来声震四野。初一、十五人们随着钟声上庙进香，许愿祷告。大钟上面镌刻着好多香客的名字，半坡许多人都能在上面找到自家先人的名字。

站在寺前往山下看，一条条通往羊驮寺的小路，就如西藏大地上随处可见的玛尼堆上飘着的经幡。有些小路极细微，仿佛一根泛白的丝线，翻山越岭而来，在草木稀疏的莽莽苍苍旷野，也十分明白醒目。那是一个家或一个人常年走出来的，你会不由得肃然起敬。

羊驮寺也有一个传说，说建寺庙用的砖瓦是羊驮上去的，一只羊驮两块砖四块瓦，因此寺就叫了羊驮寺。传说并不稀奇，中国许多寺庙都有羊驮砖瓦建寺庙的神奇传说，稀罕的是这羊驮寺里供着一个神，竟然叫“那个神”。

关于“那个神”，自然也是有传说的。说“那个神”原是一个和尚，他许下一生修一百座寺庙的愿望。他不是修在名山大川，而是逢村修寺建庙。他一路修到半坡，开始在官印山修寺庙。不久，半坡发生了一件事，一个哑巴怀孕了，拷问村中嫌疑之人，无人承认。哑巴生下孩子，半坡的当家人决定烧死这母子。柴堆都架起来了，那和尚却来了，他要带哑巴走，人们立刻认为是他干的。拷问他，他认了。半坡人把和尚绑了，准备点天灯。柴堆搭好后，火把都点起来了。忽然，晴天霹雳，一道闪电抽过，大地亮如白昼。火把被抽灭，捆人的绳子被劈断，狂风卷走了柴堆。人们吓坏了，认为这是神下了旨意，便放了和尚和哑巴。和尚便带着哑巴和那孩子上了官印山。他们开荒种地，像俗世夫妻一样过上了男耕女织的日子。半坡人好不羞恨，把他们说成了一对奸夫淫妇，说得淫乱不堪。他们要把他们赶走，可是想到和尚必会法术，怕降灾降难，便寄托老天开眼，让雷殛了他们，电劈了他们。却说他们过着世俗日子，并没有放弃盖庙，哑巴也出门化缘。然而，和尚的恶名声传得四面八方尽人皆知，再化缘人们就唾之驱之，嗾狗咬之。他们就自己修建寺庙，声称要把半坡的庙修成这方圆的一座大庙。流水一样逝去的日子会抹平一些东西、淡漠一些东西，人们不再理会他们，便相安无事。

半坡一个无恶不作的无赖忽然得了鬼上身的病，鬼一上身便疯打疯闹，羞丑不顾地在村巷里乱跑，一折腾就是几日。家里人到处抬神请汉，看不好。一天，那和尚下山来了，半坡人阻拦着不让进村。有老人说让进去看看。他进去后把门闭上，不让别人进去。不一会儿那无赖跟着和尚出来了，跟个好人一样。他向所有的人下跪磕头，然后跟着和尚走向寺庙。人们也跟进庙里，才明白他是来认儿子的。然而，就在他认了儿子之后，那孩子在夜里无病而亡。人们悔恨自己的愚昧，举全村之力修建寺庙。羊驮寺很快就建起来了，而且成了方圆一座气派的寺庙。开寺大典那天，那和尚讲经说法三天三夜，之后乘云升天而去，还在云头挥手抛撒，甘霖普降。半坡下了半月的雨。正是初夏，万物生长，那年庄稼成收了。其后三年，半坡庄稼连成三年。

羊驮寺自建起来后，半坡风调雨顺，怪事没了，人们仁义了，且非常灵验，求子得子，看病即好。人们感念那和尚，便为他塑像以供，塑像时竟然没有人知道他的名字，遂取名“那个神”。后来人们说这和尚就是天上的星宿，因为人间太乱，礼崩乐坏，上天便派他下凡来度化人的。说哑巴、孩子和那小伙都不是凡胎，也是天上的星宿，他们是“那个神”修成正果路上的一难，人们用《西游记》的九九八十一难来佐证他们的行为。说那哑巴和那无赖从此像那个神一样一路修寺建庙而去，建寺庙无数，最终也都修成了正果，升天而去。半坡人说得很真实，说哑巴在天河湾升天，小伙在小龙山升天。半坡人也因此感慨：一个人要修成神仙，是要感谢那些恶人的。说“那个神”许下大愿，修一百座寺庙，并未完成誓愿，但救人一命胜造七级浮屠，以此算来到了羊驮寺正好满百，因此，羊驮寺也叫百寺。

半坡人初一、十五上寺，就像单位的例会，风雨无阻。

上寺时我刻意端详“那个神”的塑像，天庭饱满，面如朗月，两耳垂肩，双手过膝，神态端庄，正是人们传统印象中神佛的相貌。现在半坡人谈起“那个神”，都在猜测“那个神”如今在天上该是个什么神位了。

我到半坡的第三天早晨，听到钟声，以为是上工的号角，从窑里出来，看到人们端着木盘出来，我以为有什么事，跟随着去了。支书说：“上庙，初一、十五上庙，你要参加就参加，不参加也行。”我说：“上，上。”他说：“不强迫，这种事讲究随意，你们文化人不信这，这也不属于劳动。”我说：“上，我上。”

羊驮寺的庙官是老镢头。我第一次上官印山，不是去庙里，是想上山去看看，可上了山，老镢头站在庙堂前等我。他对我憨憨地笑笑说：“你也上庙？”我说：“哦，看看。”他说：“你们念书多的人都不咋信这。”我随他进了庙堂，香桌上有香，我就去拿香，进了庙上香，这是常识。他说：“先洗个手。”他带我进了一间小屋，木架子上摆一脸盆，盛着一盆清水。我洗了手，到了庙堂，他拿了三炷香点了，递给我，我跪下去时忽然就虔诚起来。我往香炉里插香时，他说：“香一定要插得端直。”我把香一炷一炷端直插入香炉，然后磕头作揖。

出了庙堂，坐在山石上，他告诉我上庙是很神圣的一件事，有许多禁忌，准备供品时一定要洗漱，不洗漱会生疮，后辈儿孙里会有狐臭；进了庙堂，要谨言慎行，神佛喜清静；不会说话得罪人，不会烧香得罪神，上香时一定要一心一意，心无杂念，每炷香要插得端直，香插斜了，后辈儿孙将来就会弯腰驼背，会走邪路；磕完头一定要记着作揖，否则做诸事会半途而废……所有的禁忌为了让人们认真践行，都是建立在轮回报应之上，成为一种约束、一种规矩、一种礼数。

老镢头说：“说个大不敬的话，敬总比不记得强，你说是不是？人总得有禁忌，要是没禁忌还了得？庙就在山顶上建着，人人抬头都看得见，没了庙就少了禁忌、少了管束。走进庙门，心里就不会不想报应和轮回。”

老镢头把做庙官当成了修行，已经七八年了。他敲响了大钟，很有节奏。钟声就如来自天际的滚雷，那沟崖谷壑都成了扩音器，钟声久久萦荡在天宇大地。

老镢头是个日能人，刚刚改革开放，他就承包了生产队的油坊，后来又承包了大队刚刚办起没几年的砖厂，日子火焰一样往上蹿。他有四个儿子，三个儿子结婚成家，小儿子考上了大学，让老镢头非常有脸面。家分了后，儿子们个个也都把日子过在人前头。老镢头觉得家道兴旺是受了羊驮寺恩泽，受了“那个神”的恩泽。这时候村里建了新校舍，学校从羊驮寺搬到村里。羊驮寺空了，年代久远，日渐衰败。他开始化缘重修羊驮寺。羊驮寺建成了，老镢头进寺做了寺官。自从老镢头住进去，天天钟磬之声悠扬。钟声让庙有了高度、深度。不管人们在忙什么，都会仰起头来倾听。就在这当口老镢头家里却出了事。

大儿子承包了公社的小煤矿，几年成了大老板。小儿子上了大学，留在省城工作，带回个女朋友，结果却跟大儿子搞到了一起。大媳妇子寻死觅活，方圆百公里传得沸沸扬扬的。大儿子已经搬到了城里，老镢头撵到城里，把大儿子家砸了个一塌糊涂。大儿子说："不就一个女人吗？不是还没结婚吗？他再选，要是选上明星砸锅卖铁也给娶到家来。"老镢头一鞋底扇到了大儿脸上说："你驴日的这是把羞先人当喝凉水呀？这世上再没女人了，偏偏就睡你弟的女人？叫别人说我这是养了一窝猪，天理人伦都没有了。这你都守不住，还是人么？"大儿有了钱，当然也有了脾气，推了老镢头一把。老镢头说："你再不要回来了，咱们不再是父子，祖坟不安啊，死了也别回来了，就在城里一把火烧了吧。"大儿说："你当谁稀罕回那个破村！不让进祖坟，你说了就算啊？有钱能使鬼推磨，这不是你说的？"老镢头喷出一口血。大媳妇子性子烈，自剪头发，上羊驮寺当尼姑，结果又传扬老镢头与大媳妇子爬灰。

老镢头回来不久，又开始化缘。化缘时总是对人说："我这是替我有钱的儿子行善积德，我这是替我有钱的儿子行善积德。"他死在了化缘的路上。老镢头在户族里留下遗言："尚志权死后不能进祖坟。"不能进祖坟，这是半坡人最忌讳的了。半坡人说老镢头有些过了，骨是你的骨，血是你的血。有人说等着看吧。不等人们验证老镢头遗言，老镢头的大儿子把自己送进了监牢。坐牢之人，在半坡那是绝对进不了祖坟的。

[没熔峡]

半坡坐落在一条峡谷里。

峡谷叫苋麻河谷。穿过峡谷的河流就叫苋麻河，发源于南华山东麓，流经曹洼、郑旗、黑城几个公社，汇入清水河，水流不大。沿着河走，河岸霜白，脚踩下去，白沫飞起，鞋就白了。这是碱，也叫硝。两边水蒿茂盛，极嫩，松针似的细叶，揪时捏得稍微用劲，就冒出水来，稍干就成了一个白点。羊牲口是不吃的。不过，它有一大用途，那就是可以烧成人们的日常用碱，因此也称碱蒿。

苋麻河谷，几十座有历史典故的建筑破败而显赫，目光所触的地老天荒啊！一个学历史的人，行走在河谷坡里，等于穿梭在历史深处，耳边刮过历史的风声，而看到那些散落在坡上劳作的人们，恍惚觉得他们来自远古。时光不会带走历史，却会把历史埋藏起来，甚至揉弄得非常零乱。

秦汉时期，丝绸之路从萧关进入海原境，形成三条大道：石门关大峡谷道、没烟大峡谷道、萧关古道。没烟大峡谷道进入苋麻河谷，穿郑旗、贾塘、海原城、西安州、甘盐池至会州治所（甘肃靖远县），过黄河乌兰渡通至河西走廊去敦煌。盐是汉唐丝绸之路盐茶马古道贸易的主要物资之一，离半坡不远的甘盐池，是汉朝的著名河池。唐朝时为全国十八盐池之一，设立盐茶马交换所，唐与吐蕃在这里进行长久拉锯战，曾被吐蕃控制近百年。宋朝专设盐茶马司，修筑定戎堡，这里又成为宋、金、西夏争夺拉锯的长廊。明朝建立甘盐池城，脚户们驻足停留，为著名旱码头。清代设立了盐茶厅。因此苋麻河谷也是历史上有名的盐茶马古道。

唐末至北宋，这一带主要居住着吐蕃、党项、妙娥、延家、熟嵬、章埋等蕃族，宋初与之和好。咸平五年（1002）三月，李继迁攻占战略要地灵州，形势骤变，各蕃族先后归夏。背靠天都山、前临锁黄川、“固靖之咽喉，甘凉之襟带”的西安州，被赋予举足轻重的地位。西夏在西安州大兴土木，筑堡寨，造宫殿，取名南牟会。1036年，李元昊分左右厢，野利遇乞领兵驻守天都山，号称天都大王。1038年，李元昊建西夏国，称帝即夏景宗，大规模扩建西安州城。三川口之战、好水川之战、麟府丰之战、定川寨之战、平夏城之战……西夏建立之初，几乎所有侵宋战争都以南牟会为指挥中心，取得大胜，奠定了与宋、金鼎立对峙的基础。南牟会成为名副其实的西夏国陪都。

太子宁令哥迎娶没㖠吃氏，李元昊被没㖠吃氏美貌倾倒，自己做了新郎。《西夏纪·卷九》载：宋庆历二年（1042），李元昊“纳妃没㖠吃氏（一作摩移氏），营天都山居之。妃为没㖠吃皆山女，元昊因天都与泾原路接，山川平易，劲骑疾驰渭州，日暮可至，特营宫室居之，日与没㖠吃氏宴乐其中。”在天都山行宫，李元昊声势浩大迎娶没㖠吃氏。天都寨行宫，俗称“柳州城”，“宋名天都寨，夏改为东牟会，元名海喇都”，1098年，宋军一举占领了西夏的东牟会、南牟会行宫等二十余个堡寨，西夏人纷纷哀叹“唱歌作乐地，都被汉家占”，足见其繁华。成吉思汗殂“哈老徒行宫”，史学家提出“哈老徒”是“海喇都”的音译异写，在史学界一度引人关注。元豫王阿剌忒纳失里，初封西安王，建国于西安州。

苋麻河谷正是西夏通往天都山的要道，而从半坡沿苋麻河谷东行，黑城至郑旗长十几公里、宽一至三公里不等的长峡没㖠峡是苋麻河谷的咽喉，因此又称兀咽峡，民间则叫成了没烟峡。峡谷两岸有二十余座城堡、烽火台。

值得一提的是有专家指出这没㖠吃氏家族正是居住在这一带而命名为没㖠峡，却也正是没㖠吃氏让李元昊过早踏上了不归路。就在这条十几公里的峡谷里，宋与西夏展开了长达两百余年的拉锯战。

庆历四年（1044），宋、夏达成“庆历和议”，西夏向宋称臣，元昊接受宋的封号，宋每年赐给西夏相当数量的银、绢、茶等物。宋、夏在边境设置榷场（市场），恢复贸易。这期间李元昊杀了大臣野利旺荣、野利遇乞两兄弟，认为西夏内稳外固，以没藏讹庞为国相，军国大事全权交付讹庞，在贺兰山修筑离宫，携嫔妃纵情嬉戏。又与遇乞之妻没藏氏私通，有了私生子李谅祚。因没藏氏身份背景，李谅祚一直养在舅舅讹庞府上。没藏氏野心勃勃，不仅想给儿子李谅祚以皇子身份，更与哥哥谋划想除掉太子宁令哥，让儿子取而代之。她要从幕后走出来，走向前台，踏进历史。

机会踏着历史的节奏来了。

李元昊娶了没㑩吃氏，不久将皇后野利氏打入冷宫，立没㑩吃氏为新皇后，对于太子宁令哥来说老婆被霸占，母亲被打入冷宫，屈辱仇恨与焦虑恐惧搅拌凝固。没藏氏兄妹借机教唆怂恿宁令哥杀父王夺皇位。西夏天授礼法延祚十一年（1048）正月十五元宵节，李元昊与众嫔妃纵情作乐至深夜，酩酊大醉，入宫就寝时，被宁令哥一剑削去鼻子。宁令哥逃进讹庞府中避祸，却被讹庞命家丁擒拿，押至朝堂，以“弑君杀父”立马处斩，随即对野利皇后及其家族展开诛杀。李元昊因失血过多而亡。生命就是这样脆弱，一个驰骋疆场杀伐无数的枭雄，却挨不住亲人一刀，而他四十八岁，正是当了不起的年龄。李元昊与野利仁荣创造的西夏文字中，西夏的“夏”字由汉字繁体字“无”的上半部分和“死”的下半部分组成，意寓无死、长生。有人这样解释，在西夏文字中，许多字都包含“死”的下半部分，意味将死斩断，即为不死之意，寄托着西夏永生之想。

李元昊临终前令其族弟委哥宁令继承帝位，权倾朝野的没藏讹庞却否决此遗言，将未满周岁的李谅祚扶上皇位，是为毅宗。没藏氏从幕后走到前台，被尊皇太后，讹庞总揽军政大权，西夏开启了外戚专权时代。为长期把持政权，没藏讹庞将女儿嫁给了只有九岁的毅宗。毅宗十二岁参与国政，因仇恨讹庞专权，冷淡没藏氏，与讹庞儿媳梁氏私通。奲都五年（1061）四月，讹庞之子发觉他们的私情，父子决定除去毅宗，却被梁氏获取情报，毅宗抢先下手，大将漫咩杀死了讹庞父子。随后，没藏皇后及其家族被诛杀。李谅祚迎娶第二个皇后梁氏，西夏开启了历史上著名的战争狂人梁太后时代。

大石头根里的清泉水，
哇里嘛曲通果格；

我这里想着没法儿，
却干内曲依里格。

随着歌声，一群羊从河谷的崖坡上游荡过来，仿佛徐徐小风推送着的云朵。

沙马尕当白豆儿，
让得何尕磨里磨走；
尕若索麻新朋友，
察图者炕上坐走。

羊群后面跟着的竟然是旺堆。

我以为旺堆是藏族，旺堆是个好名字，藏族叫的很多，他长得也有些像藏族。他说他大那时候往藏区跑脚，驮茶叶丝绸布匹盐上去，换皮毛马牛骡驼羊下来，后来社会乱了，土匪横行，脚不好跑了，就落在藏区，他就是在那里生的。他大就给他起了这名。解放后回来的。

我说："你放羊走这么远？"

"这有多远？十多里路吧，哪天不走十几二十里？跟着羊走么，这么对羊好，羊吃的草好，走的路多，肉就香。"

我说："你刚刚唱的怎么我听得半明不白的。"

他解释说第一段一、三句是汉语，二、四句是藏语。第二句意思是"黄乳牛吃水着哩"，第四句意思是"你那里做什么着哩"。这是汉藏青年热恋相思时唱的。第二段歌里"沙马尕当"就是"白豆子"的意思，"让得何"是"水磨"，"尕若索麻"是"新朋友"，"察图"是"炕"。这是用半句藏语半句汉语邀请着新朋友。

"到了藏区，你一句我一句对唱，一唱就大半天，唱成好朋友，非一起喝一场不可哩。"

山谷的崖坡沟壑一片片火红，晶莹剔透的野果子枝枝繁盛，犹如一串串红玛瑙。

旺堆摘几颗丢入嘴中，我说："能吃？"

"能吃，可甜了。"

我摘几颗撂进嘴里，真甜。

他说："这叫嘎拉木，青藏高原多得很，遍地都是，人都爱吃，出了青藏高原就很少见了。到了咱们这一带有，就咱们半坡这方圆有，走出十几二十里外就没了，有说吐蕃人移来的，也有说党项人移来的，说他们思念家乡，从青藏高原移了到处可见的嘎拉木到这里栽植，谁晓得哩。"

又说："正是吃嘎拉木的季节，来解个嘴馋。"

两种说法都有起因：唐朝时这里一度陷入吐蕃统治达八十余年，西夏统治得更长久，吐蕃、党项都来自青藏高原。

"嘎拉木一丛一丛生长，一丛有笸篮大，五六月开花，可漂亮了，花是白色的，繁得很，一疙瘩一疙瘩的，就像雪堆一样。"

[老走]

八岔这地方，八条沟在这里归为一条大沟，就像八川归海。暴雨在梁峁沟谷冲刷切割雕刻出城堡、宫殿、碉楼、佛塔、驼队、文臣、武将、狮、虎、猴、猪……在光与影的作用下，明暗成色，加上草蒿、灌木以及天长日久形成的黑褐色土皮的装点修饰，从不同角度观察，呈现出不同形象与姿态，简直就像奇幻美妙的艺术长廊。陡峭险峻的悬崖，直插天空的土柱，摇摇欲坠的土块，完全是纯粹的黄土，没有任何石质的东西，却经得起刀砍斧凿般的雕琢，而从黑褐色土皮上看出，这样矗立着已经有些年头了。你不能不感叹，这黄土真是厉害。

我站在沟崖边往下探看，深，悬，有些晕眼。

"想跳崖？"支书不知啥时候来的，贸然出声把我吓了一跳。

"看看，"我说，"倒是你一说话，吓得差点掉下去了。"

"看看，以后别老站在沟崖边，崖悬溜溜吊着，吊得乏乏的，说塌就塌了。"支书把我往后拉拉，"知道你站在什么地方吗？鬼招手，你到对面看，这块悬崖就是一只鬼手，死过不少人，崖底下孤魂野鬼多。到了晚夕，这地方阴森鬼气的，啥声音都有。"

我想这风穿过这些沟岔、土洞时形成了各种奇妙的声音。

"有啥想不开的呢，好死不如赖活着。"我说，"我要寻死早死几回了，到不了半坡。"

他笑了说："这就对了么。"

支书带我到一个土梁上，像个解说员，指着各种形象给我解说，哼哈二将、千里眼、顺风耳、判官笔、笔架、黑白无常、老君炼丹，你说像不？尤其是唐僧师徒取经，三个人一匹马在谷底行路，孙悟空则在一个十分传神的金箍棒土柱上头；而那只菩萨的坐骑狮子，脖颈处长着的灌木蒿草正像它纷披的鬃毛；老君炼丹有炉有丹，红彤彤的。他指着东面一片辉煌的“建筑群”说：“那就是天堂，你说像不像？”

我笑着点点头，天堂谁见过呢？可人人心目中都有天堂，无外乎是宏伟的城堡、宫殿。

坐在土梁上，支书点了烟说：“老走就在这崖行（寻）过死，不是广财的爹盯着，狗日的真就跳下去了。”支书深咂一口烟，徐徐吹出来：“老走刚来傲得很，跟谁都不说话，眼睛长在天花盖上，歇缓了，散工了，老双手叉腰在梁顶上张望。眼里没我们这些人，就像我们活得有多么不值，连地上的虫虫蚁蚁都不如。你猜他来的第一天跟我说啥？他说：‘我这双手除了画画，干不了别的活。’我说：‘你这双手干不了活，我这双天生就是干活的？’你猜狗日的说啥？‘对。’你说气人不？我气坏了，就让唐彦辉领上他干活，唐彦辉那是个带着干活能把牛都累趴下的货。我那时脾气瞎（坏）着哩，每天还要折腾他吼骂他，这个尿货就是不服软，还跟我争嘴讲理，甚至对骂。我说：‘不把你皮舒展了，我把这王字倒着写。’他竟然说：‘倒着写也是王。’看把你聪明的，就那点聪明还在我跟前耍哩。你说气人不气人，这种人越弄你越气。

“刚来时身体比你好，没几个月就垮了。脸上皴得到处是褶子，就像拧了的抹布，浮着一层皮，手简直没法看，到处是口子，衣服破了都不知道缭补，头发也不理，像蓬蒿一样乱飘着，就跟个讨吃一样。唉，看着着实可怜，可苦成那个㞞样了，就是不低头服软，还是个傲，不气人么。我就想这尿货不是苕着，就是不想活了，这是拿命跟你扛哩。我骂了个二㞞，他要让我说明白啥是二㞞，我可以改造他，不可以污辱他。我说：‘这就是改造你哩，二㞞。’就把我给缠上了：‘为啥就是个二㞞，不是一㞞、三㞞，四㞞五㞞六㞞？’气得你咋回答他，当着社员的面让你下不了台。我就说：‘那是你来改造得迟了，早了不要说是一㞞、三㞞，四㞞五㞞六㞞，就是九㞞十㞞都有人叫你哩。’他倒高兴了，说：‘请教你哩。’你这不是跟人抬杠么？我说：‘你这都不是跟人抬杠，你这是找揲哩。’他说：‘你们这些人㞞毛病多，不了骂人傲慢，不了又嫌人这样。’我说：‘你就是个二㞞，好好的话，让你一句就扯断了。你这样的人就是找揲的货！’他总是比人慢半点儿，说个笑话，人都笑起来半天了，他才笑了，喔货咋说呢，就是盯着天空想事的货，啥都能提出问题来。你比如说咱们用三棱子骂人，他就会说咋就不说五棱子六棱子。我说你得跟大家抬杠，这样才能跟大家打成一片，他嗯嗯嗯地应着，大家都想着看他的笑话，半天没反应，问他他说正想着哩。后来，他留下一个人人都笑他的笑话，说：‘当我们知识分子不会骂人，他母亲的。’你说这货，也挺笑人的么。不是不会说话，而是拗着一股劲跟你抬杠么，争分头。哎呀，说起那货，给人留下笑话哩。现在晚上梦见还能把人笑醒哩。

“哎呀，你不知道我心里有多叵烦，说个不革命的话，你就是再反动，那自有国家收拾你，要你的命也轮不到我们，我们前世有仇还是后世有冤，背你一条人命？他把事种到我心里了，他就像没事人一样，还是那副德行。好的怕瞎的，瞎的怕横的，横的怕苕的，苕的怕不要命的。到后来我都有些扛不过他了。我娘跟我说近来她夜夜听到人哭。我听过，听不到，我说那是你耳朵老了。有天晚上，我娘把我推醒，说有人哭哩，再这么哭下去人就哭没了。我娘是个居士，眼瞎了，可人都说天眼开，天耳也开着哩，她能听到三界的声音，能给娃看病，一看就好。开始我没想到他，那么牛烘烘的人，咋会哭？我先把村里日子过得难怅的人家都走了一遍，没听到哭声，想想就往他家来了。人不在，门锁着。我心想瞎茬了，不会寻死了吧？我上了崖头，闭住气听听，听到了哭声，呜呜咽咽的，好不瘆人，我想会不会是孤魂野鬼诉冤情哩。我连抽了三锅子烟，烟锅头就烧红了，烟一装上就起火焰，鬼怕火么，我边抽边走，循着哭声一直走到山背后，看到一棵树下火光一明一暗的，是他。我长出了一口气，隐在树后。夜深了，哭声很清晰，真是凄凉寒人啊，那是心在哭。我落泪了，我没打扰他。他一直哭到鸡叫过头遍了，才起身往回走了。我尾随着他，看他进了家门。回去我跟我娘说了，我娘说他现在活在你手里，罪孽再大，也不该你要了他的命。你管着这一坨的事，他要死了，就是死在你手里，死人的事都要算在你头上。

“第二天，我去公社开三干会，对唐彦辉说：‘让歇缓上几天吧。’唐彦辉说：‘不歇缓也干不了了，背了一捆麦子，顺着坡滚了，我还想给你说咋弄，这么下去他会死在咱们半坡。’我说：‘让人照看着点，我回来再说。’我走了，他就跑到这里跳崖来了。开会回来听了这事可把我给惹躁了，让我一顿好骂。我说：‘你羞你家八辈先人，上有老下有小的你寻死呢，给谁行死哩？给你大你娘行死哩，除了你大你妈，你儿你女，谁管屎你死活。你把书念到狗肚子里去了，就你这号㞞货，公家把你一枪打了也没错。你当你是天上的星宿下凡，把你稀欠的，贵气的！死了埋死的，你当埋活的呢，连这都不明白？就你这一点罪都受不了，以后还有个屎出息？活着也就白糟蹋五谷。你这么死了，我连副棺材都不给你批哩，崖下胡旋（山水吹出来的胡洞）多的是，随便一个胡旋就把你填埋了，不是让狼虫虎豹把你掏出来吃了，就让一场山水吹走了，吹到哪里算哪里，你就是永世不得投胎转世的孤魂野鬼。’他竟然还对嘴，说：‘我永远也不需要转世。’我说：‘你转世不转世跟我们有屎的关系，你就是个瞎㞞，死有啥难，来的路上翻沟过崖的你就能死了，为啥要跑到半坡来寻死，半坡人把你咋了，我把你咋了？坏半坡的名声？坏我的名声？让我背一条命债？从崖上跳下去，老天要收你的话，摔死倒好了，死了死了，一死百了；老天爷要不收你，摔不死呢？谁养活伺候你，生不如死，有你狗日的受的罪。’

“骂还是顶事哩，骂过后不像以前那么傲了，但还是跟我远着，一句话不说。上面老说做思想工作，咱半坡人也说话是开心的钥匙，这话是真理。我想他的问题还是来自思想。我说：‘你狗日的现在不是劳动改造的事，你不要劳动了，天天到大队部给我汇报思想。’他天天吃过饭就到大队部来，还是不说话。他不说我得说啊，光骂不顶事，我就跟他说这说那的，拉家常么。我说：‘你看你这双手，十个指头就跟鸡爪子一样，两根指头没有我一根指头粗，劳动改造，能劳动个锤子？我不知道你干不了活，用得着你给我说我这双手除了画画，干不了别的活，我说你这双手干不了活，我这双天生就是干活的？你竟还说对，你这不是污辱人？把我换成你，你自己说气不气？你来这里就是劳动改造的，干得了干不了得我说，不是你说。’他说：‘你们就爱乱想，我说的意思是你从小干活，我从小画画。’我愣了一下，没想到他是这样想的。我说：‘我当时发火骂你，你咋不说？’

他说：‘你都骂我了，我跟你讲什么？你们都不讲理，胡搅蛮缠，要讲理的话，我捏住半个嘴都说得过你们。’我说：‘啥是个理？读的书多就觉得自己是对的，理看谁讲哩，你一个改造分子，有你讲的理？’他竖起大拇指说：‘你讲得有理，难怪你们都不讲理。’我说：‘你就是有日天的本事，不也还是个人么，到什么山上唱什么歌，来改造了你就该想着咋跟我们好好相处，你有才那是你的能耐。我们再没能耐，我们这些人活得再不值，也不指望你活着。在我们跟前傲啥？我们这些人迎来太阳送走月亮，过一天两个半日子，一年四季猫儿吃浆子老在嘴上抓挖，值得你傲么？你随和一点，眼皮往下抹抹，谁为难你做啥？在人屋檐下，你能不低头，这些道理不懂？你还傲得很，不尿人？’他说：‘我不是傲，我是远着你们。’我说：‘你远着我们做啥，跟我们近了辱没了你？不是傲是啥？’他说：‘又乱想，我是怕你们。’我说：‘你怕啥？我们在你脚底下架火头上倒油咧？’他说：‘我在一个队上改造过，他们一开始对我不错，我就啥话都跟他们说，可后来他们就整我，拿我的话整我，往死里整我。’慢慢地，他有话了，也跟我说这说那。

“有气归有气，总还得照顾着，要不咋办呢？我娘说得对，总不能让死在我这里，让我拉一条命债。晌午吃饭的时候，我说：‘今儿在你家吃顿饭。’你猜他咋做饭？把米下到锅里，水开了，把面往里搅。我的天神呀，这是做饭吗？搅成一团，米都还囫囵着，洗了一把韭菜，切了有一寸长，搅到里面，撒一把盐，就舀到碗里。剥了几根葱，递给我一根说：‘吃吧。’我说：‘你做过饭吗？’他说：‘没有。’我说：‘那你家谁做饭？’他说：‘我娘。’我说：‘你婆娘呢？’他说：‘偶尔做，后来划清界限了。’我苦笑了说：‘改造你日他娘还得从做饭抓起。’我叫他到我家吃饭，他不去。我说：‘你想死在我们这里？’吃过几天，他对我说：‘授人以鱼，不如授人以渔。’我说：‘啥意思？’他说：‘就是你给我饭吃，不如教我做饭。’我说：‘你学得会吗？你不是说你这双手只会画画吗？’他说：‘你这不是抬杠嘛。’他其实很聪明，婆娘教他做饭，几天时间就会做米面，连馍也会做了。

“他是监督改造，不干活是不行的，可让他干啥呢？给墙上写写标语，造个花名册，开会念念社论，这也是改造么。慢慢顺溜了，他给我讲他真就只会画画，从小到大整天坐在家里画，连门都很少出。单位不到三十个人，一大半都不认识，也没什么朋友。我说：'难怪你是个生皮，对这个社会屎都不懂。'他说：'我为啥要懂这个世界呢？'我说：'就像修行的和尚道士，你这活个啥人？'他说：'我有我自己的世界，那是个美妙的世界哩，你是不会理解的。'我说：'跟人都不来往，再美妙有个屎意思。'他说：'跟人来往就好吗？我就交了三个朋友，最后还让朋友陷害了。'许多事上他想法与我们不一样，怪怪的。他常和我争论，有时候很激烈。我说：'你不能不和我争吗？你不能让着我点吗？'他说：'为啥？'我说：'不怕把我争气了我收拾你？'他说：'争不过了就收拾人，不讲理。'我笑了说：'我不会收拾你了，可遇上别人会收拾你。'

"他说：'我心里很急。'我说：'会不会你家里有啥事？'他说：'我不信那，我是唯物主义者。'我说：'那你急啥，现在又不是刚来的时候，我折腾你。'他说：'我都四十了，你说我是个画家，却不能画画，我不能虚度此生啊。'我说：'你已经把日子弄日塌了，还想咋？'他长叹一声说：'这么一天一天下去，活着还不如死了。'我说：'没人不让你画画，你看报纸上，一张一张（一个版一个版）都是画哩。'他撇着嘴说：'那是啥画？我脚画出来的都比那好。'我说：'这话你也就说到我跟前了，说到别人跟前你想想结果。'他说：'我这不是跟你说呢么。'我说：'现在不是你觉得好不好的事，是别人说好不好的事，别人说好才是好。'他脑子又撬住了，说：'别人知道个锤子。'我说：'你这脑子不是让门夹了就是让驴踢了。'

"他偷偷带来三本画册，都是他画的。我看了说：'一块石头、一棵树、一个人、两个人、几根草，就是一幅画，这么厚的三本子，你都画的是这，我看不出一幅跟一幅有啥差别，你够有耐性的，我都觉得没意思，你还觉得了不起的，我给你说我要是你画几幅就行了。'他撇着嘴说：'那是一种境界么，你不懂。'我说：'我不懂，啥是境界，啧啧啧，你画的那些人全是些不食人间烟火的，他们知道粮食咋种出来？都是不劳而获的寄生虫。'"

说到这里，支书嘿嘿一笑："你别笑话我，你们有你们的渠渠道道，我不懂，我就是这么认识的。我说：'你咋不画我们这些人？'他撇嘴，我说：'咋了，画我们这些人辱没了你的笔？你来多久了，没觉得吃喝来得不易？

你说一颗麦子种到地里，你得磕多少头才能吃到嘴里？’他说：‘磕头？’我说：‘下种不是磕头？锄草不是磕头？收割、拉打、推碾，哪样活你不都得磕头？面朝黄土背朝天，锄禾日当午，汗滴禾下土，不都是磕头？就是吃的时候你抱个碗往嘴里扒拉不也头一点一点？’他点着头说：‘你没啥文化，说得还挺有哲学味儿的。’我说：‘你看不上画我们这些人，你画那些娃娃呀，淘气捣蛋，翻墙上树，你画鸡猪狗牛羊驴马呀，你画母鸡领着一群鸡娃多好，画羝羊争圈、驴啃脖子、羊羔跪乳、牛犊舐母，这些没有意思？我觉得比你画那些有意思。我说你要画我们这些人，就是画我们劳动人民，大家都夸赞劳动人民哩，谁批判你？还会表扬你哩。’我故意激他说：‘你是不是除了那些不吃不喝的半人半神，不会画别的？我看你画的那些人都像一娘生的。’他气呼呼扭转身就走了。

“隔两天，他抱来了一沓子画，说：‘我回去回味了你的教诲，觉得你虽不懂画，可说得倒有些道理，对我有启发。’他把画展开叫我指点，我说：‘你个瞎㞞，让我指点，这是改造我呀。’嘿，锄地犁地、赶牛放羊、男人抬杠、女人奶娃、老㞞看瓜、鸡狗猪羊牛，画街巷的一张画，画了几十个人，社员看了，都认得出哪个是自己，老㞞看瓜那张画，简直笑得人直不起腰身来。画了我两张，跟照出来的一样。我说：‘我服你狗日的了。你不是会画这些么，看来还是个思想问题。’他很深沉地说：‘是个思想问题。’我说：‘你以后就这样画，把咱们村能画画的墙都画上。’

“那时候让大队办工厂，咱半坡陈家沟一带的石头能烧石灰，就办了个石灰厂，可周围大队都办石灰厂，石灰销不出去，我让人拉石灰把村里好一点的墙都灰了一遍。我说：‘你要好好画，别画毒草。’他说：‘啥叫毒草？你告诉我。’你说这个瞎㞞，分明是嘲弄我。我抓起土块就砸到头上，说：‘就你这脑子，咋就还把自己弄成了个人物？就你这㞞态度，该毙了你狗日的。’他说：‘我跟你抬杠，你却打我骂我，真理都出在你嘴里。’我气笑了：‘瞎㞞，这也是拿来抬杠的？’那年收秋的时候，县上的干部下来支农收秋，带队的县长对墙上的画进行表扬，回去还专门发了红头文件表扬，把我也给表扬了一下。墙上画革命画还在全县推广哩。

“思想问题解决了，脑子不犟了，顺溜得很，跟我说话不叫支书不说话。我说：‘你以前不叫我老屄吗？’他说：‘以前吧，用你的话说脑子撬着，现在不撬了，得叫你支书呀。’我说：‘你别这样叫，叫得人肉酥。’他说：‘以前叫你支书我肉酥，现在叫你你倒肉酥。’我说：‘锤子，我觉得你叫我还是要笑我哩，再叫我我抽你。’他跟我要酒喝，我说：‘你该给我酒喝。’他说：‘我没酒，你有酒。’我说：‘那你有菜？’他说：‘我是要给你汇报思想。’喝着酒他说：‘或许这是我的新生，我不是说政治，是艺术。’我说：‘你这个嘴呀，后半截就不该说，以后嚼了咽了。’他说：‘你个瞎屄，我这不是跟你说呢么，我知道这话不合适。’

“他就在墙上画画写写，人们都爱看他写写画画，他几笔就画一个人，你一眼就能看出是谁。后来他就给村里人画像，咱这里人照相困难，老人把他画的像保留下来当了老像用。以前，就是解放前，你知道请画匠画一张老像，得好几块大洋。大家跟他亲近了，都知道他做饭难怅，也都叫他吃饭。碰上谁家的饭就在谁家吃，谁家吃个好的，闻着味儿就去了，添双筷子的事么，谁都不讨厌。身体也缓过来了。他不会抬杠，让我教他抬杠，说不抬杠人们会对他有意见。我说：‘抬杠咋教，你得跟他们一起打闹学习。你别小看抬杠，那里头有智慧哩。抬杠就是存心和一个人过不去，存心地找碴儿，他们说这你就偏说那，他们说你鼻子，你就说他们的嘴，他们说城里婆娘，你就说乡下婆娘，你得抓他们的话头，多耍流氓说荤话。’他真是很聪明的，一点就会。跟人抬杠，脑子好使得很，反应快，能捉住话头。他还边抬杠边画，几下就把一个人画到墙上了。他跟女人也抬杠，像个疯狗，一次对付几个女人，惹得女人合起来动不动给他来个老屄看瓜。等到离开咱半坡，他彻底成了个农民，游街串门，还跟人叫板，抬杠摔跤。

“也该狗日的走运，那年公社要在米缸山修梯田，后来弄成了全县的重点工程，又弄成了地区的重点工程。公社、县上、地区的头头脑脑往来跑。我说：‘你要用心画，领导要看上了，夸奖了你，说不定你就不用改造了。’狗日的用心了，画劳动的场面、丰收的场面、打闹的场面，牛歌羊唱的，喜庆哩。来的领导、干部看了直夸赞哩，我给介绍了老走。一位领导说：‘改造得很成功嘛。’记者还拍了照，发到了省报上，说是改造获得了新生，那年还给了他一个啥荣誉，把我也给表彰了。不久就调到县里去了，一下就

把命给改了，定吃定坐专门画画。我说：‘你看这不是你好我好他好大家都好的事么。’

“我一去县里开会，他总要请我吃饭。我说：‘会上管饭，你这不是把家里石头背着往山里撂么。’他偏要请我单独吃，还给我烟酒。我说：‘你别乱花钱。’他说：‘都是人送的。’我说：‘那不是人送的，是你画的。’他说：‘你总是把话说得稳准狠，对，我是画饼充饥。今年又给拔（调）到省里去了。’有一个领导喜欢他的画，他偷偷给领导画画。我说：‘领导喜欢，还要偷偷画？不往出贴？’他说：‘不贴，领导收藏他的画。’我就明白了，他说：‘狗日的，我宁愿到大街去画宣传画。’我说：‘你可不敢耍驴脾气，好日子不过？再说你不是怕没时间画么，跟人家拗那么大的劲，人家能让你画画，你看顺应着点不就能画画了？画自己喜欢的，你就偷偷地画么，这不就把丢失的时间找回来了，不虚度这辈子了。’他说：‘明摆着画也没事。’

“我娘的老房子（棺材）就是他画的，专门从县上回来画的。”支书说，“我娘古稀那年，过了大寿，我就想着把老房子给做了。人活七十古来稀么。可我娘不让做，说：‘活到哪天没了，哪天做，早早操那心做啥？’我娘受了一辈子苦，好日子才过了几天，没活够哩。你想那时候我已是大队长了，人都高看一眼，年头节下，人都来看看，谁家做个好吃的，也都惦记着给她端一碗，日子风光哩。那年是个闰年，我就给娘造了老房子，闰年做老房子添寿么。老房子做得好，还要画得好，咱半坡以前有个大画师，周围的寺庙油彩活都是他干的，可没了，阴阳都能画老房子，他们画的我看不上，就请他画。他画了。画得真是好，阴阳来看呆了，而且说很合规矩。我说：‘你画过棺材？’他说：‘他临过棺材上的画。’我说：‘你要在咱这里画老房子，能过个人上人的好日子。’我给他钱，他说：‘你给不起。’我说：‘你说个价。’他说：‘没价，如果不是我看上的朋友，不要说画，连话都说不上。’喝了点，他说：‘你知道吗，我画画都是按尺收钱的，画这老房子你这个家都不值。’我说：‘你就胡吹吧，我这个家经营了几辈人了，不顶你一天工夫做的活？’他说：‘以后你会知道的。’其实我也明白，那么大的领导要他画画，他的画能便宜？我有个老罐罐，他看过，说是个老东西，让我好好保存，以后会值钱。我拿出来给他，他说：‘你他妈的把我当啥人，不怕折我的寿？’我说：‘给老人尽孝的事，是该出的。’他说：‘我给你娘当个儿子，给你当个弟弟，把你们门风辱没了？’”

支书停顿了片刻，抽了一锅烟，看了我一眼：“先后来几个改造的，都是生皮，都是属猪的……”

“这么巧？”我说。

他笑笑说：“骂人话，咱半坡骂人有一句话：你是属猪的——记吃不记打。猪为啥老挨打？因为没记性，记吃不记打么。生皮么，你看羊皮不熟又臭又硬，熟了就软了绵了，也没臭味了，做成皮袄，又贴身又暖和。只要与这个世界合上卯了处顺溜了，灾祸就都能避开了。我家原来住过的干部说过一句话，识时务者为俊杰。话说得真好，你得学会避让，不顺应潮流找死啊！其实你们这些人没啥毛病，没见有多反动么，都是仗着有才，傲得很，不顺溜，脑子还有点撬，转个弯子吃力。脑子转过弯了，一下就把命改了。前一阵老走来你也见了，风光不？坐小车，人吃得白胖白胖的。哪像我们，命一辈子就定死了，劳动改造么。”

我来不久，老走就来过一趟半坡，说是下乡采风。他完全成了个乡下人，脖子上搭着一条羊肚子毛巾，一顶草帽失去了麦秸原初的金黄，边子豁豁老牙像锯齿，裤腿挽在半腿杆，打着赤脚，头枕着鞋躺在田埂上，哼着小曲儿。

他对罐罐茶上了瘾，一早起来支书专门给他熬，熬得倒出来一条线。支书说：“狗日的，改造你倒把你改造成先人咧。”

老走说：“我刚来你不是给我当先人呢么。你不是说这世界公平得很，有个因就有个果。我现在是省上的人，下来你不得给我弄好？”

支书看我一眼，嘿嘿地笑。他问我喝得惯不，我说：“还喝不了这么浓的。”

他说：“再喝上几天，就惯了，这东西好，真提神。”

老走很超脱，走在街巷，狗咬他，他做出很生气的样子，跺着脚骂：“真是个狗日的，还把老子当反革命，”抹掉草帽拍着脑袋说，“帽子早抹了，改造好了，狗眼看人低，要不要我给你找份红头文件看看？”骂完狗嘎嘎嘎地笑。傍晚来临之际，他喜欢坐在崖头远眺，看着暮色从山脚往山顶攀升，很快，就像云影侵蚀大地。他爱唱骚曲儿。他说："骚曲儿唱的就是无奈的人生，哎呀，那种无奈，简直没法表达。"

他跟我住，晚上帮我抓虱子，竟然抓了我的虱子放进自己衣服里，说："日他娘，没虱子了，浑身不痒了，不舒服，抓痒真是舒服，现在没的抓了。虱子这东西咬你，不像蜜蜂、蝎子蜇你，很疼，肿个包，奇痒难耐，抠烂了会发炎流脓。虱子咬你只是让你觉得痒，挠着你就觉得很舒服，用半坡人的话说就是受活。刚来的时候，我夜夜睡不着，嘿嘿，捉虱子把失眠治好了，从衣缝里找虱子，掐虮子，等把所有衣缝里的虱子捉净，虮子掐净，你瞌睡得眼皮都抬不住了。我给你说，你就是绝望了，挠痒抓虱子，就不绝望了。"

他告诉："我支书这人脑子好使，心地善良，他娘是个居士，在家里吃斋念佛。支书背后有人哩。"我问："谁？"他说："唐彦斌，地委副专员，那几年唐家尚家争权斗得挺厉害的，今儿你把他打倒了，明儿他把你打倒了，唐彦斌就让他当了支书。"

"你得学会跟他们抬杠，抬杠最能与他们联络感情，半坡人傻乐傻乐的，你跟他们胡说乱笑的，他们就觉得你跟他们近了。不然他们说你架子大，跟他们不过心。其实他们很可怜，内心很自卑，尽管咱们是来改造的，但他们觉得我们还是高他们一等，始终觉得我们看不起他们。"他说，"抬杠不是简单的事，有大智慧哩。半坡人的语言精彩着哩，那些方言土语、歇后语、格言，最有表达力，说人说事一针见血，有些话听上去很黄很土，但理不黄不土。"他告诉我许多抬杠技巧，给我讲了些笑话、段子，还送我一本《笑林广记》，说："抬杠用得着。"

他住了一周，回去不久，在《人民日报》上发表了一组画，支书拍着报纸给我说："你看，老走画咱半坡的画，上《人民日报》了，你看丰收的场面，喜庆不？牛歌羊唱的，日能人啊，画得多好。"

十几年后，我读到关于老走的评传，说老走的艺术人生确实在改造中获得了新生，他画风转变了，由学院画转向自然画派，让他享有国际声誉的正是这些人民画，贫下中农系列画。后来他出国了。画册传到风过岭，其中有几组标题《耍》的画作，半坡人看了说："咋把这也画，耍呢么，呀呀呀，丑死人咧，这个老流氓，把咱们的人丢到美帝国主义了。"说到老走去了美国，他们还是很遗憾的："那时候劳动改造没有亏待过他，你看狗日的还是投靠了美帝国主义，走了资本主义道路，这个卖沟子货，还是卖了国。"他们确实有些生气。

我明白，支书给我说老走也是在给我做思想工作。

跟人民群众打成一片。天热了，半坡人男人几乎都不穿鞋，我也不穿鞋精着脚片子。

穿这村巷，人都那么看着我。

老顾说："你别逞能，你看你这脚白得像刚拔出来的萝卜，肉不是咱们这里的肉么，不服水土。"

尚全义说："你这是胡尿整哩，我们从小就这样，你这脚鞋壳郎里装贵气了，受不了这罪，男人脚底下得的病可是难缠。"

我说："没事没事，锻炼锻炼就好了。"

支书走过来，看看我噗地笑了说："啧啧啧，还说你不会抬杠，这杠抬得美咋咧么！"又说："简直胡尿日怪，你把人潮死咧。"

潮，恶心之意，却比恶心更甚："你这么做事，潮死人咧。"

"没人要你这么改造，要你改造思想。我们不穿鞋是没鞋穿，你跟我们学个锤子！"支书背着手转了几圈说，"你这么把病弄下了，回去咥不成咧，让你婆娘骂我们半坡婆娘把你底火泄亏咧，不把我们半坡婆娘名声坏咧？还当你在半坡天天不闲，过的三宫六院的日子。"

婆娘们笑起来说："个老驴呀，快长尾巴了。"

她们拿胡整丢支书。

支书盯着我看着，拍着大腿嘎嘎大笑说："你这是跟半坡美美抬了一杠。"

[驴]

半坡的牲口是集体喂养的。牲口圈有三户人家院落那么大，也是人们扎堆片椽的去处。

牲口圈离我的小院落不远，闲暇时间我就去和老拓、常八、老朱片椽。我们靠着圈墙片椽，驴会把头架在墙头，奓着耳朵静静地听着。老拓会吼一声："是非不？还把你听得认真的。"驴甩甩耳朵，老拓说："还真把自己当个人了？你要是个人，定是个擢事头，搅得一庄子的人不安宁。"驴扇扇厚大的嘴唇，老拓说："还跟我顶嘴，你要会说话，肯定是个杠头。"驴龇龇牙，老拓说："咋，说你两句，你还龇我，皮咬咧，抽你两鞭子，就舒坦了。"驴收了头，橐橐橐走了。

老陈走来扑哧一笑说："老屄都活成人精，跟驴抬杠了。"

我说："驴真能听懂人话？"

"能听懂，听不懂你怎么使唤它，听不懂，就是驴装着哩。"老拓说，"我想过，可能再过多少年，驴就会说话了。"

我笑笑。

"下放，你知道驴不？"老陈问我。

"知道啊。"

"来前就知道？"

"来前就知道，城里也有驴哩。"

"城里也有驴？"

他们哈哈大笑。他们很会给人下套的。

"那考考你，你说这世上有多少头驴？"

知道他们会问刁钻的问题，我就顺溜地回答："不知道。"

“三头驴嘛，这都不知道还说知道驴？”

“三头驴？”

“草驴、叫驴、骟驴嘛。”

我拍拍脑袋，想起晚上扪虱时他们说的，说一位大人物接待外国宾客曾出一题考过老外，问世上有多少个厕所，外国人答不上来，答案就是两个厕所，男厕所和女厕所。

可按这逻辑，也不对呀，应该是两头驴，草驴和叫驴，也就是母驴和公驴呀。老朱显然是看出我的疑问来，说：“那你说骟驴是叫驴还是草驴？”我给他竖了大拇指。

“下放，为啥母驴叫草驴，公驴叫叫驴，骟驴叫骟驴？”

我顾名思义地说：“叫驴是会叫的驴，草驴是吃草的驴，骟驴就是骟了的驴。”

我知道只有对骟驴的解释是对的，叫驴、草驴的解释自然是不对的，我有意惹他们开心。

他们哇哇大笑：“叫驴不吃草？能活？草驴不叫？草驴叫起来能把叫驴气死！你咋不像老反把骟驴说成善良的驴？哎呀，你们知识人也出笑话哩。”

我问那为啥母驴叫草驴公驴叫叫驴，他们也说不明白，只是说草驴走驹（发情）时，叫驴为争草驴时会比嗓门，叫声洪亮绵长者胜，这可能是叫驴称谓的来历。“你们不是爱研究？给我们研究研究噻。”他们说。

下下驴驹子是公的，如果不成为选留的种驴，也就是叫驴，几个月后就都骟了。

“老反把骟驴说成善良的驴也对哩，”常八长吁一声说，“下下来几个月就骟了，给人干一辈子活，这不是行善？这是大善哩。”

在半坡，牲口是人以外的主要劳力，半坡的牲口主要是驴，准确地说劳力是骟驴。尤其犁地耱地，是个长工活。二月二，龙抬头，大家小户动庄稼。从春二月直到秋霜煞地，犁耱、收拉、驮运、打碾、推磨……骟驴则永远在干活，是人不可或缺的忠厚伙计。半坡的草驴也喂的不少，却主要是为卖驴驹。卖驴驹是半坡的主要经济收入。草驴怀上驹肚子大起来，便保胎育驹不再干活了。

我说："为啥要骗呢，不骗干活不是更有劲？"

"不骗，骚得见了草驴就叫着想上，有心思给你好好干活？再说干一次那活别看时间短，费犁几天地的劲哩。"常八说着在黑脖子头上拍一巴掌，"你说这㞞货，天天晚上当饭吃哩，头上连根毛都没了，婆娘不让咥，连打带骂地说强奸哩，还跑到外父家去告状哩，你说驴不驴？"常八是半坡八大杠头之一。

黑脖子头确实秃得厉害，脑顶几乎没头发了。

"连驴都不如哩，骂人爱咥实活拿驴比骂哩，其实牲口比人活得讲究，草驴不走驹或怀上了，双蹄子尥得叫驴上不了身，后洼黑叫驴硬上草驴，被草驴踢断气。色是刮骨的刀，黑脖子要是头驴，怕早不在人世了。"这时一头叫驴大叫两声，常八嘎嘎笑着说，"你看，叫驴都赞同我的说法哩。"

黑脖子嘿嘿一笑说："你们是三兄弟么，它们要会说话，你们合起来抬杠，南北三川没有抬得过的。"

王壮梅来拉驴去磨面，他们的话头立马转向她："你家那头呢，一晚上消停点，啥活干不了，还花这工分？"

王壮梅瞥我一眼说："难怪一个个天天在驴圈门前扎堆哩，都是驴么，张口有个人话没？打到驴群里都辨不出来。"又说："下放，你好好的一个人，跟他们扎堆，迟早跟他们成一样的货。"

常八说："不让跟我们扎，想带到你们堆里去扎？看他瘦的，刮个风添口气就倒了，等我们喂壮了，你们来领到你们群里掌群去，嘿嘿。"

半坡喂着两头叫驴，操心着全队的草驴。操心就是配种，把配种说成操心，是很有感情的。三个饲养员，常八是专门喂叫驴配种的。草驴仲春到秋初季节发情多，气温高，驴驹下下好抓养。一头叫驴一天要配几头草驴，起个性不容易。拉着草驴转着圈圈勾引诱惑，叫驴好不容易起性了，几次不成功就软了下来。因此要常八帮忙。草驴走驹的几天里没配上种，就得等一个月后再走驹的时候配。草驴走三四次驹要没配上，就得等来年了。一年下来，要是空身子的草驴超过定下的指标，常八就会被扣工分。扣工分就等于扣钱、粮，因此就有这样一句话："叫驴不出力，常八没吃的。”

草驴走驹，表现直白，遇到驴会站定，一张一合地拌嘴，嘴角流出白沫。人骑它或拍它，它也会站定一张一合地拌嘴。我到半坡不久的一天，在村巷里，老疙瘩拉着一头草驴过来。老冯拍拍草驴背，草驴一张一合地拌嘴。老冯说：“下放，驴问你哩。”我说：“问的啥？”老冯说：“驴问你骑不骑它。”我说：“这分明是你问我呢。”大家就哗地笑了：“还说不会抬杠，你看这杠抬得美不？”我已能抬杠了。老冯失了一着，笑笑说：“你会骑驴吗？”我说：“会骑。”老冯说：“片呢吧，前面来改造的几个连草驴叫驴都分不清，还逞能骑驴，那谁骑上没几步让驴撂下来，还给了一个屁。”

驴与骡马相比个头小，我一米八二，腿长，骑上脚尖都够得着地，我想就是这驴再有性子也不会把我咋样。我从老疙瘩手里拽过缰绳，爬上驴背，哪知驴一动不动，腰往下沉，嘴一张一合拌得越忙了，嘴角流出白沫。他们哗哗哗的笑声就像风掠过白杨树。老冯拍着大腿说：“下放，你是个知识人，咋也干起这事来了，那是常八干的事。”我给弄了个大红脸，从驴背上下来，草驴嘴巴还一张一合。老冯说：“你们看驴嘴一张一合的，是不是张一八一张一八一叫着？下放，你学驴拌嘴试试，看是不是叫的张一八一张一八一”

叫驴也有爱与不爱。有的喜欢个黑的，有的喜欢个麻的。驴一般三种颜色，小的时候多是青色，长大了渐渐地就非黑即灰。也有白驴，但极罕见，我只在峁头见过一头。因此配驴得预备个罩子，不喜欢麻的喜欢个黑的，那就拉头黑驴在叫驴边绕来绕去。叫驴起性，前蹄腾空，推到灰驴身上去了，这时候叫驴已经顾不了那么多了。叫驴要太挑剔了，只能给骟了，去犁地。有头叫驴只喜欢青色的草驴，见了别的驴眼皮都懒得抬，只做了一年叫驴就给骟了。

叫驴还有一大用，就是娶亲。用马娶亲当然最好了，可半坡人不养马，骡子倒有几头。骡子有马的血统，高大魁梧，比驴气派，可骡子不生养，哪能娶亲？骟驴呢，被做了绝育手术了，就更不行了。因此，只有叫驴可用。

半坡上百户人家，娶嫁多集中在正月。好日子是请尚阴阳看下的，尚阴阳说：“一个月就两三个宜嫁娶的好日子。”人们说：“一个月三十天，好日子咋就这么少？”尚阴阳说：“好日子就跟宝贝一样，哪会多呢？多了反而不好。”结果一个日子有好几对嫁娶的，叫驴就不够用了，得到处去请叫驴。闰娃结婚，一个队一个队地请叫驴直到在百里以外的黄堡才请上。给饲养员提了三色礼（一瓶酒、一包烟、一斤白糖），可人家还提出要搭一匹红。一匹红就是一个被面子，这可是一笔不小的开支。半坡人就骂：“狗日的黄堡人太过分了，这事上还拔毛，富得了你？”也有实在请不上的时候，半坡人是忌讳另看日子的，意味着事情不顺，实在请不上，只能用草驴娶了。这在理论上是可以的，然而终归是无奈之举，就像直溜溜一根绳上绾了个疙瘩，婚后两口子犯个口舌、淘气，甚至离婚，都会往这个疙瘩上想。

娶亲是叫驴最尊贵风光的时候，得“请”。请叫驴得背三碗豌豆。豌豆是牲口最好的饲料，人吃豌豆没劲，给驴说驴不信。进了牲口棚，先上三炷香，是上给孙悟空的。因为孙悟空当过弼马瘟，掌管天下牲畜。拿簸箕盛一碗豌豆，单腿跪下去高高举起簸箕，撂到叫驴嘴下。等叫驴吃完，叫驴就算请下了。当然得给饲养员提礼行，虽然叫驴是生产队的，可是饲养员操心喂着，否则到时候会跑肚生病、腰塌蹄软的。饲养员要让牲口生病跑肚还不容易？何况饲养员还得给叫驴梳洗打扮——扫去身上的土尘，抠去身上的浮毛，梳理脖上的鬃毛，佩戴拴满铃铛的红项圈、绾了花与红绸的笼头、胸襻、镶铜钉铜边的鞍子，备好栽绒褥子（这些都是生产队准备下的）。经过饲养员用心梳洗打扮，再喂过两碗豌豆，平时看上去蔫头耷脑的叫驴，一下子神武了许多，出了圈门会大叫几声，声震四野。

老拓说：“人骂人犟驴、驴脾气、属驴的、蠢驴……”

常八眯着的眼睛忽然睁大，嘎嘎嘎笑着说：“还骂驴日的哩。”

老拓说：“你那东西能喷出啥话来，眯着眼睛想好事去。”

常八说：“我说错了？”又眯上眼睛。

老拓说：“要说牲口哩，驴没有牛犟，牛不喝水强按头，越按越不喝，按恼了抵你。也没有马和骡子性子大，耳朵端竖，喷鼻四顾，走得好好的突然因为冒出来的兔子、黄鼠、野狐而惊慌失措，撒开蹄子狂奔，全然不顾拉着车、犁和驮着的人，总是闯祸。驴只是甩甩大耳朵，看上几眼，继续走自己的路。八仙中的张果老骑的就是毛驴，还是倒骑的，驴的性子好。驴一点也不蠢，别看总是奓拉着大耳，眯着眼睛，像是啥都不上心，其实心里有数。出门拉个驴，就是你的伴儿，你说话它就听着，龇龇牙，眯眯眼，甩甩耳朵，分明是听得明白的，人心里有个苦，憋气，总想说说，要不把人还不憋死？给谁说，说不好传得沸沸扬扬的，就成了是非，给驴说了，心里畅快了，永远也传不出去。驴的记性好，出门不像狗浇尿记路，多远都记得路，你睡着了，它也会把你驮回来拉回来。驴有情有义的，卖到别的队上的驴会回来看看的。老艾喂着头草驴，一年下了双驹，卖掉后就常回来，还去另一个生产队叫上另一头一起回来。驴来这世上，是替人受苦的，没驴日子是过不下去的，驴却背了骂名。"

常八又睁开眼睛说："拿驴比着骂人，驴不就跟人一样了？那是抬举驴呢。老冯，你说对不对？"

老冯远远走来，说："对对儿的。"

常八说："老冯最懂这了，最会抬举驴哩，你说老冯骂儿子，是不是驴日的驴日的骂呢，你看把驴抬举的。"说完他跳起来就跑。老冯追常八，常八边跑边说："我说错了，你敢赌咒骂儿女不是驴日的驴日的骂的？"

大家就都起哄，杠就这么抬上了。

驴上午犁地，卸地后饮过水，赶到山野中放牧，这是驴最惬意的时刻了。驴在山坡上尽情撒欢打滚，恣意狂野。半坡人说的四大舒服就是打喷嚏，抠咬咬，挖耳朵，驴打滚。三个跟人有关，一个就跟驴有关。驴打滚，看上去都舒坦。多年后养生大流行，其中有一个养生小动作，就是像驴一样打滚。半坡还有一句俗话：条驴子放屁——自惊自。这是一句格言，条驴子就是小驴，意思是年轻，涉世不深，自己把自己惊着了。却也是实话，条驴子放屁真会把自己惊着了，腾空尥蹄子，整个驴群都狂野起来。它们安静下来，抖飞一身尘土，一对一对互相啃咬脖子。

老艾开皮匠铺，我常去皮匠铺和老艾片椽。老艾是喀什人，对丝绸古路上的事能说不少。半坡只有老艾个人养着一头驴，早晚去了就见老艾拿个铁抠抠抠驴，抠得真细，连蹄腕子都抠到了，边抠还边说："亏了你了？你的脖子我给你啃哩，我的脖子谁给我啃？"吃烟的老朱咯咯笑着说："驴啃脖子工换工，你老驴的脖子洋岗子给你啃呢。”老艾老婆是库车人，半坡人称洋岗子。老朱又说：“洋岗子的脖子你啃得少咧？”大家就都笑了，驴也扇扇厚大的嘴唇，嘭嘭有声，真像是笑哩，还一扬脖子叫了两声。老朱说：“你看老艾这货，驴都跟他学得跟人抬杠哩。”有意思的是，每次我离开的时候，那驴都会叫两声，老艾说：“它说常来啊。”

驴更是主要的交通工具，山野荒径，总能遇上骑着驴、坐着驴车的行人，赶集、浪亲戚。年集上驴车多得堵车。队干们外出开会，都是骑驴。在山野沟谷，循声望去，常常会看到一辆驴车就像挂在坡上，几乎不动，但知道它在走，因为清脆的铃铛声一直会飘荡。驴车从坡上升起来，却看不到人，有些诧异，难道是驴拉着车自己去办事了？到了跟前，才发现车厢蜷着一个人，呼噜如雷。驴站下看着你，龇龇牙，甩甩耳朵，就像打了个招呼，又走自己的路了。那人竟然没醒来，真是惬意。人更是把驴当成伴儿，出门总是拉头驴，既不驮东西，也不骑一步，就像两个行路的人。

[胡墼]

半坡多西北风，忽然来了一场南风，满全在院墙旮旯里捡了一张纸，冲进窑就吼骂儿子："这么糟蹋，长大是个踢江山的货。"

在半坡，纸是没有多余的（应该说只要是用钱买的东西都没有多余的），用纸擦沟子无疑是造孽。半坡人的卷烟纸都不是买的白纸，而是学生正反面都写了的作业本、看过的报纸、读过的书，撕成二指宽的条卷烟，他们叫烟票。这么说吧，就是纸用得没法再用了，最后都卷着吃了烟，也不会用来擦沟子的。大队订着几份报纸，开会读报，就算报纸看完了，大家都会撕成烟票卷了烟。我说印报纸的油墨里有铅，铅有毒，吸进去对身体不好。他们说老走也说过，可都吃了多少年了，没见毒死一个。用纸卷烟的多是青壮年，稍上点年纪的还是吃烟锅子。

满全把纸捋展要撕成条卷烟，结果发现纸上屎黄乎乎的，才知道是我擦沟子的纸。

"一个屎沟子，还值钱得用纸擦？白净净的纸连个字都没写过，啧啧啧。"

"下放，你擦沟子的纸比我们卷烟的纸都高级，你们城里人的屎沟子都比我们享福。"

一天，人们都在街巷靠墙蹴着吃烟片椽，风一忽儿一忽儿在街巷里游荡，就有纸飘过来。"满全，来纸咧。"人们笑着说着。

支书看了我一眼，我尴尬地说："我知道要与人民群众打成一片，用纸擦个屎沟子会拉大与人民群众的距离……"

支书打断我说："你们知识分子就这屌样，说个话上纲上线的。没说你用纸擦沟子不对，城里专门卖擦沟子纸，这我知道的。干部下来都用纸擦沟子，能说他们觉悟不高？到了北京，能用胡墼擦沟子？北京城想找个胡墼都找不着，我去过北京哩。”

我说：“去北京……领奖？”

“能到北京领奖，我还能蹴在这里？也就在县上领过个奖。我是跑脚去北京，去过三趟哩。”支书扑哧一笑说，“北京没胡墼，有专门卖纸的，掌柜的给我们买了纸。还想着试试有多好，结果嘿，扑哧戳了个窟窿。丢人耍说了，差点把人潮死了，有一段日子总觉得那指头臭烘烘的……”

“指头都戳进去了，难怪你那指头黄乎乎的，我们还当烟熏的，原来……啧啧啧，往远蹴，熏死人咧。”

大家总是能抓住抬杠的机会。

我说：“我也想用胡墼，可我害了痔疮，怕感染了。”

我得把原因说出来，消除与人们形成的距离。

他问：“很严重？”

我说：“犯了就像女人倒霉了，裤子都渗透了，坐在哪里就洇一片血……”

半坡女人来了月经，说倒霉。

我索性大讲：“严重时得像女人骑卫生巾，城里有专为女人造的卫生巾……”

“是不是就像去疼片戴的口罩，嘻嘻。”

“我骑卫生巾把对象都黄了……”

这不是我夸张，实实在在。我谈第一个对象时在重庆，一起吃饭，她要吃火锅子。吃火锅子对犯痔疮的人有立竿见影的效力，有时没吃完就大犯了。

“这倒对哩，重庆线辣子厉害得很。葱辣鼻子蒜辣心，辣子辣得不沾因，上辣嘴唇子，下辣沟门子。跑脚到重庆、成都，是不准吃火锅子的。”陈泰说。

“大夏天的，穿的裤子单薄，血会渗出来，我就在包里装了卫生巾。她爱读书，我带了两本书。吃完火锅子，出了朝天门火锅店她才骂我恶心，自己都跟女人一样，还找对象，不是害人？原来吃了一阵，我感觉不对劲，上厕所骑上卫生巾。她从我的包里掏书时发现了卫生巾。我回来她没发火，因为她条件不好，吃一顿火锅也难得，何况是朝天门火锅，当然得等吃完了才发火。我忙给她解释，她一直听着。听完她一甩头说：‘如果我没有经历过就相信你说的了。’我说：‘你经历过？’她说：‘或许不能说你是变态，但可能有别的事呀，我们单位有一个小白脸，专门给一女同事买卫生巾的。’我急了说：‘也有可能是女同事让他捎着买了一回，结果让大家看见了。’她一笑说：‘问题是后来他们让人捉奸在床了……’”

“城里还有这事？”

“这娃把便宜占尽了。”

“城里就是怪事多。”

大家噢噢噢的。

我说：“我撵着给人家解释，人家头摇得像拨浪鼓，说：‘终身大事不能冒险，宁可错杀一万，不可放过一个，还说你也骑卫生巾，我也骑卫生巾，我怕结婚了我们连卫生巾都买不起……’我央求她别乱传，结果还是被她传得好变态，知道的人都那么看我……”

“这种女人没娶也好。”

我说：“我后来又找了一个对象，她还是要吃火锅子。我直接先骑了卫生巾，可没有女人的经验和功夫，穿的又是大裤衩，卫生巾顺裤腿掉下来，让她看到了，掉头就走了，连火锅子都没吃……”这是我编的。

“你到现在没结婚？”

“没么……”

“难怪你一个人下放，吴山大队那个下放户，连家带口七个人哩。”

“你日子过得够茶障的。”

“……”

“你没结过婚？那怕是你不懂，把倒霉了当痔疮吧……”

“对对对，去找满全的女人给你看看，是不是你……没认出来，真是把倒霉了当痔疮，别把一辈子耽搁了……嘻嘻嘻。”

大家发出各种笑声。

“那你这是宁让沟子流脓，不让嘴里受穷，不吃火锅子不行？”

“重庆人爱吃辣的，尤其是吃火锅子，几天不吃顿火锅子，就觉得活着都没意思……”

“不过，不辣啥都没味儿，驴吃刺蓬图扎哩，人吃辣子图辣哩。墙上挂晒的干辣椒炸了，我一顿啥都不就，白嘴能咥一碗哩。”

“你不怕给你辣扯咧，嘻嘻。”

“跑脚到了重庆，遇上大雨，领头让大家吃了一顿火锅子，火锅子还没上来，桌上的一碗碗炸辣椒被人家吃上了。”

“痔疮这么害人？还没听说有这病的。淌血？核桃吃多了淌油哩。”

我说：“俗话说十人九痔，曹半坡没人得痔疮？”

想想，我到半坡半年了，还真没听到有患痔疮者，看来有些打着民间旗号的俗话并不具备民间性，也没有普遍性。

“说不定是你们用纸擦沟子擦出来的。”

我说：“这咋可能呢……”

“咋不可能？半坡人都用胡墼擦屁股，也没见擦出个啥病哩，倒是你们城里十人九痔哩。”

胡墼，在半坡是对大大小小的土块的通称，从核桃大小的土疙瘩到专门为箍窑、砌墙打的土坯，都叫胡墼。

“对，纸是人造的，土是天造的。要说干净，土不比纸干净？你说这世上啥能比土干净？”

“金木水火土，万物土中生、土中灭……”尚学功嘿嘿笑着说，“在你们跟前说这些典故，那不是锤子在太上老君面前抡大锤？”

我说：“锤子在太上老君面前抡大锤，啥意思？”

“铁匠的祖师爷不是太上老君么。”尚学功“呸呸呸”唾了三口又说，“这话有点大不敬。”

我拍拍脑瓜。铁匠唐志庆外号不就是锤子？而锤子在半坡一带又代指男人的生殖器。

“土是最好的药，哪达烂了，捻点土撒上，止血，就长好咧。你用胡墼擦沟子，说不定会把痔疮给你擦好了。”

“对，黄土汤，你没喝过……”

“对对对，痔疮不是流血么，喝黄土汤最顶事了。”

后来从去疼片那里我知道还真有黄土汤这药，而且出自《金匮要略》，多用于出血症。

“到庙里求来的药，土不是药引子？你看老爷给你喝的符里不就有灶心土、院心土、鞋壳郎土、十字路口土……”

老爷就是庙里供的神佛的统称。

“在你前面来曹半坡改造的老反、老右，说啥有香港脚，闹笑话哩。脚还有香港的？那就还有美帝脚、苏修脚了？严重得很，连皮鞋都穿不成。我说你三伏下地干活，土烫得就像刚从灶火里扒出来的，你都穿着袜子，啥东西捂不坏？美帝脚、苏修脚都捂得坏。夏天下地干活，他们也学着我们不穿鞋，还请豁豁给打了草鞋，脚气就好了。他们离开半坡时激动得说改造得好啊，改造得好啊，脚气多少年了，严重影响了他们的生活。老右说就是有一次领导来看望他们，他脚气正犯着，抱着脚抠，结果领导看见了，批评了他，他那时是个犟屃，觉得领导不该批评他，脚气犯了，痒得实在让人难受，他就鞠躬作揖，给领导道歉，要和领导握手，领导不与他握手，他硬硬拉住领导手握了。结果小鞋穿得一双接一双的。”

我开始用胡墼擦屁股。去疼片说：“擦的时候你按上个劲，揉一揉，记着别用石头擦，也别坐石头，平时提肛，提肛知道吗？就是沟子像挤眼睛一样，用个劲地挤。”

我就用劲揉，开始很难受，有时血把胡墼都渗透了，但渐渐不难受了。平时站着坐着就提肛，他们笑着说：“又挤眼睛呢？”

第二年痔疮松动多了，第三年再没犯过。我想谢土，去找尚阴阳。尚阴阳说：“心有了就行了，神灵也明白着哩。”

[粥粥粥]

“日头起山挂金牌，爹爹送我学里来，先生打人无人保，自做文章考秀才。”黑脖子说着把脖子伸到我跟前说，“先生，你打，你打。”

我笑了。

黑脖子就是这样，随时随地能丢个笑带给人快乐。

老陈钻了空子，一把扯着黑脖子的手说：“先生，娃我给你送来了，狗日的再把一个字半个半个地写，你就当你儿打，你把狗日的往死里打。”

黑脖子和老陈就玩缠在一起，玩缠一阵，又抬起杠来。

我写了两个月标语，支书说：“晚上办个扫盲识字班吧，一周办上两个晚上。”

扫盲识字第一个阶段是1949年至1956年，第二阶段也到1965年结束了，怎么半坡还在开展？我说：“扫盲识字不结束了吗？”支书说：“这是雷震子的指示，说要一直开展下去，不能让你们来白白改造，得要让你们为半坡做出贡献。前面来的几个都办过夜校，咱们扫盲班还上过省报哩。”

雷震子就是唐彦斌，以前当过土匪，后被国民党收编，后又起义，参加解放战争，现在在地委做官。

支书说：“有效哩，以前要签字只会按手印，现在都签名哩。娃娃作业本回去都翻着看哩，以前是狗看星星不知道个稀稠，现在看出门道，都让木匠做了戒尺，打儿子哩。”

我有些怯，他们这么大年纪了，日子里也都是七事八事的，谁还有识字的心思？可是上起来，才发现他们都热情高涨。“种地过日子啥心都让队干操了，你咋想都是白想，还不如识点字。”老顾说。

当然他们小动作不比学生娃少，气氛是很活跃的，动不动片橼抬杠的，支书吼骂过。他们说："你看墙上不是都贴着团结紧张、严肃活泼的话哩？"

他们把一些姓形象地说出来，比如说老廖：一点一横长，一撇向南扬，拐个弯弯缓两缓，拐个弯弯缓两缓，左一撇，右一撇，一撇一撇又一撇。

老廖和他们为"南扬"还是"南洋"而争。老廖在兰州老记绸缎庄干过，常去南方进丝绸、茶叶。有次进茶叶到了福建，一老板问他们去不去南洋发财，遍地是钱，只要去了就能发财。他们也知道这老板是去了南洋发的财，回来就成了老板。可他不能去，他是长子。周大丰留下去了。不知道发没发财，再没了音讯。后来他听说也有往那里贩卖劳力的，去了就暗无天日。

比如冯志忠的冯：红鬃烈马来天外，平贵去灭西凉害，神驹腾空有多快，两个脬子甩在外！

他们时不时用平时说到的一些字考考我：

"力气拿戥子秤，戥子的'戥'咋写？"

"黑灯嘤觇的'嘤觇'咋写？"

"黡子的'黡'咋写？"

半坡方言中保留着很多古词古语。

学青的儿子才学会走路，就要自己走，根子不稳，一个跟头一个跟头地跌。人去捉他，他却不让捉，捉住了就咬你的手。麻眼婶嘻嘻笑着说："没事，没事，娃娃绊大，瓠子吊大。"瓠子即葫芦，《诗经》里有"幡幡瓠叶，采之亨之。君子有酒，酌言尝之"，别处都叫葫芦了，半坡人还叫瓠子。

"谁家猪不圈，看把我家园子豗成个甚咧？"顾野王《玉篇》："豗，猪豗地。"《正字通》："豕掘地也。"为了防止猪豗地，猪鼻上会上铁环。

他们肯定也这么考过前面来改造的人，考住过他们。你回答得稍迟些，他们就很兴奋。

山凹的"凹"我写出来，他们与我争起来，因为前面几个都写"洼"。我按字典上讲，凹，山坡，斜坡，多用作地名，耙子凹、水沟凹、滚牛凹、李家凹，不都在咱们这里？"洼"，从水，咱们这里最缺的是水么。

"有理，有理，你看这山上斜斜戴个帽子，可不是凹，像哩，像哩，前头那几个灰把我们哄咧。”

“咋是哄了，是他们也不知道。”

老朱考我：“大秀才，一群牲口要放，一头牲口要縻，一群羊要放，一只羊要縻。这两天没工夫，让一个事縻住了。这个‘縻’字是哪个字呢？你给咱写出来，让咱学学。”

一头牲口、两只羊缠一个人去放是不划算的，就用一根长绳拴了，绳子另一头则拴在一二尺长的縻橛上，拉到草地，将縻橛踏入地里，羊、驴就以縻橛为圆心转着圈圈吃草，不用担心跑丢了，人就能安心地干自己的活了。

我一时蒙住了，脑子快速旋转。本贵说：“咋，考住咧？”

“能把下放难住？下放，你可别谦虚，过分的谦虚就是骄傲。”

“老走骂过，这是你们这一坨的方言，你都不会写，让我们写，你们女人咋不让我们睡？”

他们这样激着我，能把我考住是让他们激动的。

我是学历史的，这个词可以说跟中国历史紧密相连。《史记·司马相如列传》：“盖闻天子之于夷狄也，其义羁縻勿绝而已。”《汉宫仪》云：“马云羁，牛云縻，言制四夷如牛马之受羁縻也。”羁有约束之意，縻是拴、捆之意。“羁縻”的“縻”绝对没问题。而历史上有一种高度自治政策——羁縻，即划定区域，让少数民族居住，设羁縻州、府。

我写出来了，他们噢噢噢的，显得有些失落：“是这个字吗？别把我们当大头。”

我就讲了发生在宁夏的羁縻典故。唐初，突厥强大，成为北方边境的严重威胁。公元629年（贞观三年），唐太宗派大将李靖率军出征突厥。第二年，大破突厥兵虏俘其可汗，东突厥亡。唐采取汉武帝安置匈奴的方法，在东起幽州、西至灵州一线，设置羁縻府、州，安置归附的突厥人，使其不离旧土故俗，教之礼法，授之以生活之业，教其耕地织布，数年后可成为农民。中唐时期发生了“安史之乱”，唐玄宗逃往四川，留李亨收拾残局。李亨北上灵州，公元756年（天宝十五年）七月在灵州城南门楼即皇帝位，是为唐肃宗，升灵武郡为灵州大都督府，成为仅次于长安的军事、政治中心，盐州就在灵州边上，地处毛乌素沙漠南缘，是突厥袭扰的主要区域，也是唐反击突厥的主战场。地域广阔，边民不多，是实施羁縻州府政策最理想的地方，唐王朝就在盐州一带设羁縻州，以安置突厥降众，一度成为安置内降突厥的大本营。灵州管理着几十个羁縻州。看来唐肃宗灵武即位这段历史他们都是知道的。他们能说不少事！

“灵武老早以前是个大地方么。”老肖说。

“老早以前当然是大地方了，皇上登基的地方，能不是大地方？”老温说。

“托塔天王李靖都来打过仗哩。”老肖说。

冯志忠说：“两个老尿，你们老家好得很，咋跑我们这来咧？”

原来老温、老肖都是灵武人。

我又讲了唐太宗的灵州之行。北方回纥等铁勒诸部落，由于对突厥和薛延陀统治不满，纷纷要求归顺唐朝。公元646年（贞观二十年），唐太宗决定亲自到灵州接受铁勒诸部归降。铁勒诸部首领相继派使臣到灵州，有数千人之多，尊唐太宗为“天可汗”。唐太宗在灵州召见并宴请各族使臣，赋诗庆贺，其中有“雪耻酬百王，除凶报千古”之句，勒石于灵州。由于唐太宗的灵州受降，唐人习惯上称灵州为受降城。

“唐太宗就是《斩秦英》里的唐太宗？也到过灵州？那可是个大皇上。”

“大皇上？”

“当然了，你说历史有多少年，出了多少个皇上，能被记住的不都是大皇上？”

他们最佩服我的是叫鸡时“朔朔朔（zhōu）”的“朔”字我写出来了。

当我写出“朔”字，他们说：“是这个字？有这个字？你不是造了个这世上没有的字日哄我们吧？”

要说我能写出“朔”字也完全出自意外。一天，我去找校领导请示汇报，领导在解手，说让我先坐。我坐下，看到桌子上摆着《警世通言》，随便翻开，正好翻到这段：“婢：朔朔朔朔，王安石来。”群鸡俱至。我倒把叫鸡“朔朔朔”记住了，也感慨了对王安石的不敬。

当我说明后，他们立刻对我佩服得奓着大拇指直“啧啧啧”“啊啊啊”。“以前来的那几个还说这是方言，是我们这地方的话，没给我们造下这字，说用老周的‘周’字也能行，老周的‘周’咋能是叫鸡的那个字呢？”

[李驿臣]

“李驿臣的嘴——横竖能说。”

我再到半坡，这已是载入县歇后语大全的歇后语了。

李驿臣就是李全。扫盲班学习最上心的是李驿臣，支书还任命他为班长。

耍社火是半坡一带最民间的文娱活动。半坡大队，队队有社火队，农闲、节庆要耍，春节更要耍。正月初七过了开耍，一直到二月二。社火队里有一个重要人物，就是“驿臣官”，一般都是社火头儿。“驿臣官”也称“仪程官”“春官”，是秦腔中诸葛亮或赵公明的扮相，身穿官袍，头戴乌纱帽，长髯，手握羽毛扇，走在社火队前面，司礼喝道，道说吉祥，一套套喜庆之言随着锣鼓点子溅出。社火不只在自己的村庄演出，而且要走村串户地巡演，你到我村演，我到你村演，称为拜庄。社火队路途相逢，就要在驿臣官的口才上见高低，让对方说败抢了风头，人可就丢大了，必须要找机会扳回来。

驿臣官所说词句没有现成版本，而是即兴开说，碰见什么说什么，思维敏捷，出口成章。比如迎面走来一头牛，说：“远看走来牛一头，金角银尾震山吼。近看原非凡间物，驮过老君炼丹炉。”进人家村庄，说：“好山好水好风光，宝庄坐落龙脉上。云雾起处有天音，紫气腾腾大气象。”碰上娃娃，说：“这个娃娃真是淘，能在树上捉住猫。倘若见了玉帝面，敢揪胡子做鞭梢。”遇到有人打架骂仗，说：“声高盖过老爷山，唾沫淹了龙王庙。敢和天兵动刀枪，见了支书都不尿。”

李全是半坡社火队的驿臣官。我到半坡那年破“四旧”，社火不让耍了，驿臣也就不说了。李全很沮丧，说：“社火就是图个热闹喜庆么，咋就不让要了，是不是以后永远不会让要了？”

我说：“不会吧。”

其实李全平时也没闲着，片椽抬杠出口成句，比方说猪头婆娘：

“这个女人是咋长的，看得人眼睛痒痒的。一双沟蛋儿闪闪的，两个羔羔儿欢欢的。”

羔羔就是奶头。

比方说毛盖头：

“此人崩楼三道杠，加上一竖要成王。可惜祖坟不冒烟，骑着婆娘做皇上。”

劳动歇缓也说解乏。

一天劳动歇缓，大家说：“李驿臣，说几段解解乏。”

“什么东西天上飞，东一堆来西一堆。莫非玉皇盖金殿，筛石灰啊筛石灰。”

李全说完，大家抬头看看天，又看着他。他说：“这说的是啥？”

有人说：“筛石灰呀。”

他喊一声看看我说：“下放，你说这说的是啥？”

我说：“下雪。”

李全撇撇嘴说：“看人家文肚子，不懂不要装懂。”

大家“噢”一声。

李全又说：“大明湖，明湖大，大明湖里有荷花。荷花上面有蛤蟆，一戳一蹦跶。”

他扫我一眼，嘎嘎嘎地笑起来，在老唐身上戳一指头，老唐跳开，他说：“你看一戳一蹦跶，可不是一戳一蹦跶么。”

我说：“这不是那谁的诗么？”

他说：“谁？你说谁？”

我拍着脑袋说：“让我想想，蒙住咧。”

“张宗昌？”

“对对对，张宗昌。”

“你你你也知道？”他有些结巴了。

我说："你咋知道的？"

他说："跑脚路上遇到了张宗昌的部队，让人家连人带货把驮队收了，没办法，那时候乱的，脚不好跑，当兵吃粮也是活命的路子么。"

"远看泰山黑乎乎，上头细来下头粗。如把泰山倒过来，下头细来上头粗。这也能说所有的山哩，哪座山不是上头细来下头粗？"他眯着眼睛看着南山说，"远看南山一嘟噜，上头下头一样粗。如把南山倒过来，上下还是一样粗。你们说是不是？"

大家显然听过不止一次了，都吆喝着起工，锄着地往前走了。我和李全落在后面。

"趵突泉，泉趵突。三股水，光咕嘟，咕嘟咕嘟光咕嘟！是不是大实话？说吃烟：忽见天上一火链，好像玉皇要抽烟。如果玉皇不抽烟，为何又是一火链 ?! 说喝酒：好个蓬莱阁，他妈真不错。神仙能到的，俺也坐一坐。靠窗摆下酒，对海唱高歌。来来猜几拳，舅子怕喝多！"李全咯咯咯地笑起来。

我也跟着他笑笑。

"还有一首被当军歌的唱哩。大炮开兮轰他娘，威加海内兮回家乡。数英雄兮张宗昌，安得巨鲸兮吞扶桑。唱不好，处罚过人哩。"他说，"队伍里给发印的诗集，要士兵们背诵，都争着背哩。一个排长就是全背了下来，一下子连提三级，成了团长了。我也背，识字不多么，听人家背的内容背，我十五岁，记性好，都是大实话，又顺口么……我把全书都背下来咧，都说我记性好哩。"

前面锄地的老黄回头说："那你咋没提拔？"

"没命么，还不等我表现就打起仗咧。我们被打垮了，我们团长拉了一帮人占山为王，谁给钱我们给谁打。乱世么，今儿跟你打，明儿跟他打，几年后又加入了孙传芳的'联军'。可孙传芳没㞞事咧，我们又被收编了，参加了国民革命军……呔，我现在是驿臣官，也算是提拔。官驿臣，驿臣官，无官无品有实权，社火三十六员将，全凭我的羽扇扇。白背哩，耍社火，纶巾，也风光哩。"

老黄锄着地往前走了，他说："那本诗集我一直保存着哩。有一次打仗，狗日的一发炮弹就在我们跟前炸了，我们给炸埋了，都当死了，我是三天后才醒过来，差点让狼吃了，是来战场上搜腾东西的人扒我身上的衣服时，发现我还活着……背包不见了，那诗集没了，可惜得很。”

识字夜校开了不久，他叫我去他家吃饭，整了一瓶酒，他喝着说：“驿臣虽然不要了，可我脑子不闲哩，想了好多好词哩，脑子不常动就懒了、死了。想把一些东西记下来，不记下来就忘了，编出来的怎么也不像刚开始想下的好，越老脑子越不好了。”

“那你记下来，你抄的宝卷的毛笔字不错哩。”

“照猫画虎么，字不认得几个。”

“嗯，学么。”

“你说我学还来得及？”

“八十岁学艺也不晚。”

“老走说有七八万个字哩，一听就吓人。”

“常用的也就几千个字，最常用的也就一两千字。”

“一两千字……”

“我们平时也就用这么多字。”

“这样啊，那以后可就老得麻烦你哩。”

“用学生课本，跟着学生一起学也能行哩。”

“我都五十多了，跟着学生娃学，坐在教室哩？那咋行，丢人的。再说我还要挣工分，不然一家人吃风屉屁啊。”

“不是那样，就是先从学生课本学起，我教你查字典，方法掌握了，自己就能学咧。只要想学，快着哩！”

“想学哩，想学哩，人活一辈子总得务劳个啥，不能光吃呀穿呀的。那张宗昌怕人早不在世了，人记着他的吃穿，还是记着他的三房四妾？记着的不还是写下的这些东西……”

他买了一本字典，我教会了他查字典。

那年在全县农民赛诗大会上，他还拿到二等奖哩。

他痴迷上了。看着他，你会想起贾岛的“推敲”和卢延让的“苦吟”，真有“吟安一个字，捻断数茎须”之态。后来我回去后，给他寄了《打油诗选》及《王老九诗选》《臧克家诗选》等一些易懂的诗集。我建议他把花儿、信天游、顺口溜、民间故事等记录整理。他听进去了。

十几年后，他专门来找我："想出个集子，你给写个序。"我痛快答应了。

诗集上署名李驿臣。我说："你要用笔名？"

他说："我把名字改为李驿臣了，我们李家人好不高兴，掌门人说不认我咧。"

他的诗中有些有意思的句子，虽然说还能看出民间流行的一些语句的演变痕迹，如写犁地："弯弯曲曲一根柴，我把世界翻过来。"骂儿郎："我在地里拉长工，你在屋里坐朝廷。"让我惊奇的是，他写了一首一千四百多句的长诗，故事完整，脉络清楚，押韵流畅，没有重复，是很好的演唱文学。半坡一带流行的贤孝、宝卷不就是这样形成传承的？

杨家将在半坡一带的传说是完整成熟的，他也写成了一首长诗。

他搜集整理记录了不少民间故事、传说，已是省民间文艺家协会会员。让他欣慰的是儿子继承了他的事业，被县文化馆借调搞创作，拿上了工资，以后还有转正的希望。

[咥]

在半坡日常生活中，“咥”是不可或缺的一个词。有这样几个用处：

一是用在“吃”上。这是古意。如《易经·履卦》：“履虎尾，不咥人，亨。”如马中锡《中山狼传》：“是狼为虞人所窘，求救于我，我实生之，今反欲咥我。”

“咥了？”

“咥了！”

“咥”带着一种狠劲儿，颇有些咬牙切齿的感觉！

吃得美、过瘾，就说“这顿咥扎实了”。

半坡靠天吃饭，土地都在坡上，用农机站张站长的话说是“三跑田”，即“跑水、跑土、跑肥”，天旱时连籽种都收不回来，种了一料子，收了一抱子，打了一帽子，顺口溜所说实乃常情。“猫儿吃浆子，总在嘴上抓挖。”对吃，半坡人有一种刻骨的仇恨，什么样的饭菜都能“咥”出呼噜声。

半坡人吃饭都用黑大碗，直径一尺的老碗，和城里人的盆盆大小相当。老碗粗劣，碗身时有疔痂，就像人身上的瘊子，出自兰州城边的阿干镇，是阿干从阿干镇带到这里来的。吃饭时男人端着黑大碗攒堆，边吃边片椽，被人称“老碗会”。饭、菜全窝在老碗里，一老碗就够了，省了来回跑着盛饭。不但是娃娃，就是大人也互相在碗里搛着吃，还换碗吃。

不过，日常生活中，“咥”已转化成“吃”了。黄昏来临，村巷里就会此起彼伏地传来呼唤孩子吃饭的声音：

“狗娃，吃饭了。”

“大头，叫你大吃饭。”

只有吃得非常丰盛，吃得非常扎实，吃上了稀罕东西，解馋了，才用

“咥”——“咥直咧！”“咥美咧！”

二是用在“打”上。“曹把瞎瓜咥了一顿。”“这狗日不咥一顿就不灵醒。”“这一捶非咥不可了，再不咥没路走了！”有人用“揖”，读音、意思也都相投，跟半坡人探讨，半坡不认，他们认为就是这个“咥”字：“这个字狠！”

三是用在那活上。——对，就是“咥活”“咥实活”上。

半坡多客。“客”在半坡读音为“kei”。出门即为“客”，泛指出门谋生的人。半坡多“客”，比如麦客、刀客、水烟客、煤客子、鹞子客……而这些客有一个通称——“炒面客”，是因为出远门寻活路，都背一袋子炒面，饿了要一碗水拌了吃，再热的天都不会坏。

“客”回来了，急惶惶穿过村巷，蹴在村巷两边的人会说：“日急慌忙地做啥？来来来，片片椽再回么。”

“客”只是嘿嘿地憨笑。

有人就说：“还不跑，快回去咥去？”

有个典故，安在拓虎身上。拓虎是个煤客子，在南山窑背煤，一月回来一次，每次回来到家门口，女人拉开门，一手端碗，一手提裤，问：“相公，先咥哪个？”答：“瞎瓜，还用问，哪头饿过头了不知道？”

半坡经常来驻村、改造的城里人，半坡人知道城里人把“咥活”叫“做爱”，撇着嘴说：“文明是文明，可是不带劲！”

[老疙瘩]

“下放，上老疙瘩山采地椒子走。”

支书、老郑、老牛、老成几个背着背篼在门外喊。我也背了背篼出来。

地椒子，也叫百里香，遍地皆是，生长茂盛，枝蔓勾连，叶片小而细长，开紫色小花，香味浓郁，绿茵如毯。端午前后采摘茎、叶，洗净，微火焙干，揉碎，就成了地椒茶，开水冲泡，清凉解暑。地椒茶只宜夏日喝。地椒子更是优质牧草，羊吃后可抑制肉的腥膻味儿，因此海原一带的羊肉腥膻味儿极淡。

半坡所倚的山脉，叫过风岭，是六盘山余脉山系。过风岭绵延数十里，像蟒蛇一般匀称，到了半坡这儿就像腹中吸吞了犀牛大象，拱起一堆山疙瘩，叫老疙瘩峰。挺形象的。

老疙瘩峰脚下是座古城，半坡人称宋城，说是范仲淹修筑，但尚未见史料。当然也是风烛残年，只剩下断垣残壁，做了风雨时或三伏晌午时的羊圈。那时候中年人中读书者还很少，知道范仲淹者很少，半坡人却知道，有的叫老范，就像很熟一样。

城内到处是瓷器残片、建筑构件残件，城里有好几个大坑，我往里看，支书说：“是找宝的挖的，狗日的！”

墙根有一个石雕，我摇晃着拔出埋着的半截，是一个完整的石柱。石柱上雕着两个人，一个捂着双耳，一个捂着嘴巴，旁边有一把老扫帚，我拿着扫去上面的灰尘，雕功很不错，但能看出有些年头了。

“这叫天聋地哑，讲的是天机不可泄露。”

我给支书竖了个大拇指。

“喜欢这？”

我说："放在这里会给损坏的。"

他说："拿回去就能保护好咧？这是'四旧'哩。就这么丢在这里没事。没事，多少年了，石头的，人不砸不会坏的，放在别处，说不定早就损坏掉了。你看村里两头狮子，多威猛多结实，不也腿折胳膊断的？人能坏这世上所有东西哩。"

我点点头，又按照老样子，将半截子擩土里。

地椒子很丰厚，一阵每人就采摘了一大捆。我们便都坐在老城墙头吃烟瞭远。

天蓝得让人发晕，极目能瞭很远。起起伏伏的山峦一层远过一层，一层淡过一层，最远的一层就似一道淡淡的岚霭，仿佛在风中摇曳。老疙瘩峰是方圆制高点，站在峰顶眼界非常开阔，能看到西安城、西华山（西夏称天都山）、南华山，也能看到城、堡、营、寨。

支书说："你喜欢古城老堡的，你看看，有你看的哩。"

"下放，你下个功夫，把西夏金库给他找出来。论功行赏，历来如此，国家肯定就会解放你。"

"就是就是。"

"说关门山就是宋军寻挖西夏金库时山体滑坡，把挖宝士兵都给埋了才叫了关门山的。"

"找到柏木桩，金银口袋装，说西夏金库用柏木造的，立柏木桩做记号，你不是研究的么，好好找找。"

他们这样说着。

关于李元昊在天都山深处建造西夏国金库，将掠夺来的金银财宝尽数藏于其中的事，《西夏纪》有这样的记载："秋闰九月，元昊攻定川寨，宋泾原路马步军副都总管葛怀敏战殁，元昊遂大掠渭州（今甘肃省平凉市）引还。"李元昊不仅掠夺周边宋朝的城池，还征收和掠夺过路商贾的财物："回鹘土产，珠玉为最；帛有兜罗棉、毛毡、狨锦、注丝、熟绫、斜褐；药有腽肭脐、硇砂；香有乳香、安息、笃耨。其人善造宾铁刀、乌金、银器，或为商贩，市于中国、契丹诸处。往来必由夏界，夏国将吏率十中取一，择其上品，贾人苦之。""因天都与泾原路接，山川平易，劲骑疾驰渭州，日暮可至，特营宫室居之”，并在天都山避暑行宫建造西夏“库府”，“南牟会行宫，库府馆舍皆备”。李元昊娶儿媳导致西夏皇室内讧，被太子杀死，太子又被诛杀，大将野利遇乞被害，没藏讹庞篡权……西夏一时乱作一团，西夏金库随之成谜，搜寻金库自此没断过。

1097年，“中国屡行讨荡夏国天都山，属蕃尽将牛、羊、窖粟预行远徙。时熙、秦两路兵四万骑出塞，将至剗子山，监军司以十万骑阵白草原拒战，不胜，拔营西走。两路军直入天都山监军司所，搜挖无所得，军士粮竭，饥死者半乃回”。[《西夏纪》（卷二十）载] 1099年，宋将折可适夺取南牟会，搜挖西夏金库，夏人悲叹“夺我饭碗”，然而依然没有寻到。元代豫王建国西安州，明代设置西安州守御千户所，清朝驻军，都进行过搜寻，终无所得。说是民国初年，高台寺武家塬村民捡到金库的银铤，和人去挖，却一去无回。驻守宁夏的马福祥闻知带军队来挖宝，一无所获。在民间，传说地动摇出一座古城，到处是耀眼的金银财宝，说那就是西夏国库，有人拿了几块银锭跑出来，贪心的人没跑出来，被余震埋入其中。银锭据说流入京、沪，举国震惊，广东人组织一远征队前来搜寻。

除了西夏金库，《固原县志》记载，海原大地震在三营到海原之间形成一条一百二十公里的沙沟，地面裂开口子又合上，吞噬了一队前往甘盐池驮盐有七八链（每五只骆驼为一链）长的骆驼队。驼队驮的是购置盐茶及皮货的金银财宝。还传说八国联军进攻北京，马福祥护慈禧、光绪逃往西安，清宫珍宝也被转移，一批珍宝就运到海原埋藏。结果地动了，宝藏被走动的山淹没了，马福祥再也没找到这批宝藏。

“支书，你给带过路的老毛子，也是来找宝的吧？”

“说是来救灾荒的，谁知道是不是找宝的，谁会给你说实话？救灾嘛，也没见救个啥，路全都摇断了，运个东西也进不来。”

他们说的老毛子应该是国际饥荒救济委员会派出的厄普顿克劳斯一行。值得一说的是，多年后海原大地震研究热门，海原建地震博物馆，所用的照片资料几乎均来自他。一个月后北洋政府才派谢家荣前往调查。

“下放，知道半坡人皮脸有多厚了吧？”郑瑞风说，“把不要皮脸的药连包包子都吃了。”

我诧异地看着郑瑞风。

“真是搁上杵子打月亮——不知天高地厚。就一个锤头大的地方，也敢叫西安。西安，十三朝古都，出了多少皇上，名字也是你们敢重的？华山，中国五大名山，你看还日能地搞了两座，西华山、南华山。脸比西安的城墙还厚，吹牛皮也不怕牛把皮踢扯咧！”

郑瑞风是西安人。

老牛嘿嘿一笑说：“咋咧，不服气？你日能，来把曹们西安一脚从地球上抹了去。”

老成说：“曹们西安也差点出了皇上哩。”

老成说的是一段历史。史志记载靖国元年，西夏梁太后与国主乾顺亲率三十万大军包围西安州城，知州任得敬纳女求和，被擢为静州防御使，女儿被册为皇后，任得敬升都统军。后因平定萧合达叛乱和镇压哆讹起事，封“西平公”，入朝为尚书令，晋中书令。天盛二年，任得敬为国相，弟任得聪为殿前太尉，任得恭为兴庆府尹，任氏兄弟把持夏政。后任得敬晋封为楚王，还封为“秦晋国王”、太师等职，出入仪从与皇帝相仿。天盛十七年，任得敬在西平府（今宁夏灵武）兴建宫殿，企图将西平府、夏州作为其领地。乾元年，任得敬得寸进尺，逼仁宗分西夏一半国土归他统治。目的实现，又迫使仁宗上表金国，要求对他的楚国予以承认，然而遭金世宗拒绝。任得敬转通南宋，邀约夹攻金国。后阴谋败露，夏仁宗得金国支持，捕杀任氏兄弟，满门抄斩。这就是西夏历史上的任得敬分国。

“还差点当皇上了，那是篡国，窃国者贼。《白逼宫》里咋唱的？白听咧？”

“说到篡国，历史上有多少皇帝不是篡的国？成者王侯败者寇，你大戏白看了白听了？”

“把你能的，你们那里出的皇上多，你能啥，还不是跟我一样打牛后半截？”

郑瑞风嘎嘎嘎大笑起来：“这㞞货越来越能说了，这嘴要是顺着长还了得？”

“要说到建国，西安也建过国哩，老走说元豫王建国于海原西安州，咋咧，不服？”

老成使个眼色，我知道郑瑞风一个“老夙看瓜”是吃定了。果然几人扭住郑瑞风，给他来了个“老夙看瓜”。郑瑞风在裤裆发声：“放开噻，放开噻，说尿皇上的事哩，把我这大头百姓当啥披哩。”

“就披你哩。”

“放开，曹给你们吼两段。”

郑瑞风会吼秦腔，常在支书家大喇叭扩音器前一段一段地吼，满山野都是他的声音。

[片椽]

关于聊天，在半坡还有几个说法，“拉呱”“咣闲”“扯谟”，用得最多的是片椽。

“片椽”，有人写作“谝传”，与半坡人探讨，才知这并不准确。“谝传”的“谝”《说文解字》中解释说“便巧言也”，《尚书·秦誓》有“惟截截善谝言”之说，《论语》中说“友谝佞”。元朝汤式《赠王观音奴》中有“指山盟是谝，则不如剪发燃香意儿远”的句子。显然，这不符合半坡人的“片椽”。半坡人“片椽”无主题思想，更不讨巧取悦献媚邀宠。

半坡人说“片椽”是片椽子，片去椽子的皮、结、刺，把椽子片光溜了，片出形状，比如片个锹把，片个櫜橛，片个拐棍。“片”《说文解字》解释：“判木也，从半木。”片椽子时东一斧西一斧，极随意，人们片出的话语，想说啥就说啥，想到哪里说到哪里，就像片椽片出的飞扬的木屑，自由爽性，何等快意。说穿了，半坡人片椽就是为了开心，度个时光。

半坡人说嘴巴三层皮，说话不费力。日子长拖拖的，不片椽做啥呢？

片着片着就抬杠了。

抬杠就是揶揄、拆台、揭老底，往出挖别人的失笑事、龌龊事、丢人事、尴尬事……当然，抬杠是有底线的，不能戳闲话捣是非，更不能揭短、喷人。大一辈与小一辈是不能抬杠的，但凡遇到抬杠事，根据扎堆的人群构成情况，要么大一辈闪了，要么小一辈闪了。大两辈以上小两辈以下就可以抬杠了，爷爷孙子没大小。

抬杠为人们带来不可言说的欢娱。人是需要欢娱的，越是穷困窘迫越是需要欢娱稀释。

典故是人们抬杠的噱头。

日长月久的，谁身上没有几个典故呢。比如“老大叫你”，是唐彦雄的典故。唐彦雄外号老二。唐彦雄父子长得特别像，连耳上的拴马桩、脑顶的双旋和脸上的瘊子都一样，跟双胞胎似的。双胞胎半坡人说先出来的是老二，就把唐彦雄叫了老二，把儿子叫了老大。儿子喊老子吃饭时，人们就说：“老二，老大叫你回去吃奶哩。”久了就成了外号。我刚到半坡，并不知其中缘由，有一次叫了唐彦雄老二，他盯着我看了半天说：“跟我抬杠啊。”

比如“狗睡着了”，是秉义的典故。一天正晌午，外甥来家里，秉义正睡午觉，外甥就静静坐在炕上，直到舅舅醒来。秉义醒来一看，外甥坐在炕上。秉义说：“这娃，你进来狗咋没咬你？”外甥说：“我进来狗睡得着着的。”

“把凡人挼得屁淌”，是老憨婆娘的典故。老憨婆娘是个神婆子，给人发功看病时，神一上身人就啥都不知道了。给双儿看病，神上身了，结果老憨婆娘一个屁，好大，把人都吓了一大跳。但人都还虔诚着，可又一个屁，人都还强装，毕竟这是庄严肃穆的事，然而她接下来像打起机关枪，人就装不住了，一旁侍候的老憨说话了：“天灵灵，地灵灵，恭请神灵老爷听分明，你见了啥怪你明说，你看你把个凡人挼得屁淌哩。”人都笑喷了。

大家都有外号，多数是抬杠时抬出来的。

抬杠时笑话当然是不可少的，比如唐三儿。唐三儿是个羊把式，他们说唐三儿揽羊被白雨浇了落汤鸡，感冒难受，就跑到卫生院去，要打针。唐三儿穿的是大裆裤，裤腰是紧裹在腰上的，解裤带时，手冻拙了，没抓住裤腰，裤子直落脚面，护士怒骂“畜生”。唐三儿以为问出身成分，说：“贫家。”护士愈发恼怒，酒精也不抹，一针扎去，唐三儿疼得大叫，说：“亏当曹是贫农，要是地主，还不给你一针攮死咧。”

我忽然想起发生在纪晓岚身上的典故，就讲纪晓岚参加一位老太太的寿宴。贺词第一句是“这个婆娘不是人”，人都大吃一惊，老太太几个五大三粗的儿子要揍他。他立刻来一句“天上王母下凡尘”，人都欢天喜地了。可他又来一句“儿子个个都是贼”，儿子们气坏了，扑着要打。他笑嘻嘻说：“偷来蟠桃献母亲。”所有人拍手叫好。

“看把你们文化人日能的，啧啧啧，”修全说，“纪大烟袋，大才子么。”

抬杠也有抬䶑的时候，一两句话说冒了，脸红脖子粗地斗气，骂仗打架的事也是有的。多数到快要骂起来打起来的时候，就会有人出来和稀泥，或把抬杠引到他人身上，或干脆一声“不识耍，散㞞了”，大家就都散了，斗气的也觉得没意思，散了。也有不散的，骂起来，甚至打一捶，这多数是年轻气壮脾性不好的人。

抬杠中，半坡人的语言创造力和运用是惊人的精彩。说给人挖坑的人就说“涝坝边铡葱花，你给鳖上汤呢”！说脾气大的人，就说“你还是娃娃的牛牛（半坡人把娃娃的鸡鸡叫牛牛），一拨弄还就奓下了”。说那些装货，就说“公鸡脖子戴铃——假装大牲口，野狐子坐在崾岘上——装狼”。小量人，就说“你就是老鼠尾巴肿了能有多壮（粗）”。说能说会道的人，就说“你长了个好东西，横竖都能说”。

半坡有许多“四大”，他们灵活利用，比如“四大黑”：三十的夜，锅底的灰，铁匠脖子，大煤堆。再如“四大缺德”：踹瘸子的腿，骂哑巴的人，踢寡妇大门，挖祖坟！

抬杠有杠头。半坡有好几个杠头，都是脑子好使、尖牙利齿之人，他们总能敏锐地从人的身上找到噱头，挑起抬杠。倘若有外队的人在，那就一致对外了。众口难敌，外队的人走了，他们就开心地说：“抬得狗日的跑哩。”

初到半坡时，我以为支书不抬杠。老冯说：“那是个大杠头，抬杠的祖师爷来了未必抬得过他。”我问：“抬杠也有祖师爷？”老冯说：“有啊，赵匡胤么。”我问：“赵匡胤是谁，哪个队的？”老冯眼睛瞪得牛眼大说：“跟我抬杠啊？”我说：“真不知道。”老冯说：“赵匡胤，宋朝的皇上，你不知道？”我一拍脑袋笑了说：“我还当是曹半坡人哩。”老冯拍着大腿嘎嘎嘎地笑说：“曹半坡要出个赵匡胤还了得，你这哪里是跟我抬杠，是跟整个半坡抬杠呢么。”我说：“重名重姓的也有呢。”老冯说：“谁敢重这个名？起上背得起？不把你压死才怪哩。”我问：“赵匡胤咋是抬杠的祖师爷？”老冯说：“有句话是赵匡胤卖华山——用手一指。华山是卖的？可不是抬杠么，赵匡胤是个大杠头哩。华山自古不纳粮，这句话你也不知道？”我说：

“你还别说，这我真的不知道。”老冯说：“日怪了，你们来劳动改造的都是文肚子，古往今来天文地理无所不知，还有让曹们考住的时候？”

后来我才知道这是民间一个很有名的传说。

“赵匡胤没当皇帝前有一天到了华山，与华山陈抟老祖赌棋，几盘输了个精光。还要赌，老祖说：‘你还有啥做赌注？’赵匡胤说：‘华山。’陈抟老祖说：‘空口无凭，立字为据。’陈抟老祖写好文约，赵匡胤压了指印。赵匡胤又输了。老祖说：‘华山属我道家了。’赵匡胤要赖，指着一棵小柿树说：‘华山是你的了，但这树不卖。’老祖连忙说：‘谢主隆恩！’老祖早看透天机，赵匡胤是将来的皇上。赵匡胤做了皇上，华山也就不再纳粮了。自此流传说：山是道家山，树是皇家树，华山不纳粮，不得乱伐树。”老冯咯咯一笑说，“赵匡胤不但是个杠头，还是个赖沟子，整座山都输了，还揪着小树不放，你说赖不赖？皇上里也啥人都有哩。”

黑脖子却跟老冯争起来，说：“抬杠的祖师爷是一个店家。这店家开了个抬杠铺，抬杠声名远播。铁拐李听了说：‘谁如此大言不惭还敢叫这样的板？’进店押银子要抬杠，店主说：‘你葫芦里装的什么？’铁拐李说：‘药。’店家问：‘能治什么毛病？’铁拐李说：‘包治百病。’店家说：‘你咋把你的瘸腿都治不好呢？’铁拐李答不上来，羞愧地走了。”

[老屌看瓜]

女人也抬杠。抬杠女人嘴头有时比男人还疯，精彩着哩。她们比男人好斗，抬着抬着互相追打，扒衣撂裤的，常常会把麻子、痒草互相灌进脖领、裤裆，那可是咬人得很。有些男人梢轻（含轻浮、放狂、张扬、好卖弄、不稳重、表现欲强、随风起舞之意，与城府相对），语言张狂，用女人的话说像疯狗，谁都想咬一口。女人就常给梢轻的男人来"老屌看瓜"，因此半坡男人跟女人抬杠，轻易不敢同时招惹几个女人。

老屌就是老头，瓜就是男人裤裆里那一团东西。老屌看瓜就是把裤子解开，将脑袋窝塞到裤裆里，这叫窝老屌。那时候半坡男人都穿大裤裆，又不穿裤衩，很适合搞老屌看瓜。然后用一根棍子从一边插到腿窝和胳臂窝里，横穿在胳膊窝和腿窝里，自己想挣开是不可能的，只能哀求他人帮忙。

先我到半坡改造的老走，在半坡改造几年，留下了好几个典故，在抬杠中经常被人提起。改造了一年老走就成了地道的半坡人，抬杠更是个杠头。劳动歇缓最是抬杠的好时候。老走干活时常招惹女人，盯着一个招惹也就罢了，老走是招惹了这个招惹那个，女人常常联合起来整他。

老走现在在地区，革命画越画越好，得到了领导的重视。老走能为半坡办事了，从救济粮款到修梯田修路，还有招工……半坡人时不时会说起老走。有一次说起来，支书说："你们这些人，唉，说风光也风光过，说恓惶也恓惶啊。老走跟你一般年纪，三十来岁，也一肚子文化，一改造几年，家不得回，婆娘又不在身边……"

[岔心慌]

吃过饭，到了院里，一抬头，见支书蹴在崖头。支书经常这样蹴在崖头，要不是手里的烟冒着烟，完全就像一只俯瞰着村庄的老鹰。

我上了崖头，学着村长斜躺在树下。支书说："你这人应该没啥大毛病，不嫌弃土，以前来的几个都嫌弃土，老走狗日的刚下来时，沾点土又拍又打的，就像土有多脏一样。人到了哪一步要说哪一步的话哩，你以前多洋气那是以前的事，你说你劳动改造咧，就得跟土打交道，哪有不沾土的？我说你娘的，你吃的不是土里长出来的，死了都得埋到土里头，后来你看，改造过来咧，走站往地上一躺，该拍的时候都不拍，说他要接地气。"

支书掏出纸烟，抽出一根递过来，我挥挥烟锅，他说："来，吃根纸烟。"

我接了他扔过来的烟点了。他说："你说这是谁他妈的就把个土和洋对起来的？"

高天蓝得让人发晕，墨点一样的鹰更让人眼晕。风掠着，云变着，小路一丝一丝断断续续盘在山梁坡谷间，就像丝绒鞋带。山连着山仿佛相互拥伏沉睡着的一头头巨兽，无边无际的是山和山之间的深沟大壑。山风如抚，大地沉静。

我们就那么坐着，瞭着，吃烟。

支书说："想啥心事呢？"

我说："能想啥心事。"

他说："你猜我在想啥？"

我说："那哪能猜透。"

"想别的顶个屎用，我在想着片椽抬杠哩。"他说，"说那啥一点，抬杠就是斗争，脑子不好抬不过别人，抬不过人你还能斗过人？你能抬过人他们才把你当回事。再说杠抬美了，多舒坦哩。”

我“呃”一声。支书说：“片椽抬杠你要积极参与哩，别老神在屋里。”

“神在屋里”就是“待在屋里”的意思，“shén”是哪个字？后来我和大家探讨，老拓说：“就是神佛的神么。神也心慌哩，年头节下为啥要唱神戏，就是唱给神佛解心慌呢么。你看祠堂、戏台为啥就建在庙对面、旁边，就是为了让神佛看戏听话方便么。你时间长不唱神戏，肯定会出个啥事提醒你哩。”经他这样解释，想想，可不就像一尊神待在庙里？半坡有俗语：神在屋不如人在屋。这“神”字用得可真妙。

我的小院成了大家聚会的地方。是啊，谁家院子有我这院子零干？一个咥饱，全家不饿，没人搅扰。他们来到院里，靠墙一蹴，就片椽抬杠。

“大家在你家院里片椽抬杠，你神在屋不出来……”

“我积极哩，他们来了我就和他们在一起……”

我想是因为支书来了两次，碰巧我在窑里给他们烧水，让支书误会我不出来了。

他摆摆手说：“你别像那些干部下来老端着个架子，清高得像是不是这世上的人，就像我们活得有多不值……”

我张张嘴，没说出来，只是在心里说：我没有，我没有端着架子……

“你得放下架子，和人亲着点儿。知道你们都是些日能人，你们不日能也到不了曹们这里。可不管你们以前多日能，现在你在下风子站着哩，你得和大家热火起来，你不尿人谁尿你？雀儿还有瓜子大的脸哩，他们哪天不来你这小院，那就彻底生分咧，再想挽回来难哩……运动搞起来，没个三五年结束不了，当上头人想起来你们的时候，怕五六年都过去了，你得学会在半坡生活哩。”

“我没有……”

“片椽抬杠就是为取乐，你别觉得不文明、下流，看不起……”

“不文明、下流，我没有……”

支书说：“日子长拖拖的啊，就是个送日头，从东边送到西边，日日都像一个模子倒出来，你说寡淡不？不片椽抬杠有啥意思……你不心慌？能神得住？和大家片片椽抬抬杠岔个心慌，谁心里没个事？心慌要岔哩，娃娃要骂哩，遇上事窝在心里会窝出大事来的。片片椽抬抬杠岔一岔就淡了、消了、忘了。”

“我也觉得片椽抬杠挺好的，智慧幽默得很，文化人也就到了那份儿上，可是我不会抬杠，插不上嘴……”

“你老嘴扭得像个苦菜包子咋行呢？你得说，不过你刚来不久，你们这些人脑子好使，抬杠还不是张口就来，老走开始也是这样的，后来变了，一闲就捣罐罐吆喝人片椽抬杠，到最后抬起杠来了得，说：‘你们当我们文化人不会骂人？他母亲的！’”支书嘿嘿地笑了半天，“你说笑人不，笑人不？一想就笑哩。”

岔心慌就和医院里的心理咨询一样，对病人进行“心理干预”，叫话疗，以解心慌。与“解”字相比，这个“岔”字用得精妙多了，就像一条道走到黑的人，出现岔路他不会不分神去思考。忽然蹿出一只兔子，飞起一只野鸡，牲口惊了，半坡人不说惊，而说岔了。

“像你们这号人，心里装了多少事，发配到了大山深沟里来，心有多孤荒，不时时岔岔，陷到事里，危险哩。以前那老走就给心里的事缠得最后差点寻了短见咧！”

“那是，那是……我一定好好改造。”

支书笑了说：“你别这么说话，你是下放劳动，我都不说改造，你却一张口改造、一张口改造的，自己给自己加罪呀？”

我笑了。

“没啥事，找人片片，岔个心慌。”

“我……”

他摆摆手说：“你要走动哩，东家进西家出地浪门子，碰上饭了就吃，一顿饭能把人吃穷了？不就添双筷子的事。老走走到谁家吃到谁家，到谁家没做饭，要着吃哩，还会说我都不记得多久没吃过你家饭了，昨晚上梦见在你家吃饭就来了，还招人喜欢。下放也罢，改造也罢，都算是处在难中，都可怜你们哩，也都把你们当日能人看哩。自古英雄多磨难，贤孝、宝卷里都这么唱，这都懂哩，也知道你们受难是暂时的，迟早要回去的。你看来改造过多少人，不是一个都没留下么。你到谁家要顿饭吃，心里都欢喜着哩，觉得你把他们当回事，不下眼看……”

大喇叭上喊支书。支书起身说：“咱们半坡人信缘分。没有缘分，我那天也就不可能到公社去，你也就可能到别的大队下放咧。我想这就跟常说的世上没有无缘无故的爱，也没有无缘无故的恨一样，这不讲的就是个缘分？你哪天离开了，这缘分也就尽了。你就是以后有多大出息，当多大的官，没人会去麻烦你们的。都是平头百姓，知道自己的锅大碗小，事小够不上你们……”

晚上常八来，我说：“教我抬杠吧。”

常八一笑说：“教你抬杠，抬杠咋教？抬就行了么。”

“难哩。”我挠着头说。

“抬杠么，就是把话往怪哩说，能把人说住、说笑就行。你说得好笑就行了。”

“杠不好抬哩。”

“是不好抬哩，慢慢来么。日月常在，何必忙坏？老走能说能抬，你咋能不会说呢，你们都是读下书的人，难道读书还有不一样的？你识的字比他们多，连叫鸡的朤朤朤你都会写，你文化不会比他弱的。”

我笑笑，他说：“对了，老走说过一本啥书来着，他抬杠说的许多典故都是从那书里来的。”

“啥书？”

“啥来着，记不得了，说的典故倒记得，老说呢么。”

“他说啥典故？”

“立似沙弥合掌，坐如莲瓣微开。无知小子休弄乖，是你出身所在。”

“《客窗闲话》。”

“对对对，就是这书，还有专门片椽抬杠的书，还说你们文化人不会抬杠，是看不起我们抬。”他抬头看着窑顶，吃了一锅烟，说，“是支书让你学着跟大家抬杠吧？”

我抬头看看他。他说：“老走那家伙到最后流氓得很，爱和我们打赌争输赢，输了他会把腿叉开说：‘我没钱了，要不，你把我锤子摸一下？我的锤子可不是随便让人摸的。’那货越来越好要，走咧，怪想的。老走那屄货你听他说的：‘别以为我们文化人不会骂人，他母亲的！’你说笑人不，把人往死里笑哩，这话你不会说？！那屄最后成了半坡最大的杠头，连支书都抬不过，谁跟他抬谁吃亏。杠有啥不会抬的？俗语说：十个正说的说不过一个胡说的，这就是‘抬杠’。慢慢来，抬杠你得知道大家的典故，日子长拖拖的，谁身上没几个典故？你记着，有些典故不能拿来抬杠，有些典故你拿来抬杠就是揭短。打人不打脸，骂人不揭短，也别乱了辈分，就是父子呀、母女呀都在……”

“这我懂……”

“你跟老走性格不同哩。你给大家讲典故嘛，多有意思。讲典故你还不随便？你肚里装了多少东西，不比老走多？”

《笑林广记》中有笑话，可惜没带。得买一本，正好支书要去银川开会，我就把书名写到纸上，让支书去书店给我买来。支书回来说：“没有，几个书店都跑了。一本啥书，这么稀罕？银川那么大几个书店都买不上。”

我说：“一本古书。”

支书说：“难怪买不上，古书那就是‘四旧’，你还往回买？胡屎整，指头往磨眼里揣。”

我狠狠拍自己的头，只想着里面有笑话，咋把这茬给忘了？

我想到了老走，去请假，说想见见老走。支书说：“这你可是想对了，让他给你过过窍，教教你和半坡人咋打交道，过几日咱们一起去。”

[乌乎]

我到半坡不久，就引起了一场风波，因为乌乎。

乌乎是一个生产队，与半坡隔着一道沟。这一带自然村也就是生产队，以沟壑分界。

风波是由我带的一本地图册引起的。那年来的驻队干部不住大队部所在地半坡，而住在乌乎尚全功家，因为尚全功是他姑夫。支书说我虽然是下放劳动，但依然要常向驻队干部汇报思想。我去乌乎写标语，向驻队干部汇报思想，他问我带了什么书，给他拿几本看看。我就带了几本考古专业的书和一本分省地图册，因为我想戒书。我实话实说，他“呃”了一声说他读书都上瘾了，那就把地图册带来吧，地图册也是可以读的。

我取了地图册来到尚全功家，干部不在，会计孙承瑞看到我手中的地图册大叫：“地图不都贴在墙上么，还有跟书一样的？快给我看看，哟，这么厚这么重的，啧啧啧。”

孙承瑞就像数钱，指头蘸着唾沫翻着地图册说：“曹们乌乎在哪达？”

尚志远“啧啧啧”咂着嘴说：“看把你想得美的，还想上地图？怕连曹们公社都不定有。”

“这么厚的地图，说不定有哩，找找，找找。”忆苦一把夺过地图册。

“下放，你找了没？有么？”

“我找过，没有，”我说，“曹半坡大队盖牌、李湾、脱烈、周庙、兀咽、峁头几个生产队倒是有。”

“要是它们有，曹乌乎肯定有，乌乎还是学大寨先进典型哩。”

我说：“我找了几遍，没找到乌乎。”

“这么小的字，你又戴着镜片片，一晃眼就滑溜过去了。”

尚志远夺过地图册就翻，忆苦一把夺过去说："认得字么，狗看星星知道个稀稠？"

尚志远又一把夺过去说："就你也配说人？上台忆个苦，说几句顺口溜，就把自己当文化人？口袋咋不插个钢笔？那你指哪是盖牌、李湾，哪是脱烈、周庙？"

忆苦能说会道，开批斗会忆苦思甜他是主力，口舌利索，人们就叫他忆苦。我到半坡不久，便见识了他的口才。我以为他识字，一问，他没进过学堂，就上过几天识字夜校。

尚志远把地图册给我，我找到盖牌、李湾、脱烈、周庙、兀咽几个生产队指给他们看，指到半坡，他们炸了锅了：

"日怪的，连半坡、李湾这些烂杆地方都上了地图，咋就没曹们乌乎？"

"公家也是的，咋把曹们乌乎丢了？"

我说："不是丢了，是写不下……"

"写不下？你是说挤掉了，把谁挤掉也不能把曹们乌乎挤掉，要说李湾还是从曹们乌乎分出去的。"

老尚说："那时候李湾、半坡的人都在曹家里拉长工哩，现在倒把曹们挤掉了。"

后来我知道乌乎人盯着李湾和半坡，一是因为李湾确实是从乌乎分出去的，把村子隔了两半，新沟总比老沟深，就分成两队了；一是因为乌乎与半坡争过大队部所在地，结果没争过半坡。

忆苦说："老地主，听你这话是想变天复辟哩。"

老尚说："曹，曹这不是为曹们乌乎争光呢么。"

"你说曹们乌乎人活得可怜不，连地图上都没有了。"

"狗日的李湾，儿子把老子挤没了，这就叫大了儿子，没了老子。"

"呸，只有小地方才会叫啥李湾、周庙，单怕别人不知道他们李家、周家。"

"狗咬狗一嘴毛，争那能吃能喝？上了地图，国家多给你一分救济？"

"你说的是个屁话。人过留名，雁过留声。地方和人一样，活的就是个名么。"

我没想到他们这样在乎地图上没有乌乎。

“可能是曹们乌乎这名太怪了，人家觉得不是个地名，你说周围有这么怪的名字？”

“就是就是，你看李湾是李家人的湾，周庙是周家人的庙，乌乎是啥意思？怪不怪？”

“要说怪，你说合肥、昆明、武汉、哈尔滨，啥意思，哪个不怪？”

“就是，大地方名字都日怪哩，这说明曹们乌乎是个大地方哩。”

“跟人家大地方比啥，曹乌乎周围，日怪的少了，盖牌、脱烈、兀咽，这些地名不怪？可地图上不都有？”

“喊个锤子，远点喊去。”

“下放，你说这大地名咋都叫得人丈二和尚摸不着头脑呢？”

我给他们解释几个地方名字的来历：吉林省取自满语“吉林乌拉”，意思是“沿着松花江”；“西藏”源自藏语“乌思藏”，“乌思”是“中央”的意思，“藏”是“圣洁”的意思；“乌鲁木齐”是维语音译，意为“美丽的牧场”；“呼和浩特”是蒙语音译，意为“青色的城”。“包头”也是蒙古语的音译，意为……我还没说出来，老朱说：“有毡包的地方。”我摇摇头。我说：“有鹿的地方。”他们“呃呃呃”的。

半坡一带河南人不少，都是1942年大年荒逃来落户的，半坡人称为侉子，我就讲了河南地方地名的演绎：新乡古代叫牧野，平顶山古代叫应城，焦作叫怀州，登封古代叫颖川，商丘古代叫归德，驻马店古代叫汝南。

老冯是安徽人，我专门讲了合肥，说合肥本是合淝，有条河叫淝河，又分为东淝河与南淝河，在这里相汇合得名合淝，淝水之战就发生在这里。可这“淝”笔画太多，就去掉了三点水。我把“淝”字写给他们看，老冯一个蹦子跳起来：“听到了么，都听到了么，我就说我们合肥咋也是个省府呢么，咋会像狗日的你们说的，起那么个名。”后来我才知道，他们和老冯要笑时，以合肥做谜底，造出个谜语：两头年猪一秤称，谜底合肥么。喂了一年到年关前后宰杀的猪称年猪。

“下放，你就说曹们宁夏，啥意思？”

“西夏知道吗？”我说，“西夏王朝被成吉思汗灭后，以旧地设西夏行省，夏地安宁了，就叫了宁夏。”

老尚说：“下放，费那唾沫做啥，那你说曹们乌乎这名字是个啥意思？”

我说：“乌乎么，就是一声叹息。”

忆苦说：“一命呜呼的呜呼是不是这两个字？”

“是，呜呼也写作乌乎。”我在地上写了。

“你说曹们乌乎的老先人，咋就叫了这么个地名，难怪这日子过不起来。乌乎么，你一声乌乎，他一声乌乎，大家都一声乌乎，谁还有精神，还不乌乎日塌咧，日子咋能过到人前头去么。”

“一声叹息，那就是个屁，难怪地图上不要。”

地图册已经传到了孩子手里，他们大呼小叫，找到北京天安门了，找到南京长江大桥了，找到万里长城了，韶山、延安、周口店、昔阳、大寨、大庆，叽叽喳喳吵成了一窝鸟儿。孙承瑞大喝一声：“些碎狗日的，都滚出去吵去。”他还跺着双脚，像撵猪狗。孩子们抱着地图册跑出了院子。

他们不说话了，“吧嗒吧嗒”吃烟，院里腾起阵阵蓝烟，然后就都散了。

没想到“一声叹息”的解释会让他们这么沮丧与失落，我后悔自己的轻率与莽撞。“乌乎”这个词亦作“乌嘑”“乌虖”“乌呼”，通“呜呼”，事实上它不只是悲叹，更表示赞美。《小尔雅·广训》解曰：“乌乎，吁嗟也。吁嗟，呜呼也。有所叹美，有所伤痛，随事有义也。”在古人笔下“乌乎”用赞美之意的句子俯拾即是：《书·旅獒》：“呜呼！明王慎德，四夷咸宾。”《汉书·武帝纪》：“麟凤在郊薮，河洛出图书。呜虖，何施而臻此与！”颜师古注：“虖读曰呼。呜呼，叹辞也。”唐韩愈《柳子厚墓志铭》：“呜呼！士穷乃见节义。”只不过，人用“乌乎”多用其悲叹之意，导致我顺嘴说出“一声叹息”。而就这片土地，河谷云腾雾绕，马骡牛羊一坡一坡的，如志书记载“牛马衔尾，群羊塞道”，登高远望，由衷发出一声赞叹：“乌乎！”就像几十年后年轻人表达惊喜时的“哇噻”一样普遍。“乌乎”真是个好名字。

如果我到半坡一年，不，半年，我都不会这样随意冒失地解释“乌乎”了，因为他们是那么在乎自己的名字。乌乎人把官名（大名）看得很重，并不像一些作家写乡村给人物安的那些浅俗卑贱的名字——狗剩铁蛋吉祥富贵大拴小宝龙虎豹彪，他们的官名颇有含义与寄托，“秉义”“德裕”“崇信”“孝孺”“承瑞”“尚明”“鹏程”“志远”“彦章”“炳玉”。在半坡下放几年间，为孩子取名成为我的一门功课。取一个名字，他们会拿三色礼（三种不同花色品种的礼物组成一份礼品，这是半坡最重的礼），有的会抱一只鸡来。对于自己村庄的名字怎么能不在乎呢？不管当时取“乌乎”这个名的人是出于什么感受和想法，我都不该解释为“一声叹息”。

我第一次接触到“乌乎”这个地名时，也纳闷。乌乎作地名，不合乎常规传统，是误笔？可我没有认真思考过这个地名。我太草率了，选择到这片土地上来，我是有准备的，对这片土地历史进行了钻研。有史以来，这片土地水草丰美，先后生活过戎、匈奴、月氏、羌、鲜卑、敕勒、氐、羯、藏、突厥、回鹘、粟特、女真、党项、柔然、回等民族，是游牧文化与农耕文化深度交汇融合之地。或许乌乎这个地名来自少数民族语言。秦惠文王打败长期活跃在这里的乌氏戎和义渠戎，在其领地上设立了乌氏县。秦始皇表彰的乌氏倮不就出在这片土地？

一连数天，半坡人都在谈论乌乎是“一声叹息”这事。不行，我得扳回来。

这天，我赶在晌午去找驻队干部。我翻过沟，大家都应该吃过午饭了，蹴在街巷片椽。半坡人除了伏里天，再是不睡午觉的，瞌睡了边片椽边丢个盹就行了。

进了乌乎街巷，大家正在片椽。我插进去讲乌乎在古时候多数还是表示赞美感叹的。我引用古人的句子翻译解释，然而，他们不信了，认为我是胡编乱造了一些话来安慰他们或者说讨好他们。

我说：“这些可都是古人的文章所说，我能编得出来？”

“你们这些人狡猾狡猾的，日怪劲大大的。”

“下放，那你说乌蒙啥意思？”

“乌蒙？”

“乌蒙磅礴走泥丸。”

我笑笑，他们上过夜校，虽然识字不多，不过都会背几首毛主席诗词。

“还有乌托邦，啥意思？”

我想这是他们从广播里听来的。

“还有乌海，内蒙古的乌海。”

“乌海就是乌里马糊的海。”

“有个锤子，还有海？干透了，到处都是沙荒地，比曹们乌乎还干得恓惶。”

我一一做了解释，孙承瑞说：“下放，这些都能跟曹们乌乎扯上关系吗？”

“扯不上关系。”我说。

我讲了乌氏倮，乌乎人直啧啧地感慨。

我大讲特讲一通历史，说：“远的不说，近点的如吐蕃、党项、蒙古等族都统治过乌乎，乌乎这个名字很可能来自少数民族话语的音译。”

“对哩，对哩，老早以前鞑子可没少来过，喇都堡、蒙古庙、鞑子梁、鞑子沟、鞑子坟，地名都在哩，五月单五、八月十五还留下跑鞑子的传统哩。”

“就是，就是，跑脚跑到内蒙古、新疆、青海这些地方，地名就怪怪的，有的一长串，记都记不全。”

“对了，地名有乌套子、乌拉尔山，还有乌拉……”

“屁，乌拉是万岁，老毛子喊万岁就乌拉乌拉的。”

我想，这是他们从电影中看来的。后来发现自己又错了，他们有几个跑脚去过俄罗斯。

我继续讲“天都山”就是西夏语，有“上吉之地”的说法，“海原”这个县名不是大家说的大海的源头，而是来自元时置海喇都堡，“海喇都”一词为蒙语，“美丽的高原”的意思。明初这片土地赐楚王，更名海城。民国元年，因海城与奉天省海城县同名，更名为海原县。

我进一步讲，比如一些词语，像克里马擦，应该源自古突厥语，“快点儿、抓紧时间”的意思，如：“克里马擦，比个吃奶娃还磨蹭！”多年后，西安的城市艺术品有一对“萌娃”：克里与马擦。扑西来海（指邋遢、不整洁）、噶达马西（指乱七八糟一大堆）等词汇，有专家说是外来语。汉唐时期，长安是国际著名大都市，万国来朝，商业贸易发达，突厥、波斯、阿拉伯、回鹘、吐蕃等众多民族在长安汇聚、生活乃至世代定居。

大家被我给说住了，半张着嘴，再不就公鸡啄米般连连点头。

我说："还有一种可能，曹们乌乎也有可能被人叫串了写假了。"

"叫串了写假了？"

我说："就像国祺叫成了鬼气，史刚叫成了屎缸，或许乌乎叫武虎、吴虎、五虎，让人写成乌乎了。"

"很有可能叫五虎，五虎上将，戏里都有的。"

"对对对，脱烈，老王丈人那个村，他们就说是成吉思汗的儿子拖雷的名字串音了。"

我说："脱烈不一定是拖雷的串音哩，元朝有个乃马真后的昭慈皇后乃马真氏，名字就叫脱烈哥那，是窝阔台汗的妃子。1241年窝阔台汗去世，其长子远征尚未归来，脱烈哥那夺取政权，统治时间五年多，历史称'乃马真摄政'……"

他们听得连声气都没了。

我就继续说："我们把父亲叫大或大大就是来自蒙语鞑靼。就冲这名字，咱'乌乎'应该是个大地方。"

"这算是说对了，老疙瘩峰下的宋城，就是老范建的。老范不是一般人物，军中有一韩，西贼闻之心胆寒；军中有一范，西贼闻之惊破胆。"韩是韩琦，范就是范仲淹，皆为北宋显赫大臣。

老地主说："下放啊，这世上有许多能人，你们这号人都是日能人啊。"

他们就嘿嘿地笑，凡带有"日"字的话都是很暧昧的。

"历史都是日能人写的么。"

不久，地图风波又导致了一场战争。"打了一场战争"，后来说起来，半坡人这样说。

战争发生在半坡和乌乎的孩子之间。半坡人也知道了地图册上有名的事，便到处显夸卖派，孩子更懂得显夸卖派的艺术。半坡的孩子见到乌乎的孩子就打着拍子高喊"地图，地图"，就像"地图"是一个很污辱人的外号。乌乎的孩子受了污辱，便预谋了这场战争。

这天，乌乎和半坡的社员都在大烟川劳动。乌乎人把宽阔而平坦的山谷叫川。一条沟把大烟川劈为两半，一边是乌乎，一边是半坡。沟就叫大烟沟，一上一下有十里。劳动歇缓时，两个队的人常坐在沟沿上片椽抬杠，吃出来的烟都交缠在一起。半坡和乌乎的孩子就在大烟沟里打了起来。因为乌乎的孩子有预谋，集合的人就多，几乎是二打一。他们打得很凶，沟里尘土飞扬，哭叫声从沟里传上来。开始两个队的人都在沟沿上观战。看着看着，半坡的大人觉得他们的孩子吃亏了，开始呵斥，然而哪里呵斥得住，一些护孩子的大人便参与进去了。乌乎的大人一看，也参与进去了。后来，要不是支书喝住，大人们很可能就打起来了。

大人们虽没打起来，但集体仗却骂了一个下午。他们坐在沟沿上吃着烟，互相揭短似的叫骂。“狗日的你们日能得很么，地图上有你们么，来来来，把曹们乌乎一脚从这世上抹了去！”乌乎人这样骂，听上去就像这地图是半坡人造下的。

事实上，在他们后来的谈论中我听明白了，地图上没有乌乎，他们尽管心里有气，却也并不往心里去，他们不能接受的是地图上有半坡。

[来来]

半坡土地一年就一料子庄稼，而且靠天吃饭，天不下雨，地里就没活，总有些实在没活干的日子，除了从事放羊、喂牲口、犁地一类的活计和搞副业的社员，其他社员就闲散着。还有一些节日，清明、单五（端午）、中秋（有些节多年后国家才有假，那时候的半坡就有假，因为节与节气相关联，人们需要准备下一步的劳作），还有磨镰、尝新等节，也都会放假。有的假不短，清明假三天，磨镰假一周。磨镰用得上一周？半坡的头号庄稼是豌豆，豌豆开收一周前，会放一周磨镰假，就是让人们料理手头杂七杂八的各种事务，因为豌豆开镰后一年的庄稼就跟着开收了。豌豆收完收麦子，麦子收完收胡麻，胡麻收完收油籽，油籽收完收糜子，糜子收完收谷子，谷子收完收荞麦，荞麦收完挖洋芋。庄稼一样撵着一样熟，人就再没时间顾别的事了，想请假是很难的。

闲散时日尤其是假日，我就坐不住了。半坡人给予了我够多的包容甚至是关爱，无疑我是在纷扰喧嚣的尘世中寻出了一点闲静甚至是幽雅，我走到了一处可以长出一口气的地方，我感到了一种解放、一种内心恢复的力量。而半坡周遭这片土地作为边地、关塞，在漫长的历史中曾为王朝承载了太多的使命，关隘相望，地名以城、关、营、堡、寨等命名者遍地皆是，大营城、隔城子、养马城、黑城、偏城、海城、朝那城、羊牧隆城、开城、笼干城、隆德城、西安城、平夏城、古城梁、甘城、白城子、硝河城、红城子、石门城、耳朵城……萧关、三关口、制胜关、木峡关、甘城关、石峡关、关桥……六盘关、石门关、石峡关、木靖关、驿藏关……二府营、新营、马营、灵堂营、骆驼营、哨马营、头营、二营、三营、四营、五营、六营、七营、八营……定川寨、三川寨、瓦亭寨、火石寨、隆德寨、天都寨、得胜寨、怀远寨、临羌寨、李家寨、王家寨、寨科、程儿山寨……城川堡、石门堡、黄铎堡、将台堡、蒙古堡庙、祁家堡、周家堡、李旺堡、温堡、湖大堡、张堡、官堡、龟头堡……这些不是刻意查找资料的复制罗列，而是来自人们日常生活话语中。置身这样一片土地，对于一个研究学者来说，不走近那些断壁残垣，那将是何等煎熬的事。

我在提出下乡申请的同时，也提出了自己的要求或者说是愿望——能够下放到海原县，因为海原县这片土地在西夏时期有着举足轻重的地位。我能够成为一个历史学者，是受了西夏历史的启蒙。1909年俄国柯兹洛夫在黑水城前后三次疯狂的挖掘，带走的文献有西夏文刊本和写本达八千余种，还有大量的汉文、藏文、回鹘文、蒙古文、波斯文等书籍和经卷，以及陶器、铁器、织品、雕塑品和绘画等珍贵文物。我在圣彼得堡大学学习时，正因为有幸见到了这些让人震撼的文物而由学医转为学历史。

柯兹洛夫带回俄国的西夏文物中，有一本党项人骨勒茂才编著的《番汉合时掌中珠》，是西夏人与汉人相互对照学习语言文字的工具书，相当于汉夏双语词典。俄国人管控得非常严，我偷偷摸摸秘密录，陆续记录了整部《番汉合时掌中珠》，然而，在回国途中，我的皮箱被盗了，那是我几年间收获的整整一箱的学习资料啊，我几乎跳车自杀。我推迟回国，在俄罗斯寻找了两个月，然而战火纷扰，地方混乱，终无所获。

后来我了解到《番汉合时掌中珠》曾出过一个罗抄本。这还需要从1912年说起。这年罗振玉先生与彼得堡大学教授伊凤阁相见，见到了《番汉合时掌中珠》中的一页，罗先生看到了这本书的历史价值与意义，不久又向伊借到九页《番汉合时掌中珠》，进行影印，却不到全书四分之一。十年后，伊凤阁来到天津，先生借到了全书照片，由儿子罗福成校理抄写，两年后以《绝域方言集》刊行于世，这就是罗抄本。直到20世纪70年代末，美国学者陆宽田在列宁格勒东方学研究所摄得全部《番汉合时掌中珠》，整理后1982年以《合时掌中珠》为书名由美国印第安纳大学刊布，书后附有《番汉合时掌中珠》全部原件影照。

像我这样身份的人，能下放到自己心仪的一个地方是不易的。我能够实现这一愿望，是因为虽还不能说我桃李满天下，但十几年的教学生涯，也出了不少学生在社会各行业工作。我找了在革命队伍中走红的学生，表达了我的愿望。学生很有能力，也愿意帮忙，帮我实现了这一愿望。

我去跟支书请假，支书说："本就放假着哩你请啥假？你该干啥就干啥，你就是个社员。你是下放劳动，不是监督改造，不必事事都请示汇报。"

我嗯嗯嗯的。支书说："我还说给你去说哩，你今天就回城去吧，半个月后再回来。"

我说："我不回城去。"

他说："回去，回去，咋能不回去，家里人都惦记。"

我说："我就一个人，没家。"

他说："老人娃娃都没有？"

我说："老人都去世了，没娃娃，七事八事的，没顾上结婚……"

他呃了一声说："你活得怪恓惶的……这年龄了还没娃，该抓紧要了，你大没给你托梦？"

我说："唉，也不敢生，我还没有改造好呢，生下来娃咋活，太冒险了……"

他说："你没改造好就连娃都不生了，说个啥都觉得自己占理？像你们这种人让人咋说呢，你奔四十的人了，不生娃？不孝有三，无后为大，没娃，你做人就短着半截哩！难怪做事没个把握，几次的劳动改造。运动是一场风，迟早会过去，没有娃，你一辈子都过不去。不生娃？到那世咋见你家先人？"

"……"

他长吁一口气说："怀里没抱过屁屎的，坟头就没个烧纸的，不过，你们这些人和我们这些人想得不一样，活得不一样。"

"……"

"不说这咧。"他掏出纸烟，两根一并点着吸了两口，递给我一根。我咂了两口说："我就想出去走走。"

他摆摆手说："咱们这里古城古堡多，典故多哩，你想走着看看？你们这些人，都喜欢看这些，唉，城墙都塌得豁豁老牙的。也是，你们看了觉得有意思，老走看了能说几天几夜，说得一道一道，就像建这些东西的时候就有他一样。”

我说：“咱们这地方有典故，以前是大地方哩。”

他一拍手说：“老走也这么说哩，曹半坡坐在官路上，一路上大营城、二府营、六营、七营、新营、隔城、黑城……瓷片陶片、碎砖烂瓦、石头雕的龙狮……到处都是哩，走到这些古城古堡，有时候也想这里面都生活过些啥人，他们咋生活着哩，也就这么想想，没你们文化人想得深……你拉头驴骑上吧。”

我说：“不拉了吧。”

支书指着挂在墙上的自行车说：“那把风火轮骑去。”

半坡人把自行车叫风火轮。

“不骑，不骑。”

支书就笑了。

我第一次去公社，支书说：“把风火轮骑去。”我有些不好意思，觉得人家都舍不得骑挂在墙上。支书取下来说：“东西不用自坏哩，骑去。”我就骑了自行车。这辆自行车是支书被县上评为优秀支书的奖励品，有典故哩。奖励的是一张自行车票。支书拿着票去供销社领自行车，结果闹了笑话，让售货员寒碜了一番，告诉他有了这张票，只是有了买自行车的资格，钱一分都不能少的。一辆自行车不是小钱，他就去找本原。本原以前是跑脚的郎中，解放后当了公社兽医，吃上了公家粮，又调进县城。支书学说了如何被人寒碜，气得差点把票撕了。他说：“发票有个屌用，买我自己不会买？”本原说：“没这票，你有钱也买不上，自行车凭票供应。”支书说：“还不如发被面子。”本原说：“不想买自行车，票可卖钱的。”支书说：“能卖多少钱？”本原说：“能卖个五六块。”支书说：“才五六块？”本原说：“我给问问，说不定能卖个十块，能卖回一条被面子钱。”支书说：“算了吧，好歹也算个奖品么，书记亲自发的哩，卖了多不好，还是买自行车吧。”本原想买票买自行车的。买了自行车，本原教了一天，支书摔得腿青胳膊肿的，总算能骑了。

自行车推回来，支书是热心骑的，到地里视察劳动也骑，因此人就说：

"要好好干哩，支书可骑风火轮哩。"后来有了个典故。在嘴梢梁修梯田平地，支书骑着自行车从坡上下来，坡长而陡，越跑越快，支书拼命拉车闸，闸皮拉飞了，自行车横冲直撞冲下来，社员吓得四散，支书大喊："拉住的给一块，搡倒的给五毛。拉住的给一块，搡倒的给五毛。"老陈把背篼扔过去，自行车被背篼绊倒，支书一个跟头摔出去。刚修梯田平的地软和，支书只摔破了鼻子。人们围着说："这狗日的也惊哩，老陈，你个老㞞，你看把支书的风火轮惊咧，给支书了个狗吃屎。"老冯说："这狗日的也屉粪哩。"大家一看，自行车摔在一泡驴粪上，就哗地笑了。骑过几趟支书就不骑了，去公社开会又骑驴了。支书有五个儿，两个小的骑着自行车在山野狂奔，自行车真正成了风火轮，漆碰掉了，车圈摔扁了，车把扭歪了。自行车是花大价钱买的，这么糟蹋等于造孽，问题是两个小家伙摔得浑身没一片好的，要是一头扎到沟里去，那就把命要了。支书在窑掌墙上楔了三根木桩把自行车挂上了。我回来给支书还自行车，支书说："放你那里，你出门就骑上。"我笑了说："不是翻山就是过沟，我骑它三步，它骑我五步，还是挂起来吧。"支书笑了说："以后出门，你就拉头驴。"

支书说："拉上头驴，山大沟深的，费劲，平路上骑骑，上坡了捉着尾巴也能借个力。再说也是个伴儿，驴最通人性，为啥说骑驴看唱本——走着瞧，不说骑马骑骡？骑马骑骡你看不了唱本，骡马性子人，警惕性高，一惊一乍的，草地里冒出来个兔子，也惊得突儿突儿的。驴就是狼来了，也不惊哩，再说驴记性好，你把路走丢了，驴能把你驮回来。"

骑驴当然好了。"骅骝拳跼不能食，蹇驴得志鸣春风。"（李白）"骑驴三十载，旅食京华春。"（杜甫）"骑驴两脚欲到地，爱酒一樽常在旁。"（陆游）"骑驴到京国，欲和熏风琴。"（韩愈）"访人留后信，策蹇赴前程。"（孟浩然）"他人骑大马，我独跨驴子。"（王梵志）"骏马放石碛，蹇驴能至堂。"（寒山）"尘满空床屋见天，独作驴鸣一声去。"（刘言史）"劝君不得学渊明，且策驴车辞五柳。"（韩翃）"郊外凌兢西复东，雪晴驴背兴无穷。"（唐彦谦）"谁似任公子，云中骑碧驴？"（李贺）……骑驴在历史上是诗人行万里路的首选，而在这样山大沟深天荒地老的山野骑驴而行，何等惬意，可驴是生产队的，我怎么能骑呢？万一有个闪失，担当不起啊。

我嗫嚅着说："我，我，我也能骑驴？"

他瞪大眼睛说："你也能骑驴？日怪不，你咋不能骑驴？"

"生产队的驴……"

"你们这些文化人就是一根筋，脑子要么活得很，要么死得很，你下放到半坡就是半坡生产队的社员，就是群众，生产队的啥都有你一份子，驴是生产队的驴，也是你的驴，你咋不能骑？"

"我是怕给你惹下啥事。"

"能惹啥事，你脑子咋就转不过弯？老摆出一副犯了错误的样子，倒会给我惹事哩。"

"我一定改掉这观念，谢谢支书。"

"锤子，你记着以后别把个谢字挂在嘴上，一说谢就生分了，怪哇哇的，农民不兴说谢。我给你开个路条。"

"路条？"

"就是介绍信。"

我说："我就是走走老路，不去城里。"

他说："拿上，万一遇上是非的人，验路条，你说不明白，有日怪人哩。再说那些碎屄娃娃，不知天高地厚的，扛个红缨枪有时候也盘查路人哩。"

他边写边说："出去散心散心也对哩，在村里待着，人家一家都热热火火，你一个孤哇哇的，人要解孤就往更孤荒的地方走么，没有比那些老的城堡营寨更孤荒的了。"

"支书的字写得不错哩。"我不是虚伪地夸赞，扫盲班识了几个字，能写成这样确实不错。

"路条上这些字经常练哩，出门在外多少人看，写得不行不把半坡的人丢咧？"他又说，"现在太平着哩，没土匪了，可你要小心野东西，狼多哩，豹子有时也会有的，野狐子也惑人哩。把手电带上，那些野东西害怕光，把火带足了，上路不失火，遇到啥，点火最解决问题。记着，遇上狼了，别丢下驴跑了……不是说怕你把生产队的驴让狼吃了，是狼撵跑的，再说跑你也跑不过驴，把驴当靠山，狼咬倒了驴，你再跑，狼这东西沾上了血，就再不追跑的了。”

“谢谢支书。”话出口了，我忙拍拍自己的嘴。

“日出行路，擦麻住店。夏走十里不黑，冬走十里不明。看天色观庄子，时辰把握好，山影下来就投店，别走夜路，宁睡古坟，别睡古庙……”

“……”

“逢村逢庄就进，吃饭莫作假，人都可怜出门人哩，出门三辈小，见老见小嘴甜着点。”

“……”

“在城里没家，你现在户落在咱们半坡，半坡就是你的家，二十三是小年，年关到了就回来过年，叫花子也有三天年哩，你来大半年，都熟了，不回来，村里人会惦念你……”

“……”

他拿出一根指头胖的铁棍，一头拧成一个环，一头打成小铲刃，说：“拉着。”

他披了大衣说：“走，去挑头驴，以后出门让老朱给你挑头驴，让出纳给你打二十斤豌豆，一天给喂上点，路上遇到草好的地方，停下让吃上点，反正你是游山逛水，又不是跑脚做生意，遇上麦场，草摞上撕点草喂喂，一看你是行路人，没人说你。”

驴圈里几十头驴，卧的、站的，啃脖子的都有。老朱说：“挑啥，来来。”

一头毛泛着青色的驴竟走过来，嘴头、眼圈、胸膛、肚皮和蹄腕都是白色的。“漂亮不？下放是大知识分子，得骑个漂亮驴么。”老朱拍拍驴背说，“来来，喘一声。”来来高昂头“昂昂昂昂昂昂”地叫着，声震四野。

来来竟然走向我，嘴唇碰碰我的手背，抬头看看我，尾巴摇一摇。我摸摸它的脑顶，拍拍它的脊背，它竟然用头顶顶我。老朱说：“平时见人待搭不理的，见了下放亲近的，有缘哩。”

支书说：“骑得住吗？”

我说：“骑得住。”

“骑上试试。”

我骑上走了几圈子，老朱说："这狗日的不爱犁地，就爱人骑它。"

"真是谁喂的牲口像谁呢。"支书说。

"跟上当官的当娘子，跟上宰猪的翻肠子，我可怜人么，哪像你身份高。"

青驴甩着耳朵，龇牙咧嘴，太像笑了。

支书拍驴一巴掌说："这狗日的要是会说话，绝对是个杠头。"

支书又说："从这阵就单独喂上，下放明天出门哩。"

从牲口圈出来，支书说："你回去收拾吧，晚上来家里吃饭。"

"那咋好意思？动不动吃你家饭。"

"有啥不好意思的？添双筷子的事，你记着，一个人的饭没两个人的，两个人的饭就有三个人的，添马勺水的事，你把那脸皮放厚点，碰上饭就吃，自己能少做一顿就少做一顿，少打个麻烦，在半坡你就是个客。"

天黑尽了，我去阿干那里提了瓶酒，支书却已经在桌上摆了一瓶酒，都打开了。我说："这你放着吧。"

他说："你带到路上喝，大冬天上路，这东西抿上几口长精神。"

饭是狗扯羊皮，明白一点的说法是荞面摊饼，将荞面和成稀糊糊，然后用勺子舀着沿锅壁倒一圈，将流到锅底的面糊用勺子抹匀，烙一分钟左右，连翻身都不用，饼就成了。一张饼出锅不用切，抓起一张直接吃，就像一张羊皮被狗叼走，扯起来。摊荞面馍馍可不是一般的水平，一般是一勺头摊一张饼，沿锅壁倒下时要均匀，不是一坨厚一坨薄，有的地方还开天窗。手艺高的人摊出来的就如擀出来的均匀。支书老婆是高手。

我说："老嫂子也来坐。"

支书嘿嘿一笑说："晚上睡觉才往我跟前贴哩。"

支书老婆说："人家都咋骂你哩，嘴一点不值钱。"

支书说："我不这么说，你不说话么，让下放还当你不想给他吃哩。"

支书老婆嘻嘻一笑说："下放会那么想？下放，你覅跟他学。"

汤是瓠子臊子糊糊汤，吃摊饼的绝配。一人一黑老碗，支书抓了一张摊饼放进老碗汤里说："荞面一冷就硬，摊馍要趁热吃，放开吃，别作假，一人吃过十张再说。"

我笑笑说："吃十张，那得多大肚子。"

支书说："荞面不扛饿。"

婆媳在锅屋里摊，摊几张儿子良生送来几张。我说："良生，你也来坐下吃。"

"哪有儿子跟老子同桌的？"支书说。

良生冲我笑笑出去了，支书说："少不下他的，从小就围着锅头转，怕已把几个吃上了。"

喝了三杯酒，支书说："你是个懂事的人，我也就直说了，别转脑子开了小差跑了。你跑了给你惹麻烦，把我咋样不了，我连个皮裤都不用补，只能把自己和老婆娃娃牵连了。"

补皮裤是个比喻，指补救别人的错事或未完成的事。

我说："支书还没认清我？"

他笑笑说："我是提醒你，人一天有三昏九迷七十二糊涂，人就是在这当口犯事哩。你们这些人脑子活络，容易转。"

吃过饭，临走支书抱出鞍子，说："驴不备鞍子也能骑，备上吧，你们骑的少，褡裢也拿上，两头驮吃喝。"

我抱了鞍子，支书说："记着，走上几个地方就往回返。日月长在，何必忙坏？"又说："估计你也走不了多远，一片片了烂瓦都看得上半天，遍地都是城呀堡呀营呀寨呀的，一个地方还不得看一天？"

我要去的是黑城。骑上驴去黑城，难道那个党项语叫"亦集乃"、蒙古语为"哈日浩特"、西夏设置了"黑山威福军司"的军事重镇、西夏都城兴庆府，被蒙古大军攻破后西夏将重要历史文献和金银财宝转移掩藏、在数百年之后因被数次疯狂盗掘出土文物而震惊世界的黑城在半坡周遭？说实话，我一开始接触到黑城这个地名也恍惚了。

那个黑城不在这里，这里也有个黑城。不过虽然这个黑城不及俄国人疯狂挖掘的黑城那样有名，在历史上却也不是寂寂无闻的。丝绸之路从萧关入西海固分为三条，第二条是由三营经黑城（通峡寨）、撒台（荡羌寨）、苋麻河高台寺、西安（西安州）至甘盐池（定绒寨）出界，入甘肃靖远县。宋朝于黑城设通峡（又名没烟前峡）寨，明朝设黑水苑，称为黑水口城，简称黑城，民国设黑城镇。荡羌寨、高台寺、西安州、定绒寨我都去过了，只有通峡寨我还没去，而黑城离三营（方圆历史上最大的旱码头）只有二十多里地。

黑城之名有这样一个传说，1227年成吉思汗攻打西夏军事重地天都山，驾崩于“哈老徒”（有音译为“海喇都”之说）。大汗嘱咐秘不发丧，待西夏末帝李晛来降时杀之，在通峡寨昭告大汗驾崩的消息，因大汗之死通峡寨被誉为“黑色城池”。更巧合的是黑城处在两次八级以上大地震（民国九年海原大地震与乾隆三年银川、平罗大地震）断裂带交会点上，也被誉为“黑色城池”。就跟“只说过五关斩六将，不说夜走麦城”的麦城一样，黑城在半坡一带人口里是一个喻体，睡着了人说是“去黑城了”，做生意、干事业没成就，都会长叹一声“唉，走了一趟黑城”。黑城境内清水河、苋麻河、中河三河汇聚，多年后被改名三河镇。

我先走须弥山谷口的平夏城，然后去黑城。围城废墟轮廓倒是清晰，然而建筑皆无，只有碎砖烂瓦，有堡子，住着人。有一个监狱。离开黑城，我去了三营。然后从三营到黄铎堡、九羊寨、红羊、西安、甘盐池，这是丝路的另一条道。在红羊我回了半坡。

来来真是一头好驴，一路上都不用牵缰绳，你前头走，它后头跟着，就像两个行路的老伙计。它竟然会拦狗。穿过一个村庄，几只狗拦路，扑着咬，它连踢带踏把几只狗追下沟崖。喂一把豆子，它会两只前蹄攀空，向你作揖似的。我有了养来来或者说养一头驴的想法。跟支书一说，支书说：“你养驴干啥？”

“出门骑个方便。”

“生产队不给你派驴？”

“派，派，派，只是驴是生产队的财产，我怕有个闪失……”

“能有个啥闪失？就是有个闪失，也是我同意的，队长派的，事情弄不到你头上，倒是你喂个驴就特殊了，万一遇上个啥？你就说这集上现在抓投机倒把哩，多人给闪进去……”

“老艾不是自己喂了头驴么……”

“老艾是皮匠，属于搞副业人员，他得骑着驴去收皮货，驴是生产工具，是搞副业的需要。你喂了驴算啥，别搞特殊嘛……”

“呃呃呃……”

“再说驴得喂，饮水、砍草的，你打那麻烦做啥……以后让老拓把来来给你留着。”

以后出门，老拓就给我派来来。来来看到我就会叫着过来，嘴唇碰碰我的手背，龇龇牙，甩甩头，围着我转两圈。我说声“走”，前头走，来来就后头跟着来了。

[长虫]

一抬头，看到去疼片蹴在崖头，就像一只秃鹫。

“下放，你今儿干啥去？”他问。

“不干啥。”我说。

“那上山走。”

“上山干啥？”

“今儿个六月六么，抓蛇泡蛇蛋墨，圈疮，效果好得很。”

去疼片手里有一本偏方抄本，是羊皮的，说他父亲传给他的，有些字不认识，老找我。他胆子很大，偏方他敢付诸实践。五月单五，我就和他捉癞蛤蟆，泡蛤蟆墨。他说癞蛤蟆躲五月单五，单五这天的癞蛤蟆质量最好。按民间的说法癞蛤蟆有剧毒，五种最毒的东西里面就有它，而它却也是最能清热解毒的，特别是端午这天捉到的蛤蟆毒性最大，能捉上真是最好的药。毒虫都是“神虫”，单五这天的癞蛤蟆特别难捉，得要有运气。捉住后把蛤蟆毒汁挤出拌入面粉搓成长条，或把锭墨塞进癞蛤蟆嘴里，将它挂在墙壁上，风干后就成了中药，也可以直接将蛤蟆泡入墨汁中。人身上出了毒疽，用此墨画一圈，毒疽就会收缩。他说：“每年我都能捉上几只，知道为什么？”我说：“为什么？”他说：“我是大夫啊，这辈子人做啥，都是上天安排命中注定的，大夫是来治病救人的，癞蛤蟆能治病，五月单五的最好，上天就得让我捉到它们。”

我见过去疼片给老冯圈疮，他用那泡着蛇身的黏稠墨汁，画一个比疮大点的圈，用那汁液将那圈涂满。三天后，那疮收缩，渐渐干了，几天后竟然好了。

我们往坡上爬。我说：“我可不敢陪你，见了骨酥。”

他嘿嘿一笑说：“越怕越出事，越不怕越不出事。”

我摇头说：“恰恰相反。”

“你害怕蛇，我问你蛇钻到嘴里怎么办？”

“蛇咋会钻进嘴哩？”

“你在山野里睡着了呢？蛇最爱钻窟窿。”

“往出拽。”

他摇头说：“蛇钻进嘴里，你拉断都拉不出来，可拿火烧蛇尾巴，一烧蛇唰地就退出来。”

“真的？”

“哄你做啥？还有就是用针扎尾巴，蛇也唰地就退出来。”

“所以男人帽壳郎里一圈帽檐下面总是别着针，盘着一圈线？”

“也可以这么说，不过帽壳郎别针盘线主要是为了缭裤裆。”

我一笑说：“缭裤裆？”

“就是缭裤裆呀，别处烂了不要紧，裤裆扯了呢？不像你们城里人还穿个裤衩衩兜着，可不全露出来？”

我给他竖个大拇指。

我们在一片草地上停下脚步。他说：“还有，蛇缠在腿上胳膊上脖子里咋办？”

“你说得怪吓人的，往开散啊。”

“你别看曹们这一带的蛇最多只有擀杖粗，箍上了劲可大了，把你的皮都能缠得捋下一层哩，你想散开是很难的。”

“哪该咋办？”

“还得用火烧用针扎。所以记着，出门一定要带火，不光是长虫，所有野东西都怕火。”

野东西指狼、豺、野猪，有时还有豹子，那时候苋麻河谷野东西还是很多的。

他猛然往前一扑，一脚踩去，我看到了一条麻蛇，一尺多长。他一只手捏住蛇尾巴，别看蛇软得就像没有骨头，去疼片抬起脚来，那蛇头竟然就凭空直直地竖立起来，就像盘着一根无形的竹竿树枝。去疼片提着蛇的尾巴呜呜呜地抡着转圈，蛇就垂了下去，像一根皮条了。

“你这么抡着转圈，蛇的腰节骨就松散了，再也竖立不起来。”

他掏出一块白手巾，在蛇头前一绕，蛇咬住手巾一角，他一手捏住蛇头，猛一拉手巾，蛇的两颗牙就给拉掉了，血在白手巾上洇开，像梅花绽开。他说：“蛇毒人主要是靠毒牙把毒液注射到人体内，蛇毒牙不拔，它乱咬就把毒液糟蹋了，毒牙拔了，它再给咬住的东西注射不了毒液咧，你想咋耍就咋耍，可凉了。”说着他两手捉蛇在眼睛上拉来拉去，“蛇一年四季都是冰凉的，来，你拿着在眼睛上拉拉，对眼睛好得很。”

我往后跳了几步。

“集市、榷场那些耍蛇的，都把毒牙拔了的，你当他们不怕蛇咬？”

他嘿嘿笑着，把蛇缠在脖子里，蛇就在身上爬来爬去。

“你怕啥，蛇可是好东西哩。”他竟然亲了蛇的嘴。

去疼片给周全发治病就用蛇。周全发不知得了啥病，只是个瘦，几个月瘦了一半，人说是骨头吃肉，这种病难治。去疼片就抓了一条毒蛇，又抱来一只乌鸡，一刀一刀把蛇剁成寸截，扔给乌鸡吃。乌鸡啄吃下一条蛇，只一会儿就肿得像受了惊吓的刺猬，毛全奓起来了。一个对时（一天一夜），把乌鸡宰了，煮给周全发吃，不放任何调料，就放了点黄芪、甘草、当归。周全发又吃了一只喂了蛇的乌鸡，尽管人也肿胀得没了眼睛，但病回头了。后来又吃了三只喂了蛇的乌鸡，病竟然好了。

这个方子，同样可以用在牛身上。半坡大队有几个生产队养牛。老埂坪的一只牛拉来，几乎都立不住筒子（站不住了）咧。去疼片让把它拉到坡上，让人抓蛇，抓住蛇从牛鼻子往里塞，蛇钻入牛鼻，牛打了几个喷嚏，半截蛇尾打得喷出来。牛后来竟然也被治好了。

他把蛇装进竹篓里，我们又走了几处，等了半天，再没等到一条蛇。

我指着沟对面一片古庄子说：“古庄子里肯定蛇多。”

他说：“没错，你去过古庄子咧？”

“还没去过，咱们去吧。”

“那庄子你少去，全庄子人都死在里面，就地埋咧。”

“胡说。”

“你没听说？我给讲讲，还当你听过咧。那庄子叫杀风口，这名字凶不？那庄子前面有一道口子，就像刀口，风得从那口子里过，不然就得翻山越岭。风从那口子过时，就发出像是人挨刀的号叫声。不管你啥时候去，都听到风的号叫哩。”

他停顿了一下，手从腰里摸出个虱子，两个大拇指指甲一对掐了，继续说：“杀风口原来有个大户，姓魏。那年四少爷娶了媳妇，媳妇叫啥名字不晓得，反正传下来的是魏家屋里的，她把事弄大了，也没有正规的名字，一提还是魏家屋里的。婚宴摆了，有一习俗，就是新媳妇要‘站对月’，从摆宴席那天算起，新媳妇在婆家待够一个月，回娘家再待一个月。站满一月，女婿去接回来。魏家屋里的回娘家‘站对月’满了，四少爷去接，回来的路上出了事，遇上三个土匪，就把魏家屋里的给轮奸了。三个土匪事干完，那个土匪头儿还对四少爷说：‘你要感谢你媳妇，多亏了你媳妇，要不然明年今儿就是你娃的忌日，老子就多了一条命债，记着，一辈子都要感谢你媳妇。’回到家，他们也就扣的扣了，盖的盖了，给谁都没说。四少爷对媳妇也挺好挺感激的。可这日子总是像水一样要流走的噻，时间一长，四少爷心存的感激渐渐就淡了，而魏家的生意越来越大了，在县城里开了一个大货场，皮毛生意做得红火。财大气就粗，四少爷对媳妇有了意见，说：‘老了的女人怎么能让别的男人干，你为啥不跳崖保贞节，你失了身为啥还不撞死？’四少爷就像是报仇，一次娶了姊妹俩，姊妹俩合起来欺负魏家屋里的，四少爷又把事情给这姊妹说了，这一说杀风口的人都知道了，调盐加醋地就传开了，不少人竟说是她什么私通，不守妇道。魏家屋里的待不下去了，几次寻死都没死成，反而更惹大家的闲话。好在她也没娃，她跟四少爷说她要走了。四少爷说：‘我给你写休书。’她说：‘写不写无所谓，我认已说过的话，死是魏家的鬼。’四少爷说：‘你要不要是你的事，我写不写是我的事，你认什么话是你的事。’等四少爷写出来，魏家屋里的已经走咧。他心想也好，休书放着，你娘家来人闹事时拿出来堵嘴。魏家屋里的并没有回娘家，而是钻山找土匪去了。她凭自己是女人和女人戳闲话捣是非的本事，让几个土匪头子互相残杀，然后自己成了这股土匪的老大，把那三个土匪点了天灯。魏家屋里的带着土匪进了杀风口，魏家人吓得全部跪街，可她没杀一人。再后来魏家屋里的这股土匪越来越大，就起义咧，声势闹得好厉害，占了几个县衙，县官都杀了。后来朝廷出军队打了几年，才给灭了。清算时，魏家屋里的名号就牵扯到了杀风口的魏家，四少爷拿出了休书。官府说：'休书怎么在你手里？'四少爷说：'她不要。'官府说：'休书在你家就说明还是你魏家人。'又有人举报说魏家屋里的带着土匪进了杀风口，未杀魏家一人，未抢魏家一粒米。朝廷把魏家灭门了，上百口人被杀了，房屋推倒，窑洞炸塌推进井里掩埋，庄子被一把火烧了……"

我说："哪个朝代的事？"

他说："不晓得，都这么传说哩。"

我后来查了所有能找到的史志书籍，也没找到这个传说。

多年后半坡这一带搞旅游开发，草花的儿子当了县长，他打电话让我过来，格外交代说："叔，你把杀风口这故事整理出来，说明咱们这里也有过农民起义。"

我说："这不能胡说，农民起义那可是要真实史料的。"

他说："哎呀，唐宋元明清你随便说一个，让像你这样的人再去考证嘛，不是更有影响力了？"

[一坡羊]

我坐在山头上，眯着眼睛瞭远。

半坡人喜欢坐在山头上瞭远，说越瞭越远，能看到好远好远的地方。我想，这与他们往昔跑脚的生活不无关系，跑脚者出门了，家人就开始瞭远的日子——送时瞭远，盼时瞭远。

走咧走咧，走远咧，
越走越远咧，
眼泪的花儿飘满咧。
走咧走咧，走远咧，
越走越远咧，
褡裢的锅盔就轻下咧。
走咧走咧，走远了，
越走越远了，
眼泪的花儿把心淹下咧。

这首花儿就是瞭远瞭出来的。

“下放，瞭远哩，想家咧？”

尚生雄赶着羊群过来。

我笑笑，拍拍身边的石头。他过来坐下，我掏出纸烟递给他一根。我身上装两种烟：一种是旱烟袋，片椽抬杠人多，吃旱烟；一种是纸烟，遇上一个人两个人的，吃一根。

“你的命好呢么。”

“何以见得？”

“大队奖励给你一只母羊，去年下了一个母羊羔，今年又下了个母羊羔，去年下的母羊羔肚子也大了，我看怕也怀的是个母的。”

我笑笑说：“谢谢你，都是你给我操心得好。”

老尚放的这群羊是私人家的，是一群绵羊。以前半坡人家大多都有一群羊，几十上百只，割资本主义尾巴，羊不让多养，按人口有指标，最多的人家也就二十来只，大家就将羊朋成群出一人放牧，其他人家拼起来给工分。

麦场旁边是牲口圈，牲口圈旁边是老尚的羊圈，老尚就住在羊圈的小窑里，平时我也过去和老尚说说话，有时候喝上几口。到了春天，羝羊、骚胡（种绵羊叫羝羊，种山羊叫骚胡）开始争群，就是争掌群的，打头一打一个晚上，“嗵——嗵——嗵——”的声音震荡河谷，就像天堂守卫敲响天鼓。我就过去看羝羊打头。“羝羊打头躲着点，打死牛哩。”老尚对我说。这话应该不夸张，因为羝羊头上一对粗壮的盘角，有的甚至比牛角还长。

这是有三百多只羊的羊群，留有四五只羝羊，个个都得打过来，直到打出了名次，一般一年也就不再打头了。不过，凡事有意外。某一天，有的羝羊也会挑衅打起头来。这种情况下，老尚就会出面阻止。两只羊打头如何阻止，老尚吹哇呜。一吹哇呜，羝羊竟然就不打头了。更让我吃惊的是，一只黑头羊会跑过来，卧在老尚旁边流泪。老尚就拍拍羊。第一次听到老尚吹哇呜，我还以为谁哭夜，那声音简直凄惨极了。问他吹啥曲子，他说胡乱吹的，这哪还有曲子。

哇呜，是极古老的乐器埙，资料显示一孔之埙距今七千年，三孔之埙距今约有五千年了。《说文》：“壎，乐器也。以土为之，六孔。”字亦作埙。半坡的娃娃都会捏制会吹奏。还有，这一带的回族女人都会吹口琴子。口琴子就是《诗经》中“吹笙鼓簧”的“簧”。

河谷中胶泥可是一宝，打窑离不开。窑要用胶泥糊一遍，就不渗水了。也是捏哇呜的好材料。娃娃们常捏哇呜，和一堆泥，坐在那里捏，有娃娃头形、牛头形、椭圆形、枣形、鱼形、桃形、牛角形、蝶形等各种形状的。他们很不珍惜，捏一堆哇呜，忽然你踏我的，我摔他的，又揉成一团，玩起

"炸"来，炸得泥浆飞溅。

老尚会捏哇呜，小窑里放着好几个哇呜，都是他自己捏的。他给我捏了几个哇呜，说："心里叵烦了吹吹。"我说："我不会吹。"他说："有啥会吹不会吹的，出声就行么。"可他吹出来的是有曲调的，听上去让人眼泪花花淹心哩。他说："就是吹个响，哪有曲调噻。"老尚捏哇呜会在胶泥中揉掺些猪毛，这样哇呜晾干时就不会裂口。捏成后他会在草灰里滚滚，潮干时用胡麻油刷刷，哇呜干了就油光明亮，也不起皮了。

老尚常吹的是牛角哇呜，吹孔在上方中间，音孔四个，前三后一。底部有小孔，系着丝线穗穗。他给捏哇呜时，我说："你好几个，给我两个就行。"他说："我吹过的你嫌弃，我给你捏。"我说："我不嫌弃。"他笑笑说："我给你捏。"后来我也摸索着吹出曲调来，但我觉得不及老尚。

老尚在人群里三棒子打不出个响屁来，一句话没有，可一到羊群里就话语连天。那群羊他叫了不少的名儿，赵钱孙李、周吴郑王的，老扁老胡、老曹老张的。有许多戏中人名都成了羊名，什么陈世美、秦香莲、韩七、张连、杨六郎、杨宗宝之类的，叫上这个名说上几句，叫那个名说上几句，说的全是戏里的唱词，但他从不唱。有一次我过去，走到墙跟前，听到有人说话，以为他那里有人，进去看没人。我还开玩笑说他把相好的藏起来咧。

"今年照留母的吧，三个母羊羔，指标不超。"

"我想喂个羯羊，今年我想用个羯羊。"

"呃，咋？"

"我想请大家吃个饭。"

"改造好咧？要回去咧？"

"没有。"

"呃，我操心着给你兑换。"

"好兑换吗？"

"母羊羔兑换公羊羔好兑换，现在有指标限着呢，都想养母羊。"

"准备请大家吃个饭。"

一群羊正往我们这边游荡过来。一方沟台上，一位戴白帽子的老汉跪着，以土搓洗手、脸。我问老尚："他在做什么？"

老尚说："土净，到了礼拜时辰了，那是回教的，他们讲究得很，一天有五礼。"

土净后来我知道，回民俗称"泰亚蒙"，就是用土、沙子、石头代替水做大、小净。《古兰经》这样写道："如果你们害病或旅行，或从便所来，或与妻室交接，而得不到水，你们就应当趋向清洁的地面，而用一部分土摸脸和手。安拉不欲使你们烦难，但他欲使你们清洁，并完成他所赐你们的恩典，以便你们感谢。"

那人做完土净，站起来我才认出来是乌乎的马长山，那撮山羊胡已经白了。

马长山撵着羊群往我们这边来了。

马长山在我身边坐下来，我递给他一根烟，他忙摆摆手。

老尚说："他们那教人不吃烟喝酒。"

又说："要说曹们教里也禁止的。"

两群羊往一起搅和，马长山扑着拦挡。旺堆说："费那劲做啥，混了让混去么，就三百来只羊的群，隔群有多大的事？"

马长山嘿嘿一笑，捋着山羊胡说："就是么，就是么，瓜不瓜，还活在以前的日子里，那时候一坡羊最少的也有五六百只，两坡羊要和到一起，隔起群来费劲，能隔到半夜。"

"哎呀，种地吃肚子，养羊过日子。以前一坡羊一坡羊的，坡上都是羊群，光老受夙一家就几千只羊，一般人家也有一坡羊，现在寡淡的，你看看才有几坡羊，一个队也就两三坡羊。"老马抹下白帽帽，挠着头说。

"一坡羊"让我想起《史记·货殖列传》记载的乌氏倮："乌氏倮畜牧，及众，斥卖，求奇缯物，间献遗戎王。戎王什倍其偿，与之畜，畜至用谷量马牛。秦始皇帝令倮比封君，以时与列臣朝请。"乌氏倮正是生活在这片土地上，依附六盘山，庞大畜牧产业发展到"谷量马牛"——以山谷为计量单位，一谷一谷地计算牲畜。公元前220年，秦始皇踏上这片土地视察，给予了乌氏倮"比封君"和"朝请"的无上荣誉，司马迁将乌氏倮和范蠡等七人并列于小传。明朝，海原一带为楚王朱桢的牧地。

在半坡还有一句常说的话："你说，你烂事欠了一坡人情，人情是好欠的？”

两个羊群和到一起了，羝羊激情亢奋，一致对外，捉对两两打起头来，打得尘土漫天。“嗵——嗵——嗵——”满河谷都是天崩地裂的撞击声。人不搅打，它们将打到深夜。

“公羊好，好一坡；母羊好，好一窝。打，打，好好打，争个高低，明年想换个羝羊哩。”老尚说。

[鹞子客]

巨蟒似的大梁植被稀薄，梁顶出现一个人，就显得顶天立地。

老夫聊发少年狂，左牵黄，右擎苍，锦帽貂裘，千骑卷平冈。为报倾城随太守，亲射虎，看孙郎。酒酣胸胆尚开张，鬓微霜，又何妨！持节云中，何日遣冯唐？会挽雕弓如满月，西北望，射天狼。

王舍出现在秃鞑子梁顶，他身边是大黄狗，右手上擎着鹞子。这情景怎么会让人不想起苏轼的这首《江城子·密州出猎》？

王舍擎着鹞子出现在坡上的糜谷地里，叽叽喳喳的麻雀就像闭了喉咽。王舍手臂一挥，鹞子若离弦之箭射向田野，麻雀像一团乌云腾空。鹞子扑入雀群，雀群裹着鹞子，遁过一道梁去。人都心里打鼓时，鹞子铃铛传来，鹞子抓着一只麻雀，飞回来落在王舍手臂上。王舍取下麻雀，奖赏鹞子一块麻雀肉。

王舍擎着鹞子走向另一块糜地，虽然他一瘸一拐，可身材高大，在身边的狗和右手上擎着的鹞子的烘托下，显得很有些威武。

"知我者，谓我心忧，不知我者，谓我何求。悠悠苍天，此何人哉？"不错，这是《诗经》中的句子。说这几句挂在口头的诗句，是为了说前面几句："彼黍离离，彼稷之苗。行迈靡靡，中心摇摇。"黍，糜子。稷，有说是谷子，有说是高粱，《本草纲目》却这样说："稷与黍，一类二种也。黏者为黍，不黏者为稷。稷可作饭，黍可酿酒……"糜子，四千年前就开始种植的作物，《诗经》中出现次数最多，足见远古时其在人们生活中就很重要了。

金麦子，银糜子。在半坡一带，糜子是数一数二的庄稼。半坡人两顿饭，晌午面，晚夕米。

宁种一个窝窝子，不种十个坡坡子。窝窝子就是平地。然而，裹在山梁谷岴的褶褓里的半坡，庄稼地多为坡地，窝窝子地太稀罕了，小麦金贵，窝窝子地都种了麦子，坡地就种糜、谷。玉米比糜、谷产量高，可是由于干旱，种不了玉米。相比产量高、耐旱的糜，谷就成了主要的秋作物。关于粮食的收成标准，有这样的谚语：豌八扁二麦六十，谷三千，糜一摊。豌豆一个角结八粒豆、扁豆一个角结两粒豆、麦子一个穗结六十颗麦、谷子一个穗结三千粒谷、糜子一个穗结一摊糜，庄稼就算成了。糜一摊，没数儿，足见高产了。

在半坡田间防麻雀是大事，麻雀[半坡人叫雀（qiǎo）儿]作为“四害”之一，尽管从上到下地被围剿，作用却不大，依然一群一群黑压压地飞过田野上空。半坡夏作物主要是麦豆，麻雀的祸害有限，对糜、谷的祸害却仅次于冰雹。六月半，糜谷出穗乱，糜、谷灌浆时节，正值小麻雀出窝。麻雀连家带营叽叽喳喳像赶集一样欢叫着飞往糜谷地，落在糜、谷穗上，一会儿，麻雀飞离，糜、谷下垂的穗子便直直奓起来，由问号变成感叹号。也扎草人、绑十字架，可麻雀机灵得很，并不害怕，还站在稻草人肩膀上。也派老人、娃娃挡麻雀，哪能拦得住呢，只能起到惊扰作用，麻雀离人不到十步又落下了，叽叽喳喳叫着，向人们示威。

半坡有个歇后语：糜子割了叫鹞子——迟了半月。半坡一带有撵麻雀的手段——叫鹞子。

鹞子属于鹰的家族，有青鹞、板雄、黄健子、隼儿等，半坡人统称鹞子，就是曹植《鹞雀赋》中的鹞。放鹞子的都称鹞子客。青鹞、板雄、黄健子体格大，有些懒散、迟笨，训练难，而且有时捉不到麻雀，还得人为它打食，吃得还多，鹞子客很少捉来驯顺。这些当然是与隼儿对比说的，青鹞、板雄、黄健子、隼儿放入麻雀群，麻雀失魂落魄的，也起到撵麻雀的作用。只要鹞子飞过的田地，几天里麻雀都不敢涉足。

呃，我又忍不住，要插点历史话题。西夏最著名的骑兵就叫“铁鹞子”，是西夏军王牌中的王牌。《宋史·兵志》记载：西夏“有平夏骑兵，谓之‘铁鹞子’者，百里而走，千里而期，最能倏往忽来，若电击云飞。每于平原驰骋之处遇敌，则多用铁鹞子以为冲冒奔突之兵”。“铁鹞子”人数只有三千，分十队，每队三百人，队长都是一时的悍将。“一妹勒、二浪讹遇移、三细赏者埋、四里里奴、五杂熟屈得鸠、六隈才浪罗、七细母屈勿、八李讹移岩名、九细母嵬名、十没罗埋布。”根据宋人田况《儒林公议》所记十队队长，看得出没有汉族，都是党项人，“铁鹞子”平时为最高统治者的护卫，在战争中“以铁骑为前军，乘善马，重甲，斫刺不入；用钩索绞联，虽死不坠……战则先出突阵，阵乱则冲击之；步兵挟骑以进”。铁鹞子世袭，父之盔甲传儿，儿之盔甲传孙，祖辈传承。以“铁鹞子”而名，是取“鹞子”的敏捷极速。华山上最危险的道路取名鹞子翻身。

隼儿学名鹊鹞，有个极贴切的俗称——速儿，想来该是隼儿的音变，当然也因它的极速敏捷。“隼儿出击绝不空回，别看它小，主意正得很，一坡一坡的雀儿，速儿一旦盯上目标，出击后绝对不会改变，主意坚定，不像青鹞、板雄、黄健子冲到雀儿群里就开始乱变，结果常常抓不到雀儿。”王舍抚着隼儿的背说。因此隼儿深得鹞子客喜爱。

王舍是半坡生产队的鹞子客。

四五月间鹞子客用网套鹞子，也有去集上买的。王舍却是自己套鹞子。“我手气好，年年不出一礼拜就能套到，有些人套半月，套叵烦咧，就去买咧。买的不好，少一扣（一个环节）哩。”

鹞子套住后，需要一个月时间驯服。先是“顺鹞子”，在空置的窑洞里，架一根擀杖粗细的木杆，用一根两米左右的细绳拴鹞子腿，绑在木杆上，每天按时按量拿麻雀肉（也有黄鼠肉、鸡肉）冲着鹞子“呗—呗—呗—阿欸—阿欸—”地喊，叫鹞子来食，目的是改变鹞子以前靠自己打食的习惯，而接受人的喂养。还要“捼”，擎在手上，从脑顶向尾巴反复抚摸，增进感情。一个礼拜后开始“熬鹞子”，就是不再给鹞子现成的吃的，而是用长绳拴了鹞子，把捉来的麻雀放进窑洞让鹞子捕捉。鹞子捉到麻雀后，不让它撕吃，要带回来交给人，人再喂它准备好的肉。倘若鹞子捉到麻雀撕吃，会受到皮鞭柳条的惩戒。这需二十天左右的时间，直到鹞子由暴躁、愤怒、疯狂逐渐平和下来，领悟人的意图，听从人的指点。过程有些残忍。当鹞子在主人“呗—呗—呗—阿欸—阿欸—”的叫喊声中，抓着麻雀落在人的手臂上，吃人为它准备的肉，就算大功告成。最后就是“放鹞子”，解开绑在鹞子腿上的绳子，让鹞子在窑里自由飞来飞去，在人的叫声下，鹞子在人手臂上起起落落，收放自如，就算驯服了，可带到窑外撵麻雀了。

一个月的时间就能够驯得鹞子这样听话，我是很佩服王舍的。王舍揪一截干草嚼着说："年轻时候二十天左右就能行，上了年纪心就软了，下不得手打，也不愿整夜不睡地熬了。"

王舍今年套到的隼儿真漂亮，背部灰褐色，腹部则白色夹带赤褐色，一双眼睛红瞳配着金色双环，爪与喙极尖锐，有青铜一样的质感，叫声清冽激越。王舍抚抚隼儿的背，右手极潇洒地一扬，隼儿一声啸鸣，飞入糜谷地，叽叽喳喳的麻雀瞬间无声，极速逃逸。鹞子追逐麻雀远去。王舍却不急于呼唤，而是装了一锅子烟，点着吧嗒起来。一会儿，鹞子出现在视野里，两爪间挣扎着一只麻雀。

并不是每个生产队都有自己的鹞子客。半坡大队十几个生产队，只有四个生产队才有，其他的生产队则要到集上去叫鹞子。我在榷场集上见过几十个鹞子客，擎着鹞子很威风的。半坡以前也没有，王舍不是半坡人，他老家是庆阳地区的，应该说他是半坡收留的鹞子客。

"民国十八年，大旱，你知道吧？其实十七年就开始了，十九年才缓过劲，树皮被吃光，人都吃开人咧。人没活路，土匪就多起来了，小的三五个一伙、八九个一伙，大的几十上百人，进庄子祸害，就都逃难走咧。这逃难走一户两户就跟水坝开了口子，都走开了。逃难路上都吆喝着钻山，钻山就是当土匪。我大对我说：'记着，钻山那活不能干，为匪是不能进祖坟的，连祖籍都要开除的，家谱上写得明明白白。你去扛枪吃粮吧，也许能活下来。'可想当兵吃粮的人太多了，兵当不上，只能边找活干边找当兵的路子。庆阳南梁陈珪璋与赵文华等七个人拈香结义，弄了个甘肃义军混成团，跟从的人多，声势大，周边县保安团、警察局的枪支都被收缴，队伍发展很快，说是成了正规军，收人，我也就跟了。在合水打了一仗，赵团长中枪死了，来了个黄团长，当了没多久，陈珪璋与黄团长有矛盾了，把黄挤跑了，先后与西北军打了好几仗，混成团改成革命军西北讨逆军，扩成四个团，陈自己当了司令。西北军中有不少甘肃官兵，在军中受排挤，投靠过来了，队伍就越大了。西北军势力大，结果我们给收编了，成了国民军第四路军一个旅，陈珪璋当旅长，驻扎庆阳西峰镇。从心里来讲，我们也都认为这才是真正成了正规军。成了正规军，我们就像是看到了出路，想着看能不能谋个前途。

“又中原大战了，西北军各部陆续东调，陇东几股大起来的土匪被招编进来。唉，那时候许多土匪就走这条路，先钻山拉杆子，干大了正规军就来收编。还吃香得不行，都想收编么，条件开得可好咧。唉，乱得很么，啥都不讲，杀人放火的，在地方上名声臭了大街咧，都收编成正规军了。成了正规军到处惹事，动不动就打起来咧，就说这打仗吧，今儿打这个，明儿打那个，真是今儿拈香哩，明儿拔枪哩，全没有个情义，翻脸比狗还快，打仗就跟娃娃打锤一样。长官斗气，士兵倒霉，命不值钱，好些人都死在自己人手里了。可是不管咋是正规军，大家就熬着，看能不能熬个前途，你说十几年就这么晃荡过去了。可实在熬不下去了，我们那个狗日的连长坏得很，一点不公平，啥好事都想着他老乡，打仗却派我们堵枪眼。有一回打招编成了正规军却不听话又钻山当土匪的一股时，狗日的连长又派我们堵枪眼，我们几个就逃走了。

“可往哪里逃哩，有人说往西走，可世道乱成啥了，这么乱，西边土匪更多哩，我不想把尸骨丢在外头，我得回家，老百年了我还得给父亲暖脚哩。可回到家，村庄落入马家人手里，人家地契、庄契齐全，就像我们王家在这里没生活过一样，明明知道是伪造下的，可找谁说理，乡公所认么？人家把我们王家的祖坟都认成自己的祖坟，逢年逢节都上着哩，四邻八野的人都见过。我们王家逃难的人回来过，零零星星的，让马家人连唬带喝地赶走咧。咋活呢？就给人揽活，抽兵丁，三抽一，五抽二。后来更厉害了，部队抓丁，碰见男的就抓。我想这被抓了，就等于白抓了，还不如给财东富户顶兵，还能弄点钱。我得买个地方安个家，再置上几亩地，把我大我妈都找回来，我是长子么。我东家三个儿，当兵要打仗，打仗哪有不死人的？有钱人怕死，不想让儿子当兵，就掏钱买人顶兵，我就把自己卖了。唉，当时说是顶兵，没说顶多少年，又不能逃，逃了就把东家害苦了。唉，结果东家的小儿子还是给抓了壮丁。逃都逃不了了，部队控得严得很，搞联保么，就像夏天的苦子蔓牵牵连连的，要逃难就得全逃，不然溜走一个就把别人给害了。日本鬼子打败了，当时签订了那啥协议？”

我说："是……"

他说："你嫑说，嫑说，我记着哩，让我想想。"

我给他点了根烟。他挠着脑袋，嘴里念念有词，一拍大腿说："《双十规定》，对吧？"

我说："《双十协定》。"

他说："对对对，年纪大了，许多过去的事慢慢想都能想起来的，它想藏着是藏不住的。眼前的事记不住，越老的事越清楚哩。"

我点点头。

"《双十规定》，呃，不对，《双十协定》，规定说得多，协定说得少么，才签订了几个月，你看就私下动作开了，要打仗哩。我们是胡宗南的兵，刚刚过年，阳历是三月，你看我日子都记着哩。日本鬼子被赶走了，国民党是要彻底消灭共产党的，准备连窝端哩，十几万军队去打延安，飞机就像雀儿一样，可共产党人家撤了。那飞机胡扔炸弹，一个炸弹扔在我们连阵地上，炸起的一个石子把我的眼睛苦水倒了，瘪咧么。要说我还算命大的，那次一下子炸死十几个人，断胳膊断腿的，就残了不是？我这少了一只眼睛啥都不影响，还想着是好事，我有借口回家咧。"

我说："我还以为你的眼睛是鹞子抓瞎的。"

"咋可能，鹞子咋会抓我？鹞子要抓我鸽我，那这世上没有它不抓不鸽的，你信不？"

我点头说："信信信。"

他说："这世上什么东西都一样，没有不识好的，你对它好，它就对你好。要说我能有啥本事，就是待鹞子好。我喂鹞子早晨要让它饱饱地吃上一顿，除了打麻雀、挖黄鼠，我宰鸡喂鹞子，一只鹞子吃三四只鸡，而且我要把肉收拾得干干净净，腌得好好的，用盐水腌的，鹞子讲究干净哩。有些鹞子客本身就龌龊，肉上沾的毛、土都不弄净，鹞子有时候没抓上麻雀，他们也懒得打鸟抓黄鼠，弄点肉抠搜着不舍得给喂，有的肉都放臭了，还在里面掺棉花、羊毛、鸟毛喂给鹞子吃。鹞子吃上就吐就跑（拉肚子）。你说峁头的白炳业，他的鹞子为啥跑咧，他就把鹞子不当回事，自己都脏成啥咧，腔子上的垢甲用铲锅铲子往下刮哩。我把鸡骨头敲碎，用骨头、骨髓拌点米饭，鹞子吃得可香了。一只鹞子给你挣两个壮劳力挣的粮哩，你想么，就跟你的娃一样么。有一只鹞子我连着喂了三年哩，不是头一年抓住就圈着不再放飞了，而是它每年都来让我捉哩。它左爪子上有个肉疙瘩，就像人身上的瘊子。鹞子懂人哩，就是不能跟你说话。有些鹞子客说能听懂鸟语，能和鸟说话，鸟听他的命令。嘁，胡吹冒撂，其实屁本事也没有，就是个折磨鹞子的本事。老鹰饱了不捉兔，鹞子饱了不拉雀。这谁都知道。他们就饿鹞子，不让吃饱，吃饱了鹞子就会飞走。把鹞子喂个几成饱，力气刚够撵几趟麻雀，撵完麻雀就没力气飞走了。鹞子要是会说话，都不跟他说话哩。”

又说：“架惯了鹞子，你就看不上别的活做咧。”

我说：“你坏了一只眼睛，就离开部队了？”

王舍说：“咋可能呢，部队正用人哩，到处抓壮丁，长官说瞎了一只眼再打枪连眼睛都不用闭，反而打得更准。妈的，你说这是啥话么。后来又打了一仗，一条腿打折了，这才让回的家。”

我给他点了根烟，吃完他又说：“腿瘸了，能做啥呢？顶兵卖命的钱存在一个钱庄哩，钱庄掌柜的都跑了。白天揽活找吃的，晚上就在庙里睡觉。一天晚上，来了个鹞子客，也住庙里。他家十几口人，地动打死的，饿死的，抓了兵的，就活着他一个，老得眼望入土哩，就把手艺传了徒弟，在我跟前托个老。送走了老汉，就解放了，往哪里去呢？我又回去了一趟，王家人没有一口回来的，就像没在这世上来过，马家人不收我，还好有放鹞子这手艺，就串村走庄的。那年到半坡，得了一场病，支书那时候还是大队长，我跟支书说了我的情况，支书说把户落下吧。”

糜谷收后，天气转凉，鸟儿开始南归过冬，鹞子也就要放回山林了，让它找同伴回南方。这是王舍最悲伤的时候，他会多喂十来天，挑一个好天气放鹞子走。多数鹞子客放飞鹞子，鹞子也就飞走了，可他放飞鹞子放飞得很难怅，往往是放飞了回来了，放飞了又回来了，落在他的肩头、手臂。他说：“走吧，走吧，别回来了。”鹞子偏着头看他，真像听懂了哩。

王舍得几次放飞鹞子，往远里走，一天比一天远。

“一定要放回去？没试着留鹞子过冬？”

“它有它的伴儿么，哪能陪你？鹞子给你抓住就失去了自由，到了它该飞南方的时候，不放它你也扯心得不行，听到它的叫声，就觉得凄凉。再说你留下它也活不了，我留过一只，放飞了三回，不飞走，我就留下了，想喂到第二年继续放，省得再捉再驯，可没过冬就死咧。”

“它舍不得离开你，你放飞它要一直不走咋办？”

“那就去深山老林里，鹞子不像麻雀、鸽子、乌鸦、喜鹊，成群结伙，鹞子少得很，深山老林里多，在县城那边的南华山能放飞，有了伴儿，就飞了。今年怕还得去南华山放飞。”王舍抚摸着鹞子的背说，“你说你让我一程一程地送你，都赶上戏里的十八相送咧。你就不知道心疼我，我这一瘸一拐的，让人笑话瘸子的路多？”

鹞子啄王舍的手背，看得出啄得有多轻有多小心。

过了三天，王舍擎着鹞子过来说：“下放，我去南华山放飞鹞子，你去不？”

“去。”

半坡人走个哪达，爱叫我，他们把我叫游神。

[干弟兄]

天都山还顶着白雪，就像一个俊美的少妇发髻上绾着素锦。平地坡凸里的雪却已消融。土地呈现出黑褐色，地气涌动，春意盎然。羊开始脱毛了，生产队安排铰羊毛。生产队有五群羊，一千多只，男女劳力一起上，场面真是壮观。“咔嚓咔嚓”的剪刀声就像风过桑林。

铰羊毛的剪刀不是普通的家用剪刀，而是像两把从半自动步枪上卸下来的刺刀，把手处卷成个环儿，用一个二寸长的小木棍穿着，很活。不会用不是戳剪着羊，就是戳剪着自己。把握不好，不是剪深了就是剪浅了，深了伤着羊，浅了羊毛就少了几分，等于减产。铰羊手艺高的，铰下来的羊毛用棍子撑起来就是一只站着的羊。半坡的男男女女基本都会铰羊，因为养羊是半坡最重要的产业。半坡俗语说：“种地吃肚子，养羊过日子。”

我不会铰羊，和老人妇女一起拾揽羊毛。拾揽羊毛就是把铰下来的羊毛收到一起，抱到生产的仓库堆放起来。因为从深秋捂到春上，油汗与沙尘让羊毛成了褐色，羊毛潮乎乎油腻腻的，腥膻味儿很重。拾揽了一会儿羊毛，两只手就油乎乎的，沾着一层沙子。

我说：“这么好的阳光，羊毛咋不铺开晒晒？”

支书嘿嘿一笑说：“晒干了一抖沙子就落了，不减产了？”

我“呃”了一声。支书又说：“不往羊毛里面再掺沙子，就够仁义的了。”

支书是大队的支书，但他家坐在半坡生产队，因此经常参加半坡生产队的劳动。按说他可以不受苦，背着手田间地头走走就行了，可他是个爱劳动的人。他自嘲说：“就是个受屄命。”

受屄在半坡的意思简单地说就是只知道受苦不知道享受。

有些人把羊毛抱到阳光下，摊开来晒。支书说："给老人换新毡，娶媳妇嫁女儿都得准备几条新毡。现在割资本主义尾巴，羊不让多养，都得从队上称羊毛，这是以前没有过的事。以前吧，哪家不养几十只羊？自家的羊毛都用不了，卖羊毛是老大一笔收入哩。"

点了根烟，支书说："你称上几斤羊毛擀条毡吧。毡这东西隔潮，预防关节炎，别到走的时候弄上一身病，到时埋怨咱半坡人待你不好。毡耐磨，铺几辈子都没麻达，就是今日擀成，明儿你要回了，毡不想带回去也能卖掉。你那褥子不铺毡铺炕，几天就磨日塌了。擀上两条，再擀上一双毡窝窝。"

"那得十二三斤毛，先挑羊毛晒上。"

我起身去挑羊毛，支书说："你会挑个锤子，我给你挑吧。"

挑好了羊毛，支书说："操心着时不时翻一翻，让晒着。"

铰羊是铰热不铰寒，太阳斜过中天，就起风了，羊就不能再铰了。大家都抖羊毛，抖出不少沙子。上秤称过，不用交钱，记账，年终决算时扣。

我秤了十五斤羊毛，跟支书说："下集我去马套子镇跟个集，送毡匠铺让擀毡。"

我去马套子镇跟集，看到过毡匠铺，一张废了的大弓做招牌。

支书说："你还是个鸡毛猴性子。不急么，咱半坡有毡匠，手艺高着哩，出去搞副业了，等他们回来。"

支书对长文说："驴脸，洗毛的时候叫一声下放。"

"没麻达。"

正说着话，一老汉掮着一张弹棉花一样的大弓沿村巷走来。后来我知道他叫孙承运。

支书说："个老㞞，比曹操耳刮子（耳朵）还长，说你你就出现了。"

老孙停下脚步，支书说："咋放单了，你那口子呢？"

老孙说："回家去了。"

支书说："这时间咋回来了？"

老孙说："曹干大（干爹）放命哩。"

我递给老孙一根烟，老汉转着烟看看点上。

支书说："这是来咱村上改造的下放。"

老孙说："下放的都是些日能人。"

支书说："下一句呢，咋夹住了，不怕憋坏了机关？"

老孙说："斗争这根弦不能松。"

我们都笑了。

支书说："回来了别急着出门，给下放擀两条毡，下放炕上没铺的。"

"没铺的，你是支书么，给找个婆娘铺上么。"老孙冲我嘿嘿一笑。

支书说："你走南闯北的，给找个婆娘铺上。"

"白天没看的，晚上没铺的，曹还净身子睡冷炕哩。"老孙说，"谁的毡不是个擀，谁的碗不是个舔，没麻达。只是这两天没工夫，曹干大只有出的气没有进的气，怕耐活不了几日了，曹得跑前跑后看有没有啥事能帮上忙。"

我说："不急，先忙事。"

老孙要走，支书说："日急慌忙地做啥？片两段子再走。"

老孙说："你把大弓掮着，曹给你说一本。"

我说："把弓放下来。"

老孙说："站着说话腰不疼，往下一放费力，往起一扛费劲。"

我搂了弓往起抱，竟然没抱起来。

"百年老榆木，骨重得很。"老孙走了，"净身子扑在冷炕上，没有婆娘冻个硬邦邦。天下的婆娘睡曹的毡，人家搂在怀里打战战。"

我说："他的那口子……"

支书笑了说："不是婆娘，是他的连手。六队的老哈，是个回民，擀毡是两个人的活计。两人从出徒到现在一起擀毡，几十年没分开过，他们是干弟兄。"

半坡一带回汉民杂居，有拜干亲的习俗，拜干兄弟，拜干大干妈。半坡大队十三个生产队，一半儿是回民队，老回民姓马的多，其次是姓黑姓哈的。六队哈姓人多。

过了半月，老孙和老哈才来给我擀毡。老哈拱手说"色俩目"，我也拱手说"色俩目"。"色俩目"是回民问好语，这我已经学会了。我问老人咋样了，老孙说："没了。"

老哈说："无常了。"

老孙说："喜丧，九十多了。"

毡匠三件宝——弹弓、竹帘、沙柳条，是擀毡的主要工具，还有剪刀、木钩、量具、布袋、模板等工具。擀毡工序烦琐，先把羊毛放在支好的案上，用大弓弹。羊毛弹得蓬松如雪后，取一半羊毛均匀地铺在竹帘上，把水噙在口里喷在羊毛上。羊毛潮润后，再喷一遍麻油，直到羊毛发黄，再撒薄薄的一层豆面，豆面上铺另一半羊毛，再喷水和麻油，然后卷起竹帘，用绳子捆紧，就像擀面一样用脚来回擀动竹帘，用力要均匀有节奏。反复擀撵后，散开竹帘，纷乱的羊毛已擀成毡坯。再把羊毛铺在毡坯四边，继续喷水喷油撒豆面，把竹帘卷起继续擀动。解开竹帘，用笤帚蘸开水洒在毡坯上，待水渗透毡坯，将毡坯折叠卷起，手提洗毡带，手脚配合，反复蹬擀，毡坯逐步变小，直到擀出合规的尺寸。最后一道工序是揉弄毡边——参差不齐的毡边不能用剪刀裁齐，只能用尺杆、钩子和手进行揉弄整形——直到四边齐整，有棱有角。这最考验毡匠的手艺，手艺不精湛是做不出棱直角挺的毛毡的。整好形的毡坯挂在阳光下，水分蒸干，毡就成了。

擀毡传入半坡历史久远，因为历史上游牧民族对这一带有过长时期的占领。这活让我感兴趣的是，从开始铺场子，他们就开始唱"上弦子，支案子，弹弓子，卷帘子"，擀毡过程中他们几乎一直在唱，他们唱干活的过程：

> 这张弓，不简单，羊毛弹得像丝线。
> 这个帘，不一般，擀出毡儿赛锦缎。
>
> 你一踹，曹一蹬，羊毛一紧又一松。
> 曹一踹，你一蹬，羊毛一松又一紧。

也即兴唱，唱支书：

> 日出天都生红云，喇叭高唱东方红，
> 支书山顶发号令，队长拉着一根棍。

唱女子：

头黑得像燕叽叽，脸白得像蛋皮皮，
鼻梭得像席篾篾，脚碎得像羊蹄蹄。

两人时说时唱，你一句我一句，还合腔。我以为他们是因为给我这个外地人擀毡，带有表演的成分。支书说："一直是这样的，说说唱唱，干活不累。"于是我想到了《诗经》《乐府》里那些民歌，"饥者歌其食，劳者歌其事"，应该说他们就是诗人，就是音乐家。

歇缓的时候，我提了小凳子递给他们。老哈说："你坐你的。"

老孙说："擀毡靠揉哩，歇缓靠蹴哩。蹴惯了，坐不惯了。"

他们靠着墙根蹴了下去。我递给他们烟，老孙接了说："他不吃烟，他们的教不许吃烟。"

老哈说："烟酒都是禁的。"

老孙说："你老家人不铺毡？"

我说："不铺毡。"

老孙说："要是铺毡，说不定你老家曹们就去过了。"

老哈说："曹们给冯玉祥的部队擀过毡，后来又给马家军抓去擀毡，还给土匪掠去山寨擀毡。几十年了，中国曹们走过大半个了，还去苏联、印度、阿富汗擀过毡。"

擀毡场子一铺开，需用毡的就都凑起来擀。毡案就支在我院里，但给谁家擀在谁家吃。人们散了工，都到我院里来吃烟、片椽。信天游、花儿、小调、秦腔，他们都能唱，抑扬顿挫有滋有味。他们会点一些内容，张口就唱。他们会唱许多经典，我听到著名的西府曲子凉州贤孝《十不亲》。十二段，一百多句，他们一字不落地唱下来。

"天留日月佛留了经，人留了子孙草留根，天留日月东西转，佛留真经劝化人心……一辈儿古人一本经，亲呢吗不亲在人心。听完这十不亲，心里凉哇哇的，就啥都不想了，你说两个老㞞天天这么唱，心劲都唱散了，他们的日子就是这么唱出来的。”支书说，“没有后人，就没有后劲，咋活都有理。”

我说：“他们没有成家？”

支书说：“两个都六十多的人了，年轻时候赶上乱世，命都顾不住，活下来不易哩。解放了，太平了，可人老了。人老了，就啥都㞞势了，老孙娶过一个，没过上半年，跑了。”

支书眯着眼睛说：“要说他们，你看不比谁快活？自由着哩。儿女就是个名声，说到底都是债，生下了你得喂你得养，长大成人了你得给成家，一辈子操不完的心。”

擀一条毡得三天，待毡的水分蒸发干了，他们用两根小棍子一支，毡直立在那里。这是显摆他们的手艺。手艺一般的，擀出的毡这样是站不住的。老哈说：“风吹马尾千条线，羊毛见水一片毡。你擀的是毡不是毡，就看立起来站不站。”他们在毡上擀出了“喜上眉梢”“蛇抱九蛋”“囍”“双龙戏珠”之类民间喜庆的图案和“孙哈”的商标。一条毡又蹬又踹又揉又卷地擀了一气，图案笔画清晰不乱。

一日，公社干部老李过来，是来打前站的，说有个大领导要来视察。老李对支书说：“这么大的领导，一辈子你半坡怕也只来这一回，开批斗会和忆苦思甜，一定要搞出气势来。”支书说：“那没麻达，都搞了几年了。”老李说：“不行，得排练一下。”支书说：“打那麻烦做啥么，老路数了。”老李说：“你别看轻了，省上的领导，而且跟着记者哩，马虎不得。”

于是就排练了一下。批斗会很有气势，因为大队上除了劳力，老人娃娃都来了，人山人海的，口号喊得震天。老李给予了很高评价，问支书：“批斗会都开了这些年，许多大队人都麻木了，召集个会难怅的，半坡群众的激情还这么高涨，你咋做到的，有啥经验？”支书说：“半坡群众也一样麻木，但只要开批斗会，大人娃娃就都给工分，所以只要能动弹的就都来了。”老李说：“好经验，应该推广，回去就在全公社推广。”支书说：“好啥好，覅开批斗会才是好。”到了忆苦思甜这一环节，老冯、老尚两人忆完，老李不满意了，说：“忆苦思甜是重头戏，至少得四五个人，时间要在一个小时以上。”支书说：“再要找忆苦思甜的人难哩，忆苦思甜要嘴头利索，能说会道，都没见过世面，见了领导像老鼠见猫躲哩，硬逼上去，结巴得话都说不周正，只翻眼睛，那不把汤漾了？”老李说：“半坡大队是咱们公社最大的大队，连几个嘴头利索的人才都找不出来？”支书说：“有是有几个，都在外面搞副业，还有几个，成分不好。”会计说：“要不就让他们上台，咱们不说成分不好，谁知道？”老李一拍桌子说：“这险冒得？你是不是嫌自己脑瓜子轻？胡日怪。”会计说：“那就随便凑合找两个。”老李说：“这凑合不得！有一次在上庄，两个没上过台的充数，结果一上台都吓尿了。”会计一拍脑袋说：“能说会道的人才有，有。”支书说：“谁？”会计说：“把两个毡匠叫来。”支书说：“那怕指望不上，别看那两个货张口就是词儿，唱曲儿一道一道的，正事上没有的。这是啥场合？这阵势、这么大的领导我都怵哩，他们还不尿了？”会计说：“他们走南闯北眼望一辈子了，该是见过世面的，再说就让他们唱曲儿，哭苦曲儿，不唱骚曲儿。”老李说：“那叫来先试试。”

老孙和老哈叫来后，支书一说，老孙说：“这活我们干不了。”支书说：“你们不是张口就是词儿，一套一套的么，忆苦思甜的会你们也开过，诉苦不会？”老哈说：“这上纲上线的，你们别指望我们，别到时候我们一紧张把你的事给坏了。”支书说：“就照着你们平时说的那么说，只要不说反动话就行。”他们说：“那我们也说不了。”支书说：“那就不说了，唱，就唱些苦曲儿。”他们说：“忆苦思甜能唱着忆？”支书说：“先唱一遍听一下。”他们就唱了一遍。老李说：“再唱一遍。”两人又唱了一遍。老李说：“不错，就这，就是有些短。”老孙说：“词儿加长了就没曲儿了，咋唱？”老李说：“就按前面的曲儿再重复唱一遍，我这就给你们加些词儿。”老李加了词儿，教了两个人两遍，唱得疙瘩拌汤的。支书说：“你别给他们搅和了，别日弄得他们到时候连会唱的也不会唱了。”老李说：“太短了么，还有没有苦一点长一点的？再唱一首。”老哈说：“《寡妇哭坟》苦得很，唱得人一趟一趟落泪哩。”老李说：“那不成，《寡妇哭坟》咋能在忆苦思甜会上唱？”老孙说：“那唱的也是旧社会呢么。”老李说：“不行，不行，咋能唱寡妇，那成啥了？”支书说：“唱个《拉长工》。”两个人就唱起来，这歌从正月一直唱到了腊月。老李听后满意了。

过了几日，领导带着一帮人来了。声势浩大的批斗会开完，到了忆苦思甜，老孙老哈还没上台就抖开了。支书说："你们抖啥？"老孙说："那么多人……"支书说："把他们不要当人，把眼睛闭上唱。"两个就闭上眼睛唱。唱第一首还有些抖，唱第二首顺溜多了，还伴有动作。

饭是炖羊肉、蒸花卷、羊腥汤。领导说："把那两个唱的也叫来吃饭。"老孙和老哈叫来，蹴在地上吃，领导也蹴在地上吃，吃了个满头冒气。领导说："你们唱得很好。"吃完，领导对随行干部说："忆苦思甜就要这么搞，形式活泼多样，他们唱得好。以后有忆苦思甜，就让他们到省里来唱。"

麦收前，支书从公社开会回来，把老孙老哈叫来说："全县要开忆苦思甜大会，要你们参加。去了上个心，好好表现。这次是要选拔参加省上忆苦思甜大会的人才，省上选拔上了，再选拔参加全国忆苦思甜大会的人才。只要参加了全国的，回来就把你们拔到县上去，那就跌到福窝窝里了。一身子就躺到国家怀里，再也不用掮大弓到处乱窜了，死了都是国家抬埋你们哩。"他们就笑了。会计说："别笑，有例子哩，陈南庄的老陈就是能说会唱，现在在县上毛泽东思想宣传队，婆娘娃娃都弄到县上去了。"

然而，不久他们又回来了。支书说："咋回来了？伙食不好？"

老哈说："要说伙食是好得很，一日三顿饭，应时应卯的，羊肉小炒、羊肉泡馍，都是大厨子做的。"

老孙说："油水大得很，福浅得吃上还不受，跑后哩。吃了几天，肚子才服了。"

支书说："那咋回来了？"

老孙说："弄不了那活么。"

支书说："咋弄不了？你们嘴能得不是横竖都能说能唱的，就那么说那么唱么。"

我说："《拉长工》你们唱得不是很好么？"

老孙说："一达里好几个人都唱这个，人家只选了一个人唱，其余的都让唱别的。"

我说："你们还可以唱别的苦曲儿呀。"

老哈说："唱啥唱？那不合人家心意，人家写了稿子，曹们也不识字。人家一句一句教，曹们又记不下。人家就吼骂哩，锤头大的娃娃都在你头上戳破指头哩。"

老孙说："也不爱那么说那么唱，就像喊口号一样。"

支书说："瞎㞞，这给你们挣光阴哩，连这点苦都下不了。"

老哈说："也不是下不了苦，不自在么，把人管的，哪里都不让走，上街看个热闹都不成，坐监一样。"

他们又要出门了，一个掮着大弓，一个背着包裹，一路说唱着穿过街巷，不时跟人们抬几句杠。

支书说："唉，人不想路路想人哩！匠人的路在路上哩，两个老㞞唱了一辈子，走了一辈子，见过多少世面，谁说他们过的不是好光阴呢，现在让他们干别的。"

支书去县上开四干会，回来说："两个人去县上忆苦思甜，人家选上了老孙，没选上老哈。让老哈回，老孙留下来。老孙也不留，回来了，你说老孙留下了，老哈就放单了，就折了伴儿了，咋办呢？擀毡是两个人的活计么。"

[受屄]

这一年，上面开了几场会，传下命令来，要控制人口外出，且按人口下达了外出指标，尤其指出，讨吃不能出村，绝对不许外出。

鬼气回来，支书对他说："从现在开始，你不能外出，得参加劳动，知道不？"

鬼气不说话，只是筒着双手，"呼嗵呼嗵"吸鼻涕。

鬼气的名字叫齐国祺。"国"半坡人读 gui，与鬼同音，人们就叫他鬼气。他倒长得富态，国字脸，面皮赤红（大概跟经常风餐露宿有关），骨架也板正。个头在一米八左右，衣衫也不太旧，只是到处都是破洞。

鬼气来找支书打介绍信。半坡人把开介绍信叫打介绍信。要外出，就得打介绍信，打不上介绍信，就会被当盲流抓起来，遣送回来，甚至会送劳改工地。介绍信就像护身符，半坡人叫路条。

"现在是新社会，当个讨吃，光彩啊是不？"支书忽然提高了声音，"你这是给社会主义新中国抹黑，晓得不？当讨吃是不劳而获，是剥削，晓得不？你这种行为是可耻的，晓得不？你还跑到北京去了，你咋不到中南海要去？"

鬼气不说话，依旧"呼嗵呼嗵"吸鼻涕。

支书说："给你最高的工分，上工去。"

鬼气还蹴在地上不走。

支书说："狗日的，还不下地干活去？"

鬼气倒不难缠，又"呼嗵呼嗵"吸两下鼻涕，起身走了。

我看到鬼气的一双鞋还很新，可他踏倒了鞋后跟，趿着，一走，哧啦哧啦的，带起一道淡淡的尘埃。

支书冲着鬼气的背影吼："狗日的，你看你个受尿样，连鼻涕都懒得擤了。"

鬼气回过头来，又"呼嗵呼嗵"吸两下鼻涕，像是回应支书的话，走了。

"尿"是半坡日常话语中用得最为广泛的几个词，反应迟钝叫"瓷尿"，态度傲慢叫"倨尿"，脑瓜不灵叫"笨尿"，不懂道理叫"瓜尿"，喋喋不休叫"然尿"，不讲道理叫"蛮尿"，没有本事叫"尿不顶"，胆小窝囊叫"尿势"，埋怨对方叫"尿人"，娃娃叫"碎尿"，老汉叫"老尿"……哈尿、坏尿、脏尿、罄尿、犟尿、细尿、歪尿、冷尿、苕尿、懒尿、囊尿、能尿、猴尿、骚尿、臭尿、闲尿、摺尿、馋尿、穷尿、捣尿、奸尿、暮尿……"闷尿多，灵尿少，哈尿把灵尿能绊倒"。许多人认为"尿"恶心、不雅，文章、字幕中多数用"怂""熊"字替代，显然是错误的，"怂""熊"没有"尿"的意思。

"尿"在词典中解释有两条：一是精液的俗称。二是讥笑人软弱无能，其义和"歪"相对，更多用作语助词，可褒可贬。半坡人用"尿"多用的第二个意思。

半坡人把只会受苦不会享福的人叫受尿。

在以前，半坡人提起受尿，专指尚忠杰，都会唏嘘感叹。尚忠杰老了就叫老受尿，受尿就特指鬼气了，没人再叫他鬼气了。

鬼气家院落已经破败了，院墙、园墙倒得豁豁老牙的，院里、园里荒草长得有半人深。有一天，我和支书经过时，竟然从院落里跑出一只狐狸。

鬼气家院子旁边有两个又高又大的粪堆，也被荒草覆盖了。开始我以为是土堆，支书说："在院墙根堆那么大两堆土做啥？那是粪堆，上面压了土，不压土风就把粪刮走了。"

我们蹴在粪堆上，支书说："读书人看书堆，庄户人看粪堆。你看这粪堆，这狗日的，放开让他按自己的心思过日子，不要说别人，就是我也未必是他的对手。"

支书点了根烟深吸一口说："那时候我们较着一股劲，我是雷震子家的长工头，他是老受尿的长工头，一直跟我较着一股劲。解放了，分到土地，原来给人家当长工头，土地一下成了自己的，那是啥干劲，连天昼夜地干。

这狗日的比周扒皮还周扒皮，把一家人当驴地使，半夜就下地了，女人也是跌倒都不空起来的筢筢，能扒光阴得很，都是跟老受屄学的。那时间我们是赛着干，后来得了一场病，差点就走了（死了），光阴耽搁了一年多，就给撂远了。

"后来到了入社，他不愿意入社，因为他就两个娃，都大了，是壮劳力，一对牛的庄稼，小日子过得严捂，入社觉得吃亏。可入社是大形势，上面一步一步催逼，队干三番五次做思想工作，他算是勉强入了社，可只干了一年，他就要退社，因为有许多懒汉二流子，混到一起好吃懒做的，出工不出力。他看不上他们干活，为了干活，跟人骂仗打捶。唉，人的脾性就是人的命，那狗日的脾性刚，我脾性绵。刚性子人命运都不咋好。

"勉强支撑了一年，狗日的坚决退了社单干。几年间，他就盖了三间瓦房，你说在咱半坡，一共有几间房？尚忠杰都没盖房。嘿，这世事谁能看得清楚，那时候鼓励致富呢么。结果运动一来，变了个儿，他又不跟人互助，盖了瓦房，眼红的人多，他被弄成了新富农，那就是一顶帽子，戴上天都看不见了。唉，这屄货也是背兴，没办法，房子也给充公了，做了大队部。那话咋说来着？啥福兮啥祸兮？啥啥失马来着？"

我说："福兮祸之所伏，祸兮福之所倚。塞翁失马，焉知非福。"

支书说："对对对，都吃了没念书的亏了，你说这话说得多好。悬得很，我也差点退社了，要不，现在这支书还不定是谁的呢。"

他狠狠咂一口烟徐徐吹出来，说："狗日的一下子没了心劲，彻底不干了，一天到晚乱晃荡，游手好闲，跟人生事，日子败落得厉害，最后干脆把家里的两头牛赶到大山深处放生了。那两头牛常回半坡上来，都知道是放生的牛，谁也不好收留了干活，更不能宰了吃肉，来了就给一把料，晚上来了打开牲口圈门，让进去过个夜，第二日又放出来赶到山野。这两头牛就这样一家一家地串。后来，一头老的先死了，另一头不知道去了哪里，估计让外面的人赶走了。后来，拉了个棍当起了讨吃，一出门半年不回来，大儿娶不上媳妇，给人招了女婿，婆娘带着小儿子远嫁了一个没儿子的老汉，一个红火的家就这么散伙了。"

不让出门，鬼气被困在了村里。他就一天往支书家跑两趟，专赶饭口，就像支书家的一口人。开始支书还给他一碗饭吃，可一天两顿——半坡人一天吃两顿饭，中午和晚上，支书管不起，也不愿意管。不给他饭吃，他也不走，就蹴在那里看支书一家吃饭，嘴巴一努一努的，还发出“咕儿咕儿”的吞咽声，就像他也在吃。支书不给他饭吃，但他却依旧在饭口上去支书家，顿顿不落。这么过了几天，支书就受不了了，只能给他饭吃。

又过了一段时日，支书终于受不住了，吼道：“这么好的社会，你咋就偏偏要做个受屃，拉个棍东家进西家出的光彩呀？你说你咋就这么个受屃啊，把羞先人当喝凉水，把脸当沟子（屁股）。”

鬼气不说话，就那么“呼嗵呼嗵”吸鼻涕。

支书一回家干脆就闩上大门，不让他进门。他就在村里串门，做起了讨吃，从东往西讨，再从西往东讨。他不出半坡去别的村子，惹得村里人意见很大。

有一次，他讨到我门上，结果我饭吃光了，又没馍。我说：“你等等，我给你做一顿。”

“那算了，曹再往前走。”

“下个人的饭，快。”

“不麻烦了。”说着他就走了，我觉得过意不去，撵上去给了他一包烟。他说：“你还有吃的烟？”

我说：“还有旱烟。”

他说：“那曹就拿上了。”

走到门口，他又说：“谢谢。”

这是我到半坡听到的第一声“谢谢”。半坡人不喜欢说“谢谢”，他们说虚头巴脑的。

他竟然是边走边哼着小曲儿，不一扭一扭的。

鬼气上工不是迟到就是早退，无精打采，出工不出力。锄地，拄个锄发愣；拔麦，捉着麦秆发呆。把活给他分开，他干不完就干不完。队长骂，他就筒着手听着。他常会把手卷成喇叭“啊噢——啊噢——”地叫唤，那声音就像在沟里游窜。

人们就有意见了，在队长跟前说：“为啥那么偏他，他给曹们半坡把皇榜背回来了？”

有些人受了影响，干活也不好好出力。

队长找支书说：“人就怕有了比对，他不好好干活，影响得别人也不好好干活。”

支书挠着脑壳，队长说：“不行专门开批斗会整治整治狗日的，让他知道狼是麻的。”

支书说：“开批斗会整治？你没看狗日的是死猪不怕开水烫，枪顶到脑壳上都不眨下眼睛。”

支书把鬼气叫来，彻底火了，踢着鬼气说：“你个驴日的，叫人咋说呢，啥虫屁啥屎，跟你先人一个㞞样，都是受㞞，你家祖坟里把受㞞根埋下了得是？”

鬼气又不说话了。

支书说：“你个驴日下的，天生就是个受㞞，滚，当你的讨吃去。”

鬼气终于说话了：“你得给曹开个路条。”

支书说：“你个驴日下的，啥路条？你还要路条做啥？死在外面都没人问。”

鬼气说：“没路条你家抓哩，抓了还收拾你哩。”

支书从裤带解下钥匙，打开锁着的抽屉，取出纸，推到我跟前说：“给写，给驴日的写。”

我写好介绍信，支书从裤带上拉出公章，哈了哈气，“哐”地盖上了章。

公章原本锁在支书办公桌的抽屉里，让老鼠咬了几回，豁豁老牙的，支书就用一截辫成辫子的牛皮绳把公章拴在裤带上。

鬼气走后，支书对队长说：“把那两堆粪撒了上地，再不上地，肥劲儿全长草了。”

队长说：“那狗日的学赖了，没批准都敢去北京了，回来怕闹事哩。”

支书说：“闹个锤子，你不看驴日的那德行，这辈子连自己死在哪里自己都不知道哩。”

鬼气介绍信拿到手，连家都没回，拉着棍就出门了。正是晌午，人们都在村巷里，他穿过人群，哼着小曲。

“人跟种哩，山跟岭哩，他大（爹）就是个逛三，一辈子不着家。”

“没救的，这种人，二流子都不是，三流子了。”

“唉，好出门不如赖在家，也可怜哩，风吹雨淋的。”

“可怜人家哩，可怜可怜你们吧，人家北京都去过了，你们去过？”马头说，“你们知道个锤子？人家比曹们受活，一天啥活不干，在外面吃香的喝辣的，嘴整日油嘟嘟的。”

马头在煤矿上挖煤搞副业，煤矿冒顶，打折了腿，才回来窝在家里。

“冈山窑那些矿长、科长受夙都认得，受夙就在饭馆门口候着，他们一来，受夙就跟上去，又是鞠躬又是作揖的，那都是些有面子讲排场的人，出手大方哩。受夙跟不上十步，就能要到钱。进了饭馆，受夙往桌前一站，他们一个猪蹄一个猪蹄地给哩，曹们一年才吃几个猪蹄？有时候一个人吃一桌菜哩。”

“一桌菜，他一个人吃？”

“那些矿长都是糟蹋五谷的货，要一桌菜就喝酒，每个菜吃不了几口就喝多了。撂了，走了，受夙坐在那里像老爷一样四平八稳地吃喝哩。”

“一桌有五六个菜吧，受夙一个人吃得上？”

“五六个菜？当是你家摆宴席？二十几个菜哩，受夙邀请别的讨吃一起吃哩。”

“饭馆老板不赶他们？不嫌弃他们？我们要碗面汤都脸子掉得秤砣一样，不好好给。”

“饭馆老板怕他们哩，他们一来一帮人，惹下他们，他们就在你的饭馆前晃荡，你想想？”马头感慨地说，“好酒半瓶半瓶地剩哩。”

人群就发出一片“啧啧啧”声。

支书说：“就是天天把山珍海味吃上，活成那样有个屎意思。”

[星宿]

一日大早，哭声穿云破雾而来。

是一大家子人此起彼伏的哭声，是有人殁了？可没听说谁病重睡了炕放命。出门来上了山坡看，蛛网一样的小路上，荷锄的、扛锹的、吆牛的、赶羊的，各忙各的事儿，一切如常。正纳闷，老郭拉着两只羊过来。我问："老郭，谁家的哭声？"

"老根家的哭声。"

"老根咋了？"

"装病哩。"老郭悄声说，有些神秘。

"装病？"我也悄声说。

"老根今年七十寿。今年啥年？闰年，几年才一轮回。七十寿遇闰年闰月，这可就大不一样了，不是想碰就能碰上的，老根生在贵人的点儿上哩。闰年闰月一百岁，讲究的人家都会造老房子添寿，老根能不想这事儿？生在这个点儿上了么，有啥办法。"老郭嘿嘿一笑说。

棺材半坡人不叫棺材，叫老房子，做棺材不说做，说造。

老郭拉着的是两只羯羊，扯着劲儿往前走。两只羯羊很壮了，老郭被扯得趔着身子。老郭把手提的一根一尺多长的铁橛橛插进土里，将羊缰绳拴在上面，羊就围着橛橛在山坡上转着圈儿吃草。

"老根八儿三女，后辈重不。父母的心在儿女上，儿女的心在石头上，七十大寿过了，看儿女没这意思，捎话带语的半年咧。唉，炸雷难醒装睡人，儿女装糊涂，八儿三女能咋？三人四靠倒了锅灶，这话实实的，老根没奈何了才想出这招来。娃娃拿哭吓人哩，老汉拿死吓人哩，这话的意思懂了吧？老人害病了，造老房子冲喜增寿，也是一种看病。有的人冲了喜病还真就好了，儿女再能装下去？”

哭声起伏，抑扬顿挫。

点了根烟，老郭深咂一口，徐徐喷出说：“这么做也是为儿女着想。儿子欠老子一副棺材，老子欠儿子一个媳妇。造老房子是儿孙们的事，天经地义的事。老房子造得再好，能不能住上？闰年闰月造老房子，能不能增寿？谁知道呢，都是老辈子传下来的神神乎乎的事儿。活人免得个死人的意，谁知道亡魂在哪里。阴阳念完经都这么说。可世间许多事是这么传下来的，传下来就成了讲究成了规矩，就得守着捧着。闰年、闰月、七十寿，对于儿女来说，造老房子也就不单单是添寿的事儿，说透了这事就像是一面镜子，照出的是儿孙们的为人处世，是一门人的家风。老郭装病逼着几个儿子摊钱把老房子造了，就是为了给儿子们长脸，也免得死后为这事儿女起口舌，争得兄弟姊妹不睦，惹得人到处传扬。人活一辈子，活得好不好就那样，死了送埋最当紧了，是儿孙们扬名、争面子的事。”

这时候哭声又起了，一阵接一阵的，就像是哭丧。

我说：“装病咋还会有哭声呢？”

老郭说：“造老房子得动哭声，等于把死了的事提前过一遍。啊呀，到底这事牵扯到生死啊，悲兮兮的。自己眼睁睁看着给自己造棺材，想想也对哩，儿孙会给你造棺材，可哪有自己给自己看着做想得周到？”

老郭拔了橛橛，跟着羊往前走，说：“晌午咱们一起去给老根收个泪，也算遇了个事哩。”

晌午，我和老郭提着礼行到了老根家，木匠已经把一根松木檩条改成板，开始推砍。

“老根几个儿女不错哩，是全松的。儿子们要做‘四五六’，老根不同意，最后定的是比‘荒二五’高，比‘四五六’低。”木匠说。

后来我知道老房子一般的是“荒二五”，最好的是“四五六”，这是就板子薄厚说的。天、帮各按二寸五、二寸下锯破板，荒板推净不足二寸五或二寸的，就叫“荒二五”。“四五六”是天六寸，帮五寸，底四寸。那不是一般人能住上的。造老房子的上等材质是秦岭的柏木或楸木，也不是一般人能用上的，能用上松木就很不错了，多数是用柳木、杨木。棺材底用松木板，“松”与“孙”谐音，寓意后继有人。

老郭说：“老根想得对着呢，‘四五六’他背不动。”

我说：“背不动？”

老郭说：“‘四五六’哪是一般人背的？那是有功名权势的人，像你，才能享受上的。”

“我？”

“别看你们现在下放改造的，但你们都有功名在身。”

老郭抚摸着松木板，抓一把刨花闻着，眯着眼睛说：“真香啊。”

木匠说：“人老了闻着松木香啊。”

我们去了西窑。三个女儿在炕上做老衣。炕老大，能睡十几个人。

老郭拉起衣料看看，说：“啥面料？不是的确良吧？”

“不是，说的确良不是布，烧了不化。”

“就是，烧不化可惹事哩。下放，的确良是啥织的来？”

“不是棉花，是化纤织物。”

“对对对。”

一女儿说：“都是绸子的。我大苦了一辈子，没享上个啥福，我们只能尽这点心意了。”

老郭说：“这就够得很了。”

又给我解释说：“人活七十古来稀，七十岁以上的老人要提前准备死后子孙穿戴的布料，这叫破孝。老衣是女儿的。”

老根大儿子过来，陪我们进主窑去，就见老根裹着被子睡着。

“大，来客了。”老根大儿子爬在老根头前说。

老根咳嗽着坐起来，又一阵大喘。

老郭说：“老根，你掌个精神。儿女孝顺得很，给你造的老房子全松的，还说做‘四五六’的，老员外也就背了这么个老房子。女儿给你做的老衣从里到外是绸子的。你还不好好挣着多活几年？”

老郭说着竟啜泣起来。

我们跨着炕沿坐下，才点根烟，老根大儿子端个香盘进来，木匠提个锛跟在身后。另两个儿子抬一块木板，一头担在门槛上。这是要“放锛”。

“放锛”就是木匠抡起锛猛砍向木头，以砍下的木片飞出的远近占卜人寿命的长短。人得远离锛口，避免木片打在身上，那样会挡了病人寿命的延伸，也不吉利。这最能体现木匠的功夫了。因为锛掌握不好，下得重了，锛会嵌入木板；下得轻了，会空锛飘了。

老根又按规矩躺下去，紧闭双目。儿孙们披麻戴孝在炕前地上跪下去，一直跪到窑掌，竟有三十多号。老郭感慨地说：“老根后世重啊。”

木匠点了三炷香插好，在地上奠了三杯酒，抡起锛，又起了哭声。木匠念念有词，一锛砍下，一块木片从窑门口飞出，飞过院落，竟从院墙飞出去，儿女们齐放哭声……老根往起坐，几次竟没坐起来。我按按他的后背说：“你躺着，躺着，有儿女们忙活哩。”

木匠很得意，这是该得意。老根大儿端了早已备好的香盘跪在木匠跟前，香盘里盛着两块钱、一瓶酒、两盒烟、十个蒸馍。

告别出来，我说：“老根的病不像是装的，病得像是不轻哩。”

老郭笑笑说：“人活七十古来稀，老了，咋看咋像有病，装哪能装不像呢？”

上了崖头，我们蹴下吃烟。老郭说：“过了七十寿，谁的老房子造下了，谁脸上就光彩了。每年都会选个日子上香升表，把老房子抬出来晒晒太阳，打扫灰尘，刷层清漆，就像是收拾一间屋子，光阴好点儿还会摆桌酒席，请亲朋好友吃喝一点。”

造老房子最后一道活儿“油老房子”。油漆颜色以大红为主，前蜂后鹤，云水潮底。油完后放炮披红，贴喜联。然后摆宴席邀请亲邻，是为上寿（添寿）。然后抬进窑里，不然风吹日晒几天就开口了。这就需要哭声，儿女们得大放悲声。我说：“真哭哩。”

老根在我耳边悄声说：“守着灵堂，各人哭各人的愁肠，没几滴眼泪为你的。”

几天后，老根掮着锄精神地出现在街巷。他要上工了。

支书说：“七十了，就不劳动了，回去跟重孙子耍去。”

老根说：“还能苦得动嘛。”

支书说：“八个儿还怕把你饿下了不成？”

老根说："自己苦着吃着气长么。"

老根的小儿子正好走过来，眉毛一挑说："大，你说这是啥意思，是我们缺你的吃少你的喝咧？"

老根嘿嘿一笑说："不是，不是噻，这不是从嘴里溜出的话么，还当真咧。"

小儿子却不依不饶说："你这从嘴里溜出来的话寒人的心哩，说话把着点。"

老根大张着嘴半天说："闲不住，干活干活，干着活着。"

小儿子气鼓鼓走了，老根叹息一声说："你看么，你看么，一副有功劳的样子。"

世事就是这么蹊跷，老根装病造老房子的哭声还没散去，尚九爷家哭声又起。用半坡人话说尚九爷缓下了。半坡忌讳"死"字，说"走了""没了"，说得最多的是"缓下了"，就像一个人在世间走着走着，终于走不动，缓下了。

事情来得太突然，九爷才六十出头，平时没得过啥病，路上走得好好的，就像给人照头一棒，跌倒再没爬起来。我和支书、柳三变来到九爷家，院子里已经有不少人。九爷的几个儿子愁眉苦脸，正在为老房子发愁。

人们不免感叹：

"谁能想到九爷死了没老房子睡，世事就是这么无常啊……"

"九爷咋也算是个人物哩，咋也不能这么走咧，走的时候咋能没有个老房子？"

"就是，民国十八年，多少年的粮食窖打开放舍饭哩。"

九爷原本是有老房子的。九爷曾得了一场病，到处的郎中看遍了，病不见回头。羊驮寺的老道说："造老房子冲喜吧。"还真顶了事，九爷好了。把老房子当个神物给供着，年年擦抹上油。解放了，分浮财，老冯赶在那年死了。老冯是长工，年纪也还不大，当然没老房子，九爷就把老房子让老冯背走了。

老房子不是几天就能造成的，得放树、解板，问题是眼下正是三伏天，腐骨烂肉的季节，尸首放不了三天，人就流脓生蛆，那罪孽就大了。半坡人赌咒，最狠的一句是“死了让蛆喫了”。人们很快就想到了老根刚造成的老房子，想着借来，可又都觉得不可能。老根为造老房子装病作弄，才激得儿子做了，中间儿女们还淘气闹事的。再说借老房子等于借孝，况且是冲喜的老房子，人心里是忌讳的。支书对九爷的几个儿子说：“先去行个礼，求一求看。”九爷的大儿说：“怕不行，为一块地打过架。”支书说：“都啥年代手里的事了，你们把老根也看得太小气了。去求，不求咋知道不行？不行了我再去。”尚九爷的几个儿子穿好孝衫提着丧棒才出大门，就见老根和几个儿子抬着老房子来了，人们大为感慨：

“有福人不用忙，无福人跑断肠。命里有，欠不下，命里没，争不来。你看么，老根挣死拌活地造了个老房子，刚造好，九爷头一歪走了，这分明是为九爷赶造的。”

“不遇一事，不识一人。不是这事，谁还能知道老根是这样一个人。”

“宝卷老根又念又唱的，劝了多少人，还劝不了自己？”

“对了，这话说对了，劝人就是劝自己。”

抬埋了九爷，吃了收泪饭，大家就又说起老根装病造老房子的事来，觉出这事不简单。“老根好好的，咋就闹腾着要造老房子？老房子刚油好了，九爷就缓下了。老根老房子要迟下手造几天，九爷也背不上的，奇不奇？巧不巧？冥冥中有安排哩。”还举例来说：“旺子的爹忽得大病，赶造老衣老房子，喉咙呼噜呼噜地扯，分明是要咽气了，就给他穿老衣。老衣一挨身，咕儿一声气畅了又不扯了，如是往复，咽气咽得难怅，因病得突然，一口气三天两夜咽不了。阴阳说等老房子哩，催木匠快造。老房子画毕，让看了一眼，嗝儿一声气咽了。”

这事很快就演绎出了灵异志怪的说法。

“人活一辈子，事都不是没根由的。”老常说，“这事要讲给老蒲，老蒲把背后的事写一下，不就是神话鬼怪？”

我说：“老蒲，哪个老蒲？半坡的？”

老常捉虱子不是捉，而是用唾沫蘸。看到虱子，就像蘸盐面子，他将指头在舌头上一舔，然后往虱子上一蘸，虱子就蘸在指头上了，然后捻到指甲缝里一掐。

“半坡哪出过那样的人物，曹山东老家的。哎呀，叫啥来着，这脑子懒得死活记不住个东西了。”

“做啥的？”

“写书的。”

“写的啥？”

“狐狸精、鬼怪啥的，写了一本书哩。”

“蒲松龄。”

“蒲松龄，我想想，蒲松龄？好像就是的。”

老常蘸住一个虱子，噗的一声挤出说：“哎呀，老走那货，一晚上就讲那书里头的典故，把人吓得，啧啧啧。”

“那是典故，害怕啥？”

“典故不害怕，啥害怕？尤其是老走那货，那张嘴学啥像啥，鸡叫狗咬，风来了，树哗啦啦的，像得很，鬼的声音，地狱里的声音。我太爷认识老蒲……”

“啊，”我大吃一惊，“你太爷认识老蒲？”

“人家有钱，摆茶摊。我太爷给人家担水烧火，我家家谱里写着哩。”

“你家家谱在不？”

“地震埋掉了。”

蒲松龄生于1640年，老常七十出头了，应该差不多。他不是吹，他为啥要吹呢？

我说：“你说这背后的事……”

“这背后肯定有事，要不哪有这么奇巧的事？一个装病做棺材，棺材一成，一个头天吃肉喝酒，走路踏得嗵哧嗵哧的，扑通倒地，没了。你能说这里面没啥事？”

这老根偏又活得时长，九十七岁，成了半坡方圆活得最长的人之一。传说老根那次冲喜造老房子当然是起到了作用。他不冲喜造老房子，九爷就没有老房子住，他也积不了寿。人们细数九爷一生，当讨吃、当财主、当地主、被批斗……经历了太多的折磨，却无疾而终，自然成了人们口中天上下凡的星宿。

多年后，我回到半坡，这事已经被李驿臣写进民间故事里了，而且完善充实，把前世都想象出来了。民间故事的标题就是“星宿”。尚九爷与老根的神话故事已经形成，神话传说谁说不是这样产生的呢？因为人们相信因果，所有的巧合才成了灵异事件。

[铁木社]

半坡大队有一千两百多户，一万零八百口人。作为大队政治经济文化中心的半坡生产队，不足两里长的街巷，你能想象出它的繁华与热闹。

街巷的中心是铁木社。铁木社由铁匠铺和木匠铺组成，铺子一样构造，三面有墙，一面透风。农闲时节，人们在此扎堆聊天。尤其是到了冬闲，红朗朗的铁匠炉便是一轮红日。

铁匠官名唐志庆。唐志庆虽然姓唐，却不是半坡唐家，而是关山唐家。唐志庆的爷爷是关山一带有名的铁匠，打的关山刀子很有名气，后来也就成了刀客。唐志庆的父亲曾为义和团打造刀枪。义和团失败后，清廷清剿义和团，他携家带口隐姓埋名逃到半坡开了铁匠铺。清廷被推翻，改朝换代才恢复唐姓（半坡人对此持怀疑态度，觉得他是要仰仗半坡第一大姓才姓唐的）。半坡一带山大沟深，宜于土匪藏躲，历史上社会一动荡就闹匪。民国时期，社会动荡，贼匪蜂起，家家练武自保。他们打刀卖刀，并教授刀客刀法，铁匠铺生意还是不错的。他们也常给土匪“请”上山打刀枪。

木匠官名尚志义。尚志义的木匠手艺不是子承父业。尚志义的父亲是个野郎中（自学成才），治病敢下重药，能拿得住病，在方圆有名气。尚志义是个独子，父亲要他学医术，可他不感兴趣，学了些时日父子俩捣蛋得不行，尚志义的父亲也便失去了信心。尚志义脾性火暴，仗着自己个高臂长，三句话不投卯就大打出手。尚志义的父亲想儿子脾性改不过来，将来会失人命，就让尚志义去学木匠。木匠尺不敢长，寸不敢短，掏花挖叶，对卯打榫，最能揉脾性。他找到了大眼。大眼是附近有名的大木匠，方圆大寺庙的木工活都出自他手。大眼不收徒弟，但他给大眼治过背疮，也算是有救命之恩。大眼收下了尚志义，专门让他做细活。尚志义竟然就喜欢这活。师父有两个儿子，不爱木匠活，常跟师父顶牛拌嘴，他们喜欢跑脚，后来干脆出门做了脚户。师父年事已高，便尽心传授，尚志义尽得真传。尚志义出徒，便在半坡开了木匠铺。

木匠铺、铁匠铺收归集体后，取名铁木社，服务对象是全大队。铁匠铺打镰刀、铡刀、锄头、铁耙、粪叉、铁锨、镢头、铁锹，也打菜刀、剪刀、剃头刀，接犁铧——犁铧犁一年地，就老了，得接。木匠做犁、耧、耙、木锨、木杈、架子车、大板车、桌、椅、箱、柜等。木匠、铁匠修造劳动工具是不收钱的，修造私人用物收钱，但收入归集体，做多做少，不会有更多的收入。这让他们对工作失去了激情，心思就懒惰了，做东西很慢。据说以前，木匠一天能做一套桌凳——一桌四凳，铁匠一天能打上百锄头，现在他们一天做不成一件活。铁匠会铸锅，现在也不铸了。更多的时候，他们在抬杠，在折牛腿（牌的一种玩法，一般四个人玩），在下象棋。象棋是我带入半坡来的。他们热乎上了象棋，经常下棋。木匠用百年山榆做了一副，上面的字跟我带的那副的机刻字一模一样，上了清漆，用红漆漆，用黑漆漆，真是精致呀。

学会了下棋，铁匠说："这下好了，两个人也能耍了。"

木匠外号"刨子"，刨（bào）子半坡音为刨（páo）子，正好与"脬子"（半坡人称睾丸为脬子）谐音。铁匠外号"锤子"。就工作来讲，铁匠做出的许多东西要安木把，木匠做的许多东西也离不开铁钉铁铆，他们也是不离不弃的。

然而，两个人经常斗嘴抬杠，有时候抬黪了，甚至骂得很凶，赌咒发誓不再这了不再那了，可憋不了一会儿，又像原来一样了。

"长木匠，短铁匠"，这是指两种工匠的选材用料标准。半坡人说得更形象，铁匠短了两锤，木匠短了痴贼。铁匠短下了揣进炉火烧红，乒乒乓乓一番捶打就解决问题了。木匠做活，绳墨规矩不可偏差，短了、薄了，就没办法了，料就废了，只能干瞪眼。所以木匠做活时最忌讳人问"是不是短下了"。铁匠就常拿这话捉弄木匠："又短下了？我帮你，给你两锤子就够了。"

木匠很会捉话头："有些短下了你两锤子能撵够，有些怕一百锤也撵不上，越锤越短。”

大家就大笑。起初我不明白，后来明白了，因为木匠个头一米八几，铁匠也就一米六几。

铁匠考过我一个问题：“下放，你说铁匠的祖师爷是谁？”

我摇摇头，铁匠说：“你别谦虚噻。”

我说：“真不知道。”

铁匠说：“太上老君呀。”

铁匠就讲，太上老君打铁是“拳头打铁嘴吹风”，根本不用工具。老君打铁从不让祖师娘见到，一天祖师娘见到了，她吓坏了，因为老君一手抓起烧红的铁块，放在膝盖上，另一只手攥成拳头捶打。祖师娘惊声尖叫，太上老君走了神，失了法，结果手和膝盖都烧煳了一层皮。老君对着铁块说：“你烫我一层皮，我打掉你千层衣。”因此打铁不断有铁屑飞落。

我笑着说：“太上老君这么大一位神仙，做铁匠的祖师爷真是屈尊了。”

铁匠说：“那有啥，你要细细想想，神仙都是手艺人。”

木匠撇着嘴说：“念了几天子日，就把自己当成秀才了，给下放上课哩。”

半坡人都知道子曰的，他们故意念成“子日”，有笑话读书人或读书少却冒充读书人的意思。铁匠是念过几天私塾的。

铁匠说：“你家祖师爷没劲，鲁班门前抡大斧。鲁班么，那就是个木匠，在天堂有啥封位？”木匠“喊”一声。铁匠得意地说：“咋，不服气？你还能造个祖师爷出来？”

木匠说：“你家祖师爷再是神仙，也还是我造的哩。”

铁匠说：“啧啧啧，你狗日的敢……不怕雷抓头。”

木匠说：“我说岔了？寺庙里供的神仙哪个不是我造的？”

铁匠上工，敲半个烂钟，像个和尚；木匠上工，敲梆子，像个更夫。两个人就像演戏，你一下，我一下，你一下，我一下。他们总是要较劲，谁都不愿先停下。

铁匠有炉，火常生着，捣罐罐茶自然方便。铁匠上工的第一件事就是捣罐罐茶。

木匠更方便，进来就喝。

铁匠说："茶不带个茶，枣不备个枣，你是个锤子。"

木匠说："茶是你的，可火是我的。"意思是你搭火烧火用的是木头。

木匠有一把摇摇椅，两头翘起，像个船，看上去就舒服，人们都爱上去躺，都会摇一摇。摇摇椅一天也不闲。摇摇椅是卯榫套出来的，没有用铁蚂蟥，连一根铁钉都没用，却没有散架，足见木匠的手艺。木匠却不常躺，常躺的是铁匠。铁匠一躺上去，木匠就骂："你就是个婊子，整天就爱躺着，爱躺自己打一个去。"

铁匠说："是你婆娘，怕睡坏了？你婆娘你天天睡哩，我咋看越睡越旺了。"

半坡人抬杠斗气最喜欢用荤话，他们觉得这样带劲，形象、占便宜。

木匠和铁匠都是批斗对象，一开批斗会就被押上批斗台，紧挨着站着。

木匠出师后，很快就做出了名气，日子红火过一阵，成分也就成了富农。铁匠却冤枉得多。按说铁匠日子与木匠日子差不了多少，但铁匠家口大，均摊下来，成分上倒没吃亏，也不是因为给土匪打刀枪这档子事——要追究土匪这档子事，半坡许多人都不能说清白——而是他话太多。1935年，半坡过红军，国军围追。"那段日子乱的，红军来了，官兵也来了，咱一个平头百姓谁都惹不起么，惹不起躲得起，就跑，唉，没眼光么。要知道咱也当红军哩。"他这样感慨时，人们就说："不要说当红军，跟着你们一家子也把福享了。"铁匠的一家子是指唐彦斌。唐彦斌先当土匪，后被国民党收编，后来又起义，参加解放战争、剿匪、抗美援朝，最后在地委当了领导。结果"四清运动"时就给他戴了顶帽子。从此，他说："多抬杠，少说话。"

开批斗会他们被押上押下的，倒也没觉得什么，反正半坡大队有二十多个阶级敌人。然而，他们觉得自己比别人更为不幸，这是因为他们都有一个可以比对的坐标。

木匠的坐标是单干户。那年来了一帮人收集红军资料，单干户手里有一张红军借粮的借据。打借据的正是来收集资料的一个昔日的团长。那领导当场就让大队加倍偿还红军当年借的粮食。可单干户不要粮食，说他家家口大，劳力太少，靠劳动挣工分养活不了一家人，想自己种地养活一家人。领导一句话，他就单干了，到现在还单干，日子过得比别人殷实多了。

木匠家也住过红军。一个红军在野猪岭采吃野果子中毒，野郎中采药遇上了。红军吃了小叶大果，毒性大，而且毒性长。红军在野郎中家住了半月。好了后，临走野郎中又给他装了些碾好的草药，红军给了野郎中五块大洋。野郎中没要，说："五块大洋解决不了我日子的困窘，说不定能救你的命。这乱世么，你追赶你们队伍，一路上土匪、马匪多，灾祸多。"木匠跟红军混熟了，说："没见过你们这样的土匪，还给钱，没抢我们已经谢天谢地了，哪还敢收你们钱？"红军笑了说："我们不是土匪，是红军。"木匠说："可都说你们是赤匪，烧杀掠抢，共产共妻。"红军说："那是污蔑。"红军动员尚志义当红军。木匠说："我要不是学了木匠手艺，就跟你们当土匪吃粮去。"红军说："不是当土匪吃粮，我们是革命。"木匠还是没去。木匠跟他们打探那红军，他们说不知道。有一干部说："那时候的红军现在应该职位很高了。"木匠不免要想，要当了红军，现在该过的是个啥日子呢？他不敢企望过人家那种风光日子，当时要像单干户那样跟红军要个字据，至少能把自己的成分改改，现在也不至于一开批斗会就给押上批斗台，还害得儿女也抬不起头来。

人总得要往开想。"命里有五升，强比起五更，都是命！"说起来，他们就这样感叹。归到了命上，还有什么想不开的呢？可是人们总要拿这说事，烦恼悔恨就一直困扰着他。不过，到现在他们彻底想开了。他们如今都是有孙子的人了，成分给他们闹坏了，他们就觉得对不住儿孙，不免有些悲哀。不过儿女倒都孝顺。

这年，木匠和铁匠结了亲家。木匠的孙女嫁了铁匠的孙子，铁匠请我做媒人。我说："我没做过媒。"

铁匠说："就是走个过程，天下无媒不成婚，事我们两个都说好了。"

我当媒人的晚上喝酒。喝了一瓶酒了，木匠说："我有些不同意了。"

我紧张地说："老尚，你可不能开玩笑，我第一次做媒，你就让出事了？”

木匠只喝酒，不说话，脸沉沉的，不像开玩笑。铁匠也沉下了脸：“有话就说，有屁就放。”

木匠还是不说话，只是喝酒。

支书说：“你个脬子这么做事，把人往半路上闪？”

木匠站起来要走，我忙拉住，硬按坐下。

铁匠说：“不成算㞞了，还把你当成个人物了？我还不高攀了。”

铁匠也要走，我又按住铁匠。

支书说：“有啥心病说出来，利索点。”

木匠说：“要说那娃、他们一家人我都没啥不满，就是对这老㞞不满。”

铁匠说：“你对我不满，我还对你不满哩。”

柳三变一拍桌子说：“不满就说么，早干啥去了？”

“我喝杯酒说。”木匠喝了杯酒说，“我三儿说过你四闺女，你可没答应。”

铁匠说：“找后账？我咋不同意？话我给你说得不明白？那时候我家啥成分，你家啥成分？要想过，心上过，搁你身上，你同意？”

柳三变说：“木匠，这后账你不该找，人要都找后账，没法活哩。下放，你说是不？”

我说：“那是啊，能回到过去，重来一遍，咱们谁也不是现在这样子么。”

支书说：“这得罚脬子的酒。”

木匠说：“我就是说说么。”

柳三变说：“说说都不该说说，罚酒轻了，给老㞞来个老㞞看瓜。”

于是我们就给木匠一个老㞞看瓜。

[峁头]

“我们峁头不是半坡大队的？是后娘养的？”半坡大队开会，议完大事，峁头生产队队长屈大志气势汹汹地说，“你们一个个把墙写得红朗朗的，喜庆得像招夫嫁汉，让我们的墙寡白着。”

支书嘿嘿笑着说：“你还不如说让寡妇着哩。”

“要是个寡妇，你不知道多少趟跑下了。”

“去工作一趟，得两三天，你抠得屎毛上捋着吃虮子，去了你管吃管住？”

“碟子喝水浅看人，大队、公社哪次去人我没管？你去了没给你吃喝？奶都给你管饱哩。”

人们就哗地笑了。

十三个生产队，最远的是峁头生产队，离半坡有近三十里地。支书告诉我本来峁头应该归宋家堡大队，可有十来户唐家人，与咱半坡唐姓同出一脉，硬争过来了。“咱半坡有人么。”我知道他说的是雷震子唐彦斌。支书安排我写标语时说：“峁头就算了，远的，一天去一天回，得揣夜，路上不安全，野东西多，别有个闪失，担待不起。”

野东西泛指那些凶猛的野兽，在半坡，狼、野猪、狐狸是很常见的，豹子时有闪现，南华山、西华山还有老虎、熊，生产队的羊牲口经常遭它们祸害。

我也就没去。

会散了，支书对我说：“人家咬出来，不去一趟还不行了，你就跑一趟给写一下。说屎毛上捋着吃虮子，那是抬杠话，屈大志大方着哩，喜好待个客。”

我说："我明天就去吧。"

支书说："你自己看，哪天想去了去，这又不是啥政治任务。也不急，压他两天，给他个舌头，他还想上肚子哩。"

过了两天，下了场雨，山山峁峁沟沟谷谷绿得一塌糊涂，像是铺了绿色地毯，我去找支书。支书笑了说："你自己做主，你来是下放劳动……"

我笑笑说："凡事请示你，心里安定么。"

"拉个称手的家伙。对了，你还没置下称手的家伙。"支书从门背后拉出一根一头打磨得非常尖锐的铁棍，递给我，"把火带上，遇上野东西就点火。"

我出门时，支书又说："去了住上两天，别日急慌忙往回赶，千万别走夜路。"

苍榆扶疏谷空静，黄鹂啼鸣秋色深。初秋的山野，山丹、菊花和不知名的野花摇曳着，大地呈现出褐红、墨绿、青苍、水粉的色彩，像油画一样。高一点的山坡浮着青霭淡岚，渺渺茫茫。羊群在坡谷散落，就像散落的珍珠。山野总是有风，贴着地皮刮过，草发出瑟瑟的声音。路就在山坡沟谷间穿行，沟谷里的风很刁野。不时有野东西像个魅影遁去，看不清是什么东西，还真有些胆怯。

峁头的山更密，既不挺拔，也不峻峭，就像蒸笼里的馒头，看似独立，却又相连。这是典型的黄土高原丘陵地带。生产队的核心区有二十几户人家，倚着一道山梁，在半坡上挖窑洞而居。一入村巷，见几个老人靠墙蹴着，两个老人戴着白帽，我就明白这是一个回汉混居的村子。在这一带，有不少回族，回汉混居的村子很多。他们告诉我队长领着社员在地里干活。一位老人指一个娃说："叫去。"

孩子撒腿就跑，带起淡淡的尘埃，就像卷过一股小旋风："来干部了，来干部了。"

他们也不问我是干啥的，却看出来了我的与众不同，看来我的肉色还不是半坡一带人红芒麦子的肤色。我初到草鞋镇公社，在一家车马店里住了一晚上，一孔箍窑一条大炕，住六个人。我一进去，他们一眼就认出我是个读书人。我问他们是咋看出来的，他们说："你这肉就不是受苦人的肉，是读书人的肉。”他们捏着我胳膊上的肉往起提，说：“你这肉软塌塌的，没劲。”他们攥着拳头把胳膊一蜷，胳膊上立刻隆起肌肉疙瘩，他们说：“捏捏。”我一捏硬如石头。

很快屈大志掮着锹来了。屈大志个子不高，但结实，说话瓮声瓮气的。

“来了，来了好。”他握着我的手，扭头喊，“穆萨，让你大赶紧宰只羊，拾掇出来。”

一个脑顶留着一坨黑发的孩子也撒腿就跑。我忙说：“别宰羊了……”

屈大志说：“你来了，咋能不宰羊？”

我想或许他不清楚我是来劳动改造的，就说：“我不是干部，是下放……”

“我知道，我们不管那，你是来写标语语录的，我们就认这个么。”他又喊，“穆萨，穆萨，狗日的像旋旋风一样，眼睛一挤就不见了。五福，追穆萨，给说宰羯羊。”

五福是个和穆萨一模一样的娃娃，又撒腿跑去，一坨黑发扑闪扑闪。

生产队在一孔窑洞办公，一张桌子，两条长凳。桌上有几张报纸，摆着一个墨水瓶，瓶中插着一支蘸笔，再就什么也没有了。炕大，能睡十几个人。

进来一个汉子，手提着刀子，头戴白帽，想必是穆萨的父亲。他说：“干部好。”

我忙说：“不是干部。”

“来我们峁头的都叫干部，”他哧哧一笑，“你长得就是个干部样子。”

屈大志说：“白成贵，生产队会计。”

“咋吃？”白成贵问。

“三吃，件子肉煮硬点，主食羊焖肚饭。”屈大志说。

白成贵看看窑外说：“时辰刚好，擦黑上桌，干部没啥忌口的吧？芫荽、葱蒜、辣椒吃不？”

我说：“吃。”

屈大志说：“肉煮出来留些，干部在队上住三天。”

回族做牛羊肉，那可是没的说。三吃就是一羊三吃。羊排煮成手抓肉，一吃；把腿和脖子卸成大块煮，叫件子肉，一吃；羊头羊蹄燎后清蒸，一吃。羊焖肚饭更是一道美味，羊肚洗出来后，选羊后腿肉切成拇指盖那么大，用调料拌过腌渍一会儿，然后用淘净的米拌匀，塞入羊肚内，用线缝扎后下锅内烹煮。待肚包发鼓时，用筷子在上面扎几个眼，以免水汽胀破羊肚。熟透后捞出，待凉一点，切片再上笼蒸热，或直接加醋或蒜泥或辣椒油凉拌，肉香且烂软，鲜美无比。

因为山的遮掩烘托，还不到六点，庄子就暗下来，老白又掮来一张桌子，与那张桌子并了。屈大志说："怕把你家炕坐塌了？"

"你们不是还喝酒吗？"老白看看我说，"我们这一教人禁酒忌烟，人该讲究的要讲究呢么。"

我说："那是，那是。"

酒是米酒，是用黏小米和黄米酿成的，度数不高，入口易，但要醉了，可比烧酒厉害。

几个队干都上了炕，围着炕桌坐定。喝酒用陶制小碗。喝过一碗米酒，屈大志掏了两个羊腰子放到我碗里，这是尊贵的客人才享用的。我忙说："你吃，你吃。"

屈大志说："你谦让啥，你一谦让就不好弄咧嚒，放开，放开。"

一罐黄酒喝过，羊头端上来，屈大志又把两只眼睛抠出来放到我的碗里。我说："你吃。"

"半夜煮羊头，就为了两个眼珠子。你是客。你们读书人，眼睛都不济事，吃啥补啥。"屈大志说，"常来我们生产队走走，以前来改造的，都爱来我们这里走走。我们生产队不大，但羊多，一千多只。割尾巴家家不让多养羊，社员都卖羊，集市上羊便宜得跟送人一样。便宜了别人还不如便宜自己，生产队全收了。咱峁头山多沟深，就是养羊的地方么。"

吃喝抬杠，不觉就喝多了，连羊肚焖饭都没吃到，我就睡着在酒桌上。

第二日早晨起来，屈大志在捣罐罐茶，嘿嘿一笑说："你这啥酒量，米酒都把你喝醉了。"

我笑笑说："这东西厉害。"

"不过毛气好，不像老走，那狗日的，喝醉了又跳又唱不说，还跟人挑事。上次来专门拉了几罐酒回去，咱峁头的黄酒地道。”

屈大志叫声“穆萨”，穆萨进来，屈大志说：“醒了。”

穆萨出去，一会儿端进一盘油香、一碗奶。屈大志说：“羊奶，老回民家里喂奶羊，喝得惯不？”

我说：“还行，你不喝？”

“我喝不惯，膻气，我捣罐罐。”

吃过后，屈大志带着我在村里走，能写标语的也就几道墙，墙上的标语都脱落得缺胳膊少腿的。我说：“队上……再没有识字人？”

“有一个，去年让牛抵死了。要说吧照猫画虎的有几个人也能写，可写得丑得没眼看么。”屈大志说，“其实写不写有啥，可不写就是把我们不当回事么。我们离宋家堡六七里路，都有亲戚，再说官路从咱峁头穿过，来来往往的，让人家咋看咋说？”

三天，我把能写标语的墙都写了。屈大志说：“你看这红朗朗多喜庆。”

三天羊肉吃得上了火，嘴角烂了。屈大志说：“你还没吃服，才吃几天羊肉就上火成这样。”他端来一碗浆水：“喝过吗？”

我说：“喝过，这东西好。”

喝了后我就上路了。屈大志说：“让人送送你吧？”

我笑着说：“不用，不用。”

“过些天再来写。”

[瞎瞎]

散工了，我坐在坡上，实在懒得回去，因为下午还在这里收糜子，又得翻一回驴脑子沟，一上一下十几里。我不像他们，他们都有家，有家就有地里以外的活，鸡猪狗羊，还有娃，都需要喂，我是一人吃饱，全家不饿。我的包里还有一个馍、一个鸡蛋，水壶里还有点水。沟里走风，到沟崖下阴凉处睡觉爽快。

支书走过来，说："不回了？"

支书这人有意思，他常参加劳动，不像一些队干不是蹴在地头上，就是连个面都不闪。

"不回了，包里还有点吃的，够曹两个垫垫的。"

"你瘦成个啥咧，嗉子怕还没鸡大，能备多点吃的？塞个牙缝。"

"垫垫，晚上回去好好咥一顿。"说出"咥"这个字，我不由得笑了。半年了，半坡方言能运用不少。

路上走来一个人，是白本全。支书问我："今儿几了？"

我看看他说："今儿几了？"

支书说："你也不知道，知道也没用，你们城里过的是阳历，半坡人过的是老历。"

他眯着眼睛叨咕着昨日做啥了前日做啥了大前日做啥了，嘿嘿一笑说："今日是单日，吃头来咧，有福人不用忙，你是个有福人哩。本全这货打瞎瞎分单双日，单日打，双日不打。"

嘿，那就是说有瞎瞎吃咧。

瞎瞎半坡音为 haha，我已经知道了。瞎瞎学名中华鼢鼠，还有地羊、塞隆等名，在田间地头打洞造窝，庄稼、草蒿的叶秆、籽实都是它的美食。

瞎瞎四爪锐利，打洞非常厉害，庄稼地里、草坡上，洞穴纵横交错，牲口常被闪得跟头流星，会崴折腿。花儿里有这样的唱词："瞎瞎踒了一地的洞呢，走路时小心脚着；指头胖的麻秆子顶门呢，爬墙时小心狗着。"不过我只是听人们说起，还没见过瞎瞎。因为瞎瞎昼伏夜出，视力退化得厉害，几近失明，已不靠眼睛观察行走，全靠灵敏的嗅觉、触觉，据说胡须反应像广播天线一样灵敏，半坡一带人叫瞎瞎。

春二月，人们开始下种，瞎瞎以籽种为食；秋收时节，瞎瞎会疯狂地拉仓，屯粮食过冬，一个老仓能挖出一驴车的粮食。因此，春种秋收时节，生产队会组织打瞎瞎。这也是农事的一部分。每个生产队都有专门打瞎瞎的把式，半坡打瞎瞎的把式是白本全，经常见他肩膀搭一个褡裢，一块地一块地打瞎瞎。

瞎瞎虽是祸害，却是一道美食，娘娘要吃的东西能差？连肉带骨可吃个一点不剩。到了半坡不止一次听人们说起过，还没吃过，季节不到。锄糜谷的季节，因为夏庄稼和一些蒿草都籽实饱了，瞎瞎已经够肥了，一只有八两重。

瞎瞎还是一种名贵的中药材，这是去疼片给我讲的。《中药大辞典》记载：清热解毒，活血祛瘀，明目提神，祛风散寒，置瓦上焙干，研末备用。瞎瞎骨据说有虎骨药效，代替了虎骨，因此吃瞎瞎"不吐骨头"。

白本全走过来，抽出领口别着的烟锅装烟吃烟。支书说："我就说么，下半扇子不在，你回去做啥？"

白本全说："你个长尾巴的，离了下半扇子就活不了了。"

"你离了能活？婆娘坐了个月子你都急得猴抱树哩，话谁不会说？老天爷造人要不一男一女地造，能有这世界？要是只造男的，给个美国那总总总啥来着，对总统，都没人当哩。你说是不是，大知识分子？"

我竖了大拇指说："那是那是。"

白本全说："下放，我给你说，你要跟着这㞞学，非把你学日塌了不可。"

白本全从肩膀拿下褡裢，取出一把钢钎（架子车辐条磨尖一头）、夹子、小弓弩和木板板、细绳子，又从褡裢另一头口袋里掏出两块四方蓝砖。

这都是打瞎瞎的工具。还装着五六个生洋芋。他背着的水壶够大的，足能装五斤水。

瞎瞎洞穴极易找见，瞎瞎打洞运土，一条洞隔一段会隆起一个面盆大小的蘑菇云般的土包。瞎瞎最怕见光，对光十分敏感，一有光立马就能感觉到，便会扑来壅堵，因此只要把洞擢开，在洞口布好夹弩、弓箭或钢钎，光涌进洞里，瞎瞎赶来封堵，就会触动机关，被夹住、射杀或钉住。因此有传说秦桧设计害死岳飞，遭到报应，死后转世为瞎瞎，见光即死。

白本全在一个土包前蹲下，擢开土包，找到洞，在洞上方从地皮向洞里扎六根钢钎，只插透洞，绳子一头拴个小木板，一头拴着方砖，栽一个树枝杈杈做的架子上，把小木板揣进洞里埋进土里，方砖吊起在钢钎上方。瞎瞎扑来壅堵洞口，小木板脱开，方砖落在钢钎上，瞎瞎就被钢钎钉住。

白本全又去选择下一个土包了。

支书说："曹们去拾柴火，支巴尕（就是藏语三石一顶锅，半坡人语言中时不时会冒出藏语、维语），别跟着他。瞎瞎虽瞎，可灵得很，一有风吹草动会趴一天都不动弹哩。"

沟坑里窝着秋风刮的柴火，搂上一堆，再折了蒿草和母猪刺秆，在崖下阴凉处支好了巴尕，其实没锅，就是三块胡墼堆架了个土架。在边上把土掇弄得跟面一样，放火烧好。黄鼠掏出来捏死，埋入土中焖上一会儿，掏出一捋，毛就脱落了，跟开水烫过一样。用小刀豁开胸膛，扒了肠肚，掏出装了盐、花椒、辣椒面三合一调和面的小布袋，将调和面在胸膛里撒上一层，将胸膛合了，用粗的母猪刺秆从肛门和下颌穿过，再用泥团包裹，放入一堆柴火中间，点着柴火，滚动着母猪刺秆烤烧，一阵后，泥疙瘩油乎乎的，裂开许多口子，滋滋地冒油泡，燃烧成一个火疙瘩。等火焰小下去，轻轻一磕，泥巴就脱落得干干净净，黄鼠冒着气，焦黄油光，再撒一层调和面，山野里有山羊胡子（沙葱）、鸡大腿（野葱）、野蒜，揪来就着吃。值得一说的是野蒿就是调料，芫荽、胡椒、孜然等味儿皆有。黄鼠连骨头都酥了，嚼着真香啊，一只黄鼠吃后就剩牙了。

山坡上生长着沙葱、野蒜，半坡人叫山羊胡子、鸡大腿，比家葱、家蒜还辣。支书边剥边吃了一撮山羊胡子，辣得立刻跑起来地上乱转，涕泪交流。我忙把馍和鸡蛋掏出来，他大咬着馍吞咽下去，揉着眼睛说："狗日的歪的，差点把他先人的东西辣扯咧。"

我笑咧。

我把鸡蛋给他，他说："你吃，你这身体赶紧好好缓缓，好死不如赖活着，老话都这么说呢，不说活多好，至少活得精神点，一天乏沓沓风大点都能刮倒，人太瘦弱了，不是这疼就是那不受活，能活个啥劲。"

白本全夹子、小弓弩、钢钎分别下了七八个洞，打住了三只瞎瞎，说："我这人天生公平，打瞎瞎有几个人肯定能打几个，不争嘴。"

支书说："你心里限了数数子，不限数数子，还就日怪了几个人打几个？你多打几个能咋？你咋不这样想，谁吃了是谁的命债。"

白本全不说话，将烧得黑红的土疙瘩堆拍碎，挼成如面细土，将瞎瞎埋入土中，将几个洋芋也埋进去。

火焰小下去，瞎瞎已经呈现诱人的黄褐色，轻轻一磕，捆着的马莲叶子掉落，白本全递给我一只说："下放，敢吃不？"

"敢吃，你们都敢吃，我有啥不敢吃的？"我说。

"听听，人跟人就是不一样，这个㞞就是让人舒服，只要懂事就让人舒服，"支书说，"老走第一次吃瞎瞎，给了一个，吓得跑得有远没近的，说这是鼠类，说传染病哩，啥病来着……"

"鼠疫。"

"对对对，鼠疫，我火了，说你们的命是命，我们的命不是命？！我们会害你？就说传染鼠疫，你能躲过，我们都得了鼠疫，你还能活下去？都死了，就你一个人活在这世上，有个㞞意思。从大城市都活到我们这里来了，还当你活得好的？人在世上走，就为食一口。我们吃了几辈子咧，该死的娃娃㞞朝天，活哪日算哪日，想㞞那么多做啥？命看得越重越脆。口福口福，多吃一样东西，等于多活了一回。狗东西吃第一口，咬在嘴里半天不动嘴，就像没气了，去摇他，他说别摇别摇，把人给香住了。后来说这世上他吃过的东西太多了，却还没吃过这么香的东西。狗东西吃上了瘾，逞能打瞎瞎、挖黄鼠。可他哪能打住瞎瞎、挖出黄鼠，就是死了的瞎瞎、黄鼠见到了都躲得远远。跟人买，可这肉谁卖过钱？他就拿东西换，那是吃嘴撂脚后跟的货。”

一人一个吹着掰开，瞎瞎香味四溢，再撒一层三合面，肉骨一起嚼，就着山羊胡子、鸡大腿，真是野味美食，我说：“真香啊。”

“娘娘要吃瞎瞎呢，瞎瞎还没抓下呢。娘娘要吃的有差的？”支书说，“老走专门让北京大学的学生给查了的，了解得详细得很，说瞎瞎这东西老早以前是贡品，老百姓吃了犯法。妈的，你说老百姓活得可怜不？”

白本全说：“下放，你跟着我吃，把头骨留下来，给娃做个耍头子——瞎瞎哨儿。”

瞎瞎脑壳上的皮肉撕啃吃了，掐一节野燕麦秆，从孔窍插入，吸净脑髓，就成了“瞎瞎哨儿”，当哇呜（埙）吹，白本全竟吹出《社会主义好》的调儿的。一只瞎瞎吃后除了头骨给孩子做耍头，就剩牙了，牙是嚼不烂的。

对面沟崖忽然出现一只秃鹫（半坡偶尔能见到秃鹫，和瓷怪子一样，都是不祥之鸟，说有人要死了，是来收尸的），就蹴在崖沿上，像一个披衣而蹴的老汉，白本全站起来就冲着秃鹫尿尿说：“狗日的饿拉饱，等老子死了你再来带老子上天。”“饿拉饱”是秃鹫的蒙语称谓。

支书说：“胡说尿啥，过路的，失孤了。”

白本全掏出洋芋，吹着掰开一个，皮焦黄，里面沙瓤，真美。

吃过洋芋，我们在崖下找了片阴凉窝躺着。支书说：“以后不要光图着自己日馕，你看你吃成啥咧，眼睛都眯成一条缝，自己都快是瞎瞎眼咧，想着些下放。你看下放瘦的，让死在曹们半坡，我背一条人命你就零干了？”

我红着脸说：“我也不瘦哩。”

支书说：“还不瘦，上次称多少斤，不到一百二。这么大的个头，一百六七一百七八才富态哩。”

富态就是胖。半坡人不认为胖了不好。富态了就有官相了。

白本全看看我说：“我打瞎瞎那天，你就跟着我。记着，老历单日子打，保证你隔天吃上瞎瞎眼。”

我说：“单日子打，有啥讲究？”

白本全说：“没啥讲究，是我自己讲究。”

不远处的草地上，一只黄鼠站起来两只前爪抱着，冲我们作揖，“雎鸠雎鸠”叫着。

“狗日的叫得欢的。”白本全说着拿了弓箭去射，没射准。

话音一落，他们就前后呼噜起来，一会儿我也那么睡着了。

崖下走风，真是凉爽。直到下午上工社员陆续来了，我们都才醒过来。支书坐起装了锅子烟吃了几口说：“明天你打一天瞎瞎，能打多少打多少，别心里给自己限数……”

白本全说：“做啥？”

“狗日的老走刚刚托梦骂我，说吃瞎瞎肉把他忘了，打下了我给送去。”

“我不给自己心里限数数子，能打多少打多少，可明天我不打，双日子不打瞎瞎这规矩不能破，人要是不守点规矩，那还咋往下活？”

支书说：“依你！”

上了沟沿，柳三变走来，支书说：“明后天放假，让挖黄鼠。”

柳三变笑笑说：“老走又给你托梦咧？别放假，就让挖黄鼠，不然干部又说放假不对，锤子不懂，说没活也不能放假，要大干快上。”

支书说：“对，挖黄鼠也是干活，到时候去乌乎把干部叫上。”

柳三变说：“看今年能不能再给增几个救济户指标。”

支书说：“两年多争了十个吧，年年增。西瓜皮擦沟子——没完没了。他要也是花人情的，有的还要画画，再说年年给你增可能不？咋都这么没涵养噻？”

[黄鼠]

黄鼠也是一道美味。

黄鼠毛色土黄，与黄鼠狼一色，但不是黄鼠狼。黄鼠七八寸长，男人小胳膊粗细。和瞎瞎一样，黄鼠的洞穴也打在庄稼地边、荒野和塄坎上，以庄稼——从青苗到穗实——为食。庄稼灌浆时节，你能看见黄鼠压住一株株庄稼捋食穗实。黄鼠比瞎瞎要多多了，一片草地上，你会看到几只十几只。黄鼠常常会站起来，两只前爪抱在胸前，像是作揖，其叫声“雎鸠雎鸠”。黄鼠警惕性很高，有个风吹草动，跳跃奔窜，有时就从你的脚面上跃过，但想要追上黄鼠是不可能的，何况遍地是洞。而它会逗你耍你，跑到不远处站起来“雎鸠雎鸠”地叫着，脖子还一伸一伸的，就像是给人作揖告饶。你追过去，它奔窜得早不见了。

经过冬蛰，春天的黄鼠只是个骨头架架子。“没二两肉，害那命做啥？”麦、豆等夏庄稼结了籽实也就是老历六月，许多草也结了籽实，黄鼠吃上了籽实，就有肉了，一只有半斤左右了。“雎鸠雎鸠”的叫声一浪一浪掠过山野，人们就开始挖黄鼠吃了。白露前后，黄鼠为冬蛰攒足了膘，最为肥硕，一只有八两到一斤，因此俗话说“白露前后，黄鼠吃肉”。队上专门放几天假让社员挖黄鼠。而平时人们劳动，都会掮着锹和桶。劳动歇缓的时间，就能挖几只。

捕获黄鼠主要靠挖。挖黄鼠可是力气活，黄鼠被追进洞里，几分钟内就得挖出，否则就逃掉了。半坡属于黄土高原丘陵区，黄土地几十上百米深，见不到石头，干散酥软，一锹能掏一尺，追进洞里，十几锹就能挖出，然而，别想得那么容易。

黄鼠很聪明。一条洞有两个洞口，在地下呈“V”形。一个洞口日常进出，一个洞口是打洞时往出送土。洞锹把粗细，每条洞约有两三锹把深，在老窝会合。老窝即鼠仓，储藏着过冬的食物。黄鼠被追进洞里，不会往老窝跑，而是打土壅了通向老窝的洞，向往出送土的洞跑，跑不及了会回头打土壅洞。黄鼠壅洞很艺术，用嘴蹾得跟原本的土壁一样，不用手指探寻，是发现不了洞的。

挖黄鼠得有猛力，争分夺秒，几分钟挖卧一头咆牛的坑。有句俗话形容：费了咆牛大的一疙瘩劲，吃了尿大一疙瘩肉。老走画过不少黄鼠画，一幅吃黄鼠的画旁边就题写着这句俗话。那时候老走已成了美国人，他给我寄了几本画册让带给半坡人。我送到半坡，半坡人看了说："'尿'咋能往书里写？这话丑得也写进去了，狗日的老走，把我们半坡的人丢到美帝国主义去了。""唉，算算，也七八十的人了，怕是老瓜了吧。"

挖黄鼠是有危险的。挖黄鼠拼命掏土，有时候掏出仅容人侧身而入的洞，人倒栽葱般扎在又窄又深的洞里找洞，会缺氧憋死，因此挖黄鼠人们都会成双结伴。出事了人们却归到在太岁头上动了土这话上。身强力壮有经验的人，歇晌的工夫就能挖四五只黄鼠。

随时准备在黄鼠挖出来的瞬间用衣服捂住黄鼠，摸索着拧断脖子。黄鼠牙齿、爪子非常尖利，会疯狂抓咬，借机逃脱。跑脱你想追上，没门儿，牛大的一疙瘩劲白费了。

挖黄鼠的意外收获就是挖出鼠仓。黄鼠比瞎瞎更会攒仓。仓大，而且是串串仓，五谷穗、草穗、浆果，储藏丰裕。常会挖出几年的陈仓，因为仓贴近地面，土层干爽，又透气，粮食不霉不烂不发芽。每年进入初冬，庄田里活计忙完，队上会组织专门挖鼠仓。传说仓被挖了，黄鼠会在洞边用根硬草茎上吊自杀。

最省力的是灌。那得下了暴雨，山野的大小坑潭积满水，将黄鼠追进洞里，提水来向洞内灌。一般三四桶水黄鼠就被灌出来。黄鼠不会藏在窝里，那会溺死，而会迎水浮上来，手抹在洞口，耳贴上去听，听到咕咚咕咚的水声，一把抹个正着。当然有意外，出来的有时是癞瓜瓜，有时是蛇，让人想到蛇鼠一窝。抹住黄鼠脖子，上下颏一掰，黄鼠就死了。

野外吃黄鼠是经常性的，跟吃瞎瞎一样。我第一次吃黄鼠肉是在野外。大沟沿平地，歇缓时，柳三变、陈三、朱银贵、李寿山几个去挖黄鼠。我和耿大炮支巴尕、打柴。几个人挖了十几个。

黄鼠清蒸、辣爆、烧烤皆可，但最美的咥法是吃黄鼠棺材。用开水一烫，用手轻轻一捋，黄鼠毛就脱得干干净净，掏净肠肚，在胸腔里填入花椒、姜、盐、葱、蒜，用面包裹，捏得真像个棺材，然后上笼蒸。将黄鼠连骨头都嚼了，只剩两颗黄鼠牙，油把整个面包都浸透了，黄黄的，用半坡人的话说，吃黄鼠得叫箍缸客把头箍住，不然会香破脑壳子。

我在陈三家一次吃过四只胖大黄鼠。

陈三是个挖黄鼠的高手，农历六月开始，陈三无论干啥活，总是肩搭褡裢，掮一把锹，劳动歇息时，他就挖黄鼠。"醉醉醉，醉醉醉"，他学黄鼠叫。我说是"雎鸠雎鸠，雎鸠雎鸠"，我学给他听。他说："你才听了几天，你再听。"我听了一阵说还是"雎鸠雎鸠，雎鸠雎鸠"。他嘿嘿一笑，"醉醉醉，醉醉醉"叫起来，田野里一下站起好几只黄鼠"醉醉醉，醉醉醉"回应。他说："你是黄鼠呢，还是它们是黄鼠呢？"我笑了。他"醉醉醉，醉醉醉"又叫了一阵，田野里应和的黄鼠就更多了，他说："你再听。"我笑了。"你听噻。"我又听了一阵说是"醉醉醉，醉醉醉"。陈三嘿嘿一笑说："醉醉醉，醉醉醉，这是请人喝酒哩，天生就是人的一口肉么。"陈三赤着双脚盯住一只猛追，追进洞穴就猛挖起来。有时一天会挖十来只，褡裢两头的袋袋装得满满的。他还会做米酒。

我离开那年，陈三不挖了，说是病了，成天睁眼闭眼都是黄鼠，满脑子都是"醉醉醉"的叫声，睡着梦的也尽是黄鼠。请了夜猫子给他安顿，夜猫子安顿后说："你不能再挖了，再挖黄鼠就把你下了酒。"他就再不挖了。不过看别人挖黄鼠，他还是眼热，当然更馋那一口。但他坚持得很好，不吃不挖。在半坡，夜猫子的话比圣旨有效。

黄鼠收了二十六个，白本全一天竟然打了九只瞎瞎。白本全说："老走狗日的就是有口福。"支书说："不光是他，几个人哩。"

支书带着我去省城。见了老走，嗬，跟我个头差不多，可比我胖多了，一问重了三十六斤。支书说："你看这夙货富态的，脸跟个盆盆一样，穿上部队上的呢子大氅，说将军谁敢不敬礼？"

支书把黄鼠、瞎瞎分成三份，拿了两份去看两位曾经在半坡驻队的领导："两个驻队干部人好得很，不然就不送了，还有几个五王八侯的，眼里有我们农民？好像我们活得有多么不值。人啊是互相的，他们眼里没我们，我们眼里也就没他们了。赶紧给送过去，别放坏咧。"

老走说："宋太祖登极后，封功臣五王八侯。现在五王八侯成了半坡人的口头词，有两层意思：一是表示身份显贵；二是不可一世的样子！尚长贵没回来？"

"没回来，在西藏落下了。"支书说。

"哎呀，你说的话有些经典得很，不记下糟蹋咧。"老走说，"那夙货给土司当书记官，跟着土司记录土司的言行，我让他好好跟着支书记录支书的言行。"

"在藏区待过的到别处待不下去，迟早要归去的。"支书一笑说，"这夙货现在懂事了，越来越会吹人咧，吹得人舒坦的。"

"你给我开光咧么。"老走说。

支书走了，老走和我捣罐罐茶："支书说过你，说你比我懂事，你是自己申请下放劳动的。支书文化不高，却哲学得很，他跟我说有一次跟你闲片，问你怕不怕他，你说怕，他说这就对了，怕就是不怕，不怕就是怕，以前来的那几个，对了，一起来过四个，姓组合到一起正好是百家姓里的一组——高夏蔡田，有两个烈得很，大明大方地跟他说不怕他，为啥要怕？他说怕是给人面子的事，抬举人的事，你当怕我我让你把我抬上还是背上，你敬我一尺我敬你一丈，你拿出个抬杠顶牛的架势，那咱们就顶牛抬杠，谁怕谁？看不起这看不起那的，你跑来做啥？谁请你咧？你来能给我们干个啥？还不费我们的五谷？我刚去也不行，真如支书说的，眼里没有他们，你说半坡人活得多苦、太可怜，真觉得他们这样活着活得很是不值，我甚至用过一个可恶的词：行尸走肉。其实，他们有自己的快乐。人民，只有人民，才是创造世界历史的真正动力。这话说得正确啊，到了半坡我才真正理解了，而且有新的认识。人民，只有人民，才是生活的真正主人。那话语真是其乐无穷哩。我给你说半坡人见过大世面的，半坡在路上坐着，男人都跑脚走南闯北的。你眼里没他们，他们眼里也没你。”

他又说：“我说他给我开光是实实的，他说运动就运动么，你还能把运动扛住，你顺应潮流么，别硬扛，有自由了才能做自己喜欢的事。你看我现在画画，你好好待在半坡。

“支书比你我聪明多了。半坡主要势力是唐、尚、李三大姓，他独门寒姓地当支书，虽说有雷震子撑腰，可雷震子在哪里？不可能天天帮你，他人不扛硬，拿不住事，雷震子只能换人。他可是擢事头哩，看那三姓人消停了要生事，先让你们因为户族的事闹起来。嘿，你们闹起来了，还有时间跟他闹？还得请他出面当上客，处理事。”

老走抱出一摞书，志书有一本明朝的、两本清朝的、四本民国的，还有几本文史资料，省、地区、县都有。我如获至宝，爱不释手。“知道你是学历史的，支书给我讲过，说你没带几本书，要戒书，他觉得太可惜了，说念书多不容易，戒啥书么，分明不是读书读出的事，是脑子里撬着，却往书上怪。好好学习，天天向上哩。让我给你找些书，说就跟你好个啥一样，却要戒了，可怜不？你来也大半年了吧，我估计该想书了。”

还有《三言二拍》《笑林广记》等几本。老走说：“这里面的故事你讲他们也爱听的。不过，《笑林广记》里的笑话让我讲得差不多了。你回去先看着，我再给你找。”他给我一个笔记本说：“你先看着，我把这些家伙送去让做。”

我说：“不急，你吃我不吃，我吃得多了。”

“知道，支书让他们给你补哩么，我是怕放坏了，就太可惜了。这东西是世上最好的肉，可咱们要吃上难，没劲么。”

我说：“谁给你做？有相好的？”

“有。”他嘿嘿一笑说，“看大门的老顾，比女人做得好。”

笔记本是老走做的记录，全是生活细节，标以“作画素材”。其中有黄鼠：契丹语译为貔狸、仳离、提狸邦、毗黎邦等，简称貔，是上等食品，还用来“上供佛”；辽朝宫廷宴会中有皇帝御用“貔狸馔”，除皇室成员及公、相级人物偶尔被特别赏赐外，文武百官、民众均不得“私蓄”，否则“杀无赦”。“澶渊之盟”后，貔狸成为辽上赠北宋皇帝贡品和招待北宋使辽官员的上品，宋人对此记载颇多，沈括曾出使辽，在《梦溪笔谈》记载：“……貔狸，形如鼠而大，穴居食果谷，嗜肉，狄人为珍膳，味如豚子而脆。”《宋会要辑稿》记载：“是月，契丹使耶律元至，又令庖人来献蕃食。蕃俗家提狸邦，发土得之，如大鼠，唯供母主。至是，挈数头至，日饮以羊乳。帝许其馔告进入，择味佳者再索之，使大感悦。”辽朝百姓猎貔狸做“岁课”，“上供”“待南使”。

有黄鼠：清朝《四库全书》记载：“北方黄鼠……作小土窖，若床榻之状，则牝牡所居之处也……天气晴和时，出坐穴口，见人则如前掖如揖状……形极小，人驯养之，纵入其穴，则衔黄鼠喙曳而出之，味极肥美。”黄鼠不同于其他鼠类，属啮齿目，松鼠科。

有存疑。史书记载中辽朝“貔狸”有说是瞎瞎，有说是黄鼠。

老走带块锅盔回来说：“饿不？先捣罐罐咥锅盔垫垫，等会有人请客，支书会下人哩。”

我请教抬杠。老走说：“你真正要和他们抬杠，难哩。语言要想修炼到半坡人抬杠的境界，非一两年之功不成。他们那语言其乐无穷。你这个性也不太适合抬杠，不过也能练出来。你给他们讲故事，就是他们说的典故。你不是学历史的么，给他们讲半坡方圆的历史。半坡是个有典的地方，萧关、三关口、西夏、成吉思汗、杨家将、金兀术、萧太后……他们最有兴趣，肯定会高看你一眼，他们也有好多典故等你哩。”

正说着支书回来了，说：“两个干部要请吃饭哩，送几个黄鼠瞎瞎，吃人家一顿饭，害人家破费，这驴价比马价大。”

“没事的，你提上两三只黄鼠瞎瞎，还换不了一顿饭？”

“再来半坡得给宰上一只绵羯羊。”

[攒肚子]

扪虱抬杠，睡意蒙眬。“解手。”一人吆喝，就都去了，三四个，五六个，颇像孩子吆喝着拉群屎。我的小院在庄梢子上，院墙外就是荒坡，院内不设后圈，方便就到山坡上去。到了坡上，他们更像一群孩子，蹲下了起来了，蹲下了起来了，提着裤子抢上风头，笑着闹着。头顶是深邃的星空，月光如水，星星如钻石，他们找着织女星、牵牛星、七星、三星，流星划过天幕……

我们说大便的词不少，最文明的词大约就是“解手”了。半坡人就说“解手”，只有说到孩子屙下、与人抬杠骂人时用“屉”。说“解手”是明朝大移民时，移民不愿背井离乡，逃跑者甚多，都被反绑双手，用一根长绳联结。移民要大小便时，需报告官兵，解开手上的绳子。“解手”由此而来，就有人引申说西北人走路喜欢背搭手即来源于此。半坡人却撇着嘴：“胡片哩，有比背搭手走路受活的？上坡背着手，下坡提着鞋，就是图个受活。”还引申说“连手”一词也出自这里。移民手被捆住连在一起，在漫长的迁徙途中，结下了一种生死相依之情。在半坡，“连手”指好朋友，不含别处的合作之类的意思。

他们吆喝“解手”，我不去。“咋，看不上跟曹们一起解手？”

我忙说：“不是，不是。”

“那为啥，走走走，记着，晚上干啥结个伴儿，嘻嘻。”

半坡人认为夜晚是另一个世界的白天，妖魔鬼怪尤其是孤魂野鬼都出来活动，忙着拉替死鬼转世，因此晚上一个人出去容易出事，许多怪事都出在夜晚。前山老张就是最近出的事，说片椽抬杠时出去解手，人们片着片着忽然想起老张出去没回来，就都出去找，结果在园子墙根下找到，已死了个僵僵，嘴巴塞满了土，大家认为是让鬼拉了垫背的。

他们解手真是一个痛快，“扑里扑通”的，有的甚至连撒泡尿的工夫都没用上。朱好运解手就比尿尿还快，扑通一声，稀里哗啦，结束了。他们都已经站起来了，我还在酝酿中，他们就吃烟等我，我不好意思，让他们先回，他们说夜里不舍伴。可是我越急越慢。

“你这啥肚囊么。”

我说便秘，一种病，解释了半天。他们说：“噢，就是娃娃攒肚子么。”

我说：“跟娃娃攒肚子不一样的。”

“咋不一样，都是吃上不好好屉么。”

“攒肚子能算个啥病？你们是吃得太细了太好了，絮住了。”

“炕洞烧个烧洋芋，你是吹了又吹，把点焦皮皮子都抠掉。你一个洋芋没收拾干净，我们把两个吃了，不干不净，吃上没病。”

“一个地方有一个地方的病哩，这是城里病，细粮吃出来的病，到我们这达就好了，保证不出一年，让你一解裤带还没蹲下就冒出来。老反刚来也不利索，后来跟我们一样，直说好，把城里多少年攒下的龌龊货都屉下来咧。”

他们就笑起来。

“你这病是肚子还没换过来，换过来就好了。”

“换肚子？”

“就跟娃娃隔奶吃上饭了换肚子，你们到了半坡吃喝上不一样，水土不服，不就得换肚子？有的还拉肚子哩。”

“要能换肚子就好了。”

“保证没麻达，你吃半坡的五谷还能屉城里的屎？把你能的。”

半年后，我的肚子真换过来了，便秘自愈，再“解手”与大家同步了。这是后话。

李成背了半背篼驴粪蛋，倒在栈墙旮旯。这可是捣罐罐的好燃料。驴的肚囊在正常情况下，拉下的粪都是完整的蛋状，极像芋头，表面光滑，里面草茎团成疙瘩。没有屎臭味，反有着淡淡的青草气。“驴屎比麝香，苦哉佛陀耶。”（寒山《诗三百三首》）牛粪、羊粪都不臭，牛、羊都吃青草。吃得越细，屎就越臭，像猪屎鸡屎狗屎人屎就很臭的，却是最好的肥料。驴粪蛋掰开一团细毛草，容易燃着，几个驴粪蛋能捣好一阵罐罐。

背篼底子倒出十几个洋芋，李成掏出来往炕洞里埋了四个。我这里隔上几日，就会有人背来粪和洋芋。洋芋是半坡最高产的庄稼，属于秋庄稼，种植成长正赶半坡雨季，又长于地下，避开了冰雹与霜冻，因此还有个名儿——"救命蛋"。半坡还有句俗话：半坡三件宝，洋芋土豆马铃薯。支书还有有趣的解释："叫洋芋是粮食，叫土豆是菜，叫马铃薯是经济作物。"

我们捣着罐罐，李成说："你攒肚子能攒多久？"

我说："呃，便秘，多数三天，也有四五天的。"

"你这肚囊要是跑脚倒是好事，能救你的命哩。"

"这能救命？"

"对啊，跑长脚被大雪洪水堵在没人烟的地方一耗十天半月，缺吃少喝的，攒肚子的人比不攒肚子的人扛饿。"他掏出一盒大前门说，"吃根纸烟，女婿给买的。"

他的女婿是公家人，月月有个麦子黄，不靠天吃饭。

一人点了一根，他说："跑脚，我说的是跑长脚，跑长脚说穿了挣的是个时间钱，多走的是生荒地，几百里路上都没人烟，官道大路也能走，那可就费时间了，绕头大，走小路当然省路了，同样一段路有小路走，几十上百里地省路哩，一路下来缩短了多少天，每天都有花销的。时间赶到前面，就不违约，而且你跑到了，用长出来的时间还可以在那边跑一两趟短脚，地方上都给你把活路准备好了。当然危险也大，捷路多是山路，河多，人烟都没有，多数没路、没桥，就蹚水过河。河谷有宽有窄，宽的地方水浅，水面宽，冬天结冰从冰上过河，有时专门等河水结冰了才跑，容易发生意外，比方遇上过雨发山洪，从冰上过河有些河水试着冻瓷实了，水深的地方没冻透，骡马货物掉进河里，还有牲口到了冰上打滑，会摔坏腿、胯骨。冬儿遇大雪，窦娥冤。六月雪，咱们这里罕见，跑长脚一路上平常得很。跑西路，过西宁往前再走，动不动就遇上了，还有西西伯利亚，六月雪大得能把人埋了，驮队寸步难行，一困十天半月的情况都有哩。一次在老鹰谷遇上了六月雪，老鹰谷十三里长，窄得只有老鹰能飞过，谷底的路只能一匹驮骡走过，路就让雪埋了，骡子肚子就在雪上驮着，驮子埋在雪中，哪里走得动，都能掏雪窑住哩，你看雪大不大。到大站剩两天路程，粮草没多少，人和牲口一天就一顿，整整困了半月，最后没办法，宰了两头骡子，两头骡子也是眼看不行了，熬骨汤，含着眼泪喝的，最后饿死两个人，他们就是不会攒肚子，攒肚子的人肚里有货，就是比肚里没货的人能扛饿，让他们学攒肚子，他们还笑，说该死的娃娃屎朝天，还说阎王叫你三更死，小鬼不留你到五更，话是这么说，你自己不争气，老天爷能替你活？我攒肚子最长能攒一个礼拜哩……"

"攒肚子还能练出来？"

"憋。"

"憋得住……"

"憋得住，我爷教我攒肚子，不到实在憋不住了不屉的，人这身体怪着哩，啥本事都能练出来的，放大站、过容易出意外的地段，早早就得准备好攒肚子，主要吃喝上得管住，不胡吃胡喝，多吃硬食，一开始憋难受，憋憋就习惯了。"

"你攒肚子跟我这便秘不一样，我是屉不出来，你是硬憋回去。"

"所以说你这副肚囊最适合跑长脚么。"

他从靠着的被子上坐起来说："半坡跑短脚的人多，张本全、去疼片他们跑短脚，跑短脚都走官道大路，一路上有人烟，站口都在小城大镇，没有跑长脚苦大危险，但短脚麻达，跑到人家地界就不能再往前跑了，得转给人家的脚户跑，拆驮、点货、清算，遇上那些日把欻，屎屎毛毛的，分分两两抠抠掐掐，一个货转交得能把你肚子气炸，跑长脚一趟子把货驮到，该歇歇，该缓缓，再驮货一趟子来回，爽快干脆，挣得还多，跑一趟是一趟，我们一家从我太爷手里就跑长脚，我十二岁跑脚，跑了二十年，你看我这腿罗圈得就像筐襻，站直了狗都给从裆里钻过去，就是从小骑牲口骑的了，你到内蒙古看看，老蒙（半坡把蒙古族人叫老蒙）都是罗圈腿，因为走走站站骑马骑骡，你腿直了人家还看不上你，说：哟，腿直得跟椽子一样，你咋活得下去？他们这么说你哩。没办法，不跑脚咋活呢？来到这世上总得活下去，在这半坡，土地靠不住，也还就跑脚能过日子，半坡就在路上坐着呢么……”

这路可不是一般路，是秦汉时期由长安到河西的主要通道，也是丝绸之路形成后东段最佳路线。丝绸之路由今西安沿泾河西北行，经陕西的乾县、永寿、彬县及甘肃的泾川、平凉入宁夏固原境，过三关口、瓦亭、开城抵达固原，再经三营、黑城，沿苋麻河至海原的郑旗、贾塘、史店、海城、西安州、甘盐池复入甘肃境。历史上还有萧关古道、秦汉大道、迭烈逊古道、石门关道之称。

“跑脚的都想有自己的驮队。我家到爷爷手里有了一个三十多头牲口的驮队，不是大驮队，白手起家么，也不错了。我家驮队是纯骡子驮队，骡子是牲口中最硬朗的，比马能驮有劲，驮货跟骆驼有一比，比骆驼灵巧……唉，最后也没做大，不能说没本事，是时运不好，世道一波一波地乱。土匪起堆就跟蝗虫一样，部队和土匪你都分不清，先当土匪，人多势众了，就被招安了，穿上军装就成兵了，其实还是土匪，却又靠着部队。最最可恨的就是这种兵，你得拜山头，一段路一段路都要打通。就这也不保平安，你前头刚拜过山头，第二趟过来，人换了，部队换了，今儿是你的地盘，明儿成他的地盘。部队多得今儿你打我，明儿他打你的。关多卡多不说，不属于自己地盘的都强征，说是征用，其实都私分了，就是明抢，一切就都乱了，部队都不讲理了。部队上说用骡子，说是征，就是强拉，给不了几个钱就硬拉走了，一次就征走了一半。脚跑不成了，爷爷就把驮队分了，我五个老子，分了各自谋生，驮队也就那么散伙了……唉，给你说这些干啥。”

他跳下炕从炕洞里掏出一个洋芋，捏捏扔给我。我一捏有些硬，他说：“能吃了，洋芋三拌两捏，都能生吃哩，跑脚路上常生吃，都没多余的。”

我也像他一样吹去灰，啃着吃起来。

“不干不净，吃上没病，想治攒肚子毛病，你就得吃粗一点，吃粗了宽肠。”

吃了一个洋芋，一人装了一锅子烟，他说：“天下太平，其实跑长脚挺好的，见世面，见稀罕，你猜我最远到过哪达？”

我说：“乌鲁木齐、拉萨？”

他说："再猜。"

我摇摇头，他说："莫斯科、圣彼得堡。"

"莫斯科、圣彼得堡？"

"圣彼得堡名字改为列宁格勒咧，不过老毛子还是喜欢叫圣彼得堡。从晋北的杀虎口出去到了内蒙古，就是大草原和荒漠，然后就到了苏联的恰克图、西伯利亚，再到莫斯科、圣彼得堡。老毛子地盘好大的，一走几百上千里没人烟，人太少了。唉，老毛子爱打仗，老打仗么，打仗抢地盘，周围的国家都让打过来，远东，你该知道的，说以前是中国的，让老毛子抢走了。有个红场，说就是血染出来的，还啥活动都在那里搞。你老打仗，人咋能多起来？你再能打，打死人家三个，人家打死你一个。老话咋说来？对，杀敌一千，自损八百。打得越多人就越少，占那么大地盘有啥用？可就是爱打仗，他们说他们就是打仗的民族，没办法。有一次去，说又要跟人打仗，开始抓兵，差点把我们扣下为他们打仗，有扣下为他们打仗的呢。人少，野东西就多，进入老毛子地盘一路上尾随着驮队，老虎、豹子都有，还有熊，狼就更多了，比老虎还害人，随着驮队一走老远，时时刻刻得留神。老毛子胆子大，家里有养老虎、豹子、熊、狼这些家伙的，普巴尔货场老板就养着一只老虎……后来老毛子又要打仗了，我们跑脚联系的那个老掌柜人好得很，是个中国人。对了，苏联有个陕西村，全是陕西人，说陕西话，不过这老板已经是苏联人了，他为苏联打过仗，才成了苏联人的。最后一次跑脚，他说：'要打仗了，快回去，抓住不由分说就把你送上战场了，死了连个名分都没有……'"

他又掏了两个洋芋，我们吹了灰，这次熟透了，吃起来沙沙的。他连吹带吃，我的还有一大半，他的一个已经进肚了。我说："你慢点吃，太烫了。"

"东西热了香。"

"吃得太烫了，会烧坏食道的。"

他笑笑，装了一锅子烟点了，深深吸一口，吹向窑顶，翻着眼睛说："哎呀，到了莫斯科、圣彼得堡，人和骡马都得好好歇缓歇缓……"

"好好泻泻火……"

他捣我一拳，嘿嘿一笑说："老毛子老打仗，男的少，女的多。大街上一波一波走着，女的眼窝深，鼻梁高，寡白寡白的，开始看上去怪怪的，看惯了挺心疼（漂亮）哩，身材好，个头高，苗条，都留长头发，嘴唇殷红殷红的，穿得可少了，就巴掌大的一块布把羔羔（奶头）一包，下头就穿你穿的那种裤衩子，比你那小多了，也就巴掌大点，就那么在街上走，天气凉点就穿布拉吉的，就是裙子，一飘一飘的，说有些地方还有啥都不穿的哩……哪像咱们的女的，包裹得紧紧，单怕露出肉来，就像有人吃她的肉哩……'借我七个''借我十个'，老毛子叫出来就是'杰姆齐卡''杰姆士卡'，就是小丫头、大姑娘，老毛子话不好说，舌头不听使唤，乱搅哩。握手'拿瓜摸'，'都拉时气'好。来了个'戈比旦'（军官），开着'马神'（汽车）车，搂着个'玛达姆'（女人），喝着'俄特克'（喝的东西）……"

我接着说："奶油'斯米旦'，'列巴'大面包，水桶'喂得罗'，'拦波'电灯泡。没钱喊'涅肚'，有钱'哈拉少'……"

他惊讶地看着我说："你你你也会这？"

"我学俄语就是从这开始的……我在圣彼得堡念的大学。"

"妈呀，今儿把人丢大了，哎哟哟，丢死个人咧，丢死个人咧……"他的脖子都红了，两只手捂着脸，指缝里露出眼睛看我，真像个害羞的孩子。

"这咋丢人咧？"

"你都是在圣彼得堡念的大学，我跟你说这些还说了这么多，这不是丢人，这是孔夫子门前之乎者也地呜哇乱叫哩，把人丢得有远没近咧……"他忽然捣我一拳说，"哎呀呀丢死人咧，你咋不早说么……"他双手搂头，头垂下去，咯咯咯地笑着，扭着身子。

我说："多大年纪了还害羞，抬杠你抬得那么美。"

他说："咱两个这是扯么，又不是抬杠，咋不害羞？有时候一想到小时候丢人的事都还羞得人抓手哩，你现在不害羞咧？"

我笑笑，给他装了一锅子烟，点了，他靠在被子上半躺着，咂了一阵烟说："你上学和她们找过对象吧？"

我说："还没来得及找就打仗了……"

"狗日的老毛子就是爱打个仗，前天听广播上说好像又跟哪里打仗哩……你是日能人，能在彼得堡念大学，啧啧啧，那大学中国人要上说是难哩……”

“就是啊……”

“你是啥时候在圣彼得堡念的书？”

“二几年到三几年，读了八年。”

“呃，我也是那几年跑的，一年一两趟地跑，每趟歇缓个六七天十来天再往回返，有时候货没联系好，还得多等几天。我们也会在苏联跑跑短脚，遇上大雪大雨天，阻住了，最长的一次待了一个多月，咱们说不定在圣彼得堡见过面哩，街上我见过中国人，有学生哩……对了，我还照了相哩，是那掌柜的给我们照的。”

我说：“照片在吗？”

他说：“咋，你不相信我？”

我忙说：“不是不是，我为啥不相信呢？相片要在可珍贵了，都成文物了，就是咱们说的古董。”

“在，两张。一张是我们驮队一起照的，一张是我一个人照的。还记不起压到哪达了，我回去找找，找到了拿给你看。”

“可要保存好哩。”

“值个啥钱？苏联照的，我还想烧了，怕惹事哩。”

茶叶败了，我换新茶叶。他掏出巴掌大一块砖茶，说：“把这换上，安化黑茶，放了好多年了，说是放的时间越长越好。”

我用改锥撬了一些茶叶，把茶叶块给他。他说：“给你带的，留着，以后自己捣罐罐，别给他们捣了，人多了好茶也喝不出个好来。老毛子可喜欢这茶了，茶里加牛奶，好喝得很。唉，老毛子天天喝牛奶，要说比咱们生活好……这话可别乱说。”

我说：“跑脚路上有不少相好的吧……”

“脚户脚户，一脚一户，一出门半年十月，那还不……人么……你拉骆驼我开店，表兄哥；上来下去都能见，表兄哥……归化城西啊包头东，有个尕妹子吃在心……曲子都这么唱哩，谁没几个表妹……一路车马店为了揽驮队住店，都备下姐儿。起初就是耍呢，后来就有了挂牵的。十月的沙蓬无根根草，哪儿的挂住就哪儿好……你说这路长拖拖的，路有多远脚知道，能走多远心知道，有个挂牵好呢么，就像路上有了路桩桩，把路剁成一截一截的，有奔头就有精神……专门干那活的女子，都说露水夫妻，其实也有情有义哩。唉，也是可怜人，都不容易。崾岘张家耀一门，地震十几口人死得就剩下山头上的放羊老汉，六十多了，跑了趟河西店，认回了一个儿子，都二十出头咧。哎呀，那女人仁义得很，不然张家耀一门就绝户了……说这些做啥呢……"

他眯着眼睛，一副痴迷的模样，我想他回到了过去的时光。

"唉，日子就是能磨，把啥都磨没了，有时候想起来老远老远的，就像做的个梦，有时候想起来就像是昨天的个事……都远了，一晃几十年了，天生日月轮流转，把少年磨成了个老汉；年轻的看着年轻的好，白胡子老汉㞞势了……雨点儿落到个石头上，雪花儿飘到个水上；相思病的给着心肺上，血痂儿粘给着嘴上。花儿都这么唱哩。一出嘉峪关，两眼泪不干。向后看无人烟，向前看戈壁滩。穷八站，富八站，不穷不富又八站，跑脚苦是苦，可也好哩，走着能见稀罕景，遇上稀罕事，认识好多好多的人……"

我点点头。

"你要是跑脚，整个驮队会把你当上宾哩！"

"就因为攒肚子？"

他拍着大腿笑，说："你不光攒肚子，还是文肚子，一肚子典故。跑长脚没有尽头的路啊，最难熬的是孤慌。半年十月在路上，遇个事堵在一个地方三四天六七天。有一次森林着火咧，把人揽住了，你说都到了苏联境内咧，返回不可能，只能等着，一等一个多月，差点没把人熬死。有个讲典故的人，那是个啥情况，可那时候，旧社会么，读书人太少了，能讲典故的人太少了，能讲典故又爱跑脚的人就更少了。"

几天后他在崖头上跟我招手，我上去。他掏出照片说："不能让他们看，看了胡说哩。"

照片已经发黄了，而且折了好几道。我说："你要好好保存，几十年了，太有纪念意义了。"

他说："就是，那时候咱们这一带知道啥叫个照相？见了我这照片都说是让人把魂魂子给定到纸上咧，还说让我走站把照片带在身上哩，你说笑人不？”

我说：“等我啥时候回去，让人给你重洗几张。”

他说：“人是假的，这是真的。你说不是这照片，过去的事我都不记得咧，就像没有过的事一样。”

照片是在涅瓦大街东正教的喀山大教堂前照的，他说：“你看这街道漂亮不？”

“那是世界上最漂亮的街道之一。”

他说：“那大教堂气派不？墙都是石头砌的，老毛子上教堂比咱们上庙气派，穿得也整齐，整齐得像军队集合哩。”

又说：“你看街上女子多不，穿得少不？现在都不敢让老婆娃娃看哩。”

他四下看看，指着相片中一个衣角说：“这是广元的三爷，就在旁边站着，只照了个衣角，跑咧。”

“跑咧？”

“就是我们回的时候不见人，没回来，留在苏联咧。我们到了彼得堡往往能长出时间来，那老板人好，会给我们准备好货源，我们跑几趟短途，就是这尿和娜佳缠到一起咧，比糕还黏，撕不开。我们给他说老毛子爱打仗，三天两头地打仗，你待着会把命送了，不听，干柴见了烈火，你说能有啥办法？这话不敢说，我跟谁都没说过，说了就把广元那一门人害了。”

我点点头。他又说：“路不想人人想路呢么，现在没有跑脚的了，要有跑脚的我还跑脚哩。山靠山，山套山，山抱山，看了几十年，窝在山里把人憋屈的……”

[去疼片]

一场刮了一天两夜的风把我刮倒了。头痛，咳嗽，流涕，发烧，怕冷，我知道感冒了，想扛上两天也就过去了。扛过了两天，结果越不行了，全身乏困，已起不了炕了。

柳三变来了，问了问说："你扛得了城里的感冒，扛不了曹半坡的感冒。"他往炕洞里填了一背篼驴粪末子说："被子盖严捂着好好出汗，我去叫去疼片来。"

柳三变走后不久，他婆娘来了，烧了蛋汤，又做了酸汤揪面。

我刚吃喝过，去疼片来了。"二奶奶来了没？"他问。

我说："没来。"

话音刚落，二奶奶进门来了。

去疼片说："二奶奶你先给磔春气，送送，我给配药。"

二奶奶找纸剪着元宝。去疼片说："把人拿倒的都麻缠，一般人送不走，你又是功名在身的人，一般的拿不住你。要是个娃娃，三变婆娘就能给你把病送走，磔春气送病二奶奶是半坡第一人，没有她送不走的病。"

去疼片说的是鬼，却只字不提鬼。

半坡人害了病，第一步就是磔春气送病。"春气"是疠疫恶秽之气。《礼记·月令》记载："命国难，九门磔攘，以毕春气。"磔，是古代祭礼的一种形式，分裂牲体以祭神为磔。半坡还用着这个字。半坡人只要害病，就会认为被鬼冲撞搅了春气，着了邪道，尤其是小孩病多，半坡人认为是魂伏低，容易惹春气。通常的做法是，一碗清水，三根筷子，一沓领票（纸钱），一道黄表，点了绕病人头三圈，"呸"三口，将水上端到十字路口泼了，碗扣在大门外旮旯。一般人也会磔春气送病，有些鬼魂难缠，道行浅的人送不走。

请二奶奶给我磔春气送病，我不惊讶。我惊讶的是去疼片请的二奶奶。去疼片是半坡大队的赤脚医生。那年，大队配一位赤脚医生，许多大队是从外人比如知青中选，有文化么。可半坡人在自己人里选，因为外来的人迟早是要走的。去疼片能成为赤脚医生，是因为他曾经是个兽医。当然，这也是子承父业。他父亲是脚户，也是驮队的兽医，当然也捎带给人看病。一个驮队得有这么一个人，不然漫漫长途，一头牲口害病，整个驮队都得停下来。说他父亲很懂牲口，能听懂牲口的话，牲口也能听懂他的话，再拗手的牲口经他吆喝说叨就安静平顺了。去疼片十三岁跟父亲跑脚，受父亲的言传身教，字认下不少，草药也识了不少。十六七岁，牲口和人的一些病就能看了，渐渐地成了各驮队争相抢夺的人物。去疼片当了赤脚医生，人们觉得怪怪的，嘻嘻嘻地笑说："一个给驴看病的给人看病？"但见了面都很尊敬，叫王大夫。半坡人有四不惹：一不惹郎中，二不惹苕子，三不惹阴阳，四不惹书生。惹了郎中，有个头疼脑热，你只能干挨着。惹了苕子，他拿命跟你拼哩。惹了阴阳，他给你祖坟里下桃木阵，大门口埋符咒，让你一家祸事不断。惹了书生，他会绕着弯弯下套子和你弄事。

去疼片刚当赤脚医生那会儿，给人开药不外乎四环素、安乃近、阿司匹林、土霉素、云南白药、穿心莲之类的。不管啥病，他开的药里都有去疼片，人们就给起了去疼片这个绰号。背着去疼片，人都说："其实去疼片给牲口看病比给人看病看得好。"每年去疼片都到县上、地区、省里培训，回来就能给人号脉、用听诊器、推葡萄糖、打青霉素、挂水（吊柴胡盐水）。

去疼片点了根烟笑笑说："你不信？"

我说："信信信。"

去疼片说："信不信，送一送。迷信迷信，心上迷气。有病了都是先送送，解解心上的迷气，有的送过真就好了。入乡随俗么，一方有一方的土地呢。送一送好不好不说，终归是有好处没坏处。以前来的人，都不信，不信就不信，还说三道四的，好像我们多愚昧。高夏蔡田里的老田不忌口，说了第二天嘴肿了，连饭都吃不进去。后来有了病，你没见那个虔诚劲儿，磕头头上都磕起了血包哩。你说信不信神鬼有啥，让神汉、神婆疗治疗治送一送，把心里的神神鬼鬼给安抚了，把啥事坏咧？”

我说：“送送送，我信，真的。”

去疼片说：“人心里都有神鬼哩，不信？老蔡一个晚上不敢睡，问他怕啥？他说怕鬼。我说你这不矛盾么？”

二奶奶剪了一沓元宝、七个纸人、一叠领票，一碗清水放在地上，念念有词，手拿着菜刀在我身上从头到脚砍了一遍，拿三根筷子在水碗里两头蘸上水，在我头上左绕三圈、右绕三圈，在眉心轻轻一戳，跪在地上，念叨着一个个亡人名字，在水碗中立三根筷子，替病人反思日常行为中对神鬼的不敬，说一些检讨自责和赎罪的话。我发现二奶奶语句顺畅，一点都不重复拖沓。

三根筷子真就在水碗中立住了。二奶奶烧了纸钱和七个纸人，将菜刀压在我的枕头底下。出门来，二奶奶对去疼片说：“是大麻子的爹。”去疼片说：“都死了多少年了，就是不安分。”二奶奶说：“人活着咋样死了咋样。”有名有姓的熟鬼，就得等站着的筷子自己倒了，意味着鬼自己走了。要是孤魂野鬼，筷子站住，就用力挥刀将筷子砍出门去，然后端水提刀，到了十字路口，将纸钱和七个纸人烧了，水和纸灰泼了，撒一把五谷粮食，让来来往往的人踩踏。

送走了二奶奶，去疼片说：“你们这些人都相信县上、省上看得好，可去县上、省上看病得支书开证明。支书去大寨学习了，公章在腰里挂着哩，得等，可病哪里是等的？”

我说：“我就靠到你身上了。”

去疼片说：“都叫我去疼片，不怕把你的病耽搁了？”

我说：“叫了多少年了，这是个好名号，你说说哪个病不疼？”

去疼片为我竖起两个大拇指说：“看病不就是送病么？去疼片，去疼片，去了疼，片一片，可不是这么回事。”

我说：“说得好，说得好。”

去疼片说：“病这个东西跟鬼一样，不，应该说就是鬼。人的魂伏低的时候，鬼就容易上身了。”

我笑笑。他说："你别笑，拓尔库说他们老先人就说病是鬼给人造下的，说他们老先人那些达官贵人，驱鬼时会买一个人，驱除了灵魂，然后当鬼一样处置了，人病就好了。"

"拓尔库？"

"就拓沟的队长么，他先人是皇家人，吃过李元昊的宴席。"

我拍拍脑袋，拓沟我已经去写过标语了，全姓拓，却不读 tuò，读 tà。拓尔库说来过人说他们应该是拓跋氏，可他们姓拓 tà，不姓拓 tuò，多少辈了没改过个啥，就这么生活着，全都跟汉民习俗一样。

"拓沟人神神道道的，代代总有那么一个讲古人，说是就像鬼附身了讲古，一讲几天几夜，不吃不喝，没有重话。那拓道道说是活了一百二十多岁，能把他们老早老早以前的事讲得头头是道，明明白白。"

"拓道道现在还在？"

"去年去世了，不知新的冒出来没。"

"冒出来？"

"就是一个人忽然一天就有了这讲古的功夫，开口就讲。这人以前不要说识字，就是话都说不顶当，可就能讲古，老早老早以前的事就像经历过一样，讲得清楚明白，不是冒出来的？这种人一个一个都是这么冒出来的。"

"你听过？"

"外人听不到，只有全是人家人才说。"

去疼片又说："是人精神不好，魂伏就低。人精神咋会不好？就是因为心里有事，心里不安，心生了病，会有精神？俗话都说人得病是七分精神三分病。精神倒了，身体能不垮？身体垮了，病能不上身？当然，药要吃，针要打，水要吊，呃，就是输液。但磔春气送病也是必需的，就像大医院，不还有心理医生么，那不是给人说病？"

我竖起大拇指说："人说你会说病，你能成大医生。"

"人看病说病是重要的，病说破了就像疮破了把脓挤了一样。"去疼片说。

"你给我说说病。"

他笑了说："你大知识分子，有病自己还说不了，让我说，看我的笑摊？支书说你是申请下放劳动的，你这不是把自己的病看明白了？"

捉脉，吃药，打针。柳三变老婆又烧了红糖姜汤。喝过吃过，我精神好多了。

去疼片说："过两天让干奶奶给你收个阴，你阴寒气太重。"

三天后感冒轻多了，唐彦辉又派人驮来干奶奶。干奶奶有七十多年纪了，黑盖头包着头，才知道她是一位回民。

半坡周边回汉族杂居，回族占到百分之四十。伊斯兰教传入中国一般以公元651年，即唐高宗永徽二年为标志，八月乙丑，大食国"始遣使朝贡"(《旧唐书》)。大食为中国唐、宋对阿拉伯人、阿拉伯帝国及穆斯林的泛称。元朝，一批批信仰伊斯兰教的中亚及阿拉伯人、波斯人来到这片土地上。《元史》记载，元世祖至元八年（1271）"签西夏回回军"，十年又下令"探马赤随处入社，与编民等"，"上马则备战斗，下马则屯聚牧养"。《多桑蒙古史》记载："阿难答幼受一穆斯林之抚养，归依伊斯兰教，信之颇笃，因传布伊斯兰教于唐兀之地。所部士卒十五万人，闻从而信教者居其大半。"明朝初年，大批回民以归附土达的身份被安插到灵州及西海固。至清朝初年，回族人口繁盛。乾隆四十六年（1781）陕西巡抚毕沅在奏折中称："宁夏至平凉千余里，尽系回庄。"

半坡一带回汉混居，回汉之间拜干亲，以干大干娘干爷干奶奶称谓。

柳三变拱拱双手说："色俩目。"

干奶奶也拱拱双手说："色俩目。"

我也拱拱双手说："色俩目。"

干奶奶又拱拱双手说："色俩目。"

干奶奶看了我几眼说："这尕娃阴着了，眉心都青了。这娃你记着，正出汗一下进窖里或扎进水潭，三伏天喝刚从井里窖里打上来的水，躺在石板上睡觉，都会把寒湿气收到身体里、血液中，最能造成阴寒，可要小心哩，会阴出大病哩。"

柳三变端上一个盘子，盘子里放着一团头发、银镯子、麝香（那时候苋麻河谷有麝、鹿、黄羊）、艾、一条毛巾，用盘子端上来挺有仪式感的。

柳三变说："老人家，鸡蛋已经煮老了。"

干奶奶用一条毛巾包裹鸡蛋、银镯子和头发团，捂在我肚脐眼上，说："你压上个劲，捂严实，手脚别露出来，一点风不能透。"

过了有一个小时，打开毛巾包，亮白亮白的银镯子变成了灰黑色的，干奶奶说："这就是你的病——阴气，等银镯子吸干净你身体里的阴气后，病就好了。"她在羊毛毡子上来回搓银镯子，搓掉了灰黑色，和鸡蛋、头发放到一起。换了六次鸡蛋时，银镯子不发黑了，把麝香敷在肚脐上。干奶奶说："这娃阴气重，我再给灸灸。"又说："出门人就是客，不易。"

后来我查了相关资料：收阴疗法是根据人体生命真元气为基础，以真气运行的从里及表性的发汗治疗为原则，讲究扶正祛邪，温养正阳气，由内向外驱散消除侵入人体内脉络和血液中的风、寒、阴、湿等邪气，调整人体自身的阴阳平衡，恢复健康。

几样用物这样解释：一、鸡蛋：贮藏着育化新生命的先天真元气，在热力的催动下被源源不断地释放出来，补充人体真元气的虚亏。二、银镯子：银子对各种毒性特别敏感，它发挥着吸附出侵入人体内的风寒湿浊等阴毒的作用。三、头发：具有通经开络、活血化瘀的作用。在热力催动下，它所包含的药力性气体进入人体的真元气内，沿着经络和真元气运行，排除入侵的外在阴气。四、麝香：具有走经串窍，温寒散湿，大补元阳的功效。它出自"麝"的肚脐里，包含着生命的真元气。

"收阴术"当时只流传在甘、青、宁等地回族人群和回汉混居地域中。

干奶奶又让我把裤腿卷起来，在腿弯处撸来撸去，最后一针刺进去，乌黑的血汩汩流出来。"你看你这血跟墨汁一样，这是死血。两条腿上的血放了，你走路都是个轻的。"柳三变说。

我给干奶奶钱。干奶奶嘎嘎笑着说："你们这城里人咋这么失笑人嘿。"

柳三变说："干奶奶从没收过钱。"

干奶奶嘱咐我三天内不能出窑，不能见风，更不能喝凉水，吃冷饭冷菜。

干奶奶刚给我收完阴，花子来请，说去给娃收个惊。

民间神汉神婆那里常见的收惊或收鬼术，例如小孩总是发烧，医院看不好，而收惊一下就好；再如有人患了精神病，怎么也治不了，用收鬼术的办法一下子就能让人恢复正常。一句“收住了”对病会起到极大的心理暗示作用。

在半坡的岁月里，我大概收过十二次阴。第二次回到半坡，干奶奶已经归真，是她的女儿给我收阴放血的。

到我离开半坡时，去疼片在方圆医术已经很有名气了。老黄总结说：“去疼片是给牲口看病的，给人看病，胆子大，下药重，拿给驴下药的量给人下药，给病一个下马威，还用偏方，就把病给咥住了。再让找神汉神婆看一看、送一送，给你说叨说叨，把心病解了，这些对病都很管用的，许多病给他一治就那么好了。”我走后的第三年，去疼片调到了乡卫生院。多年后，我再次回半坡，他已成了县医院的名医专家了，说去疼片看病“一把抓”，大医院看不好的病他都能看好，寻他看病的人很多。去疼片还开了自己的诊所，诊所名竟然就叫“去疼片诊所”。我说：“咋取这名？”他嘿嘿一笑说：“已经成品牌了，你还别说也就这牌子合适，看病第一步就是去疼么。”

[六谷]

我靠墙根坐着，李承运进来，我把小凳子递给他。他说："你坐你的，我蹴着。"我说："你坐，我还有个马扎。"他说："不用，我蹴惯了，坐下不美气。"他靠着墙根蹴下去。

我递给他一根烟，他挥挥烟锅说："你吃你的，我吃我的。"

我硬给他点了，他吃着，和我说这说那，就像跟我认识好多年了。

我递给他第二根烟时，他摇手不要，我硬塞给他。他说："一会儿吃了你两根纸烟了。"

半坡人把买的卷烟叫纸烟。

我说："吃了五谷想六谷，烟么，就是个吃的，烟酒不分家。"

六谷在半坡特指烟。

"烟酒不分家。话是这么说，你管得起？"

我笑笑，他说："你这里一天来来往往的多少人？以后你这院子就是片椽抬杠的坛场。你这人看得出来，面情软，来人不散个烟你脸上拉不下来，又是下放改造的，矮人一头。唉，一盒盒烟吃不了两轮子，一天不得几包？"

又说："我去舅家，去阿干店里买包纸烟，装个脸面，阿干说纸烟让你买光了。你下放劳动，没靠山了，月月有个麦子黄的好日子没了。纸烟你管不起。"

我不好意思地说："确实管不起啊。"

他看看我说："由嘴吃倒江山哩。"

江山是半坡常说的一个词。半坡人的江山很小，骂胡乱折腾的人"卖江山的货"，骂好吃懒做的人"由嘴吃倒江山"。

"李自成本来有四十九年皇帝的天运。进北京城坐了金銮宝殿，问手下的人干啥最好。手下说过年最好，李自成说那就天天过年，结果过了四十九天年，他的皇帝气数也就尽了。”说着他笑笑，“在你们文化人跟前讲这些典故不是在夫子门前开学堂么，丢人不知个深浅。”

我说：“我还真不知道这个典故哩。”

他说：“到了半坡，都吃旱烟，没啥丢人的。你得随咱半坡人生活，你也吃旱烟吧。纸烟备上一两包，来了干部、走个亲戚、过个年吃吃。”

他从领口取下烟锅，烟锅头揣进裤带上戴着的烟荷包里，捏摸着装好烟，卷起衣襟把烟锅嘴拧搓几下递给我。我接过烟锅咂了几口，真冲，咳嗽起来。

“吃旱烟不能像吃纸烟，纸烟绵软，旱烟硬，你不能每口都吞到肚里再吹出来，隔上几口吞一口，再都吃到口里就吹出来。”

我试试。他一笑说：“慢慢就适应了。用烟锅比用纸卷着吃方便，卷烟不好卷，山里风多。老右还说纸有毒，写过字的本子、印上字的报纸，都有毒，用烟锅吃就不吃纸了。”

“过两天是集，你跟集不？叫上我，去置办烟锅、烟荷包，称些旱烟。”

他笑笑，从腰间解下一个绣着老虎头的烟荷包递给我说：“买啥，这就是给你的。”

我接过来说：“新的，还装了满满一袋旱烟。”

“婆娘绣的，怕你笑话哩，你莫笑话。”

“这么精美，像艺术品咧，都舍不得用了。”

“没你城里机器做下的好。”

“机器绣的哪能跟人绣的比？”

“婆娘针线做得眼睛麻了，绣得花不花鸟不鸟的，等丫头从学大寨工地回来让她给你绣一个。”

解开烟荷包缯绳，里面装着一拃多长的烟锅。铜头有山楂大，玉石嘴，烟杆竟是骨头的，雕着拙朴的花纹。我说：“这是羊棒骨头？”

他说：“鹰爪骨。”

“鹰爪骨有这么粗？”

“这还是小鹰的，大鹰一爪子能抓起一只羊，一膀子能扇折牛腰，鹰爪骨有羊棒骨粗。”

又说："这烟锅好些年了，你看鹰爪骨杆好好的，放光明哩。鹰骨比羊骨硬，鹰能活七十岁，人也就活这么个年纪，你想骨能不硬？"

我说："鹰能活七十岁？"

"能，不过四十岁上得受回难，重生一回。鹰四十岁上嘴和爪上的壳又长又弯，又秃又厚，打食就得不上力了，浑身的毛又厚又密，膀子很重，飞起来吃力又不灵敏。鹰就找极高的崖窠垒窝，打够几个月的食，钻在窝里把毛和爪上的指甲全都用嘴拔掉，然后嘴在崖石又磕又碰，直到嘴上的壳脱落。等着新的毛和爪子、嘴上长新壳来。这得四五个月哩。有些鹰就在这四五个月死了，活下来的又能活三十年。"

我说："这么好的东西，你留着用，我到集上买一套。"

"值个骡子价还是马价？"

"烟杆是鹰爪骨的，嘴子是玉石的，正宗的和田玉，难得哩。"

"有啥难得的，鹰爪骨想要，到山上找去，打也能打下来。玉石嘴子跑脚跑迪化一路，成堆地卖着，遇上了给个啥就能换几个。"

我说着掏钱给他。

"你这人，这是干啥么？能值几个钱？我是来找着给你卖烟锅子的？得是。"

我不好意思了。他嘿嘿一笑说："卖你的钱？富得了我？值个驴价马价噻，好好卖你一下。"

"烟锅给了我，你不还得买？"

"哪个男人没几个烟锅，哪个女人没几个哥哥，曲曲儿都这么唱。你留着用，我还有哩。"

他装了一锅子烟，点着咂了几口，徐徐喷出，咬着烟锅，两手做翻书状，说："这烟锅你们读书人用上最好，咬着烟锅，两只手翻书，一点不影响。鹰骨烟杆比铜杆儿轻，就一拃长，再长了咬一会会儿就咬不住了。"

他起身走了。我恍惚地想，他来我院里就是为了教我吃旱烟。

多年以后，这个嘴子有人给我三万我都没卖。我去半坡找李承运，他跟着儿子在南方打工已经好几年了，和半坡失去了联系，连个电话号码都找不上。

[跟集]

进入腊月，活计就是起粪、撒粪、拉粪、压粪。所谓的粪只是些粪末子和平日垫的被羊、牲口的尿和稀屎掺和后的土灰，粪蛋蛋都扫回去做了燃料。粪土从羊圈、牲口圈挖起来，撂得像麦堆一样，粪土疙瘩碌开来，用榔头打碎，一遍一遍，直到粪土细如面，才算掺和匀了。这叫撒粪。粪撒好后，拉到地里扒在老农踏出的一个个粪底子上，铲土将粪堆压埋，不然能把老墙头的墙皮揭下来的冬风，刮一场就会把粪堆吹得灰飞烟灭。来年开春，翻地种庄稼时擢开粪堆散进地里。

粪的活计做完，就腊八了，生产队也就放年假了。

半坡人腊八不喝腊八粥，而吃腊八饭。这有很大区别。腊八饭以米（半坡只有黄米，没有白米）为主，掺上麦、豆、荞、谷，五谷得全。煮一阵，盛出一老碗，给骡马猪羊鸡拌料时掺点，再加入猪肉臊子、葱花、胡萝卜丁儿和调料，还要和面捏些“雀儿头”同煮，寓意消灭雀儿。腊八饭要半夜起来做，五更时吃，在雀儿醒来前吃毕，寓意雀儿醒来时人们已把粮食收藏起来。

腊八饭熟了先要“泼散”。上香、升表后，往房顶扔点，敬天；在院心放点，敬地；在灶台板上放点，敬神；在祖先牌位前放点，敬祖。然后屋门、院门、石磨、鸡埘及各种农具、骡马猪羊圈等等都要抹到。吃腊八饭每碗都不能吃光，碗底要留点，用筷子刨成小麦摞的形状，寓意年年丰收。吃腊八饭不能吃菜，寓意来年杂草少，不欺庄稼。半坡所有的讲究都有成熟的系列规范。张文魁做这一切细致而虔诚。

我的腊八饭是在张文魁家吃的。

吃过腊八饭，睡个回笼觉，醒来时太阳从门洞里照进窑洞。我起身去支书家，离过年还有二十多天，再说一个人的年，过和不过有啥区别？我想出门好好走走，这地方的古建筑物实在是太多了。尽管我就是个社员，支书说不用请假，不用给他喘一声，可啥事都给他喘上一声，看得出他还是挺受活的。刚一出门，支书来了，说："你要出门？"

我说："想去给支书请个假，出门走走。"

他"呃"了一声。

进了窑洞，我架旺火盆，开始捣罐罐茶。

"你先要出去。"

我"呃"一声，看看他。他说："明儿大家都跟个集，后儿个开始就出（宰）肉猪哩，出肉猪都要请吃饭，一直能吃到年二十七八。这二十多天好好把身体补补。"

肉猪也叫年猪。腊八过了就是年，半坡人过了腊八开始出肉猪。捉小猪，喂到来年腊月宰了，一般能长二三百斤肉，可以腌一缸，细水长流地解一年馋。

我说："我……"

他说："你听我的，出去走走的日子多着哩，不出正月都是年，一直到二月二龙抬头动耙耧，地里才有活干。你等初七过了，初七是人日，不能出门，得待在家里等魂魂归来，不然一年都没魂魂，初八就可以出门了，过了二月二再回来。"

又说："不好意思？你别不好意思，半坡都有家，就你没家，宰猪叫着吃饭，家家都去人，这是习俗么，多少年了。你没吃上都心里惦记哩，吃宰猪饭多你一个啥都不会多花销，就是添双筷子的事，你没吃上还得单独叫你吃个饭，你说心里叵烦不？"

我点点头。他又说："明儿咱们去榷场跟个集吧。"

"榷场？是哪两个字？"

他迟疑一下，说："考我？"

我笑了。他说："两个字难写哩，'榷'字不常见。"

尚老师进来。支书说："来来来，写'榷场'两个字。"

"能考住下放？"尚老师说。

“人家考我哩。”

我忙说：“我是说要是我知道的那个榷场，有典故哩。”说着我写出了“榷场”。支书看看说：“就是这，就是这，典故有哩，榷场就是集，西夏时那里就是集。”

西夏、宋、金之间的贸易，被称为榷场贸易，边界有大榷场，村寨周边有小榷场，也称“和市”。当然，宋是利用榷场贸易对西夏进行牵制。

“榷场”《宋史》记载很多，摘录两段就可看出榷场贸易在当时的重要性：

“西夏自景德四年，于保安军置榷场，以缯帛、罗绮易驼马、牛羊、玉……以香药、瓷漆器、姜桂等物易蜜蜡、麝脐、毛褐……”

“天圣中……及元昊反，即诏陕西、河东绝其互市，废保安军榷场；后又禁陕西并边主兵官与属羌交易。久之，元昊请臣，数遣使求复互市。”

榷场在一个山弯，依附一个村庄，叫榷庄，山上有一堡，叫榷堡。逢老历三六九为集。

“你买些核桃枣儿花生水果糖，初一娃娃进门入户磕头拜年，得给散一散打发他们。”

“也给我磕头拜年？”

“拜，半坡的风俗，过年不论有无亲戚，娃娃挨着门磕头拜年，也是挣糖果哩。”

第二天，我和支书一人骑一头驴。出了村，才发现赶集的人真多，一条条毛细血管般的小路上索索不断，汇入大路。骑驴的，更多的则套着驴车，步行的少。“吃饭靠糜子，穿衣靠皮子，出门靠驴子。”有的是举家出动。年集嘛。一驴车拉五六个人，多是孩子和老人。到榷场还有三里多地，堵车了，驴车走不动。我们拉着驴往里走。

集市在一道山弯摆开，摊点夹道，卖什么的都有。大大小小的摊点，有抱着一只鸡卖的，有提着两只兔子卖的，有人竟然提着一吊子猪肉在卖。

货郎子不少，货郎子担一字排开。“平时走庄串户的，也到年集上扎堆哩。”支书说。

走过几个摊点，支书说：“看上的东西不一定今天买，扫集时再买。”

“扫集？”

“靠近年关的最后一集，集上东西贱葬（大减价），给个价就卖，不是扫集？”

“让咧，让咧。”

我以为是喊着让路，往边上躲躲，看看，没有人马经过，却是一个摆摊的在喊“让咧”。

支书笑了说：“让咧，意思是便宜咧，让给你咧。”

我拿了个陶罐看，货主说：“买吧，贱葬咧。”

我笑笑，放下。卖主说：“看你也是一身子躺进公家怀里的人，覅把钱看得太重咧！”

我们走开了，卖主说：“金牙上了锈，皮鞋倒了后，喝酒酒也臭，做饭锅也漏。”

卖东西各有各的招，有唱的，捶一鼓；有说的，敲梆子，都上口押韵：

“家有老，可是宝，孝敬父母要趁早，买个东，买个西，养育之恩报到老。”

“半坡的，王洼的，陈儿山和李岔的，莫乱走，往这看，我已等你整一年。”

一个摊点，三个一模一样的小伙，你一句我一句吆喝着说：

“走一走，转一转，买不买你看一看，看了不上你的税，不买不要你的钱，不要你的钱。”

“浪一浪，逛一逛，买不买你望一望，望了眼睛不吃亏，保证让你眼欢喜，让你眼欢喜。”

他们就像是文艺演出中的表演唱，可他们没有化任何装。

“这三个都长这么大了，一肚子生了三个，引得方方圆圆都撵来看，想想就像是夜儿个的事，”支书说，“下放，城里还有一肚子生四个的，是不？”

我说：“听说过。”

榷场有个信用社，我说：“我去换点零钱，到时候给娃们散压岁钱吧。”

“钱你散不起，娃娃多哩，买点核桃枣子柿饼洋糖散散就行了。”

“第一年么。”

“规矩拉下了，就是年年的事了。”

“一人五毛。”

“啧啧啧，一人五毛，不过日子了？钱你得留着应急，你这日子谁知道过到哪天？你家是资本家，偷偷藏下钱咧？”

我摇摇头说：“那两毛吧。”

“一毛钱八个洋糖，能把他们高兴得上天哩。货郎子担的不太甜的豆豆糖，一毛钱十二个哩。”支书嘿嘿一笑说，“曹两个就像做买卖搞价哩。”

换钱的时候，服务员问要不要换十块的新钱，支书换了一张。只换一张，有些奇怪，农村人重男轻女，可他也不是只一个男孙。

支书说：“换一张新钱，给老先人印压岁钱老先人也高兴。”

半坡给老先人烧的纸讲究要自己印，卖别人印好的烧纸烧了自己先人得不上，谁印的谁先人得了。自己印很简单，买大白纸裁好，拿面额最大的十块钱一正一反地拍过，就算印了。

榷场不是公社，却有个供销社，三门砖瓦房很突出，门前排起长队。

我说：“供销社卖啥哩，排这么长的队？”

“除了赊销布还能有啥？赊销布不要布票，有些人头天就排队哩。”

“这要进去等买上东西怕天都快黑了。”

“唉，能赊销多少？还有从后门走的，排这么长的队几个人能买上？一阵就没了，曹们也不进去，核桃枣儿花生水果糖柿，摊摊子上摆着卖，便宜，东西还好。”

支书跟几个人打过招呼，继续往前走，说：“有的人啥都不买，买也买不起，就是进去看看，供销社里稀罕东西多么，图个眼欢喜。”

我核桃枣儿花生水果糖柿饼各样买了些。支书说：“买得多了，散的时候一个娃抓半把就够多了。”

经过一个小卖部，支书说：“你买上几包纸烟吧，过年哩，都会吃几包纸烟的，百节年为首么。阿干那达怕没了，纸烟一月多少有指标，过年买的人多。”

我和支书各买了一条纸烟，看到小卖部有卖香、表、纸的，反正要用，就准备买。支书附在我耳朵上说：“香、表、纸回去在阿干小卖店里买，照顾照顾阿干生意。”

我看上一个大号的曲曲罐。我那里越来越热闹，来的人多，曲曲罐小，捣一罐罐喝不了几个人。这个大曲曲罐是陶的，样子挺古，有刻画，价格不便宜。支书说：“罐罐来，罐罐去（qi），后头剩下个罐罐系。曲曲罐买个便宜结实的，贵的打了就是钱，你看上的那是个样子活，那是你们文化人坐在房里喝茶的，不耐摔拌。”

来到一个卖白边大黑碗的摊前，支书选了一个说：“买这个。”

我拿上看看，与建盏有些相似，手感极沉，只不过没有那么精致讲究，而且样子也很不同。建盏多是口大底小，有的形如漏斗，这曲曲罐恰恰相反，口小底大。

买了曲曲罐，买了些云南砖茶，当然得买枣子。捣罐罐枣子是与茶叶一样不可或缺的原料。枣子抗旱，因此这里枣子比较多，有狗头枣、同心圆枣、灵武长枣、北山小枣等十几种。枣有鸡蛋大的，有指头蛋子大的。我想买桂圆大小的圆枣，支书说：“捣罐罐是喝茶，不是吃枣子，枣子就是个味儿，买北山小枣，味尖，耐熬。”

北山小枣指头蛋大小，干得枣肉皮都贴在核核上。

晌午了，“老陕泡馍馆”还开着。我说：“咥碗羊肉泡馍。”

“算咧算咧，嘴是好忍的，石头是难啃的。明儿起开始出年猪了，天天有肉吃，一直吃到过年，腊月是最肥的哩。话要想着说，福要匀着享。”

往里看看，我说：“吃的人也不少哩。”

支书说：“一家几口要一碗，多掺几碗汤，泡自己带的馍馍。这掌柜的会做生意得很。”

继续往前走着，支书就说起老受㞞来。他说：“老受㞞那么大的家业，跟集从不下馆子，但每次跟集都进馆子，一进馆子问一斤牛肉多少钱，一斤羊肉多少钱，一只鸡多少钱，问个过，然后问面汤多少钱。掌柜说面汤不要钱，老㞞就说来两碗。面汤端上来，他就从褡裢里拿出馍掰着泡了吃。馆子里掌柜伙计都认下他了。他一进门，伙计就说：‘面汤不要钱，来两碗。’掌柜的说：‘你麻烦不麻烦，问个遍才要面汤，直接说来两碗面汤就行了么。’老受㞞说：‘不问咋知道啥是啥价格，咋掌握行情，卖东西不吃亏了？’唉，老受尿真是从牙缝里省出了个地主。”

两边摆的摊点夹出的集市老长，走到头又回过头来，又到了“老陕泡馍馆”前。支书说：“走不过去咧，唉，人谁管得住自己的嘴。走，咥一碗，日子长拖拖的，哪点还省不出来这一碗。”

我说：“就是，就是。”

“老陕泡馍馆”三间房子大，摆十几张桌子。每张桌子都坐满了人，吸溜呼噜声如潮水。

我们一进门，掌柜的迎上来，嘿嘿一笑说：“过来过去走了三四趟，我心里还说这尿日能的，把嘴给管住咧？”

支书一笑说：“你个老财迷，腊八都过了，听不着猪叫唤？还不关门回老家过年，偏要挣人这一碗钱，钻钱眼里咧？不怕成了老受尿？”

一张桌子空出来，我和支书坐下，掌柜的拿了蓝边老碗，里面放着一个馍。馍要自己掰，掰得越碎越好。要每块掰碎的馍馍疙瘩上面带点馍馍皮，才是最高水平。

我们掰着馍，进来一汉子，站在我旁边。我往里挤挤，给他让出座位。他要了一碗羊肉泡馍。掌柜的取来蓝边老碗和馍，一放到桌上，汉子抓起馍就掰。三下五除二一个馍掰在碗里，把碗递给了掌柜。我们才掰了不到半个馍。

羊肉泡馍谁的馍先掰好谁的先做。羊肉泡馍端上桌，汉子就呼噜呼噜吃起来，不时大张着嘴哈气。支书悄声说：“日急慌忙的，馍疙瘩有指头蛋子大。”

我们的馍才掰完，他已经吃光了。起身走时，我们都看着他。他看看我们说：“咋咧？”

“没咋。”

“没咋是咋咧？日怪不？！”

汉子腾腾腾地走了。

支书说：“这是吃羊肉泡馍？呼噜呼噜的，像扒粪。”

又说：“一碗羊肉泡馍，吃了才多大一会儿？能有多大的事？日急慌忙的。”

“就是么，好东西要个好吃手哩。”掌柜的说，“像这号吃手，就是皇上的饭也吃不出个好来。”

掌柜的给我们一人敬一支烟，支书别在耳朵背后，我也别在耳朵背后。

泡馍端了出来，我们开始吃，我学着支书从碗边吹着小口吃。掌柜的说：“看你不像个会吃的。”

“就你会吃？人家吃过的你怕都没听过。”

“来改造的？”

“下放劳动的，别见个外人就说是劳动改造的，我们农民就活在监狱哩？”

掌柜的笑了说：“这㞞，政治水平就是高了，可这话你得跟上头说，咋劳动改造就往我们这里发配？”

我笑笑，掌柜的说：“细皮嫩肉的，一看皮肉就不是咱们这里的皮肉。”

支书说：“不回家过年？几百里路哩，一场雪就挡住了。”

掌柜的说：“老天不挡过光阴人的路，过了十五回家。年得回家过啊，父母在世，年纪大了。”

[过年]

小寒大寒，杀猪过年。过了腊八，半坡人就陆续宰猪了。半坡人家家养肉猪——顾名思义就是吃肉的猪。猪娃出月到四十天，就出圈了。捉回来公的骟了，母的劁了，青草野菜、五谷衣糠、日常恶水（洗锅水）加热和搅。这叫吊壳郎。猪壳郎长起来了，深秋到过年，开始“充”（这个“充”用得极神妙）猪，加入玉米、高粱面、瘪粮食和草蒿籽，一天喂好几顿。猪儿吃饱了睡，睡醒了吃，充气似的长膘。杀年猪，捉猪娃，因此腊月、正月猪娃价最好。肉猪喂个年对年，能长二三百斤肉。

猪杀前都会先活秤，谁家的猪重，女人脸上就有光彩。

大家也互相抬着称，嘻嘻哈哈笑着说：“够秤了，够秤了，能出了。”

出就是宰的意思，不说宰、杀，太凶了。

“下放，称一称。”

我秤了，他们问：“重了还是轻了？”

我说：“重了五斤，这些年没重过这么多。”

“看得出来哩，你比刚来时缓了，脸上带胭脂了，皮皮也展脱多了。”

“这么大的个子，看上去还是瘽，再充几个月就好了。”

瘽就是瘦，多是形容娃娃，带有耍笑之意。

杀猪时，男娃女娃都围着转，猪毛猪鬃是女娃的，货郎来可换红头绳、抿子和丝线，男孩则守着猪尿泡。尿泡到手，踏揉一堆细土，在土上边吹边揉，就成了“气球”，系根绳子，举着满世界疯跑。

宰猪要吹猪，吹个滚圆，皱皮绷展，才拾掇得干净。大家就比赛吹猪，在猪蹄腕那儿开个小口，用筷子捅捅，插个竹筒吹，比赛过，没有人能吹得过拓生产。拓生产倔，倔人气大。树枝子扫了脸，非折了树枝子不可，还要踢树几脚；门框碰了头，踢得门框掉泥皮。最有意思的典故是拓生产放羊上了山头，一股风把草帽叼走滚下山去，他跟头流星地追撵，一直撵到山底。戴了草帽，才上山头，草帽又给一股风叼落山下。再撵到山底戴了草帽，一上山头，又一股风叼了草帽滚下山去，拓生产坐在山头吃了三锅子烟，这才晃晃悠悠下了山，到了草帽跟前，一顿鞭杆把草帽捶个稀碎，还浇了一泡尿唾了几口，才唱着上山撵羊群去了。

让我大吃一惊的是，猪肚豁开，热气如雾，几个老汉争相把头伸进猪腔内就着早已剥好的葱轮流吸板油。据说这是最补身体的，而且可治痨病，这可不是一般功夫。支书也有这功夫。他们给我一根葱说："你这身体该好好补补。"我忙摆手。

半坡人不熏腊肉，剔骨后将肉切成巴掌大小的肉方子，煮后用缸腌制，一层肉方子一层大颗盐，熬化猪油浇进去，用芨芨编的笸笸盖了缸口，再用塑料布蒙了用绳子扎捆，随吃随取，细水长流地解一年馋。

宰猪要请一个庄子上各家主事的人吃宰猪饭，萝卜白菜粉条豆腐咸菜洋芋和猪肉烩一锅。庄子上过了七十岁的老人都要请到，行动不便的，就要端一碗送上门去。当然谁家来客，是必请的。我是每顿都吃的，一天出两三头，我是客么。"又没个婆娘，冰锅冷灶的。"他们说。

杀猪饭一直吃到了腊月二十八。支书说："你笔墨弄好，写对子。"

"我看门框上的老对联写得挺好的。"

"那是老尚写的，今年你写。"

支书走了不久，尚老师来了，捏着红纸，提着三个油饼、一方猪肉："给我家写对联。"

我说："你写得那么漂亮，找我写对联……"

他摆摆手说："在你跟前那不是孔夫子门前开学堂，鲁班门前抡大斧……"

这时大喇叭传来支书的通知："今年到下放那达写对子。"

尚老师看看窑里说："得去阿干那里买口缸，再买个大坛子。"

"买那做啥？"

"盛油饼和肉呀，你摆桌子，我去阿干那里给你选去。"

我给他钱，他说："不知道价，你跟阿干算。"

一会儿阿干滚着缸，尚老师抱着个大坛子来了。

人们都陆续带着红纸来写对子，不是提油饼、果子（油炸的面果子），就是猪肉方子，也有拿烟酒糖茶的。我才明白支书和尚老师的用意，他们在给我"办年货"哩。

我记不清多久没写春联了，一时竟想不起几副，先写了"新年纳余庆，佳节号长春"。人们爬了一圈圈看，赞叹说这字写得跟印出来的一样。支书说："你写的我怎么念不下来？"

我念给他听，并解释说这是中国第一副春联，字是老体字。

支书说："你写些革命些的对联，不要用老体字写。"

我说："这没有反革命的意思。"

支书说："不反革命也是'四旧'。上庄有个老革命在省里工作，年年过年都衣锦还乡。路从半坡过，看见了会说咱革命意志不坚定，以前就说过咱们觉悟不高哩。"

我拍拍脑袋说："我一时想不出多少革命的对子。"

支书说："编么，肚里装着那么多的文化，还不随便就编了？"

我说："对联讲究得很，不是随便编的。"

支书说："讲究个啥，咱这里谁懂？顺口就行了，再说你弄得文绉绉的，谁能懂？不懂贴那有啥意思？"

支书出去了。尚老师给我讲炕墙、灶台、面柜、米箱、仓斗、升子、石磨、碾子、碌子、水缸、架子车、羊牲口圈槽、院心树、门前树等都要贴上"身卧福地""抬头见喜""米面如山""寿比南山""六畜平安"一类斗方或条幅。

支书拿来《人民日报》，有一个版全刊登对联。还拿来《毛主席诗词选》，说："这里面对联多。春风杨柳万千条，六亿神州尽舜尧。红雨随心翻作浪，青山着意化为桥。都是好对联，就照着往下写，老走就照这写的。不要写老体字。"

我刚写出来一副。大家齐声读了出来："四海翻腾云水怒，五洲震荡风雷激。"写一副，大家读一副。

支书说："这些对联年年写哩。"

我一看这张报纸，才知是几年前的报纸了。

半坡人住的窑门、家畜圈门上都要贴对子，一户得七八副。半坡生产队近百户人家，报纸和《毛主席诗词选》里的对联远远不够。尚老师又回家拿来个本子，是他记下的对联和斗方、条幅。我就照着写。

对联写了整整两天。缸装油饼，坛装肉方子，都装满了。

"你这个年有过头了，"尚老师说，"肉方子得让油封住，这么放不住，生蛆哩。走，咱们抬着去我家，让婆娘重给你腌下。"

饭吃过，买了五斤板油，尚老师婆娘将肉方子和板油一起加热腌制，油封了肉方子。尚老师说："这样放到五黄六月都不坏。"

晚上，支书来了，看看说："众人拾柴火焰高，你这年过得最富裕哩，村里人对你们这些文化人是很敬重的。万般皆下品，唯有读书高。话虽然批判着哩，可在人们心中，还是读书高么。明儿扫集。"

"还扫集，这些吃的一个正月都吃不完……"

"扫么，不扫个集就像吃亏了，心里不舒坦，年都过不好。"

"明儿不是集。"

"有集的地方到年三十的三天，天天都是集，年集。"

扫集人更多了，有些东西确实比上一次赶集便宜多了。我买了看上的那个陶罐罐，便宜将近一半。可是没过一月，就摔成了几牙。

年三十到了下午，人们忙碌消停了，蹴在街巷里片椽，都装着纸烟。孩子们背着背篼吆喝着上王母岭去。我问他们干啥去，老周说："背细白沙子，香炉里的沙子一年一换。土里不好插香，一插就折，细沙好插香。"半坡人每家至少有三个香炉：一个在院里，敬天地鬼神；一个在上房，敬祖宗；一个在灶房，专敬灶火爷。王母岭有一峰，上有白沙，远远看上去就像是永远顶着一块雪。我说："河谷不是有沙子么？"老周说："那不干净，人羊牲口踏过，又尿又拉的。上香升表，神佛听唠，敬神的事马虎不得。"看了我一眼又说："你们城里不上香？曹半坡看人看家道，第一看的是香炉。"我说："上，上。"我想到院里有个香炉，石凿的。老周喊："老蛋子，老蛋子。"老蛋子跑过来。老周说："一人多背点白沙。"老蛋子说：

"晓得。"

羊一早赶出去，晌午就赶回来了。家家从朋起的羊群中隔回自家的羊。羊也要过三天年，背上、鼻梁上抹红，一天喂三顿料。一年朋在一群，只有过年才赶回家，羊都不认得家门了，隔出来乱跑，咩咩声此起彼伏，街巷里闹嚷嚷的。生产队的羊、牲口也过年，男人们就都去给羊、牲口抹红。我负责为羊、牲口圈贴对联和"六畜平安""牛羊成群"一类的喜帖。

结束时思义说："下放，别做饭，来家吃饭。"

我说："不了不了，吃的多着哩。"

"今晚吃的你肯定没有。"

"有讲究？"

"有，年三十要吃搅团，你不是想吃搅团么？"

刚到半坡不久，思义叫我吃饭，问我想吃啥。我说搅团，他说叫你吃顿饭，咋能吃搅团，改天有你吃的搅团。过多少天了，他还记着。

我去阿干那里买了香表和白纸，回来把墙旮旯的香炉扶好清理出来，老蛋子背了白沙来，倒进香炉。我上了三炷香，升了表，心里不由得就虔诚起来。

支书过来教我印纸。将纸裁成八开的，用十块钱一正一反拓一下，很简单。"意思到了就行了。"支书说。但过程极虔诚，所有举措都必须双膝跪地完成，膝盖下不能垫任何东西，不像城里烧纸怕沾土，垫上纸或塑料，有的干脆站着烧或蹲着烧。

印好纸，支书说："晚上到家吃搅团。"

我说："思义已经叫了。"

支书说："思义婆娘搅团搅得好哩，你去吃吧。"

黄昏时分，半坡人开始请祖先。在半坡，你能时刻感受到人并没有死去，而是活在另一个世界，会经常回来走走的。比如娃娃得了病，说是哪个先人捻掐了娃一下，要礤春气，要送病；比如家里平时只要动荤腥或做好吃的第一勺、喝酒第一杯要泼散，说不泼散吃了喝了，轻的会嘴肿，重的会肚疼甚至跑肚。年三十家里十二岁以上的男丁都要去祖坟上香、升表、烧纸、奠酒、敬茶，恭请祖先回家，把"祖上三代"（纸签）摆好，跪拜磕头，一直到了正月初三下午，三天年过了，再把祖先送回去。

祖坟不在本地，就在十字路口烧纸。半坡外地人多，占到一半，解放时就地落户，十字路口烧纸的人很多。多少年我都没烧过纸，跪下去的一刻，平时觉得遥远、虚无的先人一下子亲近了、真实了、神圣了。旁边的老陈指点我说："用食指在地上画个圈，中间画个十字，纸烧到圈里，就只有你家先人才能取走，别人取不走。"老陈是山西人，解放时落到半坡，一直想回老家，他是长子，得回去给老爹暖脚，可户落到这里，现在一大家子，再往回迁，户口难落。

烧纸回来，思义在村巷里等我。我说："我回去一下。"思义说："回去做啥？"我说："过年哩，总得给娃娃装点核桃枣子啥的。"思义说："明儿娃娃都给你拜年磕头再散，哪有现在就给娃娃散的。"

纯荞面的搅团，是最正宗的搅团了，而且炒了，放上肉臊子。出锅后，思义先盛一碗在各种洞口、院角旮旯、墙头树下都放上一块块搅团。"老鼠、鸟雀、黄大仙……都得过个年，吃个年夜饭么。"

吃过饭，我就告辞了，思义说："不留你了，三十晚上都得在家，先人魂魂请回来了，得在家里守着陪着。"我说："先人远着哩。"他说："那说不定来了哩。"我笑笑。"你别笑，规矩有道理的，要守哩，要是没道理，能传几千年？"

出得门来，除夕的夜似乎真比别的时候夜黑。我说："夜真黑。"

"四大黑：三十的夜，锅底的灰，铁匠脖子，大煤堆。"思义说，"三十的夜越黑越好。我送送你。"

我说："不用，不用。"

"送送，你是外地人，在这里不沾亲带故，没根……"他不往下说了……

[吃吃子]

“打倒唐志庆！”

“打倒唐志庆！”

“打倒唐志庆！”

九月子举着个小拳头一挥一挥，高呼口号。

铁匠唐志庆也跟着九月子喊：“打倒唐志庆！”

木匠嘻嘻笑着说：“这爷孙俩觉悟高，孙子给自己开批斗会。”

大锤提着锤从棚里扑出来冲九月子抡着锤说：“碎子子子，小人犯上了，打倒爷爷，再喊小心雷抓你狗日的头。”

铁匠护着孙子说：“别呵斥娃，干你的活去，九月子，喊，再喊，打倒爷爷。”

九月子举着个小拳头一挥一挥喊着：“打倒爷爷！”

铁匠说：“喊打倒爷爷唐志庆！”

九月子举着个小拳头一挥一挥喊：“喊打倒爷爷唐志庆！”

我们都扑哧笑了，大锤说：“大，你就惯着，没大没小的，这么惯下去长大了不成个崽拐才怪哩。”

大锤看我一眼说：“下放，你说是不是？”

我笑笑，木匠说：“大锤，你咋说个话上纲上线的？娃才多大，爷爷孙子没大小，娃喊你让喊去，老天爷不降罪。”

铁匠已有六个孙子了，最疼最惯的是九月子，九月子是个吃吃子（半坡人称口吃为吃吃子），说话费劲，常憋得满头汗水。九月子说话时，爷爷的嘴巴大张，着急，鼓劲，用木匠的话说，两只手攥得能捏碎鸡蛋。铁匠愁得说：“娃有了这个短处，以后在人前就像短理了。你看现在就不合群了，人家都要笑他。活人难哩，以后连个媳妇都不好找哩。”

因为爷爷惯，更多的时候九月子就在铁匠铺附近玩。一说话，大锤就吼：“不要说了，以后能不说话就不要说话。”可正如半坡俗话说，吃吃子话多，瘸瘸子路多。九月子话就是多。大锤抡起巴掌要扇九月子，铁匠扑到前面，把头抻到儿子怀里说：“打，来打，不让他说话，你要把他憋成个哑巴？！”大锤跺脚说：“可他这么下去，把弟弟妹妹都带结巴了，老瓜头说他家田田都让带结巴了。”铁匠说：“活该，谁让他像个跟屁虫走走站站跟着九月子学，要笑九月子。”

铁匠冲孙子说：“九月子，喊打倒尚志义！”

九月子就喊：“打倒尚志义！”

“再喊！”

“打倒尚志义！”

木匠说：“爷孙俩一对狗东西，把我打倒了就你们站着。”

铁匠说：“别搅打，你们仔细听着，九月子，再喊！”

九月子喊：“打倒尚志义！”

铁匠激动地说：“你们听出来了吗？九月子喊口号一点都不结巴。”

木匠看我一眼说：“还真是，不结巴么，九月子再喊。”

九月子喊：“打倒尚志义！”

木匠说：“叫姨爷的名字。”

九月子一叫就成了“尚尚尚尚尚……”

木匠涮着茶罐罐说：“九月子，就喊打倒尚志义。这要能治好娃的结磕子，把我打倒多少遍都行，踏上一万只脚都行，积德的事。好好喊，我给咱们捣罐罐茶，给娃烤枣枣。”

铁匠铺紧贴着木匠铺，挂一个牌子：铁木社。

我说：“也喊打倒我！”

爷孙俩喊着打倒了十几个人，九月子不结巴。铁匠激动地在地上转磨磨说：“你说日怪不？喊口号咋就不结巴？”

木匠说：“批斗会喊口号给灌上耳音了。”

这时几个孩子过来，冲着九月子挥舞着手里的糖。九月子跑过去，他们说："说鱼儿离不开水，瓜儿离不开秧，我们给你洋糖。"

铁匠说："九月子，回来，不跟着他们说。"

九月子已经说开了："鱼儿离不开开开开……开水。"

铁匠提着锤扑向那些孩子说："这些个碎狗日照心戳了一扫帚，一心坏眼眼子。滚，小心打折你的腿。"

那些孩子把洋糖甩向九月子，边跑边喊："打倒唐志庆！"

铁匠说："让你大你妈来喊来。"

九月子捡起洋糖剥开，哇地就哭了。糖纸里裹的是羊粪豆。

铁匠掏出一颗糖来，剥了喂进九月子嘴里，九月子不哭了。铁匠说："喊，打倒他们，一个一个都给我打倒！"

九月子就喊："打倒唐方平，打倒尚文成，打倒曾志峰……"

那些孩子气愤了，却不敢过来，说："来，来，来，到这达喊打倒来，不给你架土飞机才日怪哩。"

铁匠就追那些孩子，可他哪能追得上那些孩子呢。木匠说："你个老屄，日能的，那些碎子子子土匪一样，你追得上？还当你那时候能飞檐走壁？"

铁匠曾是个刀客，年轻时了得，手握两把匕首，多高的城墙眨眼就上去了，如履平地。

木匠熬好了罐罐茶，我们喝着。铁匠说："喊口号不吃吃子，这就好，以后就让说话像喊口号。"

我说："说话像喊口号，那不方便，喊口号不吃吃子，唱着说是不是也不吃吃子？"

木匠说："对对对，试一下么。"

铁匠说："九月子，给爷唱支歌。"

九月子就唱"鱼儿离不开开开开……开水"。木匠笑得捂着肚子说："你狗日的，鱼儿离不开开水，那还能活？"

我说："不能唱这句，这句歌词在娃意识中固定了，一张口就会这样，唱个别的。"

铁匠说："九月子，唱《东方红》。"

九月子唱《东方红》也不结巴。我说："九月子，你唱着说个事。"

铁匠说："对对对，唱着说你黑旦哥回来了，就像唱《东方红》那样唱着说。"

九月子就唱着说："黑旦哥，回来了，我黑旦哥哥回来了……"

铁匠哇哇哇大叫："唱歌也不吃吃子了，再唱再唱。"

九月子问："唱啥？"

"唱千家万户哎咳哎咳哟，把门开哎咳哎咳哟……"

木匠说："别唱这歌，哎咳哎咳哟哎咳哎咳哟的，这首歌就是个吃吃子。"

铁匠说："用《绣金匾》再唱着说一回。"

九月子就唱着说："黑旦哥回来了，黑旦哥回来了，黑旦哥哥回来了……"

这下把大家全惹笑了，铁匠说："别笑噻，后一句娃别住了，词没改过来。"

九月子却哇哇叫着跑了，铁匠急得跺脚吼："看看看，把娃笑羞了，你们都是些锤子。"

锤子在半坡方言里指代男人阳具。

从此，铁匠就鼓励九月子唱歌，唱着说。可娃娃比土匪都坏，只要九月子一唱歌，他们就搅乱："东方红红红红，太阳升升升升……"在娃娃们的搅和下，九月子唱歌也吃吃子了。

铁匠追不上那群娃娃，就让大锤追赶。大锤追上那群娃，一锤把一棵胳膊粗的树打折了，娃娃们就不敢轻易来骚扰九月子。铁匠编了《三大纪律八项注意》的词儿，九月子唱。木匠说："唱着说，听得还是吃力。"

铁匠不高兴了，说："夹住，你孙子不是吃吃子，你心里当然没事。"

"老㞞，这不是为九月子好么。"木匠挠着脑袋说，"唱歌不如说口角子（顺口溜），你比方说天皇皇，地皇皇，我家有个夜哭郎啥的。"

铁匠在木匠头上来了一巴掌，说："这家伙毛都没几根了，原来还装着货哩。九月子，跟着姨爷说。"

木匠就说：

天留了日月佛留了经，
人留了子孙草留了根。
天留了日月东西转，
佛留了真经劝人心。
人留了子孙防备老。
草留了须根等来春。
……

木匠教的是宝卷中的句子。铁匠平时唱宝卷，木匠就是接佛人。九月子跟着木匠念得朗朗上口，我们都鼓起掌来。九月子不受掌声影响，自己继续说：

天上的云多了天不晴，
地上的石多了路不平，
世上的人多了心不公，
河里的鱼多了水不清。

显然，平时灌上了耳音，九月子说得很流利。

木匠建议让九月子大些时候拜李驿臣为师："那鬼嘴溜的，把碌子都能说活，让九月子跟着溜嘴，说说就顺溜了。"

"李驿臣算老几，"铁匠指着我说，"这么大知识分子，不比他文化深？给娃编顺口溜还不是跟耍一样？"

我笑笑说："编顺口溜真还有些吃力，不过我记下些古诗词，毛主席诗词就几十首哩，押韵顺口。只要娃爱学，多的是。"

铁匠一抱拳说："我这孙子以后有啥前途可就靠到你身上了，不爱学就打，先生打学生天经地义么。"又对木匠说："瞎屄，看我笑摊，做个戒尺噻。"

木匠说："遵老屄的命！"

一会儿木匠就拿过一个戒尺递给我说："我用的。"

我说："留着你用嘹。"

他嘿嘿一笑说："用不上了，让人家给我背东西，人家把书递给我说你盯着，我能盯个啥？斗大的字识不得半升，就让大的来帮我盯，听上去背得挺顺溜的。一天，大的跟小的淘气翻脸了，才给我告状说背的根本不是书上的，全是由嘴胡溜。"

隔日，铁匠搞了几个菜，说是要行拜师礼。我忙说："不敢这么说，传出去招祸。"

木匠说："就是，规程就不走了，意思有了就行了。"

我说："把李驿臣也叫来，也得让孩子跟着李驿臣说。我这儿是古诗词，不适宜说话。"

木匠说："李驿臣不用叫，他不好好带九月子。"

第二天，九月子一来就说："大明湖，明湖大，大明湖里有荷花。荷花上面有蛤蟆，一戳一蹦跶。"他指头戳着爷爷，把爷爷戳得浑身痒痒跳着躲开了。

等我离开半坡的时候，九月子不吃吃了，那个田田却成了吃吃子。

值得一说的是九月子还真是爱学的娃娃。我在半坡的几年中，九月子背了《千家诗》《唐诗三百首》《宋词二百首》《元曲三百首》及《古文观止》，而且边背诵边写，字也写出来了，春节、红白喜事都能写对联了。铁匠答谢我，我说实话："孩子如果自己没兴趣，师父有再高的水平也是白搭。师父领进门，修行在个人，我只是把他领进门。"不过书都是我提供的，当然不只唐诗宋词，那年代流行的书籍我都提供给他了。高考恢复后，九月子考上了大学，成了半坡方圆的第一个大学生。

[自留地]

山野总是有风。今儿风不大，徐徐刮着，真爽快。到了米川子，爬一道山梁时看到远处有一个人在扬土。我想这家伙心慌扬土耍哩。我也扬了两把土，继续走自己的路。走了一截路回头看时，发现他还在扬土，我又扬了两把，继续走。上了山头，坐下歇缓，看他还在冲我扬土，我心里有些紧张，是不是被狼还是豹子尾随上了。我四下看看，没见什么东西。看他往来走，我就躺在坡上歇息等他。近了，认出是木匠的小儿子崇智。

他喘着气说："你这人，给你扬土，你也扬土，就是不停下来。"

我说："我以为你扬土耍哩。"

他说："扬土耍，你是不是当我瓜着疯着哩？"

我笑了。半坡有句俗话：跟着疯子扬土。我说："隔那么远，谁认出是你？"

"以后见有人扬土，你得站下。扬土是跟你打招呼，不是捎话，就是同行，搭个伴儿。"

"那你咋不喊？"

"风往我这边吹，我喊你听得见？"

我拍拍脑袋，扬土可不比喊科学。远了，遇上个逆风，能听见？扬土当然看得见了。

进了一道山谷，眼前出现一条路，伸向一个沟口，仿佛是大写意不经意的一笔。崇智说："去单干户家浪个门子。"

"谁家？"

"单干户家，就在这山沟里住着。你不知道，没见过。"

"他不来大队？"

"他单干哩，怕人咬他，从来都不来，队上人怕都把他忘了。"

"都是大集体，他咋还单干？"

"稀罕吧，他手里捏着东西哩。"

"啥东西？这么厉害。"

"红军的借条。那年咱们半坡过红军，在他家借过粮，他手里有借据。"崇智说，"那年上头来人专门收红军留下的东西，给他还粮他不要。他提了个要求，说他家口大，劳力少，在队上挣工分养活不住，自己种点地，能养活住。"

我说："就同意了？"

"来的一个干部，说那字条上落的就是他们团长的名字，当场就交代了，让他单干养家糊口，而且还说让单干户有事到省里找他，现在那干部在省上，谁敢动他？"崇智说，"咱们去吧，看看，去了准能吃上饭。"

我说："我还不饿。"

"谁饿了，我是说去他家准能吃上饭。"崇智说，"这老汉是个人精，只要村上人去了他家，不管到没到饭口，都会招待吃饭。哎呀，等会你看，日子过得可扎实了。"

从山口往进走，真有陶渊明笔下"桃花源"的感觉："山有小口，仿佛若有光……初极狭，才通人。复行数十步，豁然开朗。土地平旷，屋舍俨然，有良田美池桑竹之属。阡陌交通，鸡犬相闻……黄发垂髫，并怡然自乐。"

这是一个小盆地，糜、谷、荞、胡麻、麻子，庄稼样样长得茁壮，就像油画。

崇智说："银川川，金窝窝。你看这地，不是川就是窝，全是好地。"

院落坐在山坡，一排九孔窑洞，还有三孔箍窑。院子、园子好阔绰，菜蔬成茵，果木扶疏。麦场上有三个大麦摞，像小山。坡上鸡群、羊群就像花朵。

两只狗一黑一白，就像一个是一个的影子，远远就扑过来，非常凶猛。好在我们手里都有称手的家伙。

一个小孩子抹一下鼻涕高叫："爷，来人了。"

园子旁就是庄稼地，走出一个老汉，眯着眼睛看了一会儿。崇智说："不认识了？半坡的崇智，小名福蛋。"

老汉笑笑。崇智说："这是大队写标语的下放，来看你这要写标语吗？"

我心里说这家伙脑子好使。

老汉说："没有一截光堂的墙，疙瘩拌汤的……"

"你看能写吗？"崇智边说边给我挤眼睛。

我说："那写不了。"

崇智说："那算了。"

老汉用一个柳条编的笸篮盛了些麻子端上来说："先嗑麻子啖啖嘴。"

崇智抓了麻子丢进嘴里嗑。我捏捏麻子，还是没好意思丢进嘴里。

"咋，不会嗑？还没学会？"崇智说。

我点点头。

麻子是半坡人一种最好的零食。街巷里靠着墙根片椽抬杠，下棋掀牛（掀牛是一种牌的玩法），做针线拉闲，听书看戏看电影，半坡人麻子是不离嘴的。就是出门上路，半坡人都会在兜里装上麻子，说嗑麻子上路不心慌，路途也就短了。家里来了人，他们会端出一小笸篮麻子放在炕上说先啖啖嘴。人们一边嗑麻子，一边说说家长里短，灶火里已经搭火，饭开始做了。在闲散的时光里，半坡人嗑麻子是天经地义的事。我第一次见麻子，是在火车站，不知为何物，打听后才知是麻子。看他们嗑得拿手，也买了点去嗑，结果全嚼了。因为人们嗑麻子，麻子也便是经济作物，在集市、车站、戏场上常有卖麻子的。

麻子出现在人们的生活中是很早的，《诗·豳风·七月》"七月食瓜，八月断壶，九月叔苴，采荼薪樗，食我农夫。"《毛传》："苴，麻子也。"西周时期记载"五谷即麻、黍、稷、麦、豆"。麻还是五谷之首。麻子可以长到一人多高，雨水好的年份，麻子枝繁叶茂，杈头上挂满了铃铛一样的麻子，仲秋成熟，枝梢被压得披挂下来。砍下来扎成捆，竖于场院，日晒风干后，不能像打其他庄稼一样上碌子碾，因为麻子皮与仁是分离的，上了碌子就碾碎了，只能拌（摔）。架起一根木椽，捏着麻秆摔在木椽上，麻籽就被拌出来，因此半坡人叫“拌麻子”。麻子壳上包裹着一层薄薄的绝色包衣叫麻衣，拌出来后要再揉搓一番，包衣脱落，用簸箕簸去麻衣，再晒一晒，干透就可以了。因此，秋九月，经常看见女人坐在场院，在暖烘烘的秋阳下，一扬一扬地拌麻子。麻子唰唰唰地脱落，就像风掠过原野。男人是不做这活的，因为男人手劲大，麻子会溅得很远。女人们拌麻子会唱起来，什么《绣金匾》《小金莲》。

要说麻子，浑身是宝。麻子可榨油，是上好的食油——半坡人有更好的油料作物——胡麻，不食麻油。因此，半坡人不大面积种植麻子，但家家园子、田边地头会种一些，啖啖嘴么。半坡有句俗话，说麻子不饱就是个暖人心的事。麻子的皮是拧绳的材料，拌去麻子后，将秆儿在涝坝浸泡，泡得皮与秆分离，捞出剥下皮，便是“麻”，拧成的麻绳耐磨、耐用，常用来做牛缰绳、辘轳绳、套绳等。麻秆儿是烧火的好东西。

嗑麻子可不是个简单事，需有高超的技艺。丰子恺在《吃瓜子》中这样写过：“从前听人说：中国人人人具有三种博士的资格：拿筷子博士、吹煤头纸博士、吃瓜子博士……但我以为这三种技术中最进步最发达的，要算吃瓜子。”与吃麻子相比，吃瓜子算得了什么呢？瓜子多大，都可剥食，而麻子比绿豆还小，手、眼都是帮不上忙的，丢进嘴里要嗑出仁来，那可不是一般的技术活儿。而且，他们不是一颗一颗往嘴里丢着嗑，而是抓半把一把丢进嘴里，嗑时只见嘴唇动，听不见动静，不像嗑瓜子，会嗑得“噼啪”“咔嚓”有声，而且一把麻子嗑完了，麻子壳密密麻麻黏在嘴唇周围，蜂窝一般，一个壳儿都不会掉到地上。一把麻子嗑完，他们用手一抹，把壳儿丢进火盆，不像嗑瓜子要把瓜子皮“呸”出来。他们说“呸呸呸”地费气，这是符合养生道理的。更神奇的是一把麻子在嘴里，却一点不影响他们片椽抬杠，拉闲说家常。

嗑麻子有几大好处：一是可减少抽烟；二是解心慌；三是仁小，没有瓜子油大，但香味清冽悠长；四是麻子是一种中药材，《本草纲目》记载，味甘，性平，归脾、胃、大肠经，功效润肠通便，润燥杀虫，临床用名有火麻仁、炒火麻仁。尤其是对于一个读书人来说，麻子是读书最好的佐物，捧一本书，嗑着麻子读、思，比抽烟、嗑瓜子都要美妙、健康得多。即使不读书，在漫长的时光里，嗑麻子也是一种最好的消遣。因此，我一直想学会嗑麻子，我练过，却始终不得窍门，抓了麻子丢进嘴里，鼓捣半天，咬下去壳儿碎了，就与仁黏在一起。三五颗后便没了耐性，连壳嚼了。抓半把麻子丢在嘴里大嚼，在半坡人看来太野蛮了，惹他们笑话，而且麻子也不经这么嚼着吃，太奢侈了。然而，向人请教，又羞于启齿，至今不会。

崇智把嘴里麻子嗑完，捏了一粒麻子，丢进嘴里，大张着嘴说："你看，用舌尖儿轻轻儿地将麻子顶在上下门牙中间，将棱棱儿立起，咬住棱棱儿，轻轻儿一嗑，咯嘣，壳儿就开了，仁仁儿就出来了。轻轻儿的，用的是个巧劲儿，千万别像嚼豆子，麻子扛不住那么用力的。"

我试试，还是不行。"这样，这样……"崇智继续给我示范。老汉笑眯眯看我。我忙说："等以后你再教我。"

老汉出去了。崇智说："这有啥难嘛。你们这些来改造的太笨了，前面来的几个都是学了好久，老走到走都没学会，给麻子就嚼着吃。我说你这样吃就别吃了，糟蹋了，他偏要吃，还犟得很，说我嚼能算是糟蹋了，我连皮都嚼着咽了，嘿嘿，那人……"

老汉说："你嚼着吃，也挺香的。"

我忙说："谢谢谢谢。"

老汉端进两杯茶水，还端来一碗浆水："看干部嘴角烂的，上火了，喝一碗败败火。"又问崇智："你喝不？"

崇智说："喝。"

老汉又端来一碗说："你们喝着歇着。"然后出门去了。

我忙说："别做饭。"

老汉说："到门上了咋能不吃顿饭？"

我说："饱着哩。"

老汉说："出门上路，不说饱话。"

老汉走了，崇智说："你看懂事不？话说得多好！"

我点点头。懂事在这里就是会来事。

崇智抓一把麻子丢进嘴里，出了窑门。一出窑门是园子，园子外便是庄稼地。一块一块的庄稼长势喜人。我们站在麦场上，眼前的整个山谷展着媚眼的绿意，风都是绿的。

“真是个好地方，像桃花源。”我说。

“这不叫桃花源，叫簸箕掌。你看三面都是山坡，一面开口，像不像簸箕？”崇智拍着一个麦摞说，“你看这麦摞多大，三个麦摞，顶得半个生产队哩。他们一家人一年连一个麦摞都吃不了，你看他家日子囊不囊？一家人都胖乎乎的吧，一堆娃，没有不穿鞋的吧？”

半坡人所说的“囊”是好、满足的意思，而且比这更深一些，舒服说成“囊哉”，很舒服说“囊囊儿的”。

我笑笑，就见了老汉和一个小娃，再没见什么人。“他家人口很多？”我问。

“光儿就六个，都结婚了，孙子不知道有多少，上学都在公社念书哩，两个儿在公社盖了房子做买卖，那张借条比圣旨还管用哩。”崇智说，“这么下去过不了几年，他家就能成个生产队哩。”他又指着一片麻子地说：“你看他种了多少麻子，长得多好，比你还高，那都是钱。到了集上，擀杖胖、一拃高的纸筒筒，一筒筒麻子就卖五分钱哩。”

饭很快端上来了，鸡蛋面，碗里卧着三个鸡蛋。

我请老汉上炕吃饭，老汉说：“才吃过，你们快吃。”说罢就出去了。

显然他是不愿和人多说话的。

我吃了两碗，崇智却吃了四碗。

临走，老汉给我们一个装了一口袋（衣兜）麻子：“路上嗑，上路嗑麻子，路短半截子。”

我们往山上爬，崇智说：“你看这人多懂事、多周到，走时还给咱们一个装一口袋麻子。唉，谁让我单干，我叫他爷都行。闷肚子财主，藏着哩，我估摸他家窑里全埋的粮食。”

“啥时候能像那狗日的一样，”上了山头，崇智回头看着单干户家，说，“我就想单干，过这样的日子。”

“集体劳动不好吗？”

“好个锤子！一个个出工不出力，你看干活咋干着哩，腰来腿不来的，一泡尿都尿一顿饭的工夫，女人边干活边纳鞋底，把人往死里磨哩。要是把地分到各家各户，你看吧，一个比一个干得歪（厉害）。”

我没有说话，崇智唱起来：

早知道干妹子呀心变着了
我他娘的吃不下饭了是做啥呢
早知道干妹子呀嫁人着了
我他娘的睡不着觉了是做啥呢

我把麻子掏出来往崇智衣兜里装，说：“我不会嗑，糟蹋了。”

崇智说：“咋能说糟蹋了，你嚼着吃，仁仁子就是油，再说你得学，学会嗑麻子，能解心慌。你看，我教你。得有耐性，像姑娘绣花，用的是个巧劲，不是婆娘纳鞋底，把吃奶的劲都鼓上了。”

我说：“改天，赶路。”

到了大烟川，崇智说：“还早，咱们坐下歇歇。”

坐下，点了根烟。

崇智说：“下放，跟你商量个事。”

我说：“有啥事直接说，还啥商量？”

“队上给你分的自留地，你准备咋种？”

大烟川是一道宽阔平坦的谷地，是半坡最好的地块，曾经种过大烟。历史记载，半坡种大烟从咸丰年间就开始了。现在，大烟川是半坡生产队的自留地。

我说：“我也不知道，我啥都不会种。”

“这么，反正你也不会务劳，我租种，你看行不？”

“啥租不租的，反正我也不会种，给你种去。”

“那不行，自古种地都是要交租子的。我给你交租子，这么，收成一半一半。”

“这不行，那成了我剥削你了。”

崇智挠挠头说：“对，这可不是闹着玩的，弄不好把咱俩都害了。”

“咱们朋到一起种，我跟着你干活，就说你帮我种着，咱们给谁都不说。”

“行，咱们全种麻子。”他以拳头捶地说，“人人都嗑麻子，集市上一小筒筒就一毛钱哩。你看单干户种了多少麻子，哪样庄稼用一拃高的纸筒筒卖？种啥都比种庄稼强。”

“那咱们就种麻子。”

“那说定了。”

“就你知我知。”

第二日，木匠来了：“下放，自留地你不要跟他朋着种。”

我说：“为啥？他挺有想法的。”

“他能想个锤子，啥世道瞎迷日眼窝的，都看不明，说上还不听。”木匠撇撇嘴说，“种地的事你不懂，我给你说大烟川种麻子，一分收成都没有。”

“为啥？”

“以后你会知道的，我只是劝你别跟上疯子扬土。”

“为啥，你倒说说噻。”

“现在我不说，我等着看他娃的笑话哩。”

我那几亩自留地是生荒地，从开荒打耱到上粪下种，崇智是下了大苦，我也跟着下苦，像做自己的活一样做。崇智说：“你这样下苦，说的分成不算数了，下来我不会亏你的。”

我说：“就按说好的分成。”

麻子种上，就来了一场及时雨，几日后，麻子便出来了，打磨得平整的黄土地上就像写满了字。又过几日，麻子打出了一朵朵小伞。崇智兴奋地对我说：“麻子主要看捉苗，苗捉住了，就等于有一半收成了。”这年雨水虽不多，但都降在时节上，麻子长得确实不错，枫叶一样的叶片有巴掌大，墨绿墨绿。崇智兴奋地说：“你看长得多俊，老天爷看见咱们想啥哩。你说这要风得风，要雨得雨，咱们该有个好收成。”

然而，麻子结子后，问题随之而来，大烟川全是自留地，家家都种麦子。麦子是半坡产量最高的粮食作物，抗旱，属于有把握庄稼，五年倒一回茬，种一年糜子或者洋芋。今年大家都种麦子，唯独我们种了麻子。麦死中伏，中伏麦子便收了。而这时间的麻子正灌浆，便成了雀儿的一口食。半坡的雀儿那可是了得，一群有上万只，尤其是秋庄稼成熟时节，小雀儿出窝，漫山遍野都是雀儿，加上十几种别的鸟儿，飞起就像乌云突起，遮天蔽日的。雀儿最爱嗑麻子，站在高高的麻穗上，边嗑边荡秋千，开心得叽叽喳喳地叫唱。麻子壳硬一点的时候，雀儿嗑麻子的声音"嚓嚓嚓"的，像风掠过玉米地，像蚂蚱吃糜秆。它们成群落在糜谷麻子地里，起落之间，穗子籽实就只剩下空壳了。雀儿过后，实落落垂下的穗头就飘乎乎奓起来了。

崇智家的自留地加上我的自留地一共十来亩，请鹞子客是不合算的，只能提个破洋瓷脸盆敲打追撵。雀儿对这"哐哐哐"声很熟悉，它们是不怕的，至于那些草人，它们敢落在上面拉屎。人撵雀儿那得挣死人的，这头追起，那头落下，雀儿那么轻松，人哪能一起一落那样轻巧。雀儿还会耍你，等到你撵到一步之遥了才"哗"起飞，丢下一片"喳喳喳"的嘲笑声。专门去挡雀儿得缠一个劳力，不劳动挣不上工分不说，还要扣工分，里出外进亏大了。而崇智两个孩子，一个已经上学，一个还小。

折腾了一段时日，看看麻子枝枝梢梢都朝天空奓着，只好放弃了。

到了收获的时候，只砍回些麻秆，崇智给我拉些麻秆来说："今年亏的我以后会给你补上的。"

我说："有这麻秆就是收成。"

自留地一年就这么白种了，木匠却开心得不行。崇智垂头丧气，木匠就骂："整天戳着个脸，春气一样，给谁看？"

崇智说："那你能得很，来给我送一送么。"

"比你日能的人都趴着哩，你还能翻了天？瞎迷日眼窝的，看不明？就凭你也想单干……"木匠完全是一副嘲笑的口吻。

崇智说："我就想当个单干户，咋咧？你眼睛明亮么，隔山瞭着兔哩，咱家住过红军，你咋没让他们留个字据。留个字据，咱不也能占座山头单干？"

木匠扳下鞋底就砸到儿子头上了："你个狗日的，说话嘴上没个把门的。过红军那会儿，谁家没住过红军？谁家留过字据？"

崇智把他爹的鞋夺过来扔出门去，走了。

木匠吼着说："要由自个儿，老子还想种大烟哩。"

木匠捡回鞋，咧着大嘴笑："大烟川家家种麦子，你们种麻子，不是给雀儿务劳口食？不到十亩地，雀儿一起一落就没了。"

我说："你这就不对了，早知道雀儿嗑麻子，咋不提醒他呢？"

"我为啥要提醒他？我豁出去自留地一年没收成，就想让狗日的撞一回南墙，才知道不听老人言，吃亏在眼前，"他嘿嘿一笑说，"我还怕你们有个好收成哩。"

"这……你……"

木匠长叹一声："天下老，向着小。老疙瘩（最小）么，生下来他爷他奶都八十多了，哎呀，惯得含在嘴里怕化了，顶在头上怕吓了，要脚不敢给手，谁都不能说，干啥都由着性子，没大没小的。说不听，挡不住。你看说话胡吹冒撂的，不让他娃跌个跟头，他还当这世界是平的。不这么弄狗日的一回，我怕以后闯祸哩。"

木匠很开心，他唱起来：

一不得吹牛二不喧，
我家辈辈做大官；
我爷见过皇上的面，
我婆跟娘娘吃过饭；
我爸穿过是黄马褂，
我妈穿的是绫罗缎；
出门不走坐软轿，
回来捶背有丫鬟；
吃饭端的是玉石碗，
尿盆上镶着五彩蓝；
……

他眯着眼睛，靠着墙根，跷着二郎腿，那般惬意。

“你这年亏损的，我会补给你的。”木匠说。

我说：“快别提这话头，传出去麻达，你知道我不靠那。”

晚上，支书过来，说：“你跟他朋种啥地？那娃不切实际，再说上面要说起来，惹事哩。你的自留地明年跟队长朋着种。”

[火镰]

炕洞打倒烟，我提着长竿上了崖头捣涮烟洞，烟洞口喷出的灰絮如一朵朵黑寡妇花。回到窑里，闻到一股怪怪的味道。顺着味道看到墙上新楔了一根木橛，挂了一圈草绳。草绳有小拇指头粗，绳头吊在半墙上，竟然着着了，燃出一截白灰，我忙脱鞋将绳头拍灭。张本全提着裤子进来，看看说："咋把火灭了？"我说："小心把啥烧着了。"他说："你这达有个啥？"我笑了，他也笑了，说："这就是火绳，专门续火。这火绳不起火焰，不冒烟，不忌火，吃烟一对就着了，出门时想掐灭掐灭，不想掐灭也行。"我笑笑，他又说："你别笑，你这达费火，一天索索不断来多少人？个个都是烟洞。洋火管得起？一天一墩子洋火怕都不够。给你弄了盘火绳点着，吃烟就不费洋火咧。我给你说过日子能挣的不如会省的……"忽然他痴愣一会儿，一拍大腿嘎嘎笑着说："给你说这有个屎用，我们这儿你能过一辈子？就是来受几天苦的事。"我说："你说得很有道理。"

我掏出洋火点着了火绳。

"又费了一根洋火。"他说。

上了炕，他从腰间取下一个包包，比烟荷包稍大一点。我接过包包一看，是皮的，上面有漆画，磨得只剩模糊的印痕了。包包口打了孔，用细麻绳缯着。解开，装的是火镰，很普通的那种，不过有些年月了。

火镰一度是人们随身携带的重要的生活用具，发展到最后成为男人的佩饰，以其精美奢华的程度显耀世族贵胄的身份。当然，火镰早已让火柴和打火机取代了，在半坡却还能见到。在好几家吃饭我见过——炕桌四边带着小抽屉，抽屉里专门装火镰和旱烟。身上带火镰我还是第一次见，我说："你现在还用这？"

他笑笑说："给你带的。"

"给我带的？"

"救急么，洋火好用，有用完的时候，有受潮的时候。吃了五谷想六谷，六谷比五谷折磨人。像咱们吃烟的人，断了火就像娃没了他妈，汉子没了婆娘。你这里肯定用得着的，东西不用放着自坏哩。"

张本全装好一锅烟，拿过火镰"嚓嚓嚓"几下，火星迸溅，绒就燃起荧荧小火。他抓起绒压在烟锅上，深咂几口，烟就烧着了，说："挺好用的。"

我抓了火引子看看，却不是棉花。他说："是艾绒，这火镰是我大用下的，这艾绒都不知道多久了，还能着。我大不用棉花，说用艾绒好，居家常备艾，老少常无患。艾不但能灸病，烟还能禳毒气，吸了止咳嗽、除痰，还防霉、防虫哩。"

我也装了锅烟，拿火镰一打就着了。他说："火镰也方便哩，遍地都是火引子。干柴蒿都能挼揉成绒，有火镰就缺不了火，给你咧。"

我说："这东西有些年月了，你留着……"

"以前出门火镰是少不得的，哪家没几个，还有哩。"

他从裤带上又解下一个包包递给我说："看看这个。"

这个比前一个大，皮子厚实而柔软，上面的花饰云纹是用细细的皮绳走出来的，包包口钻孔镶了银扣眼，穿了细皮绳缯着。打开口，又是个火镰，绝对不普通，持把是银的，镶嵌玛瑙，钢条上刻有麒麟喷火纹饰，钢条内嵌着皮革，长五六厘米，厚约二厘米，两头窄中间宽，刃面略呈弧状，很沉。有一挎带，也是皮的，上穿一颗羊脂玉。

他一打就着了，说："一个蒙古王爷送的。跑脚路上在沙洼里救了一个娃娃送回家，是王爷的孙子，让沙老虎给带走了几十里地。王爷款待了我们三天，还给了我们白元。白元就是银圆，我们走的时候，王爷从身上解下这火镰送给我。王爷的孙子是骑着我的火焰驹回到王府的，跟我说得来、耍得来，喜欢我那火焰驹。我那匹火焰驹毛色就是火焰红，跑起来一股风，一蹄子踢飞了狼，救过我的命。我不收，我知道这火镰有多贵重。老齐说王爷吃一顿饭都几十上百道菜，十几个人伺候哩，就跟皇上一样，收了人家的白元，还咋好收人家这么贵重的东西。王爷让手下人给我一条镶满银丁的腰带，亲手给我拴在腰带上，对我说：‘这火镰说不定会救你一命哩，只要在大蒙古草原上行走，谁拦你你就把这掏出来给他看，没人敢为难你们。’”他摸索着火镰说：“你还别说，这火镰真救过我的命哩，从日本鬼子手里救的命。”

他坐起来说：“狗日的话说得好，一路墙上也写着‘同心同德，共存共荣’。你看多少年了，这话我还记得。我们掌柜的贼精贼精的，倒不是相信鬼子的鬼话，以前这部队那部队的话说得都好，哪个做到了？掌柜的说：‘不管是谁的关，扣住了就花钱买路，世上没有钱买不通的路，有钱能使鬼推磨，鬼子不就是鬼么，哪有不爱钱的，不爱钱跑到中国来干啥？’我们继续跑脚，开始也倒还行，可慢慢地不是那回事了，收这钱那钱的不说，还又是扣又是征的，跟抢差不多。掌柜说不跑了不跑了，可有生意了又跑，结果出事了。在黑风口，我们的货物、骡马让鬼子扣了。说是征用了，其实就是霸占了、抢了。我们以为会放了我们，哪想到我们也给征用了。鬼子人手紧张，要我们赶着骡马拉大炮、驮粮草跟着他们下乡扫荡。

“黑风口险得很，两边石崖如刀斧劈出来的，最窄的地方只能过一辆马车。风给山口一夹，猛浪了好几倍。一浪一浪打来，能把你打得倒退回去，遇上风只能避着等风小了。说黑风口老早以前就是关卡，叫黑风关，一直驻队伍，我们跑脚时一直驻着正规军。我们掌柜的是个人物哩，一路上关系好多，跟黑风口那个团长有多年老交情，一直受他关照，方圆老的土匪山贼都不敢动我们的，只有那些新冒出来的生瓜蛋子才对我们下手，当然也没少上供。那团长人好哩，把我们这些跑脚的也看在眼里，说受苦人都是上八仙，你听这话说的，是不是上八仙不说，人听着心里先舒坦。谁知道日本人来了，正规军悄悄撤走了，一枪没放就把黑风口让给了日本鬼子。按说你就该打么，要打，鬼子不一定打得过。那么险要的地方，说那地方有句话咋说来着，一人把关，万人不开，不对，反正就这么个意思。唉，谁知道呢，那些人的事咱们也不懂。鬼子在黑风口修了炮楼，设了四个关卡，有几百号鬼子。

“黑风口是我们跑脚的一个大站口，我们会住两天，让骡马好好缓缓。玖久酒酒庄的酒呢，又烈又醇，舒筋活血。醉上两天，攒足气力，穿越大台子，路不好走了，高山深谷，就荒凉了。黑风口玖久酒酒庄的掌柜姓徐，人好得很，会拿出老窖底子款待我们，当然了，我们也会给他捎货。玖久酒酒庄招牌菜是野猪肉。黑风口石崖上林林草草密匝匝的，叫野猪林。《水浒传》上不是也有个野猪林么，肯定不是一个地方，水浒在山东。野猪真多，成群结伙的，就像山贼一样待在草丛里，驮队过来惊着了，齐刷刷跑起来，就像大风刮过草地。打野猪比打狼、豹子都危险哩，你要一下子弄不到它的要命处，它那牙就把你钉在树上。徐掌柜捉野猪有一招，把野猪的吃物用玖久酒泡醉，野猪吃醉了，往回抬就是了。抬回去装进专门做的铁架子里，野猪力气大，醒了会伤人的。宰的时候得让野猪醒过来，要让它拼命号叫，那样肉嫩，血也喷出来的多。血灌肠、血面可比肉还贵哩。

“玖久酒酒庄也让鬼子霸占了，掌柜的婆娘、女儿让鬼子糟蹋了，掌柜的和儿子提了土枪打死三个鬼子，儿子让鬼子挑了，自己也被鬼子打成了筛子底，一家就那么灭门了。日本鬼子把酒庄交给造酒的大师傅经管。大师傅也姓徐，不过和掌柜的不是一个徐家，他是四川人，鬼子占了他老家。都说是他借日本人的手除了掌柜，霸占了掌柜的家产，那时候借鬼子手害人霸财的事多。可大师傅这么做就太不是人咧，老掌柜可是他的救命恩人，他逃难到了这里，是老掌柜给了他一碗饭吃，何况一笔写不了两个徐字，五百年前是一家么，下得了这黑手？大师傅一双眼睛挤得吧唧吧唧响，我们叫他巴巴眼，以前叫是背后叫，现在当面叫了。当了酒庄掌柜，就像日本人是他祖宗一样，鬼子的习惯是进屋时把鞋脱在门外，进屋就往地上一坐。地是砖石地，怕凉着日本鬼子，他用木板铺了地，所有房改成日本房，还造了好些那个叫啥啥米？我想想，对，叫榻榻米。那个鬼子长官哇哇叫着说大大的良民，还跟他照相留念哩。

“鬼子把我们圈在一个骡马过冬的窑里，开始还把我们铐在拴骡马的栓上。给我们吃喝的全是他们吃喝剩下的，还不让吃饱，说吃饱了有劲逃跑。哎呀，鬼子坏得放进盐罐子里都生蛆哩。有一次端来白花花的大馒头，我们还说狗日的总算想明白了，要想马儿跑好，就得给马儿草，可拿到手里臊得闭气，才知道大馒头狗日的用尿泡了，你说这是人干的么？鬼子围着我们大笑，牛大志把一盆汤泼向鬼子，叭咕一声，脑袋开了花……那个日本长官叫中村，一天他婆娘带着两三岁的女儿来了。那女娃很怪的，扑着非要我抱，日本婆娘把女娃递给我，女娃就亲了我的脸。狗日的中村把我一顿狂揍，又打女娃，女娃嘴巴血就流了出来，可她还扑着要我抱。就这，我就想把狗日的捅了，我说杀了狗日的，杀了狗日的。

“日本鬼子进来几年了，人不像刚开始那么害怕，胆子大起来了，抗日的也多起来。黑风口一带有几股游击队好生厉害的，动不动鬼子被杀了、粮食弹药被抢了、炮楼被炸了。鬼子日子不好过，就天天扫荡，一个村子一个村子扫荡。我们赶着骡马拉着大炮、驮着弹药。鬼子扫荡哪个村，哪个村就倒霉了，没一个村不死人的。鬼子疑心重，进村碰见掮锄的、打柴的、挑担的……凡是手里有家当的，都觉得要对他们下手。在冯庄村巷，鬼子进村，一个担水的吓得放下水桶贴墙根站着让路，鬼子冲上去就把他捅死了，说他手握扁担，要袭击皇军。遇上抱娃浪亲戚的、出门揽活的、放羊牲口的，就说是奸细探子，一枪就打了。章台村一个娃娃像猴子一样爬在树上，鬼子说是探子，一枪就撂了下来。娃娃的爷爷提着铡刀砍鬼子，鬼子放狗，让狗活活咬死，吃得剩下骨头架架咧。这是咱们中国么，鬼子不认得路，老抓人带路，找不到游击队，就把带路的人喂狼狗。抓了两个老汉，让带路上山剿游击队，走到崖边双双跳下去了……鬼子进村抓住人，一个个逼问游击队藏在哪里、地道口在哪里。不说，就用枪托砸，用刺刀拉，开膛、破肚、割锤子，一刀一刀割肉喂狼狗。有的给缠上麻匹浇上汽油放进大缸里点天灯；有的给剥光衣服绑在大树上，放狼狗撕咬。那些狼狗没少吃人肉，眼睛血红血红，见了人比狼还凶狠，扑上来两个前爪就搭上你的肩膀了，一口将人的喉咙咬断、将肠子扽出来……在河湾村，人们跑进了河滩，鬼子就把一百多户人的村庄烧成一堆灰了。河滩红柳一人多高，还有蒿子芨芨，鬼子放了火，整个河滩一片火海，人烧得乱跳腾，他们就当靶子打。狗日的自己人也不放过，鬼子年龄都不大，娃娃兵多，鼻台子上还是黄绒毛。在陈村抓了十一个人，鬼子当靶子，让娃娃兵面对面用枪打，一个娃娃兵很小，闭着眼睛不敢开枪，狗日的中村踢了几脚，他还是不敢开枪，哭起来，中村枪顶着那娃脑袋就开了枪……鬼子来了，女人跑不掉就倒大霉了，不管年龄大小，排着队糟蹋。下庄一个丫头子让十几个鬼子轮番糟蹋，人都死了还糟蹋，当着老老少少的面。有娘母俩一起给糟蹋了，还让母女面对面看着，哎呀狗日的真是畜生……哎呀，不能说这了，不能说这了，待我吃口烟顺个气。多少年过去，说起来还气得人发抖……

“狗日的坏透了，下乡扫荡，让我们赶着骡子在前面走，那是给他们踏雷呢。游击队的地雷厉害得很，我们跑脚就听人说起过，天女散花雷、连环雷、子母雷，日本人再狡猾也防不了，连探雷器都炸飞了，就跟电影《地雷战》里演的一样。鬼子那探雷器灵得很，埋在地下的铁呀啥的，一过就能探出来，长泰还说要弄那么一个回家探宝哩，老家大地震把许多宝藏埋到地下咧。在唐庄炸死三匹骡子，炸死了马大毛。去汪集扫荡，我们赶着骡队前面走，过去了，啥事没有，鬼子过的时候雷炸了，炸死了十几个鬼子。我们也不知道咋回事，只说是老天保佑哩。看了《地雷战》才明白，中国人不打中国人，放中国人过去才拉弦。谁能想到狗日的中村没处解恨，端着机枪冲我们扫了一梭子，长泰的儿子大眼睛当场给打死了，老齐头发给削了一绺子，四匹骡子没命了，我的火焰驹这次又救了我的命，它跑得过风，曾一蹄子蹄飞了扑上来的狼，这次又替我挡了子弹，它却给打死咧。跟我有十年了，说实话比一些人还要有感情。我扑着要拼命，冯强死死抱住我，咬着耳朵说：‘你这是白送命，命有白送的？咋也得拉几个狗日的垫背。’冯强是大眼睛的舅舅。

“跟着鬼子扫荡，人就把你当汉奸、狗腿子。大人背后不知道咋诅咒哩，娃娃唾你，跟着‘狗腿子狗腿子’叫你，用荷叶包一泡屎砸你，这么下去咋行呢，名声坏了，死了都进不了祖坟。我们驮队一共九个人，两个在巴塔留下来要账，说好我们在黑风口会合，他俩倒躲过了这一难。剩下七个，这才多长时间，在鬼子手里已经死了三个。老瞿说：‘不逃走，不是成了炮灰就是被鬼子打死，迟早的事。’老瞿给鬼子抓来半年了，他们一块被抓的五个，两个在扫荡中给炸死了，一个逃跑被鬼子放狼狗咬死了。可咋逃走呢？牲口窑门窗全装了铁栅栏，门外几条大狼狗吐着血红的舌头。我们想起徐掌柜说黑风口一直多土匪，那么为了躲土匪逃跑，说不定窑洞里会有窨子洞。然而踢遍了窑洞，也没有发现。我们决定从我们睡的墙旮旯挖洞，因为这窑洞挖在沟崖边，往低里挖，挖不远就该挖透崖壁了，也许就能逃走。打好主意，就想着第二天扫荡时找寻可挖掘的工具，巴巴眼却来找我们，隔窗铁栅向我们举举酒坛。知道了徐掌柜家的事，我们眼旮旯都不愿看巴巴眼，可他举起的是九霄酒，那是酒庄的好酒，敬神的酒，何况牲口窑阴寒，我们身子里蓄满寒气，而他又滋滋滋咂得那个劲儿，还从袖筒里倒出几疙瘩牛犍子。我们当然要吃要喝的，可只是吃喝，不跟他说话。他却悄声说：'想挖洞逃跑，那就死得快了，之前抓来拉大炮的就想挖洞逃跑，给打死了几个。黑风口鬼子设了四道关，除非你把洞挖到山那边去，可这山是土石山，挖不上几尺就是大石头，想活命就听我的，想逃走你得先从这窑里出来，怎么出来，先当伪军。'长泰说：'给狗日的鬼子当伪军，我儿子给他们打死魂魂子还没处去哩。'巴巴眼说：'你要想给儿子报仇，就得先当伪军。'隔一天，巴巴眼带着翻译和中村来了，中村哇里哇啦说了一气，翻译翻译说欢迎加入伪军，为日本啥啥来着，就那个意思。我们被从牲口圈棚放出来，还给我们每人发了一块大洋。我们才知道我们能当伪军是巴巴眼担的保。其实我们是冤枉了巴巴眼。巴巴眼一直在谋划着报仇，为老掌柜报仇，也为娘和弟弟报仇。他们村子因为杀了几个鬼子，结果让鬼子屠村了，他娘和婆娘、一个儿子都给日本人挑了。要是杀三四个鬼子算报仇了，他早豁出命去把仇报了，那太便宜鬼子了，他要一条命换更多鬼子的命，到阎王爷那里也是英雄好汉，阎王爷也是中国人。

"我们问：'你想咋弄？'他说：'到时候你们就知道了。要想报了仇还能逃走活命，一定要等一场沙老虎。'沙老虎我们叫天打墙，就像一堵墙推过来，隔几步都看不见人，以前驻守黑风口的团长说那风打出去的枪子都飞不直。他说：'在沙老虎中走路你们是有经验的。'我们当然有经验，这一路跑了多少年脚，周围都是沙漠戈壁，遇不上沙老虎才不正常。沙老虎不是你想它它就来，等得人心焦啊。我们当了伪军，可还是赶着骡马拉大炮驮弹药跟着鬼子下乡扫荡，天天都有人死啊，觉得自己罪孽深重。长泰说：'沙老虎，好先人，快点来吧，我都快熬不住了。'脚户鼻子是最灵的，风会带来远方的消息，再小的风也嗅得出天气，第五天上我们嗅出了沙老虎的味道。下午，天雾突突的，空气都蹭牙，巴巴眼才讲了他的计划，他要烧死鬼子，只有烧才能一下子烧死几十个。他把玖久酒酒庄改造成日本房就是为了着火快，地上铺木头都饱蘸香油，又上了厚厚的油漆，木板底下垫了一层火蒿。火蒿隔潮，却容易着火，又叫扑嚓嚓，见火就扑嚓嚓起火焰，给鬼子说是为了隔潮湿。玖久酒酒庄顶挂着各种酒坛，以前是装饰，都是空的，改造时他都灌了最烈的九霄原浆酒，七十多度，遇火就着，点着搓洗淤肿的地方和治疗关节炎，效果好得很。这些酒坛中间的假花掺了更容易起火的酒精，加挂了马灯，说是为了灯火通明。拉的挂的小太阳旗和丝绸、皱纸彩带都加密了，都是遇火就着的。怎么一下让这些酒坛、马灯破碎，让这些东西全都燃烧起来呢？他从游击队手里弄了两颗地雷，是装了铁砂子的天女散花雷，一炸，铁砂子飞溅，挂着的酒坛、马灯被击碎，轰地就燃起火焰了，酒洒落在鬼子身上，鬼子就着火了。他拿鬼子扔了的破军装试着点过，很容易着火的。为了避免进了大堂的鬼子逃出来，要把玖久酒酒庄四个门从外面闩死。四个门他都在门外装了大铁环，只要从环中穿一根胳膊粗的椽子，门就闩死咧，这样就能把狗日的鬼子锁死在里面活活烧死。他以前也想过，可这里的伪军都是当地人，有家有口的，鬼子知道底细，他们靠不住。他着急啊，我们的驮队被抓来了，他一下子有了主心骨。关键在这个地雷上，玖久酒酒庄改造时没敢往酒坛中间挂，鬼子小心得很，三天两头检查大堂，而且鬼子有探雷器，探出来就把大事坏了。为了保险，到干的那天，他会用绳子拴着点着后从大堂顶的天窗外吊下去。我们说：'你咋不像梁山好汉用蒙汗药？' 巴巴眼说：'能用上蒙汗药给狗日的，早把毒药下上咧，日本人吃这亏吃得多了，提防得紧，就是我这样的良民他们也不放心，他们有自己的厨子、酒师，就连那狼狗你给肉狗日的都不吃。'

"逃走有一条现成的窨子洞，应该说不是窨子洞，是古时候当兵的挖的地下行军通道。老掌柜说汉武帝的时候就是通过这通道，神奇出兵，把匈奴打了个大败，才取得了河套地区。地下有三条通道通往三个山沟，两条通道已塌，不通了，一条断断续续的，徐掌柜在这里长大，小时候钻过。世道太乱了，土匪、乱军、兵痞、恶霸的，徐掌柜就说得把这条通道疏通，以备逃命。于是就把这条通道疏通了，连人都没雇，就他和老掌柜偷偷疏通的，再没人知道。出口在野猪岭南边崖壁上，从那口出去，向南逃正是顺风。巴巴眼想得可周到了，沟口的徐家小店是老掌柜开的，在那里给每人备下一匹骡子。骡子白天眼力比人弱，晚上和风沙中眼力比人强，遇到沙老虎，你只要不被风从骡背上刮下来，就不会把命丢了。他说：‘一直没给你们说，是怕人多嘴杂，让鬼子知道了。这事不能有一点闪失，不然命白送了，我可没有白送的命，杀我一口人最少要十个鬼子抵命，这我跟老天爷赌了咒发了誓的。’巴巴眼让老齐他们几个从外闩门，让我和他上了大堂顶，把地雷从天窗吊下去，他说：‘一定要等喝个差不多的时候再闩门，刚开始喝狗日的还警醒着哩。’老齐说：‘喝啥时候算差不多？’巴巴眼说：‘哭，听着有人噢噢噢哭的时候。’‘鬼子会哭？’巴巴眼说：‘哭得歪着哩。听我咳嗽。’

“鬼子也知道沙老虎，狗日的对天气比咱们知道得多，准得很，后半晌早早就让准备宴席了。那天好像是鬼子的啥节日还是打了胜仗，反正酒让巴巴眼比平时多备了一倍。沙老虎来了，老天开始扬沙，天地间雾突突的，呛得人人咳嗽，四十多个鬼子都进了大堂，大堂挤得满满的，平时不会进这么多鬼子，最多也就二十人，其他鬼子都在大店铺里。巴巴眼激动得直哆嗦，双掌合十谢老天爷。就像一块黑布盖过来，天昏地暗，沙子打得人眼都睁不开，门外站岗的鬼子都进屋去了，只让我们在屋外站岗，不过给我们一人一块骨头。鬼子在黑风口一带设有四道关卡，都是大卡，黑风口安保上相对松一点。鬼子喝得开心，呜里哇啦地大叫，果真还有噢噢噢号哭的。老齐他们几个从外闩门，我和巴巴眼上了房顶，却出了麻达，巴巴眼准备的洋火装在裤裆贴身的插插（口袋）里，鬼子不让我们身上带火的，防火跟防刀枪一样，汗把盒盒上擦火的皮皮浸湿了。你别笑话，那狼狗、那机枪、那刺刀……这么大的事，等于拿命在做，谁不出汗？我衣服都汗湿透了。这地雷不炸，那些东西都引不着，我说：‘得去找火来。’他说：‘哪里去找，鬼子把火看得多紧，哪能找上？这样，我揣着地雷进大堂找机会点了，跟鬼子包饺子一起炸咧。我进去后，你们在外把门闩死，赶紧顺着洞逃，记着逃出去就投奔队伍打鬼子。’猛然我就想到了火镰，鬼子抓我们的时候，我把火镰藏到裤裆贴大腿根暗插插里，没被鬼子搜走。跑脚的人都有这样一个暗插插，装重要东西，比方装几块银圆，遭抢遇劫了也不至于饿死。这火镰可真是救命，一打就着了，嘿，炸了。我们跟着巴巴眼翻墙出去，钻进窨子洞时就见大堂门窗已喷出火焰，在风中像摆动的火龙，鬼子哇哇叫着。我们一口气连爬带跑出了洞，怕鬼子追上，把山给点着了。在徐家小店巴巴眼说：'一人一匹骡子，散开跑，遇到关卡就不会引起鬼子注意了，到安全地方了，就都去投部队，打鬼子。'我回到家，家里就不让出来了，我弟兄两个，我是长子，我弟已经当兵上前线……"

"烧死炸死多少鬼子？"

"不知道，谁还回头去看？"

"你是英雄哩。"

"啥英雄，要说英雄，巴巴眼才是，都是他谋算的，"他笑笑说，"这火镰是功臣。"

多年后，我参与民间抗日史料的编纂，在征集的史料中见到了几篇写黑风口这一事件的，有一篇来自县志，说烧死鬼子三十二人，伤残十一人。有一篇是巴巴眼口述，孙子记录的，写得很细，写到了徐掌柜和张本全几个脚户，有名有姓的，跟张本全讲的几乎没有出入。巴巴眼逃出去后就参加了游击队，后来又参加了解放战争、抗美援朝，最后离休。

民间抗日史书印出来后，我去了趟半坡，送书给张本全。遗憾的是，张本全已经去世。

[朱武上坟]

高音喇叭通知放清明假。清明节国家多年后才有了假，半坡还是大队时就有假了，而且是三天假。半坡有不少外乡人，据说有十八个省的人，回老家上坟，路远的还要再请几天假。城里人叫扫墓，半坡人叫上坟，一年中清明、十一、年三十都要去坟上拜祭，除草、添土、修水路。

在半坡，没出五服，绝不许另立坟头，否则便是背祖叛宗，会引发清理门户的大事。因此在半坡能见到几十座上百座坟茔呈金字塔形排列的坟院，占据一面山坡，显赫壮观。在四野光秃林木稀缺的半坡，两个地方必有树，一个是村庄，一个是坟院。在半坡人心目中，祖坟是另一个村庄。坟院里能见到上百年的老树，能听到滔滔树声。

在半坡，清明上坟只在清明这天，不可择日。因为半坡人上坟是以家族为中心，有严谨的组织，每户至少得出一人。若家长出门，男娃满十二岁就可上坟。清明这天，男人们端着盛着水果、炒菜、蒸馍、油饼、酒水的香盘，挎着装满纸钱、香表的篮子，走向坟院。那是一支壮观的队伍，你能感到生在一个大家族多么有势。

上过后的坟头压着一张白纸，就像一朵朵绽放的白菊，在土黄浅绿的山野十分惹眼。坟头压纸是一种传承，明代《帝京景物略》有记载："三月清明日，男女扫墓，担提尊榼，轿马后挂楮锭，粲粲然满道也。拜者、酹者、哭者、为墓除草添土者，焚楮锭次，以纸钱置坟头。望中无纸钱，则孤坟矣。"在清明半坡还有个禁忌，坟不能重上。坟头压了白纸告诉没上坟的子孙后代坟已上过，有约束儿孙同时上坟、检阅后辈儿孙是否精诚团结的作用。上过坟，大人坐在坟院吃喝说话，孩子追逐嬉闹。

祖坟不在半坡的，清明不回老家上坟，就只能在十字路口烧野纸了。

烧时用食指画圆圈，圆圈里画十字。据说这样纸钱只有你先人才能拿走，他人的先人是拿不走的。

有七八只鸡了，院子一天得打扫一回。我正在扫院子，复胜经过街门，探头进来说："下放，买纸走。"

"买啥纸？"

"烧纸啊，清明你不烧纸？"

"后天才清明哩。"

"早早买么，不怕一万，单怕万一，到时候要买不上纸呢？瞌睡迟时从眼睛里过哩，放在心里就是个事，买了印好心里就没事咧。"

来到阿干小卖店门口，碰上朱武买纸出来，往驴背上的褡裢里装。

复胜说："这时间走，赶黑住哪达？"

老朱说："走着看，一路上庄子多，时间富裕。"

复胜说："二百多里路，你这年复一年的，有些年月了吧？"

老朱说："入社那年的事。"

复胜说："入社到现在十几年了，难得啊，难得的忠臣，大忠臣啊。"

老朱说："唉，啥忠臣不忠臣的。"

驴扯着缰绳撵另一头驴，老朱就给驴扯得趔趄着。复胜说："快赶路吧。"

我说："老朱，你干啥去？"

朱武说："上坟。"

朱武被驴拽着走了。

我说："老朱老家不是朱家圈的吗，祖坟不在朱家圈？"

"老朱这是去罗山给帝王上坟哩，这人要在古代定是忠臣，大忠臣哩。"复胜说，"十几年了，二百多里路，年年不落，不容易，谁能做到？"

"去罗山给帝王上坟？"

"罗王底下埋庆王，明朝的。这典故你们文化人该知道的，老走都知道。"

我点点头明白了。

庆王是朱元璋第十六子，名朱㮵。明朝实施"以同姓治异姓"，"藩辅帝室"，朱元璋将二十五个儿子分封全国各地为王，后世子孙沿袭。朱㮵封地为甘肃庆阳、陕西延安和宁夏中北部这片土地，1393年，朱栴十五岁来到甘肃庆阳，称庆王。

我说："老朱是庆王嫡传？"

复胜看着我，我说："就是能说得上的、一个家谱里写了的。"

"那倒不是，他说他们朱家也找过这种关系，没找上。可那有啥关系，都姓朱么，一笔写不了两个朱字，五百年前是一家，不都这么说呢么，这都过去多少年咧。"复胜说。

第二年清明，朱武上坟，我随他去了趟罗山。

我买烧纸让老朱印了钱，老朱说："害你破费了！"

我们一人骑一头驴。骑驴方便，人能走的路驴就能走。我们骑骑走走，头一晚，住在窑山下的老寨子，第二晚住在罗山下的新庄集。看出来两家主人与老朱都是老相识，他们挺敬重老朱的，感叹老朱是"忠臣"。

第三日一早上坟。

罗山裙坡缓缓上升，忽然拔起山峰，远看酷似日本富士山。唐初罗山竟然称"堕落山"。贞观年间，唐五路大军征伐吐谷浑，诺曷钵继承汗位，唐封其河源郡王，联姻和好。663年，吐谷浑全境被吐蕃攻占，诺曷钵逃到凉州（武威市），吐谷浑王国灭亡。唐高宗设罗山下的韦州为安乐州，安置吐谷浑族，罗山被称为"安乐山"。明代庆王府长史刘昉命名罗山为蠡山，民间因罗山形似螺称螺山，解放后演变为罗山。

庆王陵园在罗山东麓一片荒坡上，没有墓碑，连围墙都没有。从朱栴十五岁做庆王到李自成军攻占宁夏、末代庆王一家被抓处死，庆王一脉在封地就藩二百五十一年，共传亲王十世十一人，衍生上千口人，亲王、世子、嫔妃等七十多人埋在罗山脚下。蓑草枯蒿，在风中纷乱，破败颓废，还不如百姓家墓园，七十多个土疙瘩有些小兽挖钻的洞，墓园里水冲出几道沟壕。

烧完纸，坟头上压了纸，老朱从驴背上取下锹，把一些被水冲刷和小兽挖钻的洞填了，又把冲坏的水路修好，把一些被风吹得小了的坟堆往大里加加，做得一丝不苟。我没带锹，他说："你拔拔坟头上的草吧。"我说："要不是你年年上，怕有些坟堆都给风刮平咧。"他说："肯定刮平了，这里风大。”我让老朱歇歇，我拿锹填吹出来的沟壕。

上坡上风不小，整出一身汗。我们坐在坟堆间吃烟。我说：“年年你一人上坟？”

“就我一人么。唉，不说别处，就半坡一带，姓朱的也不少哩，我找他们吆喝过上坟的事，没人应不说，我上坟有些人还说些难听的话。唉，人微言轻，不要说人家，我连自己的儿孙都管不了，六个儿我想带上一两个儿，没一个跟的。我活一年上一年，死了怕就没人上咧，真正就成了孤坟咧。”

离开庆王陵园，老朱说：“我们去韦州，从韦州回。你喜欢个有历史的地方，韦州有历史。”又说：“看也没啥看头，啥都没了，就剩下几座塔了，看不出以前有多风光。”

“那边也有回去的路？”

“有，还是官路哩。上坟误不得时辰，来时怕误时辰，打了捷路，回时没事，浪着走么。”

“得弯不少路吧？”

“弯个几十里路。”

“别误你啥事。”

“能有啥事，现在这日子支书、大队长、小队长、会计的，就像一个锅里搅勺子，哪块地里种啥都给你安排得好好的，啥心你都不用操，你有个啥想法也不由你。”他嘿嘿一笑说，“也不能让你陪着我白跑一趟，这一路韦州、下马关、预旺，个个城都古得很，历史上老有名的，红军都走过、打过仗哩。”

我说：“咋能说是白跑一趟呢，人活一世该走走看看的。”

他嘿嘿一笑说：“对对的，跑过脚的人也不爱走重路，走不同的路还能有个眼欢喜，只是不走重路没路走么。”

韦州西汉时就为三水县治，卫青击败匈奴，安置降附的匈奴族，为汉武帝所置五属国之一。唐至德元年，长乐州被吐蕃占领。大中三年，唐收复后改为威州。唐光启三年，又复陷吐蕃。北宋咸平年间，为西夏占领，李元昊改为韦州。

庆王朱㮵在庆阳居住了不久，迁至韦州，建造庆王宫殿，设置了宁夏群牧千户所。燕王“靖难”、建文帝“勤王令”要了多少皇子的命，庆王没受牵扯，够幸运了。然而，不幸的是庆王在南京生长到十五岁，思乡之情萦怀，上了年纪一直申请回南京，却没哪个皇帝恩准，再没回过南京。庆王府迁至银川，侄孙继庆王位，朱栴以银川“卑湿卤碱”居住不适为由，请求迁回韦州居住，庆王只允他每年夏天去韦州居住。一直到死后埋在了罗山坡，才了却回韦州永住的心愿。帝王的不自由比老百姓更为悲哀啊。值得一提的是朱栴亲自撰写了《宁夏志》，成为宁夏不可多得的史志。地方志是“官修政书”，皆邀学者撰写，一个地位显赫的亲王亲自撰写实属罕见。万历二十年二月，宁夏发生鞑靼哱拜之乱，第十位庆王被母亲藏在地窖躲过一劫，母亲却自缢了。

“停骖凭眺旧韦州，古往今来恨未休。有酒不浇元昊骨，无诗可吊仲淹愁。秦川形势通西夏，河朔襟喉控上流。借问蠡山山下路，几人从此觅封侯?”《嘉靖宁夏新志》收录王越的《过韦州》。王越，明景泰二年进士，官至兵部尚书。一生坎坷，遭弹劾五六次之多，《明史》有传。成化十年，以都御史总制陕西诸路军马，驻垒韦州。

韦州如今只是一个普通公社。

韦州城墙坍塌，只有个大致轮廓，庆王府了无痕迹。看得出这片土地岁古月久的是早期密檐式藏传佛塔——康济寺塔。塔前有两块石碑：一块严重风化，字迹模糊，依稀辨出西夏时曾建康济禅寺，并建塔。十几年后修缮时，在塔内发现西夏文经卷及文物；一块为明万历壬午年重修时所立，记载了朱旃到韦州，看康济寺损毁严重，在原寺基础上修建了千佛殿，将原九级的康济寺塔增高四级。清同治年间，千佛寺被毁，塔保存了下来。塔西北有座宝瓶形“小白塔”，塔基为八角须弥座，塔体外表通抹白灰，是典型的喇嘛教元代墓塔。塔南面有券门，紧锁着。从门缝看去，里有八角空心木板楼梯，可登梯上顶。

忽来一阵风，塔上面有风铃响起。从塔的破损程度看，不知道这铃声是来自哪个朝代的风铃。

韦州回族居民多，满街都是戴着白帽子的回民。有几家馆子。老朱和一位留着山羊胡的回民互相说了“色俩目”。老朱给我介绍这是开馆子的老哈，他每年清明上坟都吃他家的炒糊饽。老哈说："又上坟来了，这人大忠臣哩。"

进了饭馆，老朱说："宁吃一盘糊饽，不吃酒席一桌。糊饽是韦州人看家的吃头。"

老哈看看我说："你也贵姓朱？"

我笑笑说："不是。"

老朱说："下放的大文化人。"

老哈说："前几日还有文化人上山去看哩。"

我给老哈递根烟，他摆摆手。

糊饽是元朝统治时由蒙古族传入韦州的。糊饽不用起面，面和得要硬点，加上碱面，饧上一阵，搋揉筋道，擀成薄饼，烙至半熟，切成长条。烙饼的同时炒羊肉臊子。因是死面饼子，糊饽下锅炒一阵要旋点水焖一阵。焖至饼条熟透，饼条也吸足了汤汁，再撒上蒜苗、辣椒丝、葱花。

黑边大老碗盛得高垒山尖，我们吃下去一点，老哈又给我们每人加了一勺糊饽。老朱说："每次都多吃你的。"

老哈说："应该的，现在哪还有你这么忠的人。"

吃完糊饽，老哈给我们的水壶装满了水，还加了两把茶叶一撮子盐。

告别了老哈，老朱说："曹们从下马关—预旺—张家塬—羊路—李旺这一路回。"

又说："我们是向南走，要是向北走四五十里，就是惠安堡，也老得很，去不？"

"再找机会吧。"

"惠安堡在毛乌素沙漠边边子上，风大，连吹带埋的啥也没了，还不如韦州，韦州还有塔、城圈圈子。"

老朱所说这条路是《新唐书》记载的唐大中年间，从吐蕃手中收复原州七关，白居易堂弟、邠宁节度使白敏中规划的"萧关通灵威路"，从萧关直到灵州。宋康定二年二月，宋夏好水川之战，西夏军队从兴庆（银川）出发到好水川走的正是这条路。韦州、下马关、预旺从北向南坐落在一片狭长形的平原带上，历史上称"盐州川"。

韦州城街道两边，土坯房、箍窑夹道，街道不长，草木稀少，只能说很荒凉。老朱说："你说这哪里像住过个王的地方。唉，以前的老东西都能留下来也有看头么。你们这些人都喜欢个老堡子老寨子老庄子，有人说是不是想挖宝贝，我想不是，是想看个名堂。"

韦州到下马关三十多公里，一路上长城、烽火台如影随形。这段长城始筑于明弘治十五年。与我到过的长城、烽火台相比，保存得是比较好的了。下马关是明朝九边重镇固原镇长城重要关隘，初叫长城关，因三边巡边将帅必于此下马休息，叫成下马关。1874年，清设平远县，下马关为治所，首任知县陈日新在任六年，完成了第一部县志《平远县志》（所幸老走给我找了这部志书）。民国三年改为镇戎县，十七年宁夏建省后，改为预旺县，治所依然为下马关。《平远县志》记载："明万历五年筑，外砖内土，周五里七分，高厚均三丈五尺……"如今，也只剩下豁豁牙牙的残垣轮廓。一小段尚好，居民却以城墙为崖掏挖窑洞住人喂牲口。一孔孔烟囱烟熏火燎，就像插在城墙上锈蚀的铁旗杆。瓮城北门还健全，门洞上方"重门设险"尚显功力。1936年6月，西征红军右路军红十五军团进入宁夏，下马关解放，建立起中共预旺县委和苏维埃政府。

下马关到预旺也是三十多公里。豫王是元太祖第六世孙阿剌忒纳失里，初封西安王，持第二等螭纽金印。元文宗天历二年，被封为豫王，令筑城于此。因集市繁华买卖兴旺，清朝时民间将"豫王城"改为"预旺城"。预旺城的标志是一座正方形钟鼓楼，砖石砌成，东南西北四道券门，券门顶端有石刻券额："宾日""观讹""洛成""乐易"，字迹依稀可辨。这出自《尚书·尧典》，分别代表东、西、南、北四方和春分、秋分、夏至、冬至四时太阳东升、西落、南移、北易的时刻。和下马关城一样，坍塌的城墙杂草掩映，竟有人赶着羊群放牧。有的城墙被填平堑壕，成为耕地。尚好的一截城墙下，也被人掘窑洞居住，西城门还好，城门洞可歇凉。

在中共历史上，预旺城声名显赫，它曾是西征红军司令部所在地，云集了新中国众多的开国将领。斯诺在预旺城东门外受到彭德怀、刘晓、李富春、聂荣臻、左权、邓小平、陈赓、杨勇、杨得志、萧华、朱瑞等红军高级将领的欢迎。斯诺在预旺县采访二十多天，《西行漫记》三分之一内容是在预旺县采写的，封面那幅题为“抗战之声”的照片正是在预旺城头所拍。红军西征，解放了预旺、海原等大部分地区，建立起陕甘宁省豫海县回民自治政府。1938年，国民党将预旺县政府从下马关迁至半个城——现在的同心城，改名为同心县。

正赶上预旺集，人很多，狭窄的街道摩肩接踵。我说：“人可真多。”

“这还人多？预旺以前集大，不要说固原、海原、吴忠、灵武、环县人来跟集，山西、河南、陕西、四川、甘肃的人多了，山西会馆都有哩。以前也老来贩羊、贩皮毛，街道羊粪豆豆一层，踏上去软乎乎的，集散了扫几十车哩，马大财主就是靠这大发的，现在你看街面上有几个羊粪豆豆？现在一割尾巴，集市小多了。”老朱说。

晚上，我们住在一家车马店里，吃了碗蒸羊羔肉，上了城墙。坐在墙头，老朱说：“我见过毛主席。”

我看看他，他说：“你信不？”

我说：“信。咋没听你说过？”

他说：“以前说，都信；后来，又不信了，说我胡吹冒撂。我再说还有啥意思？”

他深吸一口烟吐出来，说：“那时候我在单家集给我干大当羊梢子，就是赶羊时在羊群前头领羊。回民汉民间拜干大。单家集市场大，回民多，羊贩子多，贩羊生意大，到处往来赶羊。一般赶一回羊回来，会隔上两三天再出门，我一天就给干大家挑水。干大家是街上的富户。干大不贩羊天天上寺。回民上寺讲究，天天都上，一天五礼。从静宁赶羊回来的第二天，吃过饭我在街道里走。忽然，人群乱哄哄起来。有人“跑土匪，跑土匪”地喊。有些人跑开了，有些人不动弹，跑疲沓咧，那时候世道乱，跑土匪是常事。乱了一会儿，人都安静下来，说是赤匪。赤匪就是红军么。一个多月前红军就从镇上过了，没抢人，不拉丁，还给寺里送锦匾和肥羊，还和阿訇交朋友。后晌，红军进了镇街，跟一个多月前过的队伍穿扮一样，衣服打着补丁，跟受苦人一样，骡马都拉着不骑，分不出当官的当兵的，说话不是高喉咙大嗓门的，见人热络。人都不怕了，吃烟的到跟前还能混根纸烟吃。

“我干大常给寺上施舍东西，老汉举念要施舍寺上两块栽绒毯子，定做的毯子都拉到家里了，还没送到寺上。老汉讲究，要等一个日子再往寺上送。吃过晚饭，寺上的满拉子来了，让把栽绒毯子送到寺上，说今儿就是个日子。栽绒毯子可是重得很，尤其是寺上用的大么，一个得三四个人抬。我们送到寺里，见阿訇和一个人坐在那里说话。我们趴在窗户上看。那时候天正热，是七月吧，就是你们说的阳历八月。那个人还冲我们笑笑，打招呼的话听不太懂。后来，干大过来说：‘还不散了，那是红军的领导，回去取些干果子来。’我们取了馓子、馃子、油香，还有苹果、枣子、大果子啥的。后来才知道那是毛主席。第二天我们要去赶羊，赶羊五更上路，红军也正准备离开，我们和红军一起出的镇子。我们站在路边看着红军走，毛主席就从我跟前走过的。”

他仰头望着星空长吁一口气说：“还没解放的时候，我说大家都信，后来就不信了，一说他们就说喧荒，一说他们就说喧荒，往天上喧哩。后来我就不说了。唉，人就是这么个。”

喧荒，喧有吹嘘胡冒的意思，荒有荒诞荒芜的意思。

到了二十世纪八九十年代，红军在西海固的活动被系统地挖掘整理。红军三次经过单家集和兴隆镇一带，宣布了“三大禁令、四项注意”，赠予清真寺“回汉兄弟亲如一家”的锦幛等礼品。1935年10月，中央红军在这带活动，毛泽东曾夜宿西吉县单家集，拜访阿訇马德海，并与其长谈。

出了预旺我们向着西南走，到了羊路公社吃饭，老朱笑笑说：“这地方你说叫了个羊路，能有啥出息，羊能走出个啥路？一个公社呢么，难道都没个识字人，起不了个美气的名字？你说韦州、下马关、预旺城，哪个名字不是大名字？”

[摆歪]

我和柳三变、黑脖子往尚全义家来。

全义娶媳妇子（在半坡媳妇子与媳妇不同，媳妇是自己媳妇，媳妇子是儿子媳妇），我是记礼的，黑脖子是候客的，柳三变是总理。候客就是站在大门外迎客，类似门迎，有四个人，黑脖子是头。总理就是总管，也叫大懂，过事的全过程的总指挥。总理一是要特别懂过事的规矩程序；二是要指挥得动所有帮忙者，事过得好坏，看总理的能耐。柳三变可是这方圆一号总理。

走到街巷中间，忽然响起一挂鞭。我说："明天才是正日子，今天放炮做啥，有讲究？"

柳三变说："接姑舅的炮声，姑舅来了。"

就见村巷过来一群人，有四五人骑着驴，尚全成和唐生存在前头，弓着腰侧身走着引路前行。这两个是专门接姑舅的。

人们都倚大门观望，"啧啧啧"感叹："来这么多人装姑舅。"

我们靠边站着，二十多号人，浩浩荡荡从村巷穿过，往全义家去了。

"一辈子没把全义当过个人，这回想透彻了，来这么多人装姑舅。土壅到脖子里才醒事，也算。"黑脖子说。

"但愿吧，我一直为全义悬着颗心哩。"柳三变说，"我们等等再去，姑舅来这么多，全义家肯定乱成了一团。装姑舅谁会想到来这么多人，有几个家近近的，该明天来，今天就来了。"

黑脖子说："我得赶紧过去，重要的亲戚、路远的亲戚今天都来哩，没人候咋行？"

柳三变说："把心操到，大大小小的客都招呼好，给全义装人。"

黑脖子小跑着走了，我就问装姑舅的事。柳三变说："香不过猪肉，亲不过姑舅。半坡人看重姑舅，舅父为大，骨主么，就是骨髑主儿。姑舅有老姑舅和小姑舅。老姑舅是太太、奶奶的娘家人，还有更老的。小姑舅是指母亲的娘家人，招待老姑舅要比小姑舅更隆重，没有老哪有小？红白喜事日子定了，要提前一个月提着三色礼就是酒、茶、烟上门去请，也叫送日子。姑舅出席外甥女婿的婚事称为装姑舅，来的人被称为大客。专门安排候姑舅的人，正日子头一天就要在山头上瞭着，看着来了，要迎到村口，放炮迎接，接了带着的东西，拉了骑的牲口，进屋后先给端水洗脸，然后传茶、喝汤、坐席，盘儿上桌儿下地侍候着，正日子坐席前几桌都是先待姑舅。总之，要给足姑舅面子，就是几岁小娃娃也不敢轻慢的。外甥女婿家势单力薄，姑舅就会来得多，给外甥女婿撑门面、壮声势。而如果外甥女婿家平时对姑舅不够礼数甚至不敬，姑舅也会来得多，那是摆歪来了，专等事上来闹事，搭桌子说事，说不倒，就会掀桌子，搅扰得事过不好。"

柳三变掏出一盒纸烟塞给我，我说："我有烟。"

"尚全义家的喜烟，过事只要帮忙的，三天事每人每天发一包。你记礼每天要发两包，来人敬烟支应，等会再给你一包。"

"算了算了……"

"头烂了没在这一斧头上，省不下，规矩要守哩。"

柳三变抽一支在鼻子上闻闻说："这是全义儿子辈第一宗事，可把劲鼓圆了。过事上烟咱们这方圆不是'经济'就是'滩羊'，这'前进'一包买几包'滩羊'，这也是给外父看哩。"

我们靠着墙根吃烟，忽然全义家传来哭声。柳三变站起来说："麻缠了，走，我们赶紧过去。"

老陈匆匆过来说："这全义也是的，过事呢打个啥婆娘？"

我说："全义打翠莲咧，咋回事？"

柳三变说："全义不瓜不苕的，迟不打早不打，外父来了打，这中间有事哩。"

才进全义家院里，就听一声怒喝："你咋不死了去！你咋不死了去！"

随怒喝声看去，是一个老汉，留着一撮山羊胡。我问此人是谁。"成泰的骨髑主儿，全义外父。”柳三变说。

成泰是全义的大儿子，新郎官。

院子里乱嚷嚷的，哭声、骂声、吵闹声，二十多个姑舅个个扎着一股势。

柳三变竖着耳朵听着，黑脖子过来说：“我还以为这老㞞把事想透了，原来人马三齐地是摆歪来了。我就说这老㞞坏了一辈子，咋会一下学好了，全义这喜事麻缠。”

我说：“你赶紧去劝呀，过事呢么。”

“要能劝下也就不会这么来闹了，先让嚷，嚷上一阵再说。这阵去劝，越劝越得劲哩。这老㞞是个瞎㞞，擢搅得歪得很。”柳三变说。

我说：“按说外父该帮女婿解决事情哩，咋还带头闹事？就是撒气讲理，也该另选日子。”

“这叫摆歪，专门等这日子哩。平日里把姑舅给慢待了，外甥女婿没上门拜年节得罪下了，说话把不住分寸不敬，伤着人家了，反正生了间隙，结了仇怨，姑舅会专门挑外甥女婿红白喜事上生事，搭桌子摆酒席，把事摆上桌面说，名义上叫‘说话’，实际上就是‘摆歪’。双方各出几个能说的，辈分越高越好，小不犯上。姑舅一方说话，外甥女婿一方辩论，外甥女婿头顶香盘下话。话说到位了，事说倒说散了，下话酒一喝，过去的一切一风刮了，和好如初。事要说不倒说不散，较上劲了，姑舅拒喝下话酒，会抡盘掀桌，擢搅得你这事过不了。事都得往后拖延另选日子，有时候几天地说哩。现在不了，到时候队干出面，先过事，事过后接着说。不过搭起桌子可不是你是‘骨髑主儿’就占上风，‘摆歪’你是要站在理上的。”柳三变续一根烟说，“哎呀，全义得多开一桌席了。”

“全义跟外父到底有啥矛盾？”

“全义十来年没上外父的门了。”

“为啥？”

“唉，说起来话长，他外父不是东西，等会你就知道了。”柳三变霍地站起身说，“走，赶紧写榜、出榜，等会搭桌子说话，你我肯定都得上桌子。等会一上桌，一时半会儿下不来的，别看了别人的热闹误了自己的事。”

“我上桌子？我啥都不知道……”

“摆歪就是斗智亮口才。你们都是大知识分子，明理的人，再日赖的人你们在场也不敢由嘴胡说。这种场合，就要你们这种人压阵哩。”

“可我说不了啥……”

“我们就是听，不用说，吃菜喝酒，能插上话插几句。”

榜就是分工明细单，上至总理下到站桌的、端盘的、挑水的、候客的等名单用红纸写出来，张贴在墙上。哪个环节出事，一看榜就知道谁的事。柳三变让我写，刚刚写完，就有人来叫我们。

桌子是两张学生课桌拼成的，摆在上窑当地，凳子也是从学校搬来的，有一把老式椅子，摆在上席。两个阵营各五人：姑舅一方有全义外父、三外父，翠莲的一个舅舅、两个侄儿；全义一方有全义舅舅、两个堂叔、舅哥、堂弟。我跟柳三变算中立方。柳三变附在我耳边说：“这阵势全义不占优，你看那老屃，往上席四平八稳一坐，好像他是正头香主。上席要么不设，要设也是老姑舅坐，再不就是你我坐，他坐算个老几。”我悄声问：“支书咋没来，他最该上桌。”柳三变说：“支书哪能这阵就出面。”

酒桌周围围了许多人。我说：“这么多人看热闹？”

柳三变说：“不光看热闹，理要众人听，也要众人评，到紧要三关，也还要帮腔，一两句话顶大事哩。”又说：“有一个人来，绝对压得住阵。”

我问谁。他说：“唐二爷。”

唐二爷就是唐彦章，弟兄里排老二，半坡人叫二爷。

“他会来？唐家尚家……”

柳三变说：“虽说唐、尚两大家族一直有矛盾，可好狗守三门，好汉护三庄，这是蹬着半坡门槛摆歪哩。”

我说：“那他咋不见？”

“大人物出场总得在紧要三关的时候噻。”

菜一样一样摆上来，忽然门外就传来“二爷来了，二爷来了”。

随着话音唐彦章进来了。“来得早了些，还不到紧要三关时候么。”柳三变悄声说，“把心放到腔子里，好好吃喝，全义这事没麻达咧，唐二爷拿得住事。”

大家都起来忙着给唐彦章安排座位。全义外父说：“你起开，这桌上有你的盐还是有你的醋？”

“杨树全，你说的意思我是外人咧？不说路不平有人铲，理不端有人片的话，你们是来装姑舅的，那就先把姑舅论一论，你爷娶的是我们唐家的姑娘，我姑奶奶是你爷一烟锅子打死的，你不会忘了吧？说是失手了，谁知道呢？这姑舅你不认了？你二大也娶的是我们唐家姑娘。”

“那姑舅在别的地方论去，这桌上没论头……”

“我们唐家与尚家来来回回几辈子亲戚了，全义的奶奶就是我们唐家姑娘，没出五服，我这姑舅骨髑不比你老？！”

全义堂叔站起来为唐彦章让座，唐彦章说：“且慢，杨树全，你算个锤子，上席是你坐的？见过不要脸的，没见过你这么不要脸的，起来！”

“我不坐你坐？你三张麻纸糊了个驴头——好大的面子，听你的？”

“我坐也坐得，不过今天有人比我更有资格坐。”唐彦章一把拉起全义的舅舅说，“你敢往你舅的上面坐？”

“我舅，嘿嘿，你想叫你叫去。”

“大家可都认识，这是全义的舅舅，全义娘的亲弟弟，上席有你杨树全坐的？不要说有老姑舅在，就是没有老姑舅在，上席也是你坐的？搭桌子干啥呢？说理，大家好好说说这个理。”

“这理还有啥说的，先有娘还是先有儿？！”

“就是么，没有老姑舅哪来小姑舅？”

柳三变悄声说：“唐二爷眼毒，一眼就看出来，这凳子摆的，上席应该一人一半。”

围着的人七嘴八舌插话。

全义外父坐不住了，往过挪椅子。唐彦章说：“杨树全，你杨家是不是几辈子没坐过椅子？那椅子是给坐上席的人摆的，你挪走？想着坐椅子威风，你来的时候背上一把椅子么。”

杨树全瞪着唐彦章。唐彦章笑着说：“咋了，嫌我说你了？那你做事往理上做呀，灯盏里洗澡——还由（油）着你了？”

椅子让出来，唐彦章把全义舅舅按到椅子上。全义舅舅惶恐地站起来，说：“你坐你坐。”

唐彦章说："我坐，某些人还不像娃娃锤子爹起来？"

全义舅舅说："那他爹不起来，从我们王家说，你是我王家老姑舅哩，该坐的。"

唐彦章说："那是在你王家门户，在全义这儿，你是正头香主。"

酒斟满九个酒杯摆在香盘里，全义头顶香盘跪在地上，成泰跪在旁边，双手捧一杯酒。唐彦章说："先敬酒吧。"

全义外父说："我没脸喝这酒。"

唐彦章说："尿壶摆到墙头上，总是先出个声，还没轮到你说话，土都壅到脖子上了，你咋就这么不懂规矩？噢，对了，你就一辈子没懂过规矩。"

全义父子给老姑舅和唐彦章把酒敬了，到了杨树全跟前，唐彦章说："等会再说吧，人家已经说过没脸喝酒，敬大教授和三变。"

我们喝了酒，唐彦章说："大家动筷子，吃着喝着说。"

敬酒把杨家却给晾下了。

杨树全黑着一张脸，不说话。唐彦章说："杨树全，刚刚抢着说话哩，这阵咋就夹住了？摆歪来咧，不管是花椒还是胡椒，你总得开个口儿，要不歪咋摆？"

"我没话可说咧。"

"没话可说是不？"

杨树全干脆昂着头往窑顶看，唐彦章说："杨家亲戚没话说，那就撤桌子了。柳三变，让人撤桌子，送杨家人走，没话说么还兴师动众地来搭桌子说话，丢人像喝凉水。"

杨树全一拍桌子说："我没话说了，我是来收尸的，我等着收尸哩。"

"知道你话在肚囊里翻江倒海哩。说出来，红口白牙说出来。"

"我没啥说的，我就等着收尸哩。"

"我再让你一回，赶紧说吧。事不过三，再不张口就没机会咧。"

"没啥说的，就等着收尸哩。"

门外翠莲哭声大起。我忙说："老陈，让人出去看看成泰娘，这一口一个收尸、一口一个收尸，真逼死人哩。"

我这句话一出口，桌上闷着头吃菜抽烟的全刷地把目光投向我。我以为我说错话惹事了，正不知如何是好。柳三变说："老陈，派三个人盯着，下放说得对，收尸收尸的，可不是逼人死呢么。"又附在我耳朵上说："还说你不会说，这话说得太狠了。"

唐彦章端起一杯酒说："到底是大教授，说话一针见血啊。我敬大教授三杯。"

我忙站起来说："不敢嘍，二爷。"

"你咋能叫二爷，胡叫么，半坡人叫那是按讲究按辈分，你不能乱叫。喝三杯。"

我喝了三杯，唐彦章说："杨树全，都知道你咒死了翠莲的娘，又娶了个小，现在又咒丫头？"

"我我我咒丫头？"

"你一口一个收尸，你一口一个收尸，这还不是咒？"唐彦章说，"老陈，人派了没？派几个顶事的安顿好好看着。嫁出去的丫头泼出去的水，翠莲现在是尚家一口人，八个儿枪杆一样起来咧，得上力了，好日子才来哩。"

柳三变附在我耳边说："你看你这话说得好不，你看唐彦章会捉话头么，都说唐彦章脑子三个雷震子都比不上。要是两个换个个儿，他比雷震子现在的地位高多了，说不定都进北京咧。"

雷震子就是唐彦斌，唐彦章的弟弟，在地委，我以后会说他的典故。

"说吧，"唐彦章说，"你也明白，桌子搭起来了，话说不倒散不了，除非你杨家人从这桌子下爬过去从院里爬出去。"

全义外父依旧阴着脸不说话。唐彦章说："杨树全，看你这架势真是要把女儿往死里逼，那我们坐㞞在这里说个锤子？把桌子撊了去，散伙，让擢搅去。全义你起来，十年都没认了，天没塌下来，你不是好好活过来了，还越活越好了。那就不要认了，我看这老㞞克着你哩。"

唐彦章说着便站起来要走，柳三变忙按坐下说："你可不能走，你是老姑舅，走了这桌子就塌了……"

这时全义三外父说："尊你一声老姑舅我再说话。彦章，你们听着……"

唐彦章打断话说："尊我一声老姑舅再说话，还知道我是老姑舅？迟了，我进来你像个泥神一样沟子都没往起抬一下，我是老姑舅？今儿这第一杯酒，是该我敬你，还是该你敬我？正头香主都没话说，有你放的屁？你们杨家人都这么不讲规矩？"

全义三外父跳起来要走，唐彦章说："就这点背头？还跑来摆歪，相片掉井里了——丢人不知深浅。把路趔开让走，杨家亲戚要走的趁早，不然就得揣夜咧。"

全义三外父又坐下了。

唐彦章说："成泰，把酒端过来，第二轮敬酒，再敬老姑舅这边人。骨头有个老小，事情有个先后，分清了杨家姑舅，等开口说话了再敬酒。"

成泰端了小盘过来敬酒，全义外父敲敲桌子说："要我说我就说，啊呀，我都棒槌剜牙——夯口得说不出口啊。我丫头一口气给他尚家生了八个儿，驴日的咋骂？腿一叉，出来个你大，腿一叉，出来个你大，养（生）那么多你大吃肉呀？大家听听这话，我丫头生儿子倒生得不对咧？！"

在半坡，所谓会生就是花生，一个儿一个女一个儿一个女地生，这样以后日子就轻省一些。全义婆娘一口气生了八个儿，没生一个女儿。

"终于憋不住开口了，这就好嘛，还有呢，都摆出来嘛。"

"说是个女婿，多少年不上我的门了？我都不认识了，集上打一捶都认不出来咧。这些年我家红白喜事他来过？指派上个娃娃露个头支应我。他儿是不是我外孙？结婚连姑舅都不请，是从石头缝里蹦出来的？我这张老脸要不要？"

"继续摆。"

"再都不说了，就说今儿的事。当着我面打我丫头，这是活人眼里下蛆哩。"

"还有呢，再摆么。"

"够了，我都丢人死了，还摆，我得找个窟窿钻咧。"

"不摆了？"

"丢不起先人啊。"

"那咱们就先说你这几条。全义，腿一叉，出来个你大，腿一叉，出来个你大，养那么多你大吃肉呀？这话你骂了吗？”

“骂了，我骂过。”全义说。

下面便嘁嘁喳喳：“瓜㞞，这咋能承认？”

“话是一阵风，不承认能咋？也太老实了。”

全义外父说：“唐彦章，听到了吗？我虚说咧？”

“听到了，听了个真真。全义是你女婿，他有多实诚你有我了解？我看着他长大的。他还小的时候有一回偷了我家杏子，我没有看见，只见他在我家院子墙跟前，杏子早吃光，手里没拿着。我说了句：‘你偷我家杏子咧。’他说：‘偷咧，吃了。’把我给说笑了，我摸了他的头。他就是这么实诚的人，不然我会拿这话来问他？”

“让人都听听么，女儿要是生不出儿来不要说骂，就是打死我都不会说一个字，我女儿生了儿倒落了一身的不是？”

“你咋不死了去，你咋不死了去，你活着做啥呀？这话是谁骂的？”唐彦章问。

“这话我没骂过。”全义说。

“杨树全啊，你不觉得耳熟？”

“我没骂过。”

“你没骂，那这样，我陪你赌个咒，拿香表来。”

“我没骂过为啥要给你赌咒？”

“你没骂过为啥不敢赌咒呢？宁撒十个谎，不赌一个咒，怕死啊。不说你刚刚这样骂翠莲，翠莲的娘不是你一句一个你咋不死了去，一句一个你咋不死了去，最后用裤带吊到门框上了？不承认，让人去陈武寨把陈大光叫来，让他说说翠莲的娘上了吊，他弟兄几个怎么把你打得屎尿一裤裆。”唐彦章端起一杯酒泼在地上。半坡人喝酒说到亡人，都会往地上奠一杯酒。“我说这事不是揭你的底，我是想说骂仗没好口，打捶没好手。这话你不懂。我们唐家好好的丫头，你爷一烟锅子她就无常了。你呢，娶了三个女人，死了两个，都是你连打带骂活不下去死了的。不用到杨家庄访去，路上拉住个讨吃都知道。八个儿，谁不愁？谁愁了都胡骂哩，牙是骨髑口是肉，平时是个蜜罐罐，也咬得血淌哩。全义骂这话那就是一句话，你把这咬住。”

唐彦章又端起一杯酒“吱”地咂了说：“说是个女婿，多少年不上你的门了。你都不认识了，集上打一捶都认不出来咧。这些年你家红白喜事指派上个娃娃露个头支应你，他儿结婚连姑舅都不请，是从石头缝里蹦出来的。全义，你说说都是为啥？”

全义说：“我不说了，我全咽下去了。”

“说，灯不点不亮，话不说不明，说出来都把心明一明，不然别人都当你不够人哩。别人不够人，你给他背名声？”唐彦章说。

“说说，说说，说出来，心明了，以后就没心病了。”

“说，不说你这事能过么，你想让事黄了？”

“……”

唐彦章说：“搭桌子就是为了说话，也叫摆歪。你不说话谁知道你的委屈、冤枉？我给你说，现在你当不当女婿，不是他说了算，是你说了算，除非他屁下的屎能坐回去。”

“那我就说了，这些年我是没上外父的门。为啥不上？风是咋起的，水是咋皱的？我家里穷，也不是我不下苦，家里负担重么。前些年我太爷、爷爷、奶奶还都活着，还有我二爷，没儿没女的，也在我跟前托老。人老了都是药罐子……唉，这都不说了，明眼人都看着哩。我上你的门，逢年过节给你追节，大小事情上门帮忙，一进门你就给我挂脸子。单干的时候，你家有个活，我给你干，就是个长工，总也给个笑脸吧，你给过我笑脸？你老觉得我丢你的人么，这都不说了。吃你几碗饭你都抢摔我，你杨家过事，不要说你家的事，就是你家弟兄姊妹亲戚的事，都给我派最脏最苦的活，我说过啥？可你咋待我的，上桌吃饭没我，我晚上连睡觉的地方都没有，在草摞里钻着，你杨家庄人把我叫啥？叫瓜女婿啊，撵到我沟子后头喊，你说过他们一句？我外母在的时候还制止，你呢，反过来吼我外母。外母上吊了，我再去你家，你一家人就跟待讨吃一样待我，都知道你嫌贫爱富，也没错，可是你总得……连翠莲都看不过眼了，说：‘别去了，娃大了，也能干活了，以后让娃去吧。’我还是去。咋能不去呢？我是女婿，你过事我不去人家会骂我，也会笑你。老旦子结婚，我都六个儿的爹了，还让我当拉马娃娃，你家十几岁的娃娃那么多，找不出个拉马的人？你这是辱没我。我没拉马，你在事上高喉咙大嗓门地宣布不认我这个女婿，说再认你不姓杨咧。那话骂的，把我们尚家几十辈子先人都翻出来在坡晒着哩。也不让我们再踏进你杨家庄，你也不来我们半坡，就当没这门亲戚……”

全义外父忽地站起来说：“千错万错我的错，我错了，我不该来女儿家，我走……”说着离席要走，唐彦章一把扯住说：“话还没说倒，你要走？你的一张嘴横着能说竖着也能说，说到你了就受不了了？”

“你们这是给我下话，这是开我的批斗会么……”

“下话，谁给你下话，你倒想得美！桌子搭起来可不管谁是骨髑主儿，谁站在理上谁为大！”

“好好好，全是我的错，我下话行不？今儿我把话说明了，从今往后我们再也不搭了……”

“不搭了，啥叫不搭了？话要掂量着说，留个后路自己走。全义说错了，冤着你咧？十字街道贴告示——众所周知的事。土都壅到脖子里了，你都没高看过全义一眼。今儿一进院门，你就扎个势，骂女儿你咋不死。啧啧啧，你是来收尸的，娘后了大就后了。你这样咒你丫头，不怕折你的寿？你这么大年龄白活了……”

“我的错，千错万错我的错，我给尚全义下跪磕头。”

全义外父说着就要跪，被几个人抱住。杨树全却吼骂着让放开他。唐彦章喝一声：“放开，让跪下磕，这是要折女婿的寿呢么。把女婿折死了，再卖回寡妇么。啧啧啧，先是咒女儿死，现在又给女婿下跪。我就不信老天爷真没长眼，让跪，看折谁的寿，贤孝、宝卷白听了。”

人都散开，全义外父却不下跪了，直挺挺站着。

“跪呀，司马昭之心，路人皆知，有你这样当老人的？给女婿一跪，你就把你的面子要回去了？那么容易？别人都是瓜子？人不知自丑，驴不知脸长啊。啧啧啧，你真是好大的一个驴头！”

全义三外父又站起来，嘴刚一张，唐彦章说：“坐下，有你放的屁？就说全义不识礼数，你识礼数了？你娶媳妇子，全义给你家放羊喂牲口，脏活累活全让全义干。你四个女儿寡妇着哩，亲女婿不用，用侄女婿，有你说的话？你把赢人的事做下咧？当全义家没人了？人没尾巴比驴难认！你还有脸来装姑舅？庙门上屉屎——你太欺负爷了吧。洋火匣里面的皮板虫——你假装黑火石呀。”

我们喝了酒，唐彦章端起酒说：“这酒看看，不是用坛坛罐罐往回打的散的，是用瓶子装的，口口子堵得严严的。这烟不是几分一毛的‘经济’‘滩羊’，是二角八分钱的‘前进’，席是十三花的席，席柱子是用肉实填的，猪宰了两头，全义是鼓圆了劲啊，他憋着一口气啊。人就得这么长出一口气，要不还不憋死？说实话，全义没请杨家姑舅，但是他知道杨家姑舅会来的，所以鼓圆了劲儿候着你们哩。大家喝，杨家亲戚喝着吃着，都互相敬着喝起来，别想着给全义省。”

桌子上人互相敬一阵酒，全义外父却不吃不喝。唐彦章又喝了一杯酒说：“全义这些年抬埋了五个老人，哪个事过得不风光？就是他二大，八个吹鼓手、八个阴阳、三昼夜的经，多少人就是亲老子都做不到。老房子是四六的，我还说太重了，他背不起。全义说背得起，一辈子没结婚，就在我家苦着哩，没有功劳也有苦劳。杨树全，这么好的女婿你不认？你还跑到人前头人五人六的。”

我端过一杯酒说：“全义兄，我敬你一杯酒。不，三杯酒，尽管我喝酒不行。你是大孝之人，必有福报。”

人们又抬起头来看我，柳三变拉拉我说：“下跪之人，不能受酒。”

我说：“下跪之人，不能受酒，这是常规之下的规矩，现在不在常规之下么。你说全义过事，姑舅不帮忙还要闹事，这是常规？再说在我心目中，全义不是跪着的，是站着的，威风八面地站着，反而坐着的站着的许多人都是跪着的，包括我，我就不孝么。”

全义摇头不接酒。唐彦章说：“全义，喝了，来咱这坨地上改造的人都是人尖尖子，这是大教授。知道啥是教授？就是教大学生的，中学生人家看不上教的，不比我们懂的事大，懂的事多？这话说得多好！我看啊，以后还要搭这样一张桌子，那些为老不尊、动不动给儿女小辈耍横使歪的人，要让给儿女小辈下话哩。”

全义还在犹豫，唐彦章说：“我的话不听了，全义他舅，你是老姑舅，说个话嘛。坐主席位上，嘴搐得像个包子。”

全义舅舅就说：“全义，喝了。”

我陪全义喝了三杯。柳三变又附在我耳朵边说：“你狗日的是棉花里的针呀，这话说的，啧啧啧，厉害。我家以后遇事说事，一定要请上你当上客。”

唐彦章说：“今儿全义打翠莲是我让打的，当然不是真打，他们恩爱着哩，翠莲心疼全义，我让他们演的戏。我观你们今天人马三齐，就知道杨树全你是夜猫子进屋——来者不善，二三十号人，这是要闹事，那就把事往大里闹么。既然是个脓包，今儿就破了它，免得明儿正日子恶心了宾客，冲了喜事。

“你不是不认这个女婿了么，连门都不让进了么？全义是不？咋现在又认了？噢，对了，全义八个儿子起来了，日子过好了，看到有油水可捞了，带了几十个人抢来了？啥名声么，还跑到人前争脸面，棺材上蒙绸缎哩——死要面子。你三张麻纸糊了个驴头——好大面子。脸面是那么好争的？你不想认就不认，想认就认，外父外父，溜到后头，你却跑到女婿头上来要欺头。女婿是外人，人家尿你你是个人，不尿你你是个壶。你要脸，人家就不要脸了？你不给人家脸，人家就给脸咧？石头上尿尿——溅得人恶心地躲哩。你还当人怕你哩。你来摆歪，为难的是谁？全义要是不懂，你丫头以后就是眼泪罐子，你天天摆歪来？这门亲戚还续不续，全义我看你得好好想想，你做人背重，就怕那一家人全靠过来压在你身上。”

唐彦章说：“我话说完了，有不敬之处，请谅解，我自罚三杯。”喝罢，又说：“杨家亲戚都说说，把话都说出来，咋说这种亲戚也是钢刀割不断的亲戚。话说出来，事了了，和和睦睦的，多好。”

杨家人不说话。“不说话是没话说了，还是不想说了？”唐彦章狠拍桌子一掌说，“是没话说了，为人难说自不是，要得公道，打个颠倒。我把话撂在这里，这阵不说话，明天谁要在事上闹腾，可别怪我不客气，我用吆驴的鞭杆吆哩。尚全义与我们唐家亲戚是远了点，但是是我们半坡人，有理尽管来，无理少客气，屁驴粪就到驴圈里去。”

这时杨家站起来一个青年说：“我喝三杯酒说话，成泰，给我三杯酒。”

成泰忙双手递过三杯酒，青年喝了酒说："我叫杨仲锋，我在县上忙忙的，三令五申地让我回来装姑舅，就装这么个姑舅。我就小时候喊过全义姑夫瓜女婿，知道不？没想到你们弄这事，丢人不丢人？"

全义外父说："滚你娘的，吃里爬外的货。"

杨仲锋说："我本不想说你，可我实在憋不住。按规矩我爷你们一辈你排行老七，我该叫你一声七爷，可你知道我从小到现在把你叫什么？老屄。我们算是亲房，可你看得起过？你当了几天队干，还真把自己当个人物了。我想当兵，你让我当？我同学的爹帮忙，你还从中作怪，要不是我当兵立功转业，成了公家人，你会叫我来装姑舅？这桌子上有我坐的地方？借这桌子我把话撂给你，以后别去县上找我。动不动跑到县城找我，一进大门喊得地动山摇，说你是我杨仲锋的七爷，你以为你是谁？"

他端酒给全义敬酒："我敬全义姑夫三杯酒。"

柳三变贴着我耳朵说："鸡蛋里叫鸣——壳里老。这娃嘴上毛还黄着，涉世不深，却好生老练。"

全义接过酒喝了，忽然失声痛哭。

杨仲锋说："姑父，你先忍着点哭。老屄，抛开别的不说，多大事不能等到你女儿把婚事办了？你都这么大年龄了，你那把胡子白白了，做这事让人恶心。杨家姑舅都把酒喝了，就当我们喝了下话酒，让姑父把事好好过了。都是有儿女的人，不怕别人以其人之道还治其人之身？"

柳三变问我："后面这句话啥意思？"

我说了意思，柳三变说："这娃有大出息，这娃看得远谋得深，对那老屄不但没给面子，直接从脚下抽了板子。你想唐彦章能不给唐彦斌说？这娃娃是干部，在台台上站着呢，唐彦斌那么大的官。一句话，还不连升三级！"

我说："杨仲锋说的也像是实情。"

"当然是实情，全义外父弟兄好霸道的。"

果然不久，支书说杨仲锋调到地区去了。柳三变说："你看，从我的话上来了。"

[阿干歌]

柳三变老婆宝杏来给我腌咸菜，让我去阿干小卖店买几个坛子。白菜、芹菜、韭菜、包包白、辣椒，主要腌制的就这几种菜，可混合腌制。咸菜是半坡人除了土豆、萝卜、葫芦之外的主要蔬菜，中秋过后腌制，从十月吃到来年五月新鲜蔬菜上来。

阿干小卖店说是小卖店，但不算小，人们日常生活所需货物齐全。当然，凭票供应的紧俏物资除外。尤其是锅碗碟盆罐缸坛瓮可谓品样齐备。更方便的是可以赊，甚至可以到生产队年终决算。

阿干正坐在店里，眼前摆着一排锅碗碟盆罐缸坛瓮敲着。阿干经常这样着，能敲出各种完整的曲调。他会边敲边唱。他冲我努努嘴。我明白他让我坐。我坐下，他继续说唱：

走了个阿干县，买了个破砂锅，
试着去咥饭，倒把嘴划破。
盖了个破房房，窟窿眼眼子多，
鸽子来踏蛋，倒把梁踏折。
买了个破皮袄，雀雀儿来做窝，
穿在我身上，虱子虮子多。
娶了个大老婆，脸脸上麻子多，
买了一升面，擦掉半升多。
唉，天下的窝囊人，哪一个都像我。

阿干吐词清楚，加上几个月的上心，我基本听得明白。

说唱完，他笑笑说："要腌菜了，来买腌菜的缸和坛子吧？"

我点点头。他边给我挑边说："腌白菜、包包白得缸，主菜么。你一个人么，半截缸（小缸）就行。腌韭菜、辣椒就是压个甜，各一坛子就够了。"

我从货架上拿了一包纸烟，拆开抽出一支递给他。他架在耳朵上。所谓挑就是敲着听声音，有点像挑瓜。小缸和坛子各挑了两个，他说："坐坐，我拉车给你送过去。"

我抚摸着缸和坛子。阿干说："阿干镇的土好，烧下的东西结实，轻易不裂，有名气哩。你遇见卖黑陶坛罐缸瓮锅碗碟盆的，多是阿干镇的。"

又说："我爷是烧窑的，以前我们在半坡开店，解放了就落在半坡了。"

"你们镇就叫阿干镇？"

"对啊，我老家兰州边上，说老早以前是县哩。"说着，他敲着锅碗碟盆唱起来：

阿干西，我心悲，
阿干欲归马不归。
为我谓马何太苦？
我阿干为阿干西。
阿干身寒苦，
辞我大棘住白兰。
我见落日不见阿干，
嗟嗟，人生能有几阿干？

我问这歌叫什么名，他说："《阿干歌》呀。"

这让我惊讶。漫长的历史中，北方一些民族的民歌由于有语言而无文字，靠口头流传，流传下来的汉译版本民歌仅三首：匈奴的《焉支歌》（又名《匈奴歌》）、敕勒的《敕勒歌》和鲜卑的《阿干之歌》。《敕勒歌》和《焉支歌》都流传有歌词。

《焉支歌》："失我焉支山，使我妇女无颜色。失我祁连山，使我六畜不蓄息。”

《敕勒歌》:“敕勒川，阴山下。天似穹庐，笼盖四野。天苍苍，野茫茫，风吹草低见牛羊。”

《阿干歌》在《十六国春秋》《晋书》《魏书》《北史》等史志中都有记载。《宋书》中记载：“阿柴虏吐谷浑，辽东鲜卑也。父弈洛韩，有二子，长曰吐谷浑，少曰若洛廆。若洛廆别为慕容氏。浑庶长，廆正嫡。父在时，分七百户与浑，浑与廆二部俱牧马，马斗相伤，廆怒，遣信谓浑曰：‘先公处分，与兄异部，牧马何不相远，而致斗争相伤？’浑曰：‘马是畜生，食草饮水，春气发动，所以致斗。斗在于马，而怒及人邪！乖别甚易，今当去汝万里。’……于是遂西附阴山。遭晋乱，遂得上陇。后廆追思浑，作《阿干之歌》。鲜卑呼兄为‘阿干’。廆子孙窃号，以歌为辇后大曲。”可《阿干歌》词曲却已失传，阿干所唱，我还是第一次听到。

我说：“你怎么……会唱的？这歌可老得有年头了。”

“阿干镇大人娃娃都会唱，从小就唱么。”他笑笑说，“小时候记下的东西牢靠，动不动就从嘴里流出来，他们就都把我叫成阿干了。”

我问他是不是鲜卑族。他说：“不是，也没听说谁是鲜卑族。不过，我姓穆名西，我们姓穆的好像跟鲜卑多少有点关系。”

穆姓是与鲜卑有点粘连。《元和姓纂》记载，北魏鲜卑大人、宜都王，姓穆名崇。明时赐元人阿尔特穆尔姓穆名义，满洲乌雅氏、穆尔察氏、穆佳氏改姓穆；宋时有犹太人定居河南开封一带，改汉姓穆；其他如彝、纳西、蒙古、保安、东乡、回等少数民族有此姓。

他咬了两根烟点了，递给我一支说：“阿干镇历史上有名气得很，姜维知道吗？三国时候的姜维，文武双全，就是在阿干镇和曹军打过仗哩。这么，啥时候曹带你去一趟曹们阿干镇，你好好看看。”

一天，广播上报道在同心县下马关镇赵家庙村发现了慕容神威的墓，出土墓志，记述了慕容神威吐谷浑人，是诺曷钵的后人，唐时为安置被吐蕃攻打举国降唐南迁的凉州（武威）吐谷浑部，在今韦州设置了安乐州（长乐州）。慕容神威世居长乐州，曾任长乐州游击副使。乾元元年（758）卒，葬于长乐州南原。

那天我正在阿干小卖店，听了这则新闻，我就跟他讲吐谷浑、慕容、鲜卑。他听得“呃呃呃”的，说：“他们把人挖出来了不会就撂在野地里吧？”

我说：“不会，再说一千多年了，人应该早就没了。”

他“噢”了一声，说：“我想去看看，你去不去？”

我说：“去。”

正好放磨镰假，我们去了。地方封着，什么都没看上，带了祭品，人家不让在村里烧，就在荒野烧了纸。

阿干说：“我梦见慕容神威，金盔金甲。”

包产到户后，阿干搬回阿干镇。他的伯伯办了烧陶厂，他和儿子进厂烧陶。

我再去半坡，阿干又回到了半坡，儿女们在周围几个集市上都有店面，主要批发阿干镇的陶器。离开半坡，我去兰州。阿干说：“本来打算过些日子才回阿干镇，得，我这就陪你去阿干镇，那些年给你讲了多少阿干镇，咋也得陪你去看看。”我说：“你忙你的，下次我来再陪我。”他说：“别说下次，老冯说下次，这不两腿一蹬就走了？日子是碰的，不是等的。”我问他：“过些日子回阿干镇有事？”他说：“我父亲去世十周年忌日，十周年是人在世上活了一辈子最后一个节日了，得过一下，再想过都没日子了。”

走进阿干镇，街巷里娃娃唱着《阿干歌》，玩一种踢陶片的游戏。阿干镇有座山，也叫天都山。我说：“咋没听你说起过？”阿干一笑说：“像老赵跟人家半坡人争西安、华山，有意思？曹不争，曹阿干镇的天都山就不叫天都山咧？”

阿干送我一本书，是民国三十七年初版的《伊犁烟云录》。作者是自称前燕慕容鲜卑后人的陈澄之。书中登载《阿干歌》，说是在甘肃兰州阿干镇发现。对于这是否是前燕皇帝慕容廆的原作，专家争吵不休。据清末学者王先谦合校本《水经注》卷二《河水二》引清人全祖望语云：“阿步干，鲜卑语也。慕容廆思其兄吐谷浑，因作《阿干之歌》，盖胡俗称其兄曰阿步干。阿干者阿步干之省也。今兰州阿干峪、阿干河、阿干城、阿干堡，金人置阿干县，皆以《阿干之歌》得名。阿干水至今利民，曰溥惠渠。又有沃干岭，亦阿干之转音。”

我给他钱，他说：“你看你这人失笑人不。”

我说：“这是古籍，值钱哩。”

阿干说：“我收的时候不值钱。”

“现在值钱咧。”

“我知道，再值钱也富不了我，这是我专门为你收的，再说书只有到读书人手里才能存下去。”

[过雨]

半坡的雨有两种：普雨和过雨。普雨的"普"用拟声的"噗"或飞瀑的"瀑"都可以。雨落在干透了的土地上，像一块块干透了的胡墼丢进水里，"噗噗噗"的。普雨漫天而落，就如同飞流直下三千尺的瀑布喷洒出的水雾。我选择了普济的"普"，普雨就是"润物细无声"的那种雨，一下就是几天，最短也会下一天，至少会有几雨深的墒，普济万物，从叶尖抵达根部，从花朵抵达果实，从果实抵达窖仓。普雨是需要经过一番酝酿的，先刮几天南风，刮得人腰膝隐痛，胯眼酸困，然后才开始一层层布云，天一层层阴了，直到云像耱地"耱得平平的"，才会下起来。用半坡人的话说，老天爷难怅着哩，不酝酿作难几日下不来，就像要他的老命哩。普雨自然是半坡的福音，雨落下来，平日里高高在上的天一下就低了、近了，仿佛是要接受人们的感恩，一切僵固的东西都活泛了起来。半坡人就过天阴，朋起来宰羊煮肉掀牛抬杠，队上也会申请宰乏羊，全队人喝羊汤。

过雨是没有任何征兆的，一坨云都会下一场过雨。等看出雨要来，雨已迈着临幸的大步，打着酒鼾般的闷雷，甩着闪电的膀子，粗野地踏过来。过雨也叫白雨，因为大如铜钱的雨点砸下来，落地生尘，大地一派硝烟弥漫的战争气象，村庄颤动起来。刹那间遍地汪洋，山梁峁岭的洪水汇入沟壑，平时嘴唇干裂腮帮瘪塌的沟壑也有了大江大河惊涛拍岸、气吞万里如虎的气概。

过雨就如一个过客，来得凶猛，去得绝情，长不过半小时，短则几分钟。沟就是过雨所赐，过雨来一次沟就深一次宽一次，生产队会失去几亩十几亩的土地。路也就断一次。过雨过后，人们第一件事便是修路。沟都是相通的，因此在沟谷行路你得注意，这里晴天大日头的，老远的上游下过雨，洪水扑下来，咆牛都打得翻。在河谷里放牧的羊牲口让水卷走是常事。尽管有如此多的祸害，过雨也是半坡人磕头企盼的，因为它会给窖里装满生命之水。过雨来临，人们掮着锹疯了一样往窖上跑，把水收进窖里。这是老天爷赏赐的收成。过雨隔盖塄，东边日出西边雨，只隔一道沟，这个村子在暴雨倾盆，那个村子却骄阳似火。过雨不仅让所有的窑收满了水，来得正值其时，还会缓解旱情，庄稼就成收了。然而，伏天里庄稼成熟季，多过雨，过雨却常携裹着冷子（冰雹）。半坡下过一尺厚的冷子，造成庄稼颗粒无收，窑倒窖塌，那就跌了年成。

半坡雨季短暂，六、七、八、九四个月，倘若雨季窖里没收上水，早早就得到苋麻河驮水拉水。窖里的水是不能吃干的，一是窖要水养，窖干了就会裂口，胶泥会脱落，窖会渗漏坍塌；一是背进窖里的雪和冰需要水才能化开，否则永远是雪和冰；一是苋麻河水极碱苦，驮回水得和窖水掺起来才能食用。苋麻河水苦啊，苦到什么程度？水滴到鞋上，稍干就一个白坨，羊牲口喝上直甩头，两个耳朵打得脸啪啪啪的。羊牲口赴到河里饮水，苦得不好好喝，就用盆盛水，水中撒麸子、糠、豌豆、玉米，羊牲口为了吃上，会把水喝光。而天旱了，井水也会干涸，苋麻河会断流。

冬天，往窖里背雪是一门功课。我到半坡下第一场雪，雪停后大喇叭通知："全家老小紧雪。"我诗意的琢磨是景雪、静雪、惊雪……甚至想到《红楼梦》里"烹雪煮茶"。到了雪野才知道是"紧雪"——把雪扫成堆，用锹拍着紧一紧，等太阳照照，雪就黏了；再用锹拍着紧一紧，用锹把从雪堆顶插个窟窿，冻一晚上，就冻成冰疙瘩了，把雪堆铲起来，锹把插进窟窿，挑到窖里去。雪是按个记工分，力气好的一次能挑两个，是挣大工分的活。当然，下一场封山的大雪，就不用扛着扫帚满山坡扫雪了。下一鸡爪爪雪，都要去扫雪紧雪，扫进去了草蒿的枯叶和羊粪豆豆，一个个雪馒头都成了黑面馒头。半坡会下很大的雪。记得有一年，下了一场大雪，有一人高，一直到了开春，雪化了，水如河水，收满了所有的窖，雪还没化完。天意从来高难问，老天爷就是那么任性，谁知道会不会痛痛快快地给一场雪，大旱年连着就是三五年，连冬天都是旱的。冬天不下雪，三九天就得到河谷往窖里拉冰。河水结冰后水的苦咸度会大大降低，与窖里剩余的水掺和着就能吃了。

还有一种冰，就是冷子。半坡雨季多冷子，上面专门给配了雨炮打云头。要是看着云头凶恶，云泛红色，就是下冷子的兆头。用炮能打得云回头，打不住，冷子就下下了。我去那年，下了场超级冷子，有鸡蛋大的、苹果大的，足一拃厚。支书在高音喇叭上大喊，所有人往窖里拉冷子，每人给五天的工分。可三伏天酷热，没拉上几趟，冷子很快就化掉了。支书仰天大骂："口口声声不离你老天爷，遇上啥好事了都说你老天爷恩赐，给你烧香升表上供地传名哩，可你这个爷是咋当的，咋还把你给越尊越来了？你下冷子，我们就当没防住把你惹下了，你要收拾我们，我们就当个年成跌，庄稼都砸进泥里了，让你日塌咧，那你就索性下上一天。你说你今年给过几场好雨？生产队一百多个窖都空着哩，粮食收不上我们收冷子当收水，也算是收成，感念你的恩赐，可你不下了，再让我们给水拉上一年长工……"支书火得不行，大叫："老拓，再轰几炮。"

老拓是生产队的炮手，说："天都晴了，云退得没影了，还轰，往哪里轰？"

支书说："轰，直端端地往天上轰……"

社员也说："对着哩，轰，人没脾气谁都不把你当回事。"

老拓连打三炮，只在高空留下淡淡的烟坨，很快也消失在天空。

"老拓，你个屄货，把炮弹留下能当水吃？再轰！"

老拓又轰了几炮。

这让我想起土匪军阀张宗昌写的《求雨》："玉皇爷爷也姓张，为啥为难俺张宗昌？三天之内不下雨，先扒龙皇庙，再用大炮轰你娘。"多年后，我在政协系统编纂的《文史资料》上读到一篇《五营史话·李万仓怒打龙君》："李万仓，不知何许人也，居五营李家龙头崾岘，土地居多，家资颇丰。因李牛多，且都花色，俗称'李花牛'。传言，李每趋牛至清水河饮水，一头喝水已回，一头尚未出圈，方圆百姓尽为其雇工。有年是夏，久旱无雨。李花牛率众求雨于双龙山龙王庙，连祈月余，毫无雨意。李万仓激怒之下，狠掴龙王面颊两数，并誓言曰：'尔十年不雨，吾九年仓有余粮。'随众皆惊，急求神免之。李万仓驱散民众，坐定敬台，亲自领羊，以示祈雨结束。俄顷，未及李踱出庙门，东山一朵红云骤然飘至，覆压李家山头。顿时，雷吼天地，暴雨如注，但见沟口两羊撞角不止，洪水聚沟不出，直泼李家龙头崾岘，尽淹李家牛羊仓廪始泄。院唯存金碗银箸一双，李氏自此出门，不见踪影。五营现传白面沟、李家山、李家堡子、油坊台、龙头崾岘等地名均为当年李氏固有……"

这五营就是从银川到固原路上的一至八营中的五营。

[揣夜]

和支书去了趟公社，结果赶上了县毛泽东思想文艺宣传队各公社巡回演出。看到结束，从戏园子出来，支书说："怕得揣夜了，得快走，看能不能在亥时前过黑灯崾岘。"

亥时又名人定、定昏等，是21时至23时。在半坡人看来，此时人们已经停止活动，安歇睡眠了，世界就是妖魔鬼怪的世界了。

每个村庄都有几个煞气重的地方，这些地方容易丢魂、鬼上身、拾狼粪（踏迷魂草），死人的事情也是经常发生的。半坡煞气重的地方有古庄子、乱堆子、羊路沟、断魂崖。煞气最重的地方是黑灯崾岘。半坡多山，看似独立，实又相连，山与山之间就形成了"V"形崾岘，路总是从崾岘穿过。黑灯崾岘是半坡唯一进出口，也是一日结束的地方。太阳跌落崾岘口，就如一口吹灭了灯，半坡就陷入沉沉黑夜。

黑灯崾岘煞气重有这样几个原因：一是黑灯崾岘的阴坡有好多坟地，最大的墓地有上百座坟，作为阴宅那里风水好，出过举人。二是黑灯崾岘有两孔窑洞，像两只黑乌乌的眼睛，那是专门为死在外面和非正常死亡的人挖的。按半坡风俗，死在外面的人是不能进村的，非正常死亡的人不能进村，只能在村外发丧，就停在两孔窑洞里。三是黑灯崾岘常看到幽蓝的鬼火游弋，老家人说那是鬼王出行视察，小鬼打着灯笼开路。四是山里多风，崾岘都是风口，黑灯崾岘在村子正西，西北风强劲，吹刮到山坡上的树、灌木、草蒿以及洞穴上，发出各种声音，听上去鬼哭狼嚎的。五是夜过黑灯崾岘的人，会吼唱给自己壮胆，有些大约是害怕了，声嘶力竭地吼唱，听上去奇异怪诞。赶集、串亲戚，常有人因夜过黑灯崾岘而丢魂、鬼上身、拾狼粪，因在黑灯崾岘染病最终没救下的人也有不少。胆大之人，过黑灯嵝岘时故意制造出各种恐怖叫声，如吼叫着说“妈呀，别活啃我呀，先弄死我再啃呀，这么疼呀”。山村夜晚静谧，一切声音听得清清楚楚。

有一份奈何，人们是夜不过黑灯嵝岘的。非要夜过黑灯嵝岘，人们会带一些辟邪镇鬼的法器。所谓法器并不神秘，取材很普通，比如镜子、桃木、小豆、石头、灰、水、刀、筷等等。这么说吧，凡是人们日常用物，都具有辟邪驱鬼的功能。镜子是最厉害的辟邪驱鬼宝器，镜子能“观照妖魁原形”。葛洪在《抱朴子》里说，世上万物久炼成精者，都有本事假托人形以迷惑人，“唯不能于镜中易其真形”，它们一遇见镜子就暴露了本来面目，只好赶快溜走。因此半坡一带人家的大门顶端的正中间都镶嵌着一面圆镜，而在婚礼、丧葬诸事用镜子的地方很多。出门人们也会带镜子，以前是铜镜，现在是玻璃镜子，易碎，最常带的是桃木制成的驱邪镇鬼法器。桃木被誉为“仙木”，制成桃符（画着传说中的驱鬼之神如神荼兄弟、钟馗像的桃木板板）、桃印（桃木刻成的印纽，钮间穿孔，涂红、蓝、黄、白、黑五色，刻有咒语）、桃偶（桃木结刻成的小人）以及桃弓、桃剑等。小孩平时身上都佩戴桃符、桃偶，因为雕刻得古朴，我第一次见以为是饰物。雕刻了符咒的桃木棍是最实用的，既可辟邪镇鬼，亦可打狗打狼做拐杖。有些人走夜路，还会剪纸钱、纸人、纸马装在身上，感觉害怕了就会掏出来抛撒，鬼就放过你忙着抢去了。

老顾给我送过一根桃木棍。他给我讲走夜路害怕了千万不能左顾右盼。人的两个肩膀头子上有盏灯，人看不见鬼看得分明。你左顾右盼的，便把肩膀头上的灯吹灭了。鬼就知道你输胆了，会迭办你，迭办不死你也会上身。害怕了就使劲抛头发，头发会溅出火星，发出噼里啪啦的声响，而且大声吼唱，鬼也不敢轻易近身了。你晚上要听到有人吼唱，那是走夜路的人给自己壮胆哩。

匆匆赶走一阵路，支书气喘吁吁，在路边一块石头上坐下，说：“缓缓。”

我也坐下。支书说：“看啥节目么，又不是县剧团唱秦腔，会演么，杂七杂八的人都上台唱哩。哎呀，怕是亥时赶不过去了。”

吃了根烟，又起来赶路。经过一座破旧的小房子，我建议进去待到黎明鸡叫再走。

支书说："那以前是一座庙。"

我说："是庙最好了，庙拆了也是庙，里面有神仙。"

支书说："你记着宁睡古坟，不睡古庙。有神的地方一定有鬼，庙里多恶鬼。"

我说："没听说过。"

他说："这还要听说，想都能想来的，神仙的活不都是鬼干着？神把恶鬼捉来为他们服务。庙里墙上画的那些画，你细细看看。这是有道理的。"我想到了《聊斋志异·庙鬼》。

支书说："不过，你们都是有功名在身的人，一般的鬼不敢拿你们，得要功夫深有来头的老鬼才能拿得住你们。唐举人翻陈沟就让几个小鬼抓住了，往他嘴里塞土，要把他填死。结果来了大鬼，说不要命咧，这是功名在身的人，我都不敢拿，你们敢拿？小鬼就吓得跑了，唐举人没事。"支书给我讲唐举人的故事分明是要减轻我的恐惧，反倒吓了我一大跳，"功夫深、有来头的老鬼"该是青面獠牙，多吓人。

夜不观色，脚下荒路坑坑洼洼，我们连跌几个跟头。支书说："不能走了，找个庄子找户人家住下去。"盯着隐约的灯火走，到村庄前，经过麦场，几个大草摞披着月光。支书说："不进村庄咧，小心再让狗给咬一顿。"

我们抽了支烟。支书说："记着，以后能不揣夜就要揣夜，人么就是日里活动的东西。"

我们就在草摞上撕了洞，钻进去。嘿，新麦草有股青禾的香味，又绵软，竟比在窑里睡得扎实。

[老墙]

我去各生产队写标语，支书多数会和我一起去。他是支书，得去各生产队走走。

去老埂坪生产队，要不止一次翻越长城。半坡十几个生产队，长城穿过五个，蜿蜒起伏。半坡人叫长城老墙，当然是遗迹了，残高二至十米，基宽六至八米。内为缓坡，外壁陡立，下有壕堑。每隔一百米有一座墩台，人们叫"长城蛋蛋"，相距二里有一座五六十平方米屯兵储粮的城障。

历史中有记载。《史记·匈奴列传》中记载："秦昭王时，义渠戎王与宣太后乱，有二子。宣太后诈而杀义渠戎王于甘泉，遂起兵伐残义渠。于是秦有陇西、北地、上郡，筑长城以拒胡。"战国时期，秦昭襄王伐灭义渠戎国，占领了陇西、北地、上郡等地。为防止匈奴族的南侵，便修筑了一道长城，其中有一段从甘肃省静宁县进入宁夏西吉县，沿葫芦河东岸北行，先后穿越固原、海原、彭阳等县区，向北出宁夏境，横跨西海固全长四百余里。秦始皇三十四年修缮加固，与战国燕、赵长城连贯为一，称秦长城。

明朝，败走塞北的蒙古统治者不断扰边，海原境内的海喇都、西安州多次遭到劫掠。明朝又大规模修筑长城。据《海原县志》记载，海原境内从成化八年（1472）在铲削修筑边墙、墩台、屯堡的同时，新筑甘盐池城，并将墙外"林木焚毁"，"以通视野"。弘治十七年（1504），筑红古城。嘉靖八年（1529），三边总制发兵八千余人修筑自甘肃环县响石沟至下马关、平虏所、红古城、海喇都、西安州一线坍塌的边墙壕堑二百余里。半坡一带长城多建在山脊高峻处，遇有陡立的崖面，就以陡崖为墙，直接将垛口（雉堞）砌在崖顶上。每隔二百米都有敌台，相互呼应。

一入老埂坪生产队村口，我碰上周长春推着架子在长城下取土。

支书说："拉土做啥？"

"垫圈。"

"你们两个的圈也用土垫，水有那么大？"

"没有支书的水大么，支书呢么。下放你说是不是？"

周长春停下活，和我们坐在长城上吃烟。

"你咋不到别处取土？这是长城哩，你这不把长城挖了？"我说。

"我就是要挖长城哩。你说这些老先人，打这么一道墙，就跟山岭一样，好好一块地么隔成两半，挡得人。骡子拉车子要过这老墙，也得出身水哩，取出一条路，以后就方便了。"

支书说："豁豁老牙，山上梁上也不说了。你说从川道里过，把多少好地占了，还把路断了。挖了好，以后让队上取土都取这边墙上的土，还能取出不少好地哩。"

我还是憋不住说："挖了就再没了。"

支书说："咋能说没了？要想再有，咱们打么，比这更高的都能打出来。"

我说："可再打的那不是几千年的东西了，这是秦长城，都几千年了，是几千年前人打下的。你说这世上，就咱们这方圆，几千年的东西有啥？有几千年前的人？"

支书挠挠头，看着我。

我说："北京的长城都保护起来了，外国人争着来看。上到月亮上能看见地球上的几样东西中，就有长城哩。"

支书说："月亮上，上到月亮上？人能上到月亮上？"

"美国阿波罗11号宇宙飞船登月成功。宇航员看地球，别的看不到，就看到咱们中国的长城哩。"

"真的？"

"这能有假？中央人民广播电台报道的。"

"咱们这里的长城能跟北京的比？"周长春说。

"咋不能比？要说那个时候，北京还不算啥哩。秦始皇、汉武帝来过咱们这达，咋没去北京？下放你说是不是？"支书说。

“就是，就是。”

支书站起来走了几步，捣我一拳说：“你这灰货，这东西要保护你就明说么，绕上这么大的圈子，跟我说话有那么难？”

他冲周长春吼：“你个瞎灰，下放的话听明白了吗？”

“不能挖咧？”

“还挖？几千年的长城都挖，你个踢江山的货，也不怕打在墙里的孟姜女的男人跳出来，把你给拉进墙里去。”

“刚刚还说让队上人……”

“下放讲的你没听明白？”

“不挖了就不挖了，反正我觉得留着就是个搅打，去北京的人又不会来咱们这达。”

我说：“那说不定，现在不来，以后会来。”

“下放说得对哩。你说下放还是南蛮子哩，他就想到来这里了，现在不就在这里？”

“我就觉得……”

“你那东西夹不住是不？我觉得我觉得，你觉得个锤子。”

“不取了，不挖了，还不行？”

“这是老先人打下的墙，几千年咧，不但不能挖了，还要给队上人说要保护。我再要见有人从墙上挖一锹土，小心我拾掇你，翻着走把你肥油挣化了？”

支书还开了大会，专门讲长城保护的事，说不能当败家子。

多年后，全国长城普查的来到了半坡。半坡上了长城地图，支书激动地说：“曹半坡上长城地图了，来的人表扬半坡哩。说许多经过村子的长城都给挖得豁豁老牙的，曹半坡保护得最好，还把我写进书了。我把你也说了，让他们把你也写进去。现在来看长城的人多得很，你来嘛，看咋弄弄。”

三年后我去了半坡，可惜支书已经去世了。

我写了篇文章，记录了这段过去，发表后给支书的儿子寄了几份，让他给老爹上坟时烧上一份。

[出声]

半坡有三个哑巴。

第一个哑巴是个石匠。其实他不是个哑巴，这我会专门说说。

第二个哑巴是娶来的。遭遇了海原大地震，百分之七十以上的死亡率让许多家族封门绝户，幸存者泰生娶媳妇就刻不容缓，生子留后开门户事大。可大震加上逃难，人少得见到人都稀罕，哪里去找？后来新来一户人家，武姓，有一女子，正当年纪，泰生就去求亲。两人见面，女子一直文静地坐着不说话，泰生觉得话少的女子守家本分，看女子长得也好，心里欢喜。婚事定下，择日摆宴席入洞房。几天后，才发现是哑巴，大呼上当，要离婚。闹腾了一段时日也就不闹腾了，离了再娶，哪里去找？女子虽是哑巴，却能生育，一岁一个，一岁一个，还生了一对双胞胎，而且一口气生了五个男娃。这真是因祸得福。五个儿子姓了四姓，泰生为太太娘家、奶奶娘家、母亲娘家和大伯四门绝户开了门户。都说这媳妇前世欠着泰生，这世来报恩了。

第三个天生就是哑巴，到了三岁还不说话，家人着急说“出声嘛，你出声嘛”，就被叫成了出声。

在唐彦承的葬礼上，吹鼓手坐席，尚天文是尚家班班主，没留神，放在一边的唢呐让人给吹响了。匠人最忌讳的是自己的家什被人乱动。尚天文火得扳下鞋就要打，一看却是出声，说：“吹，再吹。”出声就吹。出声的大扯过出声按跪在地上，说：“快磕头拜师父。”尚天文已宣布不再收徒，连侄儿都拒绝了。“给娃一碗饭吃。”他破例收了出声。

唢呐是半坡最民间的乐器。所有节气、祭祀、庆典等活动，唢呐必须用，吹唢呐的叫吹鼓手。和唱戏一样，唢呐也有班，半坡方圆就有张家班、陈家班、王家班、尚家班。在一些节气上方圆相邻的唢呐班会约一场，吹鼓手齐上阵。唢呐对唢呐地大吹一场，吹得风止云停的。红白喜事上当然更是不可或缺，且以请了“几吹”来衡量事过得隆重与否。一般有四吹、八吹、十二吹、十六吹，还有三十六吹、七十二吹。

出声天生就是个吹鼓手，上路很快，《十里墩》《扬燕麦》《百鸟朝凤》《过街俏》……多难的曲子听上两遍就能吹出来。演习几天，吹得风翻云卷的。神奇的是他能用唢呐说话，一字一句吹得真真切切的，就像一个人在说话。尚家班因为出声在方圆唢呐班里占了风头。当然，除了出声吹得确实好外，哑巴吹喇叭本身就带着人气。

冬闲农闲，大喇叭上吹喇叭（半坡人把唢呐也叫喇叭）是半坡主要的文化娱乐节目。那时候的广播是很发达的，猪头山上竖杆架了大喇叭，家家装了小喇叭。冬闲时，吹得多，在外面吹冻得慌，就坐在支书家扩音器前吹，一曲一曲地吹。破“四旧”，老的不能唱了，不能说了，不能拉了，不能吹了，革命歌曲能吹能拉。《百鸟朝凤》《全家福》《抬花轿》《六字开门》《社庆》等能吹，就吹。

那年来了个县干，听了出声的唢呐，就把出声带到了县上。出声在县上吹了一个多月，广播里都放着出声吹出来的曲子。区上的报纸广播都以《千年的哑巴说了话》为题进行了报道。出声进了县剧团，成了脱产的吹鼓手，到处演出吹奏。出声在遥远的地方通过广播把曲子吹回来。半坡人非常感慨地说：“一个哑巴靠嘴吃饭，吃得还红火得不行了。”可是，出声虽然脱产了，却还没吃上粮票，吃生产队的饭，一句话就是还不是公家人，没吃上粮票。在半坡只有吃上粮票，月月有个麦子黄，才算是把命改了。恰好老走改造出了成果，抽到了县上，进了县文化局，把出声调进了文化馆。出声成了专业唢呐手，吃上了粮票，成了真正的公家人。后来出声调回剧团，做到了副团长，又调回文化馆当了馆长，再后来成了艺术家，被写进了县志，这是后话了。半坡人一提起出声：“一个哑巴，啧啧啧……”

出声逢年过节都回来给尚天文拜年拜节，提着烟酒糖茶，还拿一沓子粮票。这可是贵重哩，有钱没处买去。尚天文去世，出声坐了北京吉普回来送葬，还亲自抬重，名声老好的。

出声娶了个城里媳妇。结婚那年过年带着媳妇回来，媳妇让人们吃了一惊，不是搐鼻翻眼、缺胳膊少腿的，竟然长得云白水亮的。人们就想一定是个哑巴，哑巴娶哑巴，才门当户对，可她开口说话了，说的还是北京话（半坡人把普通话叫北京话），声音还蛮好听的。出声更是一身干部服，谁能看出他是个哑巴呢。

半坡人提出让出声吹一场，出声却笑笑摇摇头。媳妇摆出了录音机，咔咔咔地几按，录音机就吹起了唢呐。人们都吃惊，说："你是咋吹到里面的？"还专门有女娃报曲名。那首《千年的哑巴说了话》，还配了诗朗诵。晚上，在支书家，录音机摆到了扩音器前。全半坡就都是出声的唢呐声。

后来，出声会得更多了，拉二胡，吹唢呐，腿上绑打击的板——脚底下两个弹簧板，带两个小锤，一踩锤便敲击前面的锣、鼓。前面有一个架子绑一口琴，刚好对在嘴的位置。他一个人能搞场音乐会。

[日噘]

下放到半坡大约半年，我挨了支书一顿日噘。

“日噘”是斥责、骂人的意思，不过与人骂仗或家里闹气是用不上的，要用在有权有势者的身上，有颐指气使的气势：

“你狗日的就是个攉事头，平白无故点炸药包，欠日噘！”

“你当你是支书、大队长，是社干，动不动就日噘人？”

“你娃这么做事，等着挨日噘吧！”

上到支书大队长，下到生产队长出纳，都可以日噘社员，可社员骂他们说“日噘”就不对了。挨日噘，你是不能还嘴的，这就保证了日噘者的权势。

那天锄糜子，都下地了，结果老天丢了几滴雨星子，地就不能锄了，因为雨星子落在糜蕊中，锄地溅起的土尘也落进糜蕊中，就会凝结成土疙瘩，那最伤糜子，影响其生长甚至造成死亡。就放假了，这叫天假。从地里回来，人们就在我的小院里片椽抬杠。正抬得欢实，大喇叭传来“噗噗噗”“喂喂喂”的声音，周存说：“支书要日噘人咧。”

我说：“日噘人？”

周存说：“平时大喇叭开始都是歌曲，只有日噘人的时候，支书才又噗又喂的。”

果然，支书在大喇叭上日噘起来：“借了下放的钱不还，你们皮脸比西安的城墙还厚，挖煤的吃煤末子，心肠黑透了，不要脸的药连纸包包吃了？你们找下放借钱，皮嘴黏得咋张开？他是个印钱的机器，他也是抠抠掐掐攒下的几个钱，现在也是只出不进，他面情软，又在难处，你们就不要皮脸了，他一个人的日子你们为他想过吗？”

我觉得支书的日噘等于把滚油泼到我脸上，我都不敢看大家，闷着头吃烟，尽管他们依然在片椽抬杠。老陈、双旋就借过钱。好不容易煎熬到各自回家了，我忙跑到支书家去。支书靠墙根蹴着，冲窑里喊：“菊子，菊子。”

菊子是支书的儿媳妇。

菊子出来说：“大，咋咧？”

“饭熟得了吗？”

“快咧。”

“下放来了，添双碗筷。”

“晓得咧。”

我忙说：“我回去吃，回去吃。”

“回去有人做？人都活到下放了，还要脸得很。你把那皮脸放厚点，到了谁家碰上饭了就吃，别作假，添一马勺水的事，稠了吃稀点，你当多大事，能把谁就吃穷了？你回去吃，回去不做了？一个大男人趴锅趴灶的，心里不叵烦？四大难知道不？瘸子跑长脚，瞎子走夜路，男人趴锅灶，女人不生后。连个懒都不会偷，饭能少做一顿就少做一顿。咱们半坡就在路上坐着哩，以前人都常出门，知道出门人的难处。”

支书撂我一根烟，我点了说：“支书，你刚刚在大喇叭上那么歪地日噘人……”

支书嘿嘿一笑说：“那算日噘得歪？你没见过我日噘得歪的时候，能日噘半天不重词。”

“你不该那样日噘他们，他们好得很，家家都叫我吃过饭，平时吃个稀罕的也端一碗来……”

“那是曹半坡的礼数，来客了家家得叫着吃顿饭，”支书嘿嘿一笑说，“你莫担心，不会影响你和大家关系的。”

“咋不会，群众还当我找你告状，以后我们还咋处？你你你这让人脸上挂不住，这是把我放到火上烤，再说借钱是有人借咧，都还得快着哩。”

“前头来的几个半年后我都这样日噘过。日噘他们就是给他们提个醒，多数人都没麻达，也有个别人没皮脸，借了你们的钱拖着不还么，你不要不还。你呢，面情又软，不会要的，给你日噘回来……”

“不行不行，这么不行，我都没脸见人了……”我说着在地上转圈圈。

“你别转圈圈噻，转得人眼晕。”

“我不转圈圈我晕。”

支书噗地笑了说：“多大的事，你放心，我给你再日噘回来。”

“你再日噘回来？”

“对呀，日噘回来！”

“在大喇叭上你日噘得那么歪，还咋日噘回来？怕难了。”

支书给我一包大前门，我说：“我吃旱烟。”

“装上，明天锄地歇缓时片椽抬杠，你给大家发烟，我好日噘你，”支书说，“我日噘你的时候你就把头擩在交裆里……”

“交裆……”

“就是你们说的裤裆，你放心，保证给你日噘回来……”

我“呃”了一声，他说：“我日噘你的话你别往心里去。”

“哪能呢。”

支书仰头翻了一会儿眼睛说：“后天吧，明天我再日噘个人，垫铺垫铺。”

“再日噘个人，日噘谁？”

“日噘记工员，狗日的最近手有些松，分数给得有些高，记工分时女人娃娃一喊就加工分。”

第二天，支书在大喇叭上日噘了记工员。

第三天在大烟川锄地歇缓时，大家片椽抬杠，我给大家发烟，支书就来了。我递给支书一根烟，支书没接，吊着脸子就日噘开了：“你还吃纸烟，吃旱烟把你价掉了，你高级得很是不？你都下放了，现在过个啥日子自己没个掌握，只出不进，还把你要得大的，一包烟两圈子发不上，还大前门，大前门是你吃的？嘴是好忍的，石头是难啃的。你狗日的狗吃羊肠子连吃带甩，日子过不下去了给谁找麻达呢？还不得找我？你们下放来的都是我先人，我得把你们供到板板上……”

我把头深深地垂在两腿间，心里忽然一阵悲凉，眼里潮湿了。

大家就劝架一样劝着，柳三变吆喝“锄了，锄了”，人们就开始锄地了，我也开始锄地。

“男人面软一世穷，女人面软滥跟人。你亏当是个男的，你要是个女的，我看你炕上男人怕炕都睡不下……”支书骂着走了。

锄到地当中，几个人停下，柳三变掏出纸烟点了两根递给我一根说：“这灰人这几天咋的了，天天日嘛人，就像吃了炸药了，火气咋这么大，昨儿把我还日嘛了一顿。”

“你别往心里去，队干家里遇上叵烦事，也日嘛社员哩。”

“怕是去公社开会，让干部给日嘛了，回来日嘛社员哩。”

“以前就这么日嘛过人，也对哩，有些皮脸厚的人，借了钱不还哩。”

我只能在心里一遍遍说“抱歉，抱歉”。

借钱的还钱来了，我说：“不着急用，先用着，我用的时候找你们。”

他们说：“花过了，手不紧了，手打住了再找你借。”

第四天，支书又日嘛了两个人。中午吃过饭，支书来了，说：“这不给你把底包住了，没人会往你身上想咧。”

[贤孝]

唐彦贵的儿子唐生发娶了媳妇，几年来未开怀（没生养），就抱了堂兄一个儿子。有两层意思：一是如果这媳妇一直不生，就算是过继了；一是如果这媳妇生下了，那就是引生了，把抱来的孩子还回去。抱了堂兄儿子三年后，唐生发媳妇开怀了，而且头胎就是儿子。唐生发好不兴奋，当下就请钟贤唱了一场贤孝。我到半坡不久，赶上了。

贤孝流行于甘肃武威，叫凉州贤孝，从艺的大多是盲人。贤孝传说始于秦代。说秦始皇筑长城时，全国的青壮年都被征召，唯剩盲艺人不能效力。秦始皇认为盲人百无一用，便下令抓去以肉身填筑长城。人类始祖伏羲帝闻听后，装扮成盲艺人专为秦始皇演唱，在歌功颂德的同时，也娓娓道出了盲人生活的艰辛。后又点化盲人治好了皇后的怪病，使秦始皇改变了看法，赦免了盲人。后伏羲又给盲人传授了弹唱等技艺，封他们为"师傅"，可任意在人间献艺，行善营生。从此，盲人便开始了专业的说唱生涯，并奉"三皇"为始祖。

盲人自幼从师学艺，学成后走街串庄卖唱，人称"瞎（hā）弦"。

凉州贤孝唱本分两大类：一是"国书"，多表现帝王将相、国事兴亡、戎马金戈、铁骑公案等内容，如《五女兴唐传》《包公案》《关云长单刀赴会》《鞭杆记》等，有些段子较长，需分回连日说唱；一是"家书"，以表现贤惠孝道、劝化人心、恤残扶弱、悲欢离合的生活故事为主，如《丁郎刻母》《白鹦鸽盗桃》《小姑贤》《汗巾记》等，说段故事劝个人。还有一些消遣逗哏、趋附时尚的小段，如《王婆骂鸡》《男光棍种田》等。还有新创作的曲目，如《解放武威》《鞭杆记》《打西北》等。

凉州贤孝的演唱形式与宝卷相近，说白、诵唱和伴奏一般都由一人完成。也有多人演唱的，用笛子、二胡、梆子、耍板、麻喳喳、木鱼（在半坡既是神器，又是乐器）等乐器伴奏。宝卷与贤孝二者的区别是多了一把三弦。最末一句大家一起合唱，谓之“接后音”，与念卷的“接佛人”类似。

老根唱贤孝远近闻名。“我们一家人就是靠着这手艺才活下来的，不然怕早就断根了。海原大地震、民国十八年年馑、解放时闹匪，逃难么，就靠这把三弦。我爷是个瞎子，让狼抓瞎的，明眼人不学这手艺，跟要饭的没啥分别，下贱行当，可是赶上烂杆世道了，这也是门手艺哩。我大还跟我说干啥都不如一技在身，在老家遭难了，我们一家就是靠着我大说书这门手艺，一路逃难到这里来的。我大那是说书的才，脑子好得很，活泛，啥事听过一遍就能记住。”

“我大能说《金镯玉环记》《绣鞋记》《汗巾记》《金簪记》《七侠五义》《五女兴唐传》《彭公案》《包公案》《花柳记》《摇钱记》《观灯记》《雕翎扇》《张七姐下凡》……多哩。你想那时候大集体，一到冬天，大队支书就把我大叫去。那时候也先进了，大队里有机器，大队支书就在高音喇叭里发声，念些文件、通知啥的，也说山水下来了，把你先人都看好，别灌了黄鼠。要是谁家的猪羊牲口脱圈跑到庄稼地里，在广播上一骂半天。也管家务事，谁不孝顺，他就会骂。谁戳闲话，也在广播里骂。谁家得了啥急病，广播里喊赤脚医生，那东西很管用的。一般人动都不能动那广播，包括支书家里人。有一回他儿逞能，在广播上叫一个人，支书就跟儿子干起来了。两人在里面骂、打，广播里都听得清清楚楚。我大一去，往扩音器前一坐，一说就是半晚上，家家户户都安着小喇叭，坐在广播跟前听，一说一个冬天，不重复。说了给工分，还不低哩，相当于一个壮劳力一天的工分，也是文化人哩。孤荒的，除了开批斗会，就再没啥热闹的，都守着家里的喇叭听。低标准那几年，那日子难帐的，我大就出门说书去了，没走多远给人家押送回来，就再不敢出门了。不让出门，管的严得很，不像现在你走到天边都没人管你。后来不让说了，说是‘四旧’，就撂脱了。”

我说：“你也会说吧？”

老汉说：“我脑子懒，不爱动弹，爱听不爱记么，再说也是看不起这行当。以前说书的都是瞎子，这是传下来的，明眼人不入这行，那是抢瞎子饭碗。再说了说书么就是个讨吃，是唱着讨吃喝。我大一心儿想让我把这学下，逼着我学说书，我头上没少挨鞋底。他骂我手艺都不学，遇上个瞎瞎世道，非饿死不可。可我不爱学么，顺口溜记得住，长词儿就记不住了，再一个还要扮女人一样说话，还要哇呀呀叫大吼，喽啰们哭呀喊呀。你还得要唱，说是骨头唱是肉，害羞哩。”

我说：“来一段。”他嘿嘿一笑说：“忘了，以前也没说过多少书。”说着拿过三弦，弹拨几下，调调弦，弹拨了一曲，还是很有调儿的：“弹起我那三弦定起个音，我说一段往事大家听。却不说前朝往代的人，单说那唐朝手里事一宗……记不住了，记不住了，三年慌个秀才哩，何况咱们白识字，再说这要好声嗓哩，烟吃了一辈子，把声嗓吃瞎了，吃成烟嗓子了……”停顿一下，又唱：“韩信登台拜王侯，武松杀嫂报兄仇；哭倒长城孟姜女，张生莺莺戏春秋。织女有情嫌夜短，牛郎无力恨更长。嫩桃常恋三春雨，老柳最怕九月霜……

“想想那日子也好哩，一样穷么。一棒槌赶到河里，没一个沉下去的，没一个浮上来的。现在你说日子好了，可孤寡得不行么。那时候一窑洞人，大人娃娃的坐下听，美着哩。我大说，我就打个梆子、板板。支书人好哩，高兴了就会给刷一缸子蜂蜜水，还会给我冰糖呀核桃枣子。要说这也是手艺，人们对手艺人还是看重的。再说家里闹个气也请你去说，说上几段把气说消散了。”

半坡人家里捣闲话多事，人气不顺，就请人说家务，调解家庭矛盾或纠纷，说家务人常引用宝卷、贤孝中的句子，说服力可不一般。

大地亲，不算亲，
大地自有冬和春，
地虽养人分贫富，
善恶终都埋进坟。

那时候会多，会结束了，人们就让老根说几段。老根也乐意，说革命的，也说这样的：

大雪罩山冷得慌，
老婆老汉争热炕。
老汉要在炕里头睡，
老婆赖着偏不让。
老汉说是我捡的柴，
老婆说是我烧的炕，
老汉说偏睡偏睡偏要睡，
老婆说不让不让偏不让。
老汉抄起了灰椰头，
老婆抄起了擀面杖，
咺里咺当打到了亮，
火热的炕谁也没睡上！

多年后，我去半坡，他把三弦挂到墙上说："你说我大要在着，现在咋想呢，人连大戏都不听了，儿孙都说难听死了，整天听那些要死要活的歌。我大那人日子活得快活。后来嘛，赶个庙会，过红事白事的也叫他去唱，钱挣不上多少，嘴头子整天油乎乎的。前两年来人还问过说书的事，说是什么遗产，我说我大死了，我又不会唱。我大古今多，招呼得好，说一天一夜不重……"

老根父子是村里唱贤孝的，人都请他们唱，家里过事也请他们唱。有时候儿子唱，老根跟人片闲椽，抬杠。

[陈大锣]

街巷是孩子们的游乐场。

半坡人家孩子多，叫声狗娃来一窝。这是老右的诗句。狗娃是孩子的小名，也是昵称。半坡哪家都有四五个孩子，七八个孩子的也不少见。他们就在村巷里玩，黑得不见五指了，还有孩子在街巷里玩，不知在玩什么。

这段时间孩子玩的游戏是"把皇帝拉下马"，游戏创意来自当时被广为引用的"舍得一身剐，敢把皇帝拉下马"。先得"请个""皇帝"——通过打石头剪刀布或摔跤、赛跑，输了的是"皇帝"，赢了的是"太监"。"皇帝"当然不好当，尽管可享受坐轿、骑马等特殊服务，但这"轿""马"都是人，不好坐，不好骑，因为"皇帝"是要给拉下马的。"太监"弓着身，让"皇帝"骑上去，然后一声吼："舍得一身剐，敢把皇帝拉下马！"所有孩子就扑上去，把"皇帝"拉下马。那过程可谓残暴：扯着耳朵、薅着头发、拽胳膊扯腿，完全像处以五马分尸的极刑。自然少不了开锤头会。当"太监"可以更坏，"太监"弓着身当马，皇帝往上一骑，太监猛往前一扑，皇帝落空，一个狗吃屎扑在地上。有时才骑上，太监猛一低头，皇帝重重地滚落在地，摔得可是不轻。有的孩子半天起不来，坐在地上号啕大哭。

玩着玩着，就玩觞了，骂起仗来，言语跟大人抬杠一样精彩，有些童谣、顺口溜都用上了。

一天，我们在街巷片椽，孩子玩觞了，骂了起来。

一个骂："你妈高，你大矬，你大就像陈大锣。"

一个还："你妈矬，你大高，你妈就像李根好。"

我问柳三变："这陈大锣、李根好是谁？"

柳三变说："不晓得。肯定不在人世了，我小时候骂架就这么骂。"

柳三变哧哧笑起来，说："你妈高，你大矬，你大就像陈大锣。你妈矬，你大高，你妈就像李根好。你说陈大锣、李根好跟谁有啥关系，还越骂越气，最后打起来。"

柳三变眯着眼睛，哧哧笑着，他一定是回到了小时候的时光。

柳三变骂："你妈高，你大矬，你大就像陈大锣。"

不远处的陈三还："你妈矬，你大高，你妈就像李根好。"

他们嘎嘎嘎地都笑了。

娃娃中有弱势群体，弟兄少，门寒户独，骂不过人家，又打不过人家。他们找到了解恨的去处——跑到沟沿上骂人。

每座山下都蛰伏着一道沟，一道沟就像一棵倒下的大树，那些岔沟枝枝丫丫游走在大地上，站在沟沿吼一声，声音就随着这条沟随枝丫游走，传得极远。前一声远了弱了，再接着吼一声，声音又接上了，七沟八岔便一遍遍重复着他们的骂声。而且这些沟壑有很好的回声作用，跟许多景点的回音壁一样。

据说崖缝里藏着一种小精灵，叫"崖（nai）娃娃"，你骂什么，崖娃娃就学着骂什么。传说崖娃娃是生活在天堂的仙女，王母娘娘发配她们一年一度轮流下到凡间来观看世相百态。王母娘娘怕那些定力不足的小仙女留恋凡尘的男耕女织生活而私配姻缘，只允她们待在千山万壑的崖缝里，因此人们只能听见她们学人说话却见不到她们。挖崖取土时我见过崖娃娃。一个拳头大小的土球，比干黄土白一些，坚硬如石，有些粗细不同的小孔，有黑虫子从孔里跑出来。奇怪的是冲着它喊，没有任何的回声，埋到土里再喊，却会发出老大的回声。

那真是孩子撒气解恨的好地方，纵横交错的深沟大壑大喇叭一般的传声作用被孩子们充分利用。他们尽情地吼骂，双手叉腰，一蹦一跳的，冲着空气挥拳，听自己的声音在山沟间游走，此起彼伏，就像率领一支庞大的队伍在骂一个人。

奇怪的是他们很少讲骂人的脏话，而是吼着大人的官名。

老桂说："娃娃吼叫大人的官名，啥话都不带，是最狠的骂人了。"

是啊，官名代表着尊重。半坡人的小名极卑贱，铁锨、背篼，或擀杖、筷子……官名却堂而皇之，彦、炳、焕、文、秉、魁、学、令、怀、尚、义一类的字常出现在名字中，即使是非常苦寒的人家。

[雷震子]

支书去省里开会回来送我一本精装《毛主席诗词选》:“会上发的,你说咱肚里有多少点墨水水子,读得了这么高深的东西?一句都卸不开,给你你读去。”

半坡人把读不懂说卸不开,用得准确,就像拆卸一件东西一样。

他给我一条烟:“会上发票买的,不然还买不上哩。”

我说:“你留着吃……”

“我吃不过瘾。”

我笑笑说:“你吃这东西有派头,就更像支书了。”

“有进步,学会抬杠了。”他看看我又说,“过两天,唐彦斌就要回半坡来了。”

“回来调研?蹲点?”

“改造。”

“他,他咋了?”

“犯错误了,从省上开会回来,路过地区,我去看他了。他亲口给我说的,让我把地方给收拾一下。”支书说,“你说这世事凶险的,就像天旱了打露水闪,一闪一闪的。”

半坡有两个人物被写进了地区志,唐彦斌就是之一。

在半坡,唐彦斌那可是声名显赫的人物,现在已经有了传说。据说这雷震子出生时,家里遭雷击过,一声炸雷,一个脸盆大的火球从门口砸进来,转了一圈出去了,雷震子出生了。可唐彦斌不长个儿,就像吃上了丁香,两个弟弟和两个妹妹个头都超过了他。七岁的一天,天黑沉沉地压在地上，电闪雷鸣，一个炸雷，人们看到一个火球，砸向唐家大院，却没在唐家伤着什么，火球从屋里出来，却击中一棵百年老榆树。老榆树被劈成两半，那树心竟然是空的。人们就说这树成精了，精怪从树身抽身逃走了。从那天起，唐彦斌开始长个子，竟然超过弟兄姐妹，成为半坡个头最高的人。人们就明白了，是那成精的树看到唐彦斌不是凡人，施法控制了他，上天就派了雷神来解放。如今，精怪被龙抓了，唐彦斌获得了自由。就有了雷震子这个小名儿。

1941年连年大旱，土匪蜂起，半坡被土匪洗劫两次。奇怪的是半坡唐姓大户皆遭遇抢劫，尚姓大户却没任何损失。半坡人都明白，因为尚家出了个尚东正，已是县保安团团副。唐彦斌家不仅财产损失惨重，而且在与土匪打斗中唐彦斌的大哥被土匪打死了。

唐佑顺对儿子唐彦斌说："钻山拉杆子去吧。"

钻山拉杆子就是做土匪。唐佑顺舍一个儿子钻山，半坡人并不觉稀奇，家有土匪也是一种自保。有被土匪抢劫和给土匪上贡的钱财，还不如自己家出个土匪，而拉起杆子，就是官府也给面子，各路土匪多在官府中有照应关系。半坡人想不明白的是，唐佑顺六个儿子，都拜过刀客师傅，练就一身功夫。六个儿子性格中带着匪性的也有几个，唐彦斌书念得最好，性格又绵柔，"朝里没人，百事不顺"，听唐佑顺平时的口气，将来是要仰仗唐彦斌更换门庭的，为啥偏选唐彦斌钻山拉杆子？

半坡人哪里明白唐佑顺的心思。舍一个儿子钻山，看似为了自保，实际上更是寄托着他更换门庭的梦想。富了这几年，唐佑顺充分感受到了朝里没人，什么事你都能摊上，什么亏你都得吃，他需要培养出一个"朝里人"支撑门户，打点种田以外的事。他在唐彦斌身上寄托了更换门庭的想法，然而，军阀争地盘，日本鬼子侵略，战事不断，社会动荡，国家乱了，他越来越看不到凭念书入仕更换门庭的希望，倒看出做土匪是一条捷径。唐佑顺做过十几年脚户，经历过各种各样的灾难，最大的灾难不是风雨霜雪，洪水猛兽，而是匪患。乱世，一路上该有匪的地方都有了，跑一趟脚倘若主家有官府背景，平安无事；倘若主家没有官府背景，你富可敌国土匪都敢抢。而那些抢过他们的土匪后来被招安，摇身一变成了官府的人，反过来耀武扬威地为他们护脚，而有些干脆是亦官亦匪。儿子拉起杆子，就可以走招安之路，从而进入官府，实现“朝里有人”的愿望。做个土匪能打能杀就行了，但要带起一支杆子实现招安，就需要头脑，不是只凭意气用事的土豹子干得了的。跑脚那些年，有一个脚户能说书，说过不少斗智斗勇的故事，而半坡方圆盘踞的土匪中，好几个土匪头都是读书人。六个儿子只有唐彦斌可担此重任。土匪当然做不了一辈子，世道太平了官府都会剿匪，历朝历代无不如此，土匪再强大也不是官府的对手，因此他拿出这些年的积蓄，要唐彦斌尽快拉起杆子。

唐佑顺的选择没错，唐彦斌钻山一年间就拉起了杆子，几年间吞并了周边七八股土匪，队伍越拉越大，国军剿过，却越剿越大，到了抗战结束，国共失和，都争相拉唐彦斌入军，唐彦斌加入了国军。国民党越打越败，唐彦斌举兵起事，加入人民解放军，一直打到全国解放，又参加大剿匪、抗美援朝，后来转到地委，“当了大官”。到底是个啥官，半坡人说不明白。

半坡关于唐彦斌的传说很多，说得很细。对仇家对头，抓到就点天灯。说把人扒光，用麻布包裹，放进油缸浸泡，在人脑顶钻个洞，倒入灯油，将人捆在高高的木杆上，天色黑尽，从脚上点燃，直至人烧死。说二头目造反，就让唐彦斌在灯盏山点了天灯，着了三天三夜。有人表示了怀疑，一个人点天灯怎么会着上三天三夜，一时半会儿不就烧成灰了？有人立刻说：“你见过灯眼子烧成灰过？不断添油，人就是灯捻子。”吞并的土匪归顺的一律赦免收编，不归顺的一律下油锅。绑来了票，执行三毒。说唐彦斌专门建了蜂巢、蛇窟、蝎穴，养着蜂、蛇、蝎。通过蜂蜇、蛇咬、蝎叮来逼迫票头交代财产或让家人来赎。说唐彦斌杀人从不用枪，而用刀。这说法半坡人是认可的，因为唐彦斌跟过刀客师傅，练的就是刀，尤其飞刀好生厉害。说唐彦斌杀人听音，听到跟人体有关的词（包括谐音），就从那个地方下刀，还说唐彦斌喜好取人的眼耳鼻舌等器官。最残忍的传说是唐彦斌以人心肝下酒，说唐彦斌说人胆泡酒比蛇胆更好，还说他最喜吃人的脚后跟，说有嚼头，等等。这半坡人是不信的：“从小仁义，又念成了秀才，咋会残忍到吃人，再说他没肉吃了？”

关于唐彦斌的种种血腥传说，半坡除了唐家人——唐家人的说法是尚家人在背后坏唐彦斌的名声——其余的人除了吃人肉其他基本上是相信的，也表示能理解。封神榜上那些封了神的，还有关公、秦琼、敬德、岑彭、马武……不都是杀人建功立业的？一将功成万骨枯，当土匪哪能不杀人，何况还是土匪头头，不残忍点怎么带得了那些杀人如麻的土匪？

关于唐彦斌还有神奇的传说，说唐彦斌遇一老道，给开了光，练就护体神功，成了不死之身，所以吞并了那么多土匪，又打了那么些年仗，身经百战而毫发未伤。说有一次出去抢人，出门后却改变了主意，没去抢，结果保安团和联防军空埋伏了一场。原来，出门时一泡鸟粪落在唐彦斌的肩头。据传说，半坡人认为唐彦斌是天上的星宿，那老道就是天上的神仙，这鸟也非凡间鸟。也都感叹这乱世结束得早了，要乱上几年，唐彦斌会成为了不起的大人物。

唐彦斌生活方面的传说也很多，说唐彦斌过的是皇上的日子，三妻四妾算啥，天天入洞房，夜夜当新郎，看上的女子只需咳嗽一声，手下就抢上山来，自己享受够了，赏给小头目。他喜欢上的女子要发现不忠，就让土匪一级一级玩够了，扒光衣服，执行三毒。说他的压寨夫人是一位上过新学的女子，美若天仙，身上金银珠宝有好几斤。关于唐彦斌现在的生活，他们说天天大酒大肉，上车下车有警卫开门关门，走站都有警卫跟随，办公室、家门口都有警卫站岗，站得比松树还端直，见到唐彦斌就“啪啪啪”敬礼。

总之，在半坡，唐彦斌只是传说了，只留下堡子似的唐家大院。五间房虽然蒙着黑乌阴郁的沧桑之色，但依旧显得霸气十足。

传说中的唐彦斌回来了。四口人，父亲、老婆、孙子和他，还有一只狗。他们是坐北京吉普进的半坡，一辆卡车拉着他们的东西。人们都聚焦在村巷里看，叽叽喳喳地感叹：“瘦死的骆驼比马大。”他们说这话时扫我一眼，我明白他们的意思，都是来劳动改造的，差别就这么大。

唐彦斌说：“支书，早就让你把这院落分了去，还没分，咋做事的嘛。给我留上两间带个伙房就行了，其余房屋和窑洞都分了。”

支书说：“专员，分啥？你就住着。”

唐彦斌说："分了吧，我就这四口人，住不了那么多，屋不住自旧。"

支书说："专员，再说吧。"

"分了，你咋这么黏糊？"唐彦斌说，"还有，以后别叫专员，叫老唐。"

支书说："这有啥，再说我管得了人家叫啥？"

唐彦斌说："开个大会，告诉他们我已经不是专员了，是来改造的。"

支书说："改造不改造的，咱半坡人不管那些，该叫啥还叫啥。你看几个老支书、大队长不干了，人们还是叫老支书、大队长，要说他们也是犯了错误的。"

唐彦斌说："咋没看出来你这么黏糊？我在城里，多少人叫我专员，不差你们叫我专员，给你说叫得我烦烦的。有些人表面上叫得亲切得就像我是他先人，背后拿宰猪刀捅哩。"

唐彦斌的家竟然分不出去，让谁搬来住谁不来。唐彦斌说："我活臭了，没人跟我做邻居，这样，让下放住一间。"

"我已经在那里住惯了，天天晚上一窑人……"

"那算了，别走，在我这喝两口。"他扔给我两条烟。

我说："我抽旱烟了。"

"旱烟劲大，呛得厉害，你抽得惯？"

"由嘴吃倒江山哩。"说完我嘿嘿一笑。

他从怀里掏出一瓶茅台："偷出来的，老汉把酒当命地看着，就要喝好酒。"

一会儿，唐彦斌老婆送进两个菜。喝着，他说："来半坡咋样？他们待你还好吧？"

我说："好好好。"

"说实话。"

"真的是好，你看我脸色。过年称猪的时候，把我挂到秤上称了，比来时重了五斤，一个月长一斤，要在城里怕瘦五斤还挡不住哩。"

"半坡人多数还是憨厚、宽容的，阶级斗争主要在两大姓之间，不过斗起来也狠着哩。"

"两姓斗得也不凶……"

“我压制着哩，不然能翻天。历史上斗得失过几次人命，有一次两个家族大械斗，死了五个人，三个是被打死的，两个是被枪毙的，还判刑了四个人。支书这人咋样？”

“真是个好人。”

“我欣赏这狗日的。成分的麻烦人人看出来了，他还是娶了地主的女儿，喜欢上了，爱上了。敢作为，有担当。给你说过吗？”

“说过。”

“唐、尚两姓争天下，都想占风头把持半坡的政权。以前我说唐、尚两姓组成班子共同执政，斗得不行，那就唐、尚两姓轮着执政，还是斗得不行，压制都压制不住。那年他们捉奸，把支书给抬掉了。唐家来了一帮人找我，其中有我的几个叔伯，我连门都没让进，说：‘滚回去，一个个都是擢事头，不擢出人命来不罢休。’哎呀，户族大了，有擢事头哩，擢搅得唯恐天下不乱。我给县上打招呼，半坡的班子配第三姓，支书是我点了名的。他们把唐、尚两大姓之外的杂姓叫第三姓。”他说，“支书他娘是个居士，行了一辈子善，她养出来的儿子处世做事心有顾忌，现在多少人没顾忌。”

第二天，他抱来一只大木箱：“这箱东西估计是你眼下最缺的东西。”打开木箱，全是书，他感慨地说：“没书读了吧，瘾坏了吧？能有书读，人生第一大幸事。”他翻到一些外国文学：“这些书就是在城里你也看不到，禁书么，我们还是能看到的，参考资料，偷偷攒下的。现在书也寂寞，没有读书人么。”

半坡真是个读书的好地方，可惜我没书读，许多书不敢带来，带来的书都读完了。

“我当土匪倒是好好读了几年书，待在山里，多数时候无事可做，就读书么，专门抢过几回书。后来他们出去，总会抢些书回来。”

一瓶酒喝光，他说：“还喝不？”

我说：“酒饮微醺，花看半开。”

我们躺在炕上，他说：“听到关于我的传说了？”我笑笑，给他讲。他说：“你别讲，我给你讲。”

他讲的跟我听到的一模一样。我笑了说：“你都知道啊，还这么细。”

他笑着说："能不知道？别看我远离半坡，知道的不比在半坡的人知道的少，时时都有人给我通风报信似的，骂都骂不退。唐家人说尚家人如何如何说我，有些是唐家人调盐加醋加的。都是说书的套路，一个英雄的事迹由多少人的事迹组成，一个土匪的事迹就由多少个土匪的事迹组成，人言就是这么可畏啊。只杀过一个人，就是他们说的二头目马三炮。"

唐彦斌举起酒瓶空了半天，空出一杯酒泼到地上。半坡人喝酒时说到死去的人，都会往地上泼一杯酒，算是敬了死者。唐彦斌点根烟说："马三炮原是大拉子沟的土匪头子。那股土匪势力大，有百十号人，我打过几次，就归顺了我，那是我吞并的最大的一股土匪。百十号土匪归顺简单，可要真正收服他们需要时间和过程，这就需要马三炮。我让马三炮坐了第二把交椅。这家伙归顺是带有目的的，打不过我，就想通过归顺，伺机取我而代之，反过来吞并我。马三炮这狗日的残忍，背着太多的人命，曾屠杀过一个村庄二十几口人。关于我的那些传说中，有许多倒符合那狗日的。这种人在土匪中容易形成气候，都怕他，死心塌地地跟着他。等他开始在背地里活动时，归顺的土匪我已感化控制得差不多了，我就把他给收拾了。是我亲自下的手，我练过刀，可连只鸡都没宰过。还点天灯，点个锤子，一枪就要了命，不过多开了几枪，杀鸡骇猴，杀给别的土匪看么。哎呀，有半年时间老梦见那狗日的。

"压寨夫人貌美如仙，你见到了，娶到手就这个，到现在还是这个。不要说现在老了，单眼皮，柿饼脸，就这基础，能看出来当年貌美如仙？不是有几件城里女人的衣裳，跟村上的女人有啥不同？没上过新学，斗大的字识不得半升，到现在连名字都写不周正。神功护体，身经百战，刀枪不入，咋不说撒豆成兵？都是说书的口吻么。刚开始是打过仗，主要跟土匪打，土匪抢土匪，也是一条生路。披一条沙毡，戴顶毡帽，就是山羊毛擀的那种，打仗前在水里浸透。这东西厉害，不要说装铁珠、铁砂的土枪打不进去，就是真正的军枪，远一点也打不透。不过没有几支军枪，都是土枪。打完仗，一抖铁砂、子弹落一地。后来土匪队伍大了，咱又跟官府勾搭着，想打个仗都没处打去。道士的传说倒是有因的。我们盘踞的那座山叫灯盏山，山上有一座庙，就一个道士。我经常去。乱世么，香火几乎没有进项，我常布施。他当然知道我是干什么的，后来也吃肉喝酒。我说你这可犯大忌。他说与吃肉喝酒相比，接受你的布施我的罪行要大得多了。

“大天大酒大肉像过年，钻山当土匪的除了为自保，多数都是像当兵吃粮一样，把这当成养家糊口讨生活的一条生路。长时间不给他们发钱物，他们生活就没着落了，很快就散了。说到抢吧，百姓有啥抢的！三年一大旱，五年一小旱。大饥荒，大地震，加上军阀混战、抗日战争、国民党围剿共产党，战事就一直没消停过。百姓可怜得吃了上顿没下顿的，常发生土匪让百姓抢了的事。大户抢过几次都逃难一样迁走了，守下来的都是有势力自保的，主要目标是商队、集市、乡镇和县城的一些衙门、大户，那得有实力。土匪日子也不好混。”

我说：“不过你挺厉害的，几年能够拉起一支队伍，而且把那么多土匪吞并了，可不是一般智谋。”

“钻山后，我大催逼得紧，一方面他是让土匪抢了两次，给弄昏了头，他把毒种到了尚家人身上，甚至认为是尚家人联络了土匪来抢唐家的，唐家人都是这么认为的。另一方面是因为尚东正已经做了县保安团团长，分明是压了我们唐家人一头。按我大的意思，把家剐了，也要很快拉起人马，短时间内做大，等待招安。他哪里知道，就我家那份家业，拉起十几个人的杆子家里就吃紧了，能做大到哪里？问题还得从民国开始说，这一带大地震、大灾荒灾祸连绵，加上西北军、马家军……军阀争权夺地，混战，扩充兵力，抓兵抢粮，来来往往地拉锯，地方上乱了，土匪蜂起，逃荒逃难，跑兵跑匪，人本身就很少了，一下子能拉起多少人的杆子？开始也就拾揽些游窜的小蟊贼罢了。”

他摇晃摇晃酒瓶，说：“等等，我再搞一瓶去。”

我说：“我这儿有。”

他说：“有羊肉不吃鸡么。”

他又提来一瓶说：“我大给的，我说你是大知识分子，他崇敬知识分子。”

开了酒瓶，斟满酒，他和我碰一下说：“思来想去我开始打土匪的主意，打土匪的主意得有实力或者靠山，能靠上政府最好，我想到了尚东正。”他和我碰一杯酒说：“尚东正知道吧？他们肯定说了，说我肯定要提到尚东正，说尚东正是死在我手里，是不？”

我点点头。不错，半坡人说到唐彦斌肯定会说到尚东正。尚东正是半坡写入地区志的另一人。不过地区志中记载尚东正的几条都只提到了名字，只有一条这样讲述：国民党当局成立东九县联防指挥部，整合东九县地方武装组成老虎团，尚东正任团长。半月后，尚东正便急不可耐率老虎团进犯东部革命根据地，被打得屁滚尿流，铩羽而归。

半坡过队伍那年，尚东正跟着队伍走了。当尚东正再次出现时，已是县保安团团副了。关于尚东正的荣升，半坡人是这样传说的：尚东正救了县长，又说救的是县长太太，也有说是县长的小老婆，还有说是县长的儿子让土匪绑票，尚东正带人把匪巢给端了，把县长的儿子救了回来。尚东正之死，半坡有两种说法，都与唐彦斌扯着关系：一是在县城解放战役中，唐彦斌带兵攻打，尚东正率老虎团拼死抵抗，唐彦斌在城下喊话劝降，尚东正在城头反骂唐彦斌，唐彦斌一枪就击毙了尚东正，唐彦斌的枪法可是百步穿杨；又说唐彦斌攻打县城前，曾潜入城中去劝尚东正起义，尚东正不干，唐彦斌就地打死了尚东正。一是县城解放后，尚东正钻山做了土匪。唐彦斌带兵剿匪时，想活捉尚东正开公判大会，然后枪决，杀鸡骇猴，尚东正很难剿，唐彦斌做说客去劝降，尚东正不降，唐彦斌用飞刀结果了尚东正，唐彦斌的飞刀好生厉害；又说是给捉住了，秘密枪毙的，因为尚东正训练了一支敢死队，都是拈香兄弟，怕劫法场；等等。

不过，对尚东正的讲述，听得出他们还是对他充满了赞誉与敬佩的，比如说尚东正做了老虎团团长，土匪听到名字，都夹不住尿；比如说尚东正剿匪有一次肚子被打烂了，肠子掉了出来，往里一塞接着打。“那是个人物。”这是他们对他唯一的一句评价。

对于尚东正，半坡人津津乐道的是尚东正的爷爷去世时，县长送了幛子。初听到“幛子”，我以为是帐篷一类的东西，后来才知道是指挽幛。在半坡人的心目中，县长送幛子是无上的荣耀，没有比这更光宗耀祖的了。说到“幛子”，人们还会说唐佑顺百年（去世）了，县长肯定送幛子，唐彦斌百年了，不知多大的人物给送幛子。

唐彦斌说："其实我和尚东正的关系他们都不清楚……"

我说："那你也别给我说。"

他说："你怕个屎，你的情况我是了解的。我问过支书，运动一开始你就申请下放改造，就知道你是个已经改造明白了会避祸的人，再说我不也改造了么。"

我说："是因为尚东正……"

"派性斗争，查三代，谁没有问题，便开始查五代，我说查去，我还不陪了，也跟你学，申请下放回老家改造去。"他说，"那年——哪一年记不清了——半坡过队伍，到现在我都没弄明白是西北军、马家军还是中央军，乱么，分不清。那时候我家很穷，吃了上顿没下顿的，常要到山上去剜野菜。一天，我和东正在坡上剜野菜砍草，一支队伍从过风岭过来沿着山根子走。东正说：'我们当兵吃粮去吧。'那年我们十四岁，不过个头都蹿起来了，我们说我们十六了。那时候西北军、马家军都有娃娃兵。我们就跟着队伍走了。到了草鞋镇，遇上了我舅，我舅是个猪贩子，在卖猪娃子。我舅带我们去馆子里吃了面，让我给他看着猪娃，他去要个账。队伍只是在草鞋镇稍做停留就开拔了。二十几个猪娃，我不敢离开，我对东正说：'你先跟着走，我追得上你们。'东正说：'你一定要跟上来啊。'我等啊等啊，舅舅不见回来，二十几个猪娃不能撂了呀，一直守到天快黑了，我舅才回来，一根绳子把我跟驴拴在一起送回了家。我舅看出名堂来了，他怕阻挡我，队伍上的人找麻烦，就躲在一堵墙后一直盯着我。好铁不打钉，好汉不当兵，何况那时候正打仗。我被我大狂揍一顿。第二年，我家生活有了个转机，我爷给唐天庆打死了。唐天庆是我出了五服的一个爷爷，我爷给他家拉长工。这老汉也是苦出身，庄稼活做得地道，一般人做活他看不进眼里，脾气倔，人都叫三根筋。我爷也是个火性子，农活做得行武，很自信，弟兄俩常常因为谁做活做得好而拌嘴。一日，为了一件活，争齁了，唐天庆一拳打去，我爷甩头一躲，就打在了太阳穴，我爷死了。唐天庆跟人打过官司，家业折了一半，再不想打官司，便给了我家五十亩地，坡地窝子地各一半。我大会把家，赶上那几年上面让种大烟，几年间家业就发展起来。家业大了，苛捐杂税重，吏治又黑暗腐败，各种事也就来了。我大说朝里没人，百事不顺，就想培养个公家人，他请了先生，办起了私塾。我们弟兄都进了私塾，我几个哥哥都大了，哪有心思读书，我却爱读书。读了几年书，那年县上成立了新学，我大送我去读新学。新学毕业时，我拿到了优异的成绩，打算去省城读书，但日本鬼子占领了半个中国，地方上军阀争地盘，世道乱成一锅粥。土匪起来了，我大就让我钻山去了。

"尚东正跟着队伍也没走多远，他得了一场病，就落在了一个村子里，给人拉长工。尚东正是怎么起来的呢？尚东正的父亲是个刀客，尚东正自小就跟着练把式。大了点就给一家大户做护院。那年征兵给东家派了一个名额，东家当然舍不得送儿去，就给了尚东正一笔钱，尚东正便顶了兵。后来做了县长警卫员，兼了县保安团团副。大规模剿匪那年，他做了县保安团团长。乱世，土匪太多了，民怨沸腾，可靠一个县保安团剿匪，怎么可能呢？尚东正要剿匪，我们就达成协议，联合起来做，他助我吃掉一股股土匪，然后再收编我。要不然哪能那么快就形成气候？后来我们被国民党收编，也是尚东正牵的线。吞并了那些土匪后，我有了些积蓄，等着招安收编那段时日，真是一段逍遥的日子。开荒种菜，坐在坡上读书观景，骑马带狗围猎，清风如扇云如伞，一声小曲过万山。我都想就带着土匪开荒种地，过个耕读传家的日子。说个不合时宜的话，真怀念那段日子。

"尚东正的死，是他手下做的。东正为人正直，做事正派，对下面人管得严，做事雷厉风行，得罪的人多，也挡了一些人的财路，尤其是到了内战，大官小吏都在榨油捞财。我跟着共产党走的时候，去找过他，他有后顾之忧。"

尚东正的父亲在批斗中被打断了脊椎，瘫在炕上。尽管儿女孝顺，接屎倒尿的，可自身的罪得受。老汉疼痛难忍，常常喊叫出声来。唐彦斌去看望时，老汉说："彦斌侄儿，你要在我跟前行好，就给我弄点六六粉（就是六六六粉，半坡人叫六六粉，用来灭虱），疼死我了。"唐彦斌说："你吃了六六粉，儿女子孙这辈子还能抬起头来？你还让他们活人不？"老汉说："我管不了那么多了，我快疼死了。"唐彦斌专门给老汉开了药，老汉吃了就不喊叫了。老汉说："这么好的药，留着你吃吧。"唐彦斌说："咒我啊，我这身体用得着吃药？"从此，老汉的药就由唐彦斌供着。

[毷氉]

“毷氉”，即烦恼，郁闷。李肇《唐国史补》卷下：“既捷，列书其姓名于慈恩寺塔，谓之‘题名会’；大宴于曲江亭子，谓之‘曲江会’……不捷而醉饱，谓之‘打毷氉’。”韦庄《买酒不得》诗：“停尊待尔怪来迟，手挈空瓶毷氉归。”汤显祖《紫箫记·及第》：“笑从前，笑从前，文章几篇。高头院，高头院，毷氉打遍。”

类似的词还有“悟懅”与“叵烦”，都是古语，却是半坡人的口头语：

“心上毷氉得猫抓哩。”

“谁让我心里不毷氉，我把他当先人拜哩。”

“谁心里没个毷氉的事呢。”唐彦奎眯着眼睛说，“人有了对比才会觉出自己的不幸哩。”

他给我讲了几个心装毷氉事的人。

瓦头。1936年半坡过红军的时候，瓦头和夏彦坐在山梁上看着看着，就商量跟着红军走。夏彦给尚九爷家揽着一群羊，他得把羊放到黄昏送回去，不然那老抠毛会把他一家人煮着吃了。他们判断红军晚上肯定会驻扎在草鞋镇，约定在草鞋镇会面，瓦头先尾随红军。红军晚上确实驻扎在草鞋镇，可瓦头在草鞋镇没等到夏彦，两只羊掉进了胡洞里，直捞了半晚上。红军五更就开拔了，瓦头跟着红军走了。可不久瓦头得了寒病，只能回来。后来，两个人一起靠给人顶兵挣钱，顶了兵伺机逃跑，再顶兵，以此养活家里。最后一次顶兵，不要说稍息立正向后转的训练，连打枪都没培训，直接装了闷罐子车拉上了前线，就打上了仗。跟解放军打仗，打不过的后来都投诚了，夏彦这个团早早就投诚，成了解放军。瓦头这个团的团长是个犟屃，宁愿战死都不投诚。也是命，来招降的是团长老乡，两人分属两大家族，矛盾重重。夏彦一直打到抗美援朝结束，转业到了地区，当了领导，连家带营地进城了，问题是这夏彦还老爱回来晃荡，风光得了得。瓦头就说：“挖根底，我当过一年多红军，你们看看我这肩膀上的疔甲，就是扛红军的枪磨出来的，扛着机枪打死过多少国军。”人们说：“扛国军的枪就磨不上疔甲了？”他说：“扛国军的枪也磨，但那是扛红军的枪磨出的疔甲。”人们说：“你当了多少年的国军，才当了一年多的红军，你好好比一比吧。”大家都说瓦头说他得了病掉的队，可有人偏说他没有革命恒心，是逃跑，那时候革命艰难得很，那苦一般人受不了。瓦头浑身是嘴也说不过，心里越来越毨毵。

存柱他大。存柱一家原给唐永成拉长工，现在存柱娶了唐永成的女儿玉凤。酒席上，存柱他大酒喝得张扬，一遍一遍给人说：“没想到啊，没想到啊。”他缠着跟亲家唐永成喝酒，一遍一遍还是说着“没想到啊，没想到啊”。后来，“没想到啊”就挂在存柱他大嘴上，逢人都要说。这就成了一种强调，一种对比，暗含了你也有今天的意思。果然，唐永成恼了：“没想到啊，没想到啊，把我打成了地主，让你翻身了，给你出了气？！以后别再来往，我家没有你这门的亲戚。”又对女儿女婿说：“别再来家里，再来小心我打折你们的腿。”女婿怎么能不上外父的门呢？让人咋说？还不让人唾沫星子淹死。存柱他大去找亲家，唐永成把他推了出来说：“再上门小心我用尿泼你。”存柱跺着脚对他大说：“你弄的啥事，你弄的啥事。”从此在家里存柱跟他大不断生事，媳妇子更是出进抡得风吼。存柱他大嘴里还“没想到啊，没想到啊”的，可心里别提多毨毵。

心里最毨毵的是老受㞞尚忠杰。尚忠杰按尚家同一辈分男丁排序排在老十三，人们都叫十三爷，背后却叫他受㞞，老了叫老受㞞，是因为他和一家人一直和长工一样劳作，就是吃喝也和长工一个锅里搅勺子。说老受㞞家里的油瓶插根筷子，连油拖布都不带，炒菜时提起筷子在锅里画个圈，就那点油，菜不粘锅就行，拨拉拨拉，便倒水煮了。跌了年成，对来借粮的，他都会煮一锅洋芋待承。如果来借粮的抓起洋芋狼吞虎咽地吃，他会不打折扣地借给粮食。如果来借粮的剥了洋芋皮，要蘸盐末子，还要就咸菜，那一两粮都借不到。别人家的牲口只戴笼嘴，他家的牲口不但戴着笼嘴，还戴着笼尻。戴笼嘴是不让牲口叼吃庄稼，戴笼尻是不让牲口把粪拉到别人地里或者拉到路上让别人拾了去。那时县城里主要是车马大店，只要住店，店里是代加工饭食的。住店的人都带着米面，交给灶上，就能按时吃饭。老受夙是做过脚户的，知道这，因此他到县城，都是先去车马大店做吃的，吃过饭，然后去办事，办完事当然不会去住店，连夜回家了。一个店去上两三次就让人家认出来，挨上一顿嘲弄，他又换一家店。有事非要住店，他从不住旅馆、宾馆、旅社，总是和长工、脚夫挤住车马店。据说有一次到银川城卖皮货，他不住旅社宾馆，就住七八个人一个大炕的车马店，住下了出门去晃悠，把店名忘记了，满街喊"哪个店里住的我，哪个店里住的我"，结果还让人骗了。老受夙经常跟集，每次跟集都进馆子，可从不下馆子。他进了馆子问一斤牛肉多少钱，一斤羊肉多少钱，一只鸡多少钱……问个遍，然后问面汤要不要钱。掌柜说不要钱，老受夙就说那来两碗。面汤端上来，他从褡裢里拿出馍掰着泡了吃。馆子里掌柜伙计都认下他了。他一进门，便说："面汤不要钱，来两碗？"他说："来两碗。"照样问一斤牛肉多少钱，一斤羊肉多少钱，一只鸡多少钱……问个遍，掌柜的说："你问来问去的，吃吗？"老受夙说："不吃。"掌柜的说："那你说你问得叵烦不叵烦，问个遍才要面汤，直接说来两碗面汤就行了么。"老受夙说："不问咋知道啥是啥价格，咋掌握行情，卖东西不吃亏了？咋知道明年种啥……"老受夙的光阴真是从牙缝里省出来的。说起来老受夙是地主，也是长工，他总是抠呀省呀，却没享上一天福，可不是给钱财拉了一辈子长工？人们就叫他老受夙。

叫老受夙他心里不毣毲，自己日子过不到人前头还笑话人，到底该谁笑话谁？老受夙心里的毣毲来自唐忠杰。老受夙发家之前半坡的大地主是唐忠杰。唐忠杰忽然贱葬（半坡人把便宜处理叫贱葬）土地，等到"土改"时，唐忠杰家土地基本上都归了老受夙，解放时老受夙成了半坡最大的地主。要说老受夙是吆过脚的，走南闯北的，也是见过世面的，他不可能对世事的变化一点感觉也没有。恰恰是因为他太了解世事，这才肆无忌惮地购置唐忠杰贱葬的土地。打土豪分田地运动第一阶段虽然实现了对引起民愤的大地主、大豪绅的镇压，小地主闻风丧胆，可是当时的形势国民党显然是占上风的，农民对分地主家的田地和财产很担心，甚至将分到手的财产偷偷给地主送回去。国民党军打进了解放区，被镇压的大地主、大豪绅的后人组建了还乡团。农会撤离，还乡团对解放军和农会家属进行血腥杀害。后来国共两党处于胶着状态，你来我往地拉锯，谁输谁赢不好说，因此，他抱有这样的想法，谁赢了他就跟着谁走。后来共产党赢了，老受尿很配合，散尽家业地配合，解放初还是红人。“土改”时尽管唐忠杰成了下中农，老受尿成了开明地主，但他觉得比唐忠杰要风光。唐忠杰一度蔫了。

半坡一带山大沟深，历史上土匪盘踞出没，解放时，土匪、国民党军队的散兵游勇集聚、抢劫，而且破坏新政府组织，杀害工作人员。1950年底半坡一带大剿匪，唐彦斌是总指挥。唐彦斌先做土匪，后被国民党收编，又起义加入解放军，参加解放战争、抗美援朝。土匪剿土匪，当然是知己一样知彼，不出三月，几场硬仗，盘踞的土匪就被全部剿灭。可从土匪那里发现了老受尿与土匪交往的证据，就把老受尿和他大儿子给捕了。老受尿大喊冤枉，说：“曹都是一个铜板掰两半地花哩，可家业大了，土匪盯上了，不给土匪送钱是没办法么，世道不安么，国民党不管么。曹只能上贡，不上贡他们就来抢，祸害得不行。”老受尿的成分去掉了“开明”只剩下了“地主”。大儿子谩骂，一口一个不公，一口一个不讲理，就被判了刑。半坡人始终把这看成是唐、尚两大家族的族仇斗争，因为据说老受尿还喊了这话：“镇压曹，曹只是给土匪上贡，唐彦斌还当过土匪哩。”半坡人背地里说，老受尿这分明是咬了唐彦斌一口。半坡人觉得唐彦斌手下留情了，当时剿匪整治是非常严厉的，陈武寨、岭北有两个财主就给镇压了。

运动一来，老受尿心里才真正毴毴了。贫农下中农，革命一条心，唐忠杰成了积极分子。一开批斗会，都是唐忠杰领唱那首歌：“天上布满星/月牙亮晶晶/生产队里开大会/诉苦把冤申/万恶的旧社会/穷人的血泪恨/千头万绪千头万绪/涌上了我的心……”唱歌时，唐忠杰就站在老受尿前面，又扭又跳的，一眼一眼瞟他，简直就像是跳大神。歌儿唱完了喊革命口号，又是唐忠杰领喊，喊完这些口号后，再喊“打倒”的口号。喊“打倒地主尚忠杰”的时候，唐忠杰就特别兴奋，因为卖力，声音高亢而尖厉，而且每次都比别人多喊一遍，最后还加上“恶霸”。老受尿去找社教队，对队长说："我不当地主了。"社教队长嘿嘿嘿地笑了半晌说："不当了？"他说："坚决不当了。"队长说："真不当了？"他说："打死都不当了。"那队长一拍桌子霍地站起来说："看把你说得日能的，打死都不当了，由了你不成，把你想得美死了。"老受尿梗着脖子说："为啥不让唐忠杰当？唐忠杰上千亩土地种了老几辈子哩，你们这是看人下菜碟子哩。"那队长问："那他的地呢？"老受尿把嘴一撇说："那狗日的是个踢江山的货，进城逛窑子，睡烟馆，进赌场，还置轿子抬婊子，开洋荤，跟着婊子到城里鬼混。嘿嘿，输的输，卖的卖，全抖腾光了。"说到这里很得意地一笑说："那狗日的啊，真是不知打江山容易坐江山难哩。'土改'时家里连只看门的狗打鸣的鸡都没了，婆娘都跑了俩。大婆娘要不是老了没人要也跑了，还有地？我看啊你们革命要是革得迟点儿，他狗日的非饿死不可。"那队长就说："那他还有资格当地主啊？"老受尿猛地把头一甩，才灵醒过来，说："可我有这些地才几年？有的地连本还都没收回来，一家人和长工一起干活一起吃饭。"那队长说："没收回成本也是你的地呀，和长工一起下地干活你是在监督长工哩。"老受尿往地上一坐说："你们没见过唐忠杰曾经多富有，一年家里光猪就宰十几头，羊宰十几只，油吃几大缸哩。"那队长说："他吃胖了？瘦得跟龙一样，你看你都胖成啥样子了？不是地主？定个恶霸地主也不算过头哩。"老受尿见那队长是这态度，跺着双脚说："唐忠杰不是地主，我就不是地主。你们这样做事，天地不公。"那队长一拍桌子说："回去安心当你的地主，好好接受劳动改造吧。天地不公？你这思想问题大着哩，再不老实接受改造，再乱说乱动，就把你关起来。"老受尿忽然就开窍了似的跺着脚说："我明白了，唐忠杰是看到世道要变了，革命要来了，故意把家业踢腾光了的。"那队长说："谁让人家有那眼光有那觉悟呢，没听过那句老话？"老受尿说："哪句老话？"那队长说："识时务者为俊杰。"老受尿自语说："给我转文，尿毛。"那队长说："你说啥，尿毛？你敢说……"老受尿说："我说毷氉，道毷氉，毷氉毷氉真毷氉，心里头卧了几只猫……"老受尿唱着走了。

[张张张]

“四个现代化”建设推进到农村，给生产队配手扶拖拉机。公社成立了农机站，站长姓张。在半坡只要有了官衔，都是姓带官衔的叫法，显示尊重。都叫张站长，名字没人叫过。

半坡人发音 an 和 ang 不分，都发 ang 音，张站长就叫成了“张张张”。

后来我读到了一篇介绍山西晋中介休方言的文章，说有两地人发音 an 和 ang 不分，奇怪的是一个地方人都发 an 音，一个地方人都发 ang 音。举例说介休铁路线有个张兰站，张兰站有个张站长，在两地人口里就变成了“展览展的展展展”和“张郎张的张张张”。那么这可佐证，半坡许多人家自山西大槐树移民而来。

张张张培训手扶拖拉机司机不是在公社农机站，而是开着一台手扶拖拉机一个生产队一个生产队地培训。张张张开着手扶拖拉机进了半坡，先加大油门，在村巷来回放了几趟子，撵得村巷鸡飞猫蹿，猪惊狗跳，娃娃追，大人也追，像赛跑一样。半坡街巷窄长，有二里多地，追羊追狗追驴追骡子，还能追一趟子，这家伙就没的追了，加大油门，黑烟一冒，就跑得有远没近，大人娃娃都大张着嘴勾着腰哈气。

手扶拖拉机回来停下，大家围着看着。唐志民往车下看看说：“噢，这狗日的也屉粪，难怪追不上。”

“胡片。”

“你们看么，看么，还是驴粪哩。”唐志民说。

几个人真就勾下腰往车下看，拖拉机正好停在一泡驴粪上：“就是，这屄真屉的驴粪。”

张张张看看大家，竟也勾头去看，抬起头脸上一点笑意都没，说：“日怪的，早晨没给喂草么，咋就屉下咧？是你们谁钻它肚子底下屉下的，老实交代！”

人们哗地笑了。

“张张张，这㞞是公的还是母的？”

“自己没长眼睛？”

“看了半天看不出来么。”

“公的。”

“片！家伙在哪达长着呢。”

张张张从座位下面抽出摇把：“是不是个把把子。”

常八接过摇把看着说：“见了多少把把子，还没见过这么个把把子。”

张张张说：“你见过的把把子多，有你婆娘见过的多？”

人们就笑得上气不接下气了，说：“这㞞也是个杠头么。”

张张张抿着嘴说：“跟我抬杠，公社还没抬过我的。”

“片，你就片！”

人们围着手扶拖拉机说：“这狗日的快得跟风一样，趴着跑都这么快，要站起来跑，了得！”

张张张白了一眼大家说：“没见过世面，它站起来跑算个屁，火车站起来跑它连个屁都闻不上，把天都戳个窟窿！”

“那你咋不开火车？开个这闻屁呢！你看黑烟冒的。”

半坡人就是这样，只要你抬杠，他们会一句话堵得你泛不上话来。

开手扶拖拉机简单，几天后三个人基本上会开了。这天，张张张去吃饭，三个人连饭都不吃，在村巷里开手扶拖拉机。正午人都吃饭，街巷无人。轮到三胖子上车，他一上去就挂了五挡，他要美美地放一趟子。跟着张张张学开手扶拖拉机，他们都快憋死了，速度稍一放快，就一拳，稍一放快，就一拳。学得憋气的，他们不知挨了张张张多少拳，三胖子挨得最多。三胖子加大油门，手扶拖拉机“突突突”冒着黑烟疯跑起来，放趟子开，结果这个娃从园子墙头冒出来，一个蹦子跳下来。三胖子大惊，这狗日的，跑出来，手扶拖拉机一头扎向改民家的院墙，院墙给抵塌了三堵。

这个娃没事。对，这个娃就叫这个娃。这个娃气大，不管谁惹了，就是被比他小的女娃惹了，都躺倒在地，两腿乱蹬，蹬得溏土冒，鞋都蹬飞了，拉起来了又躺下，拉起来了又躺下，成了有名的惹不起。时日久了，大人就不耐烦了，碰见了说这个娃噻，没人理会。娃娃也不跟他玩，他就自己玩自己的，神出鬼没的。

手扶拖拉机把三胖子挑起撂到一边，把冲天爹着，机头一抬一落地捣蒜，还“突突突”冒着黑烟。

这个娃、三胖子都没出事，人们就要笑起来，围着手扶拖拉机说：“这狗日的惊咧？”

“惊哩么，还性子大的，以后不好使唤哩。”

“三胖子，啥把狗日的惊咧？”

三胖子爬起来，拍着身上的土，过来把手扶拖拉机油门关了，引娃说：“三胖子，你这㞞，是不是捣它的后半截咧。”

三胖子却撒腿就跑，人们一看，张张张跑着来了，手里提着二截子棍，“驴日的，驴日的”吼骂着。

[踅摸]

虽然风还料峭，阴坡被风赶到一起的积雪仿佛一朵儿一朵儿的花，但也阻止不了大地返青。阳坡泛出鹅黄浅绿来，低洼地带已有些翠绿了。羊、猪、鸡和牲口们就散在阳坡上。

毛头在我院里玩。毛头也就七八岁，头发很歪，黏成一片，风中都爹不起。他在玩一个用烂线绳缠成的球。球有拳头大小，只有一点儿弹跳力，使劲拍能跳三四下。我蹴在院墙根下晒太阳，吃烟。

老扁拉着两只羯羊过来。老扁总是拉着两只羯羊，喂壮了卖掉，再拉两只，喂壮了再卖掉。老扁年纪不大，半坡人外号多用老和小，跟年龄无关。

忽然，他扑过去踢了毛头一脚说："你狗日的在这里踅摸啥呢？滚，再到处踅摸，老子一脚踏扁你。"

我说："你看你，娃耍得好好的，你踢他一脚。"

那一脚踢得重，毛头腿一拉一拉走了。

他说："那狗日的是个崽拐，不学好，到处踅摸，毛气不好，手脚不干净。"

我说："娃么，才多大，还小哩，哪个娃不喜好偷偷摸摸？"

老扁说："六岁了，三岁看大。别的娃娃见个稀罕东西，只是顺手拿走了，这狗日的一天踅摸着偷人哩。你要留心，你这里稀罕东西多，你把东西放好。"

我说："没啥稀罕东西。"

他说："咋没啥稀罕东西，你那眼镜不是？他就偷过老走的眼镜。"

我"呃"一声，眼镜是稀罕，半坡没有戴眼镜的。

他说："你那牙刷、牙膏不稀罕？老走的牙膏让他偷去，当稀罕的吃了，潮得哇哇吐了一天哩，满嘴沫子，还当让鬼掇住了。"

我"呃"一声，他说："有一回来了驻队干部，牙缸子在窗台上放着，插着的牙刷让人偷了。把个支书气的，在大喇叭里高喉咙大嗓门地骂哩，说：'哪个驴日的把干部的牙刷偷去了！'"

点了根烟，他又说："支书让我回家打毛头，把牙刷要回来。我打得毛头趴在地上都动不了，他不承认。唉，后来在蛋娃家发现了那牙刷。"

我说："你看你冤枉了毛头了。"

他说："咋能说是冤枉，他要没那毛气，支书会让我打着问他要牙刷？老右看书拿个放大镜，就让他偷走了。人名声坏了好起来难哩。"

我"呃"了一声，没想到他想得这么深。他说："我给庄子上人都打过招呼了，让大家留心毛头，让他偷顺手了，长大了就是个祸害。小时偷针，大了偷金，踅下大乱子，害人害己。"

"踅乱子"，就是惹事闯祸了。

我说："他偷过钱么？"

"那倒没有，都没钱么，连看的钱都没有，他哪里偷去？"

我笑笑说："才六七岁的娃娃么，他就是觉得稀罕才拿了。"

"稀罕也不能拿么，小时偷针，大了偷金哩。"

羊往前走着，老扁手里捏的绳子一圈一圈地散着，已经散到头了，他就跟着羊走了，回头说："毛头再来你美美地给咥一顿，他就不敢来了！"

多年后，毛头成为半坡第一批进城打工的，也是半坡第一个在城里买房把家搬过去的。老扁不得不进城接送孙子。孙子接送到上了初中，老扁也老得什么都做不了了，他要回去，儿子不让，说："你这不是陷我于不仁不义之地？"老扁说："可我得给你爷爷暖脚。"毛头说："暖脚？现在谁还讲究那些烂规矩？"老扁说："咋是烂规矩，传了几千年的规矩成了烂规矩？"毛头说："你待在城里也不影响你回去暖脚呀。"老扁说："咋不影响，这城里死了人不准拉出城，就地火化了。"毛头说："我保证把你偷偷拉出城，埋在我爷爷脚底下。"老扁说："怕到那时候不是那话咧，火葬场一送，一股子青烟还没散尽，往后看都不看一眼走咧。你们过你们的，甭管我，我不讲究这。”毛头说：“不是你讲究不讲究的问题，是别人讲究不讲究的问题。”老扁说：“可你爷爷走的时候留下了话的，到那世咋见面？”不是谁想暖脚就能暖脚，得有资格。首先是长子，倘若长子出事——出事一是指犯规了，被宗谱禁入祖坟，一是无后，就会老二、老三地轮下去，就像继承一样。

父子闹得无果，老扁想到我，叫我过来说：“喔，狗日的小时候老爱跟着你，你给说说，把我烧了，我一股青烟一冒，咱们下世也见不上了。”

[黏馔]

初伏，麦秀渐渐兮，禾黍油油。金麦子，银糜子。川谷地平沃，全种着麦子。新麦醇厚的香气四溢。麦死中伏，进入初伏，尝新麦。

初伏第一天，生产队通知社员剪一个上午麦穗。麦穗剪下，揉搓去麦衣，麦粒是青翠的，有股清香与甜味。新麦有多种尝法，可直接吃、炒了吃、做成糅糅吃。半坡人却要吃黏馔。

"黏衣嘆袖，嫩香堪浥"（葛长庚词），"馔盛盘心殢，醅浓盏底黏"（白居易诗）。

黏馔，一个极古极文的词语，携裹着香气从远古扑来，飘逸在半坡人的日常生活中。

我剪了一背篼麦穗，回来的路上，柳三变说："你背到完颜家去，他婆娘做的黏馔不要说半坡第一，天下第一哩。对了，是大完颜，小完彦婆娘拿手的是胡辣汤。"

无巧不成书。大完颜、小完彦，在半坡的读音中没有任何区别。而且他们名字后一个字都是川。第一次接触到他们，我以为他们是弟兄，后来才知道大的姓完颜，小的姓完。不过，他们已经拈香认了弟兄。

他们好区分，大完颜是甘肃泾川的，小完彦是河南鹿邑的，口音差别很大。而半坡人以大小呼之，更容易分别。

去大完颜家吃黏馔，小完彦一家也来了。

新麦粒水分大，磨不成面粉，把麦粒放进锅里加少许水蒸煮后，擀碾成条，焯后拌入野菜，浇上胡麻油蒜汁，真是美味。

两碗就有些撑了，完颜川说："这么大的个头，吃两碗明明是作假。"说着，硬硬又盛了一碗。

吃过黏馔，我们吃烟，就说起他的祖先。完颜川取出家谱，扉页是金兀术（完颜宗弼）世代遗像。序言中写道："泾川完颜氏，为女真后裔。金末帝完颜承麟为元所灭。金后遗遁居于安定，遂为泾川土著。"讲述1154年，完颜系家族为躲避迫害，护送完颜亨的灵柩来到安定郡金兀术的旧部将士营地，葬于泾川完颜村。1234年，金朝中都被蒙古军攻占，金哀宗完颜守绪一直逃到蔡州（今河南汝南）。宋、蒙联军攻入蔡州后，完颜守绪当夜传位给完颜承麟，自缢于幽兰轩。完颜承麟当日战死。金朝一些臣子借蒙、宋交战之机，保护着完颜承麟的遗体向西逃遁，来到泾川，和完颜亨的族人一起定居下来，后人称他们为"守陵人"。泾川完颜有据可考，属关内最大聚居区。

完彦川说："下放，我还有事求你哩。"

我说："啥求不求的，说就行了。"

"帮我改个姓。"

完颜川说："姓咋能随便改，胡尿整。"

"哥，你的姓带着个颜字，完颜还好听点，你说我，姓个完，人一提说完蛋、完了、完货，姓完，叫你完字开头，能有出息？你随便起名，起着叫着试试？多好的名字安上这么个姓，就完咧。"

"姓不能改，改了咱们还能是弟兄？"

"改了咱们照样是兄弟，这改不了。"

"完成、完全、完整，广播里老说，这不都很好么？"

"这哪是人名，再说谁常说，常说的是完货、完蛋、完了、完㞞，好吗？"完彦川又说，"我马上就有孙儿咧，我孙儿出世，不能再为个名字作难哩。"

"你孙子，媳妇子才看出来怀上，就你孙子你孙子的，就知道是儿娃子？"

"让夜猫子掐算过的，我用卦骨丢了几次，卦相看出都是儿娃子，没麻达，媳妇子又爱吃个酸，酸儿辣女么。"

"不管咋说姓不能改，姓咋能随便改呢，那是祖传的，传宗接代不就是传个姓么。"

“传个姓，那你弄个好姓传噻。赵钱孙李，周吴郑王。冯陈褚卫，蒋沈韩杨。百家姓多少姓，哪个不比这个完好？”

“姓有讲究的，哪能随便就取？是不是，下放？”

我说：“对对对，有的是少数民族音译转过来的，并不是汉语中的意思。”

我简单地讲完颜，古肃慎语，是类似于萨满的一种神的圣称和徽号，汉译“黄金”“金色”，引申为“光芒”“高山”“圣者”，甚至是“世所仰望的接近神的存在”。完颜以徽为部，为完颜部，后世以部为氏，则为完颜氏，唐末女真“通用三十姓”之一。完颜氏在女真语中是“王”的意思，即帝王之王。《大金国志》记载说，阿骨打称帝建国时，采纳渤海士人杨朴建议“以王为姓，以旻为名，国号大金”。完颜的拼读之音，与汉字“王”字读音相近，因此“完颜”极有可能是女真语对“王”的译音。金朝，该家族出了最伟大的人物金太祖完颜旻（完颜阿骨打）、金太宗完颜晟、“小尧舜”金世宗完颜雍等皇帝，以及完颜宗翰、完颜宗望、完颜宗弼、完颜宗浩、完颜襄等著名将相。非宗室的著名人物有女真文字的创造者、宰相完颜希尹（完颜谷神），开国元勋金源郡壮义王完颜娄室等。

“他们多威武多风光，可他们现在都在哪里呢？”

完颜川说：“你改了给你大咋交代？”

“我们这一门人地下都想改姓哩。我大就说过，你说这老先人，弄个啥姓不好，可族主不同意，说不做这遗臭万年的事，改了姓肯定要写入家谱，可不背千世万年的骂名。问题是我们村上有姓‘死’的哩，你说倒霉不倒霉，也是因为死家，我们这个姓才一直没被改，一提改姓，就说人家姓‘死’都不改，我们改啥？我们完家鼓动死家改姓，可那死姓人姓了死就是死，咋说说不进去。有一年父亲那辈集合了好几个户主提出改姓，姓都选好了，‘万’姓，音投字不投，人不就叫个音么。结果族主开祠堂，把他们收拾的，荆条打断几根。”

完颜川说：“那你还改姓，改了以后你咋回老家？谁认你？”

完彦川说：“你当不改他们就认，就让你回去？我回去办了几次，我们村就叫完山村，只有几户外姓人，外姓人都同意，就是完姓人不同意哩。”

完颜川说："不管咋说，姓不能随便改，你说是不是下放？"

我说："要说这万姓……"

完颜川手从背后戳我一下。我看他，他冲我挤眼睛，我忙说："就是，就是。"

我想说的是我的表舅姓万，《万姓宗谱》中曾引用出土的《重修朝真寺碑阴题名》记载："完源出完颜氏，金人裔也。金大定间，禁女真人勿得混汉姓，故去完而为颜氏，惟在曲阜不敢冒究国之姓，特称完氏。"金亡后，完颜一族为避祸，分为完、颜两姓逃难，隐姓埋名于全国各地，姓氏以汉字单姓甚多，有完、汪、王、万、鄢、张、颜、赵、顾、瀛、魁等，民族有汉、满、蒙古、回、锡伯、达斡尔等族。应该说以哪个为姓也不算背祖叛宗，可我没说。

完彦川深吸一口，把一根纸烟吸掉了一半，徐徐吐出来，盯着窑顶不说话。

完颜川说："你就是改了，也改不了人家叫你完蛋、完货、完㞞，这就成外号一样，叫上了就改不了。"

完彦川说："所以我才急着想在我孙子来到这世上前改姓哩。"

窑顶横担上有一窝燕子，孵化出三只小燕子，头抻在窝外"叽叽叽"叫着。

完彦川忽然咯咯咯地笑起来，完颜川捣一拳说："神经病，笑啥？"

完彦川坐起来说："姓'死'名字不好起，起啥都别扭。死不了他妹子起名玉梅，好名字吧，可把姓加上，就成了死玉梅咧，死不了他们这一辈中间的字是德，德明、德光、德远、德高，一点名就成了死得明、死得光、死得远、死得高。'死不了'都算是好名字哩。"

完颜川说："有叫死不了的？"

完彦川说："谁会起那名字，不是骂人么，是我们叫的。我们叫他们'死不了'，他们就叫我们'完蛋''完货'。"

完颜川看看我说："姓死名字还真不好起哩，死啥死啥的咋叫，叫啥死啥。"

我说："死姓很有历史的，应该是源于鲜卑族的姓氏哩。"

完彦川说："有历史能顶啥用？叫出来不好听，起个啥名带了姓就没前途了，我们完姓也好不到哪达，一提完，人就想到完了、完蛋、完货，到了半坡加了个完㞞。这半坡人，你说句句不离个㞞字。"

我们从窑里出来，完颜川附耳说："他再找你改姓，你别给他改，挡一挡，人活一辈子不就是活个姓么。"

我点点头。

经过戏台时，看到老韩蹴在老戏楼戏台前，眯着眼睛。完颜说："老韩那㞞，又障了。"

老韩是戏迷（谁又不是戏迷呢），破"四旧"，老戏一时间不让唱了，许多人戏瘾犯了，常会坐在戏楼前，眯着眼睛，痴痴呆呆的，就像是台上正唱大戏。

李驿臣说："下放，你说这障了的障咋写？"

半坡人说一个人发呆发痴用"障了"。想想，人一旦进入完全在脑海存储的物象中，现实中的一切都消失，就痴痴呆呆的，可不就像术士给施了"障眼法"。障了，让人想到李白"举杯邀明月，对影成三人"的自酌自饮情景。

完颜到老韩跟前拍老韩的脑门。老韩说："瞎㞞，快坐下，正唱到好处哩。"

"啥戏？"

"《牛头山》。"

完颜掉着脸子骂了句"你个锤子"，就走咧。

老韩咯咯笑着说："来看噻，听我给你唱。"

完颜吼了句"韩信的后人"，老韩脸子掉下来，站起吼道：

罢了鹏举，我儿，儿啊，
执金针刺儿肉手发抖颤，
叫一声鹏举儿细听娘言！
想当年生下儿又遭水患，
一家人漂流在洪涛深渊……

秦腔《牛头山》有几个名：《精忠报国》《草坡面理》《得胜图》《岳母刺字》《精忠传》。讲的是徽宗、钦宗、太后、皇后均被金兵掳去。秦桧夫妇，卖主求荣，岳飞率军出征。行前回府受训，岳母于其背刺“精忠报国”。岳飞北征，与金兀术大战草坡。金兵大败，岳军获胜，安营朱仙镇，力图收复中原。此剧系文武生、老旦唱念打重头戏。其中有著名折戏《草坡面理》《岳母训子》单独演出。

柳三变来了，吼道：“唱得好！”

老韩却不唱了，说：“老戏么，唱了咋了，就只能说你先人过五关斩六将，不能说你先人败走麦城？我是韩信后人咋咧，韩信拜将封侯哩。”

韩信在半坡名声不咋样，活埋母、杀小孩等故事很多。

柳三变说：“唱噻，吼个锤子。”

老韩又吼：

不料想我朝中奸臣成患，
勾结那金鞑子扰乱中原。
掳去了二圣帝沙漠遭难，
众胡马侵占了半边江山。
愿我儿此一去领兵奋战，
愿我儿将失土早早收还。
秉精忠保国家莫畏艰险，
得胜回必落个忠孝双全！

老韩唱得字正腔圆，声震四野。半坡男人都能吼几段秦腔。

“唱噻唱噻。”柳三变说。

老韩却揪了柳三变耳朵一下，冲我笑笑说：“好久没看戏了，也没听戏了，寡淡的。走过戏楼就走不动了，你眯上眼睛，戏台上就有一台戏在唱哩。唉，给你说这做啥，你不爱看秦腔么。”

“也爱看呢。”

“你爱看越剧吧？”

“越剧？”

“老走就爱看越剧，可咱们这里从来不唱越剧。那屃刚来不爱看秦腔，戏班子来了他也看。不看戏看啥呢？不是看戏，是画戏子，画看戏的人，一来二去灌上耳音了，爱看爱听，最后还能唱几段。那时候老戏唱得欢，农闲了就唱戏，生个娃请戏，得了意外之财也请戏。老陈拾掇院子，挖出了一个牛皮袋袋，里面有几块响圆，请戏。那时候隔上十天半月，就唱场戏，也要皮影子。嘿嘿，老走最后上瘾了。时间长不唱，就急了，他干脆请戏来唱，一年里数他请得多。”

“多久没唱戏了？”

“好久咧。”

“以后都不让唱了？”

“不会吧。”

“下放，你经多见广，给咱们预判一下。”

“我也预判不了。”我又说，“要是样板戏用秦腔唱出来，也是很好听的。”

老韩说：“样板戏秦腔也能唱？”

完颜说：“能能能，那年在兰州，经过戏院，卖票的喊着说唱《辕门斩子》，我们就进去了，结果不是咱们的秦腔，一问是京剧么。《辕门斩子》能用京剧唱，样板戏也能用咱们秦腔唱么。”

我说：“就是么，估计正排练哩，快了。”

老韩扔给完颜一根纸烟说：“你先人我先人都是先人，说以前讲往昔都是历史。”

过了不久，县秦腔剧团在公社演出了秦腔《红灯记》。

[偷娘]

八仓奶奶没了（半坡人把人死了说没了，挺有意思的，人从这世上走了，不就是没了？），两个唢呐班子八个吹手吹，此起彼伏的。吹的是《绣金匾》《东方红》《大海航行靠舵手》《北京的金山上》这类歌曲。我悄声和柳三变说："吹的这曲子太喜庆了。"

柳三变说："就要喜庆哩，喜丧么，人活七十古来稀，活过七十就是喜丧了。八仓奶奶快八十了。"

又说："再说别的曲子都是'四旧'。"

我想到殡仪馆，不管什么样的人，无论多大年纪，都是那唯一的曲子，也单调。

我"呃"一声，他说："古人说的话都是想了好久说的，人不能活得太大了，活过七十清清爽爽地走了，你说活个八九十一百，不是糊涂疯癫就是瘫痪，炕上吃炕上屉的，活个啥么。久病床前无孝子，跟儿女好好的情义都活没了，人活得好不如死得好。八仓奶奶早上还吃了一老碗的面，中午饭上来说不吃了，我要走咧，头一歪就走了。"

"孝子贤孙三叩首！"柳三变喊。

柳三变是总理，就是整个事的总管。

五六十个穿全孝的孝子贤孙跪地，白茫茫的一片。

有几个小孩白的孝帽上缀着小红花。

我说："为什么只有他们几个头顶有小红花？"

柳三变说："那是些重孙子。"

又说："人这世见了重孙子，到那世这世的罪孽就全免除了，好人活得长么。"

几个重孙子打了起来，八仓呵斥说："狗日的，小心你太太掐你们一把。"

八仓奶奶亲孙子有十六个，八仓排第八，小名就叫了八仓。我说："八仓，你又不是老大，也不是老碎（老小），奶奶为什么人都称八仓奶奶，没有以别的孙子名字称谓奶奶的名？"

八仓嘿嘿一笑说："奶奶喜欢我么。"

阴阳起经，像是在念，又像是在唱：

"众孝子进门来双膝跪倒，烧黄纸烧黄表十炷长香：一炷香烧予了玉皇大帝，二炷香烧予了关公中郎，三炷香烧予了三皇治世，四炷香烧予了四海龙王，五炷香烧予了五方六帝，六炷香烧予了南斗六郎，七炷香烧予了北斗七星，八炷香烧予了八大金刚，九炷香烧予了九天仙女，十炷香烧予了十殿阎君。"

忽然大门外一阵吵闹，唢呐声大作，十几个穿全孝的人抬棺材进来，后面跟着八个唢呐手在吹。八仓跳起来扑过去。

柳三变却靠墙蹴着没起来。我说："咋回事，这是咋回事？"

柳三变说："计划中的事，来的是八仓奶奶在陈武寨刘家的后人，八仓奶奶是从刘家抢来的。"

又说："出不了啥事，唐家人早有防备。八仓奶奶在刘家就生了刘正北一个儿子，虽然有三个孙子，可都没经过啥事，势单力薄。"

我说："要搭桌子吗？"

柳三变说："不用，二两棉花没弹头，唐承运把一切都谋划妥当哩。"

八仓奶奶十五岁上嫁给了陈武寨的刘全，十九岁上刘全在路上让土匪抢走了两头驴，还让把命害了。送埋了刘全，婆婆对八仓奶奶说："娃，再走一步吧，一辈子哩。"八仓奶奶说："娘，我哪里做得不对惹你贱眼了吗？"婆婆说："娘做了几十年的寡妇，中间的艰辛娘晓得。男人无妻财无主，女人无汉身无主。日子长拖拖的，你给刘全生了一儿一女，也算对得起他了。"八仓奶奶说："娘，娃我丢不下呀。"婆婆说："娃有我呢，是我的孙儿孙女，有我一口吃的，就饿不死他们。嫁过去想娃了就回来看来，门给你开着哩。娃大些了也会去看你，想带你把女子带去，但你得答应娘，老百年了得埋回到我儿身边。"老百年了就是去世的意思。婆婆说："娘给你挑个好男人。”八仓奶奶说：“娘，你把我嫁了，你和我娘家人人前咋活人呀？”婆婆说：“我的娃呀，咱们女人走到这一步，哪能明媒正娶地嫁，得让人家来抢啊。”

婆婆挑选上了八仓的爷爷。八仓的前奶奶难产死了，八仓爷爷打了光棍。婆婆找到了八仓的太爷，事情说好后，提了一个条件——八仓奶奶将来老百年了要埋回刘家坟里。八仓太爷爽快说：“这没麻达，我儿地下埋的有女人。”八仓的太爷觉得过意不去，要给刘家出点钱粮，婆婆拒绝了，说：“收了钱粮，就等于我刘家嫁了寡妇，脸往哪里放存？”

寡妇被抢前要向前夫祭奠祷告，请阴阳做法事安抚亡者，征得亡人的谅解同意，否则百年后到阴曹地府得吃官司，受分割之刑。一切做过后，八仓奶奶在男人坟前当着婆婆的面起了誓。

抢是不能在婆家进行的，只能在寡妇浪娘家的路上或在娘家进行。商量好时间、地点后不久，八仓奶奶在浪娘家的路上被八仓爷爷抢来了。毕竟是很伤面子的事，当然得组织人闹一闹，刘家人在八仓太爷家门上虚张声势地闹腾闹腾，吃席喝酒也就了结了。最后刘家和唐家主事的人出面，当着两个家族主事人的面，婆婆把八仓奶奶将来老百年了要埋回刘家的条件提了出来。刘、唐两家主事人也都当面应允了，还立下了字据。八仓奶奶被抢来不久，两家人也就开始走动了，像亲戚一样。那婆婆也常来村里，她们还像婆媳。

八仓太爷家这一支人子嗣一直不旺，八仓奶奶生了五儿三女，把八仓太爷喜欢的，逢人就夸这个抢来的媳妇子就是活菩萨。

柳三变长出一口气说：“八仓奶奶临走前把我们都叫到跟前，当着我们的面给儿孙交代她一定要埋到刘家去，说这是盟下誓的，不能失言。八仓爷爷去世时也跟儿孙们交代过的，但儿孙谁认这话，死了死了，一死百了，主事人都已古了，还能爬起来？八仓奶奶病重时，刘家人早就来过，刘家人拿出了当时立下的字据，唐家人不认。刘家人撂下话说：‘你们抢来的，我们抢回去……’唉，也不好认，让刘家接走尸骨，唐家人能丢得起这人？唐承运一个大局长，说要当副县长哩，能丢得起这人？老辈人把事情都说好哩，可人都得争个脸面不是，他承运不争行不？不行。他刘家哥不争行不？不行。”

唐承运是八仓奶奶的小儿子。

我说：“他也不认老人的话？”

“就是他不让认老人的话，”柳三变压低声音说，“公安都来了，就在黑灯崾岘外面古庄子等着哩。刘家人要敢硬抬人，公安就抓人，肯定是他安排的，不然谁能叫得动公安？”

我说：“没见承运回来……”

柳三变说：“他是八仓奶奶的小儿子，这么大的事他哪能不回来，在县上做大理石碑往回拉哩，也是躲着哩。”

“躲着哩？”

“刘家来抢人，他回来咋整？要说承运跟刘家那隔山兄弟平时走得近着哩，比唐家那些弟兄还近哩。可这事上再好，谁都不能让步的……”

两边的唢呐较上劲了，在院里对着吹，成了一种对抗赛。

灵堂吵成一团，话越说越不好听。柳三变说：“换个地方吵吧，让逝者安息，阴阳念经都听不清。”

可谁听呢，越吵越凶了，甚至你推我我推你的。我说：“公安咋还不来，早早介入，解决了让奶奶安生，这吵的……别打起来了。”

柳三变努努嘴说：“这不去叫了么？”

只见八仓掮了一把锹往崖头上去。我来到大门外，就见八仓上了崖头，上了烽火台，一锹一锹往天空扬土。

半坡依附着的这道梁叫过风岭，梁顶有老墙（长城）、烽火台，这是一种古老的传信方式，只是以前点火，现在扬土。

一会儿就见两辆三轮摩托拖起一道尘带从黑灯崾岘口过来了。

公安进了唐家院落，呵斥刘家人快快散去，参加葬礼可以，要再闹出啥事，全抓起来。刘正北拿头撞公安吼道：“你们还讲理不讲理？”刘正北说着就扑在娘身上，公安往开扯他，他又抠又咬，公安就铐了刘正北塞进三轮摩托箱兜里说：“这是新社会，要抢就是犯法，刘家人都散了！”

刘家其他人抬棺而回，八仓奶奶在刘家的三个孙子扶棺一路叫着“奶奶回家了，奶奶回家了”，那引魂幡高高飘扬，纸钱翻飞。

公安押着刘正北撤了，唐承运拉着碑回来了。

刘正北在八仓奶奶下葬后就放回来了，还是公安骑摩托送回来的。

“送七”是寄托哀思的一种形式，七天一七，一七一送，设酒备食，祈祷祝福，像梁祝中的十八相送，一七为一站，一站比一站远，七七送到坟茔，一个人就送到了另一世家里。亲人们在送七的过程里一点一点送走了自己的悲伤。

刘家与唐家都在送七，一样地认真。

这天晚上，我和柳三变爬在炕上捉虱子，狗的叫声此起彼伏。

柳三变装一锅子烟咂了几口说：“我估摸八仓奶奶不在唐家坟里了。”

我说：“咱们看着下的葬，八仓奶奶还会自己走了？”

柳三变说：“八仓奶奶不会自己走，可刘家会偷呀，三要不如一偷。明着弄不过，暗里不会弄？”

我说：“还还还能偷？”

柳三变说：“咋不能偷？你看八仓奶奶下葬后这几日，夜一直不宁，狗的叫声此起彼伏……”

我说：“那要是给唐家发现了……”

“哪能那么容易发现，承运再厉害还敢开坟验棺？宁让死人冤，不开死人坟。忌讳大哩。再说就是承运知道了，也会装不知道，”柳三变霍地坐起来，狠咂几口烟说，“说不定弟兄俩私下商量好唱戏给人看哩。小时候他刘家哥常把他架在脖子上，大点干啥都带着他，承运现在对他刘家哥比对几个亲弟兄好。”

又说：“人活脸，树活皮。人都得争个脸面，承运不争行不？不行。正北不争行不？也不行。不争个脸面以后咋活人，麻雀都有瓜子大的脸。”

又说：“有多少世事谁知道真假哩，你说是不？这么争争也好哩。”

这时间窑外面传来踢踢踏踏的脚步声。他说：“咱们说说就算了，你可别乱说，有是非人哩。”

[头骡]

张本全打了拓生产，因为骡子。

每天早晨，拓生产从牲口圈拉来两匹骡子去犁地。半坡生产队早上套三十对牲口犁地，多数人是捣过罐罐茶后，去牲口圈赶了牲口掮了犁和套绳下地。拓生产则是把两匹骡子先拉到家里，再捣罐罐，茶喝败了下地。人有这样的说法，狗日的精的，接到家里还能收两泡骡粪哩。拓生产忽然就打起骡子来，人们正穿过村巷上工，就越聚越多了。

拓生产一蹦一跳抡着鞭子抽打起骡子来，人们都惊讶地“啊啊啊”的。正是盛夏，骡子吃得圆滚滚的，就像穿着紧身皮衣，毛亮皮润。牛皮拧成的鞭梢甩到骡子身上，立时就肿起指头胖的肉棱，像肥沃的土地爬满了壮硕的蚯蚓。骡子前蹄腾空，后蹄乱刨，可骡子戴着嚼子，拓生产扯着，骡子嘴给扯得就像簸箕，嘴角都出血了。

“好咧好咧，打上两下就行了。”

“别打了，跟喑哑畜生较啥劲。”

“你也是使唤了一辈子牲口的人，就这么抡鞭子抽骡子？”

“这灰货魔障了。”

几个人吼拓生产，可拓生产却越凶了，鞭子抡得呼呼生风。

张本全从坡上冒出来，扑上去夺拓生产手里的鞭子，拓生产甩了张本全一鞭子。张本全抓住拓生产肩膀一提一扔，拓生产躺在了两三丈开外。拓生产爬起来，两人打到了一起。张本全一米八个头，膀阔腰圆，拓生产瘦小，被一个跟头一个跟头地摔。大家拉开，拓生产扑上去，拉开又扑过去。鞭子已到张本全手里，他抡向拓生产，拓生产脸上绽开一道血口子。

“该打，狗日的这么打骡子。”

唐彦辉来了，吼："你个半截子，十人九马劝不下个你，以后再这么打骡子，给你狗日的定个破坏生产工具罪，扣十个劳动日，拨给张本全。"

"这么打骡子，该扣狗日的工分。"

"工分我不要。"张本全扔了鞭子拉着骡子走了。

半坡生产队只有六匹骡子。解放后人们不再跑脚，脚户家的骡子归了集体，起初有几十匹，这些年死得剩下这几匹，由张本全专门喂养，每天由拓生产、冯志贵、李成三个赶着犁地。

半坡人最赞赏的牲口是骡子。

骡子是马和驴杂交的，贾思勰《齐民要术·养牛马驴骡》："常以马覆驴，所生骡者，形容壮大，弥复胜马。然必选七八岁草驴，骨目正大者：母长则受驹，父大则子壮。"马大驴娘叫驴骡子，驴大马娘叫马骡子，驴骡子耳朵大，体形小，马骡子耳朵小，体形大。一般是马骡子多。

"别看大将军、大元帅照相都骑马，其实在部队最受欢迎的是骡子。部队上拉大炮运拉粮草都是骡子，一匹骡子顶得上两三匹马，坏了的汽车几匹骡子拉着比汽车自己好的时候跑得还快，连日本鬼子也最爱用骡子，下乡扫荡到处抢骡子。马就是个样子货。"半坡人说起骡子总是跟马比，对马口气是鄙夷的。"买不起的骡子喂不起的马，马贵气，难养，吃得比骡子多，劲没骡子大，也没骡子有耐劲，能熬活，同样的活一头骡子能熬趴几匹马；吃上马还挑剔，骡子口粗，吃喝不讲究，跑脚一路上骡子都有草，马就不一定了；马的病多，寿命短，头一摆就没了，骡子病少，在所有牲口里是长寿的；马也不好使，没骡子顺手听话，脾气还大，动不动尥蹄子踢人，二瓜子就是给马尥了一蹄子，在额头上盖了个公章，瓜兮兮的一辈子；马还咬人，性子大，忽然冒出一只黄鼠都能把它惊了。就是骑，马也不如骡子，骡子只要像压马那样压过，走起来扬头提蹄，派头一点儿不输给马，而且腰里有劲，鞍子鞴上稳稳的，马腰软沓沓的，上长路鞍子肚子上扎得再紧都乱滚哩，马就是个样子活，中看不中用。骡子警惕性高，永远站着，连睡觉都是站着的，而且是三条腿站着，让一条腿轮换休息，它不像其他牲口，动不动就卧在地上，身上老脏兮兮的，骡子永远是干净清爽的。"

"唉，骡子就是不生养，骡子要生养这世上就没有别的牲口了。"

说起骡子，半坡人总是感叹的口气。

晌午吃过饭，张本全从门外经过，我说："进来吃烟。"他进来咧。我们靠着墙根蹴下点上烟，张本全说："我就说么，拓生产也是使唤了半辈子牲口的人，咋就疯了一样抡鞭子，还是头骡？宝子揪骡子尾巴做套鸟儿的环套，给骡子尥了一蹄子，没气了。还好，连喊带叫地喊回来咧。"我说："去看看娃吧。"张本全说："对对对。"

我们就到阿干小卖店买了点东西去看宝子。拓生产又在打宝子，张本全拉住，我拿出一瓶罐头递给宝子，宝子抱着就跑了。拓生产说："狗日的一个骡子尾巴上你拔十几根尾巴毛，它能不踢你？老子拔你十几根头发你狗日的急不急？你要尾巴你给我说，我给你剪，哪能拔呢？拔疼了驴都踢哩，别说骡子咧。"我说："娃娃么……"

拓生产从窑掌端出一升子豌豆说："本全，你给头骡端回去。"张本全说："你留着炒了吃，我那里有料哩，我给头骡多喂点。"拓生产说："走的时候带上，一定带上，我下手重咧。唉，又急又气的糊脑子咧。早晨拉骡子回来套地，捣罐罐时出的事，头骡一蹄子踢到了半墙上，跌下来死得僵僵的，连喊带叫又按又摇总算醒过来了，可茶呆呆的就像把魂丢咧，叫了魂，还是茶呆呆的。你说我们弟兄三个养了（生了）十几个女子，就宝子一个宝贝疙瘩，指望他传宗接代哩。万一出个事，像二瓜子瓜兮兮的一辈子，咋交代噻，又气又急的，就下手咧。"

告辞时拓生产一定要张本全把豌豆给头骡带上。张本全说："你不是赶着头骡犁地咧？早上拉来了你喂给它。"拓生产送我们出来挠着头说："大脑兮，你别生气。"张本全笑笑说："还啥大脑兮。"

从拓生产家出来，我们上了崖头，在树下坐了。"唉，你说一匹头骡，不跑脚咧，本就憋屈，套着犁跟牛、驴一样犁地拉粪的，要是个人觉得要多龌龊有多龌龊，还给人拿鞭子这么抽，"张本全看我一眼说，"就跟你们一样，你说十几年地念书哩，念了那么多的书，结果把你们下放到我们这里，跟我们在地里干活，支书说是下放劳动，可让你们劳动不是改造是啥？你说你心里不觉得龌龊？"

我笑笑，他也笑笑。我们都抽出别在腰间的烟锅装了一锅烟，点着深咂几口。他说："头骡就是一个驮队领头掌程的骡子。说老马识途，那就是一句话，跑过脚的人都知道骡子才真正识途哩。头骡就是一匹识途好骡，一个驮队除了骆驼队，领头的都是骡子。头骡除了领路，还掌程哩，就是根据头骡的身体反应决定行程……你不知道在驮队里头骡有多风光，跑脚时头骡威风八面哩，一身行头都是专门的，笼头、肚带、后鞧都是头层牛皮绾的，鞍子上都是铜扣、铜钉、铜环，脖子上挂的是雪梨儿一样的铜铃铛，脑顶上一个小铜镜。走头头的那个骡子哟，三盏盏的那个灯，哎呀戴上了那个铃子啰，哇哇的那个声……还有二骡、三骡，是为头骡预备的，一旦头骡出了麻达，就是发生意外，二骡、三骡就顶上去……"

他哼唱起来："头一帮骡子走开了，二一帮骡子撵了；一步嘛一步走远了，豆大的清泪淌了……唉，你说世事就是这么不公平，花儿里都这么唱哩，驮队明明都是骡子，却就叫个马帮。马不行，软得很，腰软蹄子软，过河，在水里会飘，跌倒在水里，货物就泡了水，在冰上容易打滑，会摔断腿、胯骨。骡子腰蹄都硬，在水里不飘，在冰上蹄子錾出蹄印。遇上大风雪、沙老虎，骡子卧成一圈，人在圈内贴着骡子肚子趴着，骡子稳稳地一动不动，马不行，烦躁得不停地动弹，不停地喷鼻，被沙老虎呛死过。遇上狼群，马慌张得乱踢乱跳，没主意，总给狼围住，骡子主意坚定，狼围不住，人只要不跟骡子分离，骡子能驮着你从狼群中跑出来……"

他眯着眼睛看着远方，天湛蓝湛蓝，能看到南华山上的一片白，一朵云飘了过来，又飘走了。

我说："大脑兮？"

他掏出纸烟递我一根说："一个驮队小的有三四十匹骡子，大的上百匹骡子，一个脚户管三四匹骡，还得带造饭的、医病的、驴蹄客（就是挂马掌的）。几十个人，上百头牲口，多少钱的货物，总得有个主事的人，叫大脑兮，给大财东跑大脚，人多路远，吃、宿、行，包括遇上事，一路上啥都得操心。起脚前先挑人到路上。我挑脚户除了能干，还要能说会唱的，吼大戏、灯影子、说书的，都得有几把刷子。你想一走几月半年，都在荒山野岭里，日子长拖拖的，有时候遇大雪大水，堵在荒山野岭几天半月，总得有个乐子……我组的驮队里啥人才都有哩。我不喜欢给专门养骡马骆驼有驮队的财东跑脚，他们把驮队交给你，已经挣走了驮队几成的钱。我喜欢跟货主谈好组驮队。兰州就在路上坐着，经过兰州的路多，天下太平，跑脚是好生意，兰州城一家喂几头牲口靠跑脚生活的人多。我还是回来组队，城边边子上的人不好使唤，屁本事没有，装得见多识广的，走长跑人不对活不行，那时候就现在半坡大队这些队，至少有五六百头骡子，有活回来一联络，两三个驮队都组得起来……过往的事了。"

"你最远跑过哪里？"

"最远，跑过印度哩。兰州许多财东跟西藏土司都有生意来往，别看西藏偏远，人也少，可那土司都富得很，牛羊骡马多，咱们一坡一坡地说，人家一谷一谷地说，都没数数子。我们到了西藏阿里，大土司请我们帮忙，往印度送趟货，我们大脑兮就应承了，那时候我还不是大脑兮。阿里离印度很近的，比回到兰州近多了，时间也好，八九月份，土司给的钱多，专门派带路的人，跑一趟用不了多少时间，大脑兮心狠一点，回兰州路上放几个大站，时间就能缩回来。路没想的那么难，寺庙多，人都善着哩，土司在那一路还是有威望……"

社员荷锄掮锹地上工了，我们从崖头往下走，张本全说："那样的日子远了，半坡这么大的生产队只有六匹骡子了，老得有骨没肉的，蔫头耷脑的。唉，再过上几年，骡子就没咧。刚入社那会儿，生产队专门养儿马（种马）配驴，可儿马得病死了，队上又进了一匹儿马，上了马贩子的当，那货不爱干那活，见了草驴头都不抬，草驴撵它去了，狗日的还踢草驴。卖了，再没养过马。反正又不跑脚了，犁地么，驴就能干得很好了。"

第二年，支书从公社拉回来一匹儿马（公马），是军马，说是备战，只能喂养，不能使唤，它是要上战场的。他特别交代张本全："喂死了，就是政治问题。"

张本全说："没麻达，喂死咧，把我头砍咧。"

骡子圈是在驴圈里打墙隔出的一个小圈。军马就和骡子喂在一起，偶尔互相踢踢，倒也相安。可军马总想翻墙到驴圈里去，有一天竟从圈墙上翻了出来，一个跟头跌在驴圈里，把张本全吓了个半死，还好军马腿子没有蹉折，可军马一站起来，就上了一头草驴的背，草驴双蹄齐抱，踢在军马腔子上就像捶鼓。草驴不走驹（发情），叫驴、儿马都是上不了身的，硬上会给踢死的。张本全忙扯开。这样的事一天里竟然发生了三次。张本全害怕，拍着儿马说："我给你请示走，要是批了，苦死你个驴日的。"

张本全找到支书说："军马就这么喂着？"

支书说："不这么喂着还咋喂？"

"一天三顿料，吃得都快炸了，再这么喂下去，上不了战场咧。"

"咋咧？"

"不说上了战场跑不动，一天翻三次墙，哪天会把腿蹉折了，还能上战场？"

"那你啥意思，使唤？上面讲得明白，不能像牲口使唤。"

"我是说……"

"想说啥就直说，不要像个婆姨站着，夹着咧。"

"军马配驴算不算使唤？"

支书嘿嘿一笑说："这你不问你婆娘问我？"

张本全说："我问咧，我婆娘说你问支书去，一个大队的猪狗驴骡马牛羊，支书都操心着哩，懂得很。"

大家哗地笑了。张本全是个蔫人，可抬杠却一句是一句的。

"配驴那不能算使唤？本全，你这是胡说，这活也算使唤，生产队咋晚上不给你记工？"

"军马也是功臣，让军马配种是为军马好嘛。咋不行，军马就是不会说话，要说话早跟人喊起来咧，早给上头报告了，让军马配种，军马就幸福了，给咱们下些骡子出来，这不是生产？支书，你说你要是军马，过上这日子受活不？"

"这还要问支书？这是好事么，看支书头上剩下几根毛，不是好事他会那么上心？"

老朱说："本全想得美哩，让军马配驴吧，给咱们多下些骡子。有骡子使唤，多好的事。"

"好好的一个杠让你个腾屄抬断了。"老艾说，"支书，让军马配驴下骡子，你说这是不是受活的事？"

张本全说："支书，军马配种到底行不行？"

"这事都要让我批一下，你们谁天天晚上消停，找我批过？给加些料！"支书嘿嘿一笑说，"你们以后晚上谁找我批，我就给谁加料。"

几天后，支书带人去榷场集上买草驴，叫我也一同去。我说："队上那么多草驴……"

支书说："下骡子得挑好草驴。"

出了大队部，支书说："得把老艾叫上，新疆人最懂驴。"

常八说："有牙子哩。"

支书说："牙子向贩子，闺女向汉子，这话没听过？"

常八说："老艾懂熟皮子，也懂驴？"

支书说："洋岗子是库车人。知道库车么，哪家不养几头驴，烤包子，熟皮子，出门骑个毛驴子。那年我们跑脚过库车，才见了那阵势，驴车一辆一辆长得看不到边边，他们说库车养着全国的驴哩。"

老艾正在抠毛驴，支书说："走，榷场，买草驴，你最懂草驴哩。"

老艾说："没你懂么。"

常八说："小声点，洋岗子晚上受了大苦，还睡着呢。"

张本全说："就是就是，跟老艾睡觉的苦比别的苦大。"

"谁说我呢啊。"洋岗子出来。

支书说："好好的个杠还没抬呢，你不会再睡一阵？"

洋岗子说："再睡一阵怕你们都长出尾巴来咧。"

牲口是家里的主要劳力，一家没有几头得力的大牲口，在半坡一带光阴是过不下去的。因此买牲口算是家业中的置大件，是一件大事，挑牲口就很重要。挑牲口可不是一般人干得了的，牲口市场那也是江湖，没有相当的经验，怎么挑怎么打眼。有些牲口看上去好好的，踢踢、捏捏、拍拍、看看、骑骑，也都没毛病，可买回来才发现藏着病，物无所值，找后账是不可能的，这也是打眼了，再说卖这样牲口的卖家是很难找到的。吃了大亏只能打掉牙往肚里咽。所以，就有了牲口牙子。他用自己的职业经验，帮你挑选、谈价，虽然会从中抽一定的费用，但卖方好牲口卖个好价钱，买方少花钱买个好牲口，不会吃大亏。

当然，也有卖主伙同牙子一起忽悠买主的事。“车船店脚牙，无罪也该杀。”半坡人说起牙子会说这句俗话。“车船店脚牙”是解放前的五个工种，当然是强调了五个工种的负面作用。车是车夫，常干些黑道的勾当；船是船夫，常在河中央做出绑架勒索、谋财害命之事；店是指店小二，见风使舵，看人下菜；脚是脚夫，特指城里跑腿的，如搬运货物，会把东西给你搬得看不见了，连人都找不见；牙是买卖的中间人，比如牙行、牙纪，类似于现在的经济行、交易所、经纪人、中介人，还扩展到人贩子、媒婆等。然而，生活中离了这五种人真还不方便。“牙子言，两头瞒”，牙子通过“掏雀儿”跟买卖双方讨价还价，从中赚钱，这在行里是允许的。你还别说，离开牙子，有些买卖谈着谈着就谈崩了，真还成交不了。“牙子牙，啃他大”，这句话说明牙子心黑，因为牙子是六亲不认的，这是他们的宗旨。钱要经过牙子的手，即买方把钱给牙子，牙子将钱给卖方。这是规矩。“银钱过了牙子手，叼上一口是一口。”话是这么说，但也是有规矩的。其实牙子是最讲究名誉的，牙子依赖集市讨生活，生意掏得好，才有人请你，因此多数牙子还是公道正派的，因为一个好牙子会在方圆的集市上很有威望。

牙子谈价不在嘴上谈，而是“掏雀儿”。“雀儿”是半坡人对麻雀的统称，顾名思义，从窝里将雀儿活捉叫“掏雀儿”。在半坡，“掏雀儿”有特别意义，就是手揣在袖筒里或衣襟下讨价还价，不能让第三人知道他讨的价还的价。牙子通过和双方来来回回“掏雀儿”，几个指头捏来捏去揣实了双方真心实意的价位，然后拉近双方价格，双方不再有争议，牙子明码唱出牲口的正价。有些牲口这个价在这牙子手里不一定能买到，但到那牙子手里就买到了。这就是“掏雀儿”的妙处。

因此，也得把老周叫上，说老周会“掏雀儿”。老周解放前贩过驴，也做牙子。干牲口牙子这行的都是精明、会说之人。老周嘴头子利索，抬杠也是杠头，“老周牙口好”。这牙口一词都是用在牲口上，买牲口看牙口，是最重要的一环。人们这么说，听上去是夸奖老周能说会道，其实是把老周划到牲口群里了。老周会说：“我这牙口是在牲口身上练出来的。”这就等于把抬杠的人也拉到牲口群里了。

后来，我从老周那儿搞明白，指头这样表示数：五以内的数字用手指多少表示，大拇指表示五，结合其他手指分别表示六、七、八、九，拳头代表十。有口诀：“六撇撇，七捏捏，八戳戳，九弯弯。”

榷场集市牲口交易很热闹。看牲口有这样几步：踢踢，捏捏，拍拍，然后看看。看看是“看牙口”，是看一头牲口重要的基本功，根据牙齿个数、磨损和牢固程度及牙齿间缝隙判断牲口的年龄。“五岁生六牙，六岁生边牙，七摇八不动，九岁如钉钉，十岁裂开缝，十二岁牙提升。”看牙口让牲口张嘴是有难度的，一般人做不到，牙子能做到，连摸带拍，又喝又说，手就伸进牲口嘴里。最后是骑上放一趟子，跑上几里路。

洋岗子虽胖，却灵敏得很，从驴群中拉出一头，踢踢，捏捏，拍拍，一蹿就上了驴背，两腿一夹，毛驴跑起来，沿河谷山畔兜一圈，回来不用“看牙口”，就能说出几个牙、多大口，准确无误。

常八不信服，连着拉了几头驴，洋岗子说得极准确，大家都奓大拇指连说“亚克西”。

常八说：“这世上有许多能人，你还是个日能人。你给我说，老艾几个牙咧。”

洋岗子一抡胳膊夹住常八的头，手就往常八嘴里擩，说：“不摸谁知道，我先数你的牙。”

大家就都哗地笑了，洋岗子抚着常八的头说：“这是个啥，咋没毛？”

洋岗子夹住常八，常八踢腾着却挣不开。

老艾说：“不骑着放一趟子，怎么知道说得准不准。”

洋岗子要骑常八，常八趁机挣开，跑脱了。

看上了七头驴，老周跟驴主“掏雀儿”，直掏到日头压了西山。支书说：“都是些黏屃，比屃还黏，袖筒都掏烂了，回家得揣夜了。”

军马配驴下骡子的活就交给了张本全。张本全操心得尽心尽力。很快张本全发现军马有个毛病。“这屃还有思想哩，就是喜欢黑的青的，不喜欢个灰的，还得给找罩子。要是头叫驴，早把你驴日的骟了，再留头叫驴。”张本全说。

“不是跟你抬杠，我是替你娃想哩，队上给你下了任务的，完成不了任务，把你婆娘卖了怕都不够生产队的损失，定你的罪哩。”老艾咯咯咯地笑起来。

我离开半坡的时候，军马已经为半坡胤了三十多匹骡子。有了骡子，半坡人就把菩萨塬开荒了。塬是顶上平，四周是崖谷，想种得从崖上劈出路来，牲口不顶当走不了那路，种不了。菩萨塬开出来，等于一口人多了一亩川地，这功劳可是不小，川地亩产可比坡地高两倍还多。

军马自到了队上，上面再没提备战的事，就成了生产队的一头牲口，因为是儿马，配种就成了活计。多年后，我到半坡，军马已经殁了好几年了。半坡羊牲口死了都会被吃掉的，唯这军马是被埋葬了。说起军马，人们都很感慨地说："支书老奸巨猾哩，挑了匹儿马拉回来，要是拉个骒马回来，那就倒灶咧。"就说起后沟大队拉回去的军马是骒马，不提备战的事，当牲口使用，可这家伙不犁地，踢得套绳都搭不到背上，再驯还是驯不过来，就只能喂着。后沟的支书骑着去公社开会，结果天上过飞机，军马还会卧倒，把支书给撂了下来，差点掉进沟崖下，还不如骑驴优哉，也不再骑了，就一直那么喂着。包产到户，牲口分往各家各户，军马没人要，就抓阄，抓到的人家驯了一年，驯过来咧，可只一年后就殁了。

这时候的张本全有了两个典故，都跟骡子有关。

典故一。包产到户后，张本全家养了三头草驴。"人都说我是为了专门下骡子、卖骡子，我是想闹个驮队哩。说是要搞活，搞活不就是跑脚，不跑脚咋搞活？就这么死僵僵待着能活？"集市上有拉着种马配种的，张本全经常拉着驴去集市上配。

有一年，张本全家小草驴走驹，就去集市上配驴。谁知过清水河，上游下了暴雨，清水河惊涛拍岸，就把草驴打在坡上吃草等洪水落尽。哪想到坡上冒出一头叫驴，围着他的草驴叫，他忙追过去，两头驴就像是约好了似的，蹦子流星，直上了山顶，在山顶把好事做了。老周讲这个典故的时候，说张本全追着那叫驴"日你妈日你妈"地骂，踢着自家草驴"卖皮货卖皮货"地骂。张本全还是拉着草驴到集上去让马配了，说："就一下么，哪里就能怀上？母猪走圈，都要圈在一个圈里圈一个晚上哩。"老周是和张本全一起去赶集的。

结果草驴下的是个驴驹子，张本全拉了老周翻几道梁专门去找养叫驴的后账。老周说张本全还没说完，那养叫驴的眼睛一翻说："你去告么，告我家驴强奸了你家驴么。"张本全说："抬杠是不？""是谁抬杠呢，为这事你找来不是抬杠来了？"一句话说了个张本全没得言喘。"草驴不支腚，叫驴上得了身？这理不懂？"张本全泛不上话来，掉头就走。那汉子却不依不饶："就是我把你婆娘啥了，你都不该找来，捉奸捉双不知道？"张本全上了坡顶了，那汉子说："你等着，我还没找你要配驴的钱哩，我家叫驴就专门是配驴的。"张本全下了坡了，声音追来："今儿我有事，改天我去你家要配驴的钱，你给我准备好。"张本全回来还是有些心不安，担心那汉子找上门来，可那汉子并没来。

典故二。草驴下了个骡驹子，结果死了，等于折了大财。张本全落泪了，儿子大金盯着骡驹子看了半晌，紫褐色胎毛非常漂亮，就把皮剥了，然后把皮子熟了，背着去了广州（那个时候宁夏人走广州走得很热了，与海原相邻的同心县都有了个料子、电子表市场）在市场兜售。看的人很多，问啥皮，大金心里说麻达，日急慌忙的，没起名字。灵机一动，想骡子叫不是"昂——昂——昂——"么，就说"昂昂皮"。皮子竟然卖了六千块，那可是几头骡子的价钱了。大金说："干脆卖骡子，下下了就弄死扒皮。"我问张本全是不是真的，张本全说："皮子是卖了钱，没那么高，儿子说的话倒是真的，让我一鞋底把嘴打肿了。"

张本全组建驮队的事没着落。"骡子几年就能组个驮队，可是人走光了，城里把门大大儿开着咧，不像以前，你进城当盲流地抓，你得有粮票，没粮票光有钱吃不上饭，城里也没活给你干。现在不要说抓盲流，欢迎你进城，还来庄子上招人，用车接你进城哩。只要有钱，啥都能吃上，活多得挡得人栽跟头哩。问题是路给你修好咧，你说以前咱们半坡沟塌的。这下好，沟里没水，可是有桥咧，才知道没水也架桥哩。唉，路上能跑车，谁还用驮队，唉……"

90年代初，搞全国大通电。山上修电网基站，山险路陡，运输车辆无路走，修路当然不划算，就想到了驮队，砂石料用骡马运达，施工单位找到了半坡，找到了张本全，每天一头骡子几十元。张本全终于组建了一支驮队，翻山越沟的车再牛也有到不了的地方，但骡子能到，驮水泥、电线、钢丝、瓷娃娃啥的，他一直跟着电线走，挣了几年好钱，盖起一栋房子。张本全随着骡子运输队的名气越来越响，脚步也走得越来越远，哪里有高山架线，哪里就会出现这支队伍的身影。山东、山西、湖南、湖北、内蒙古等十几个省、自治区的高山施工单位纷至沓来，寻合作，求驮运。骡子运输队成为远近闻名的高山施工主力军。

我再去半坡，张本全正带着驮队驮运。晚上回来，我们喝酒，我说："终于跑上脚了。"

"这哪是跑脚，就是为挣钱。"

他掏出纸烟让我抽，我说："吃上纸烟咧。"

"是给电力上那些干部备的，纸烟不好都不吃，我还是吃旱烟。听上去能挣，唉，花销也不少。陡峭的山路最费骡掌，山路行走一月左右，骡子就要换一套铁掌，不换就会伤蹄子，蹄子废了整个骡子就废了，现在钉骡掌的人越来越难找了，都撂了手艺跑城里挣钱去咧。人也费鞋，婆娘做的鞋十天半月一双，买的胶底鞋能扛，可也两三个月一双，死贵死贵的。唉，问题是这哪里是跑脚么，跑脚，啧啧啧，那是多好的事，一走几个月大半年的，路上哎呀……"

通电主要是栽杆拉线，这些建成了一用好多年，活就少了。再往远处走，没人愿意去，主要是有处挣钱，城里多好，跑到深山老林中，孤得狼嚎哩。

张本全已经六十多了，想着进城打工，眼见日子被人撂远咧，可人家一看都过六十了，不要，你说自己能干，人家说不是不信，是怕你藏着啥病到时候把人家缠上。他偷偷地办了假身份证，没干多久，结果还是让警察发现了，挣下的钱还不够罚款。回来就想着吃喝等死。这两年搞乡村振兴，旅游热起来了，老冯的儿子专门雇人耍马社火。他说："你看过，马背上演哩，啥马社火，骡子社火。我就给养骡子。后来，城里人来骑骡子逛山，还热得很。唉，城里人有钱，骑一趟骡子给钱，还给骡子买豆子，一斤十块。我看不惯，一斤豌豆贩子来收也就两三块，卖人家十块。嗓子痒说咧，还让人骂咧。"

"这几十头骡子都是你的？"

“那我不成了富翁咧？进城打工的都把骡子拉来让我给操心着，景点上来人了，就拉去让骑。人不见面就把钱挣了，家家都有几匹骡子。”

“日子好过着哩，就是啊。”

[梅花刺青]

“家来客了？”

话问出口了我才觉得多余。白本全抱着两床被子。只要抱着被子的，肯定是家里来客了。半坡人家都没有多余的被子，有些人家皮袄白天穿晚上盖。

支书说：“来的哪里的亲戚？”

“两个拈香兄弟，跑兵时结拜的，解放后就再没见面。”

“登记了么？”

“登记？”

“来人要登记，广播上说了多少遍，你不知道？”

“噢噢，忘了。”

“忘了，你娃头上了铁箍？”

“被子抱回去就登记。”白本全冲我笑笑说，“下放，晚上和支书到家吃饭。你看你来这么长时间，一直说叫你吃饭哩，七事八事搅打得还没顾上。”

支书说：“下放晚上在我家吃，都做上了，你改天再叫吧。”

白本全说：“这，你看我宰了只羊哩。”

支书说：“你们吃，拈香兄弟，又多年没见，好好热闹热闹。”

我说：“不麻烦了。”

白本全说：“不麻烦，那，那改天吧。”

白本全抱着被子走了。支书说：“这老抠，客也待了，你也叫了。”

半坡人有“叫人吃饭”的礼俗。村里来了客人，有无亲戚关系，家家都会叫到家里吃顿饭。想来也是跟半坡人杂有关。

支书说："这饭不能吃，没根没底的，多少年没见了，谁知道人变成个啥了。现在这社会闪失不起，担不起一点风险。"

又说："拈香兄弟就是结拜兄弟。"

开始我以为是"年乡"，后来才知道是"拈香"。摆上香炉，人人手拈一支香点燃，并排次第站定，进行换香，亦称换香兄弟。换罢香，跪下发誓。荒郊野外结拜，就折蒿秆为香。"都是以前的风俗，以前人少，地震后，人见人稀罕的，抱住哭哩，拈香兄弟多。解放了，世道太平了，人口一下子就多起来了，翻了两倍还多，打架骂仗的……"

支书起身走的时候说："晚上来家里吃饭。"

我说："不麻烦了……"

"有啥麻烦的，添双筷子的事。你不来，白本全知道了会有话说哩，当我们咋看他哩。"

改天，白本全叫吃饭。

我去后，白本全在打拳，三个儿子跟着练。本全个头大，一米九左右，却身手敏捷。

白本全五个孩子，三儿两女。我掏出水果糖和核桃给几个孩子散发。本全说："又不过年，还给他们糖和核桃。老大十三，老二十一，都大了，不给了。"

我说："还是娃娃么。"

我惊奇地发现几个孩子手背上都有刺青，不像是胎记，哪有遗传得如此整齐的胎记？

本全的左手背有梅花刺青，劳动时我已经发现，几次想问，却未开口，怕触及隐私。

最小的女孩有两三岁，一对大眼睛毛茸茸的，手捏着糖和核桃一直盯着我看。我剥了一颗糖喂进她嘴里，去抱她。本全说："别抱，别抱，你看她都玩成个烟洞塞塞咧。"

男孩向她招手，她跑了出去。

本全说："快上炕坐。"

半坡人家吃饭没有地桌，而是用炕桌。炕桌四方四正，摆在炕心，人们盘腿围桌而坐。桌上摆着纸烟、旱烟，还有一个水烟壶。

他把水烟壶递给我说："先来两口，见你吃水烟来。水烟不呛，舒坦，只是有些麻烦。"

我接过水烟壶，他要给我点烟。我忙说："自己来，自己来。"

窑壁上挂着刀、枪、剑、戟，都是木头的，还有连枷棍。

"你拳打得不错，是什么拳？"

"雷拳，从小就练的，我们老家几乎是家家都练拳。"

吃了几锅子水烟，他又点了两根纸烟递给我一根。

我刚想问他手背上的刺青，他嘿嘿一笑："想问手背上的梅花吧？"

我点点头。他说："老辈子传下来的，有历史了。我老家在岷县，娃娃从小手背上都刺五个黑点，随人长大，五个黑点就连成一朵梅花了。唉，一直想回老家，可村子上三大姓顶牛，户口不好入，迟早是要回去的，给几个娃娃都刺上，这也是证明么。"

半坡人认为这刺青就像他们给娃娃戴的项圈、长命锁、护身符，保富贵吉祥。

多年后，我在网上读到《时代商报》的新闻：2004年12月，沈阳城清乞时，发现乞妇绝大多数来自甘肃岷县，手臂上全部有梅花刺青图案。新闻报道后引起了国内多家媒体的关注，惊呼"梅花帮""梅花乞妇帮"。

这种新闻还是很吸引人的，尤其是曾经有过"梅花党"。于是跟帖纷纷。有一跟帖讲虎口上的五个点是世界各国囚犯的通用图腾，带着五点文身去周游世界，你能在任何一个角落找到组织。亚美尼亚人甚至给它取了一个好名字：我不会忘记；英国人说这是囚犯们在女孩儿身上受过的伤；俄罗斯人则说这是古拉格人死囚的秘密；葡萄牙人把它理解为耶稣的殉难，那五个点就是耶稣被钉在十字架上的五个伤口；吉卜赛人则靠着它们来识别自己散落在世界各地的族人；越南人则写为 Tình、Tiền、Tù、Tôi、Thù，表示爱、金钱、监狱、犯罪、复仇。在四川省小凉山一带，彝族女人手臂上也文刻梅花状刺青，且以斑点多为美，说刺青会让人"归天"后衣食无忧，能去到"天堂"。还有跟帖说五个点是人类的本质，从阴阳五行到五官五感，从仁义礼智信到达·芬奇的维特鲁威人五角星，世界上最神秘的数字根本不是什么42，而是5，等等。

岷县公安局给予解释：这种梅花形的刺青并非什么帮派标志，也没有什么“梅花帮”“梅花乞妇帮”，而是一种历史遗传。解释附了一个链接，详溯梅花刺青历史。《续资治通鉴长编》记载，北宋神宗熙宁六年（1073），收复岷州。针对“蕃兵”多的形势，熙宁八年（1075）皇帝降诏：“陕西诸路缘边团蕃兵，并选年二十以上，本户九丁以上取五丁，六丁取四丁，四丁取三丁，三丁取二丁，二丁取一丁，并刺手背，人数虽多，毋过五丁。”对蕃兵刺青之策可上溯到唐朝时吐蕃对陷蕃汉人的“黥面”，稍有才艺者“则涅其臂，以候赞普之命”。

蕃兵享有“每月除请受外，别给添支钱。指挥使一千五百，副指挥使一千，军使七百，副兵马使五百，十将三百”的待遇，而“每丁十人置一十将，随本族人数及五十人置一副兵马使”，“一族不及五十人者，三十人以上亦置一副兵马使”，副兵马使享“钱五百”待遇，等于吃上皇粮，于是刺青风行。男子刺青，女子也刺青，发展到以此为美。

历史决定民风。自古三面临边的岷县，战争频仍。保家卫国，形成强悍民风，尚武风行。一个县竟有三百多套传统拳种流传，岷县在全国乃至世界武术比赛中多次拿奖。

白本全最终没回到老家岷县。包产到户后，土地都承包到个人名下，户能入上，可没有土地，而儿女都在半坡成家立业，根就扎在了半坡。问题是儿孙对老家根本没有兴趣，孙子说又不是北京、上海、广州、深圳。白本全跟儿子们闹，儿子们答应他过世后保证把他尸骨送回去。白本全当然不相信儿子们，说：“把尸骨送回去，他们上坟还要往老家跑。他们给你跑？坟不成了死坟了？”

“狗日的你们！”

说是白本全后来跟儿女说话，总是离不了这句。

[供养人]

过风岭是须弥山余脉。

须弥山，当然不是婆罗门教古印度神话中位于世界中心的那座须弥山，然而同样是佛教石窟圣地。须弥山是典型的丹霞地貌，岩石赭红，石窟群核心区石窟有一百六十多个，石像六百余尊，历经了北魏、北周、隋、唐、宋、西夏等朝代营造，在中国石窟中有不可替代的地位。开凿于武则天时期的第五窟，亦称大佛楼，佛像高二十多米，劈一山嘴雕凿，窟形酷似马蹄，故称马蹄形摩崖窟。佛像大头阔面、两耳垂肩，佛首五米，耳长三米，为典型的唐代风格。

大佛脚下为一峡谷，寺口子河穿峡而过，峡口逼仄，形同石门，河又称石门水。唐时在原州设七关，此为石门关，是丝绸之路东段的重要孔道，更是中原通往西域的重要关隘，历代在此设重兵屯守。隋开皇三年（583），突厥可汗带兵四十万南下，就是由木峡、石门二关越过六盘山侵入内地的。宋、夏时期这里发生多次战争，宋在石门关以东筑平夏城，后改为怀德军……如今，关址荡然无存。

自石门关向西就是一个石窟走廊，一百多座石窟分布在金佛沟、元龙山、上甘岔、东海坝、上窑、凤岭龙山、天都山、玉泉山等山沟中，窟群融佛、道、儒三家于一体，体现了丝绸之路上汉唐以至宋夏元明各个时期的宗教文化。多年后，丝绸之路申遗，须弥山石窟群成为重要的依据。

过风岭横出一脉，叫王母岭。半坡的三个“哑巴”之一的石匠唐孝忠就住在王母岭的石窟里。

我第一次进王母岭看石窟，他看着我，我比画说我是上来走走。他笑了，说话了：“神佛都是不说话的，禁言哩。跟他们有啥说的？没说的。”

他发须皆白，颇有些仙风道骨的感觉。

王母岭三孔石窟，两孔已完成，一孔才凿了一半。

我说："三孔石窟都是你开的？"

他笑了，我也把自己问笑了，开这么大一孔石窟哪有那么容易。

我问他开一个石窟要多久。他说："说不上，一是要看大小，大的三四十年，最小的也十几二十年。二是要看世道，太平年间，没有纷扰，一门心思地开，就快。三是要看钱款，匠人都得养家糊口，钱上得快，就开得快。四是要看心诚不诚，心不诚总会遇到各种打搅。敦煌莫高窟你知道吧？有几个大窟都修了上百年，好多石窟都不是一次修成的，修了半拉子，或世道乱了，或家族变故，就撂下了。太平了，有人想修窟了，就选那些半拉子的修，省工省钱省日子。"

我掏出烟递给他，他摇摇头。他说："有权有势的人都想做壁画上的供养人，跟神佛一样被画在壁上，随神佛受人香火。你看石窟里那些供养人，尽管在最下面边边角角的地方，也算是跟神佛共处一室，能享受人们的敬仰、香火。"

又说："老走说他曾经在敦煌临摹过壁画，想在这石窟里画壁画哩，可最后还是没敢动笔，你知道的。"

我们站在一个突出的石嘴上，四下悬崖空茫。他说："曹们这地方王母娘娘都来过哩。说以前的世界是米山面岭油缸醋井，人们根本不用去劳作，直接取来享用。然而人类太造孽，不知道珍惜。一天一个孩子屉下了，正在做饭的母亲撕一疙瘩面给孩子擦了屁股，随手一扔。碰巧让玉皇大帝看到了，大怒，下令收回赐给人的食物。王母娘娘带天兵天将下来收取，本方土地爷请求王母娘娘救救这方老百姓。王母娘娘没应允，土地爷就施了法术，跌了王母娘娘一跤，结果王母娘娘的玉镯磕碎成了一堆，就是这老疙瘩山。"

王母岭还有这样几个关于王母娘娘的传说，我以为他会讲，可他没讲。

一是说荞麦秆为啥是红色的。说王母娘娘收取粮食，荞麦是最后的庄稼，王母娘娘和天兵天将手拔烂了，荞麦秆都让血染红了。一是说人现在吃的粮食是狗叼下的。王母娘娘带天兵收取人间粮食，狗扑着叼。王母娘娘叹口气，各样给狗留了一点，这就是人类粮食的种子，因此在半坡，狗享有忠臣的美誉。一是说王母岭上有一种草叫白草（旱芦苇），叶尖如锥，长时一截一截往上蹿，王母娘娘内急，蹲下小解，白草往上一蹿，叶子扎了王母娘娘的屁股。王母娘娘揪了白草叶子恨恨地咬了一口，白草叶子上就永远落下了三个牙印。却说这白草和邻居绵蓬经常争论谁更有能耐。一日打了这样的赌——绵蓬说："你把我在滚水里煮三遍，撂到地里我照样发芽。"白草说："你把我塞炕洞门熏三年，撂到地里我照样生长。"两种草生命力果然如打赌说的那般顽强。

"咱们这里没出文肚子，要有文肚子写到书里，你们这些人一研究，人们肯定都会来看的。"支书给我讲时这样说道。

唐孝忠有着这样的故事。他祖父、父亲跑脚常过敦煌，总要住一晚上，礼佛上香听经。他母亲生了三个都没站，站就是活下来的意思。他父亲再过敦煌去寺里许愿祈祷，住持说再生下送到寺里来。他生下来就被送进敦煌石窟的寺里。他母亲再生下就都站住了。十二年一个小轮回，父亲去接他，他不想回，已有了三个弟弟，香火续上了。他习惯了寺里的生活，也想做佛事，开自己的石窟，做个供养人。他给父亲说了，父亲很支持，父亲也有做个供养人的心愿。他留在了敦煌，开始安心打凿石窟。谁能想到地动（地震）了，就是海原大地震，他一个爷爷的后三十多口都被埋了，绝户了。住持说："救人一命，胜造七级浮屠，何况是延续一门户香火，回去吧。"回来他就娶了个女人，还好，女人能生，一口气生了三个儿。大儿能借上力了，他把家交给了儿子，说他要开石窟做个供养人。女人哭了，但很支持，他又回了敦煌。可是天下乱了，兵匪、土匪的，抢货物也抢人，开窟的石匠都一窝一窝给抓去当匪了，商路断了……一乱就是二十多年，解放了，安定了，寺庙精简人员，又给分流回来了……他现在儿孙满堂，却不再回家，以凿石器为生。谁来拿石器，随心举意给他点米面即可。

石磨、石槽、马墩石、佛龛、香炉、磙子、碾子、凳子、桌子，灯盏……还有片石，那是铺路用的。竟然还有石锅、石碗、石碟、石杯、石壶，他做饭吃饭都用石器。他凿的石器上多为《六长寿图》和《和气四瑞图》。《六长寿图》有长寿老人和岩、水、树、鹤、鹿。《和气四瑞图》又称为《和睦四兄弟图》，画上大象身上骑着猴子，猴子身上蹲着兔子，兔子身上有小鸟。这是壁画中的内容，故事来源于佛教故事。

“现在只能雕刻这些东西，别的东西都是‘四旧’。”他说。

我拿了一套石碗、石碟、石杯、石盏，觉得做砚台、笔洗、笔筒不错。给他钱，他摇摇头说：“我从来不收钱，师父说出自你手的东西能让人用，那是造化。”

几十年后，八仓打来电话说：“快来快来。”

我说：“啥事？”

八仓说：“来就知道了。”又跟了一句：“王母岭要开发搞旅游，你咋也得出点力。”